내가 키운 S급들

근서 장편소설

2

내가 키운 S급들

근서 장편소설

내가 키운
S급들

CONTENTS

1장　　　가끔은 강해짐　　　7p

2장　　　일단은 데이트　　　63p

3장　　　삐약&크르렁　　　87p

4장　　　잊은 척했던　　　157p

5장　　　황금대장간의 주인　　　203p

6장　　　Q&A　　　227p

7장　　　대장장이 데뷔　　　271p

8장　　　병아리반 선생님　　　337p

9장　　　마왕의 물레바퀴　　　405p

1장 가끔은 강해짐

1장
가끔은 강해짐

드르르륵.

카트의 묵직한 바퀴 소리가 해연 길드 로비에 울려 퍼졌다. 사람 하나는 들어가고도 남을 만큼 큼직한 짐 가방이 카트 위에 얹혀 있었다. 그것도 두 개씩이나 되었다.

바닥을 두드리던 바퀴 소리는 길드의 보안직원 앞에서 멈추었다.

"오늘은 유독 짐이 많으시군요."

보안직원의 말에 해연 산하 길드 브릭스의 부길드장이 멋쩍은 웃음을 지었다.

"이번에 부피가 큰 것들이 좀 많이 나왔습니다. 등급이야 다 낮지만요."

그러면서 가방을 열어 보인다. 각종 무기와 갑옷, 신발 등 자질구레한 아이템이 가득했다.

"이런 하급품이야 수수료며 감정료 다 빼면 남는 것도 없으니 귀찮아도 직접 확인하는 수밖에요."

하급 아이템은 직접 착용하고 시험하는 장면을 촬영해 감정서 대신 쓰곤 했다. 거래 또한 마켓을 통하지 않는 직거래가 잦았다.

그래서 이런 식으로 바리바리 싸 들고서 아이템을 사용해 볼 수 있는 단련실을 이용하러 오는 것이었다.

"수고가 많으십니다. 아이템 감정 스킬 가진 헌터가 좀 더 나온다면 좋을 텐데, 국내에는 아직 두 명밖에 없으니 말입니다."

"감정사가 많아진다 해도 마나 포션 아까워서라도 품 좀 들이는 게 낫죠."

보안직원은 짐과 헌터증을 확인하고 인벤토리 봉인 팔찌를 사람 수대로 나누어 주었다.

"C급 한 명, D급 두 명, E급 한 명. C급 이하뿐이니 별다른 제재는 없습니다."

일반인의 출입이 가능한 일부 구역을 제외하고는 C급 이하인 외부인 각성자에게만 출입 허가가 떨어졌다. B급부터는 특별한 경우가 아니고선 출입 허가 자체가 거의 나지 않을뿐더러 A급 길드원이 감시역으로 따라붙었다.

중요 구역의 경비는 대부분 B급 헌터가 서고 있기 때문이었다. A급 헌터를 단순 경비로 쓰는 것은 거대 길드라 해도 무리한 인력 낭비였다.

"주의 사항은 다 기억하시죠?"

"예, 물론이지요."

"들어가셔도 좋습니다."

"감사합니다."

브릭스 부길드장이 가볍게 머리 숙여 인사했다.

드르르륵.

잠시 멈췄던 바퀴 소리가 다시금 바닥을 긁는다.

"보안직원이면 비각성자거나 기껏해야 E급쯤 될 텐데 목 한번 뻣뻣하군요."

지하층으로 내려갈 수 있는 엘리베이터로 향하던 그들 무리 중 하나가 작은 목소리로 투덜거렸다.

"어차피 이젠 다시 올 일도 없어. 쓸데없는 데 신경 쓰지 말고 집중해."

부길드장이 미간을 좁히며 엘리베이터 버튼을 눌렀다. 이내 짧은 알림음과 함께 엘리베이터가 멈추고, 브릭스 길드원들은 약간의 긴장을 품은 채 걸음을 옮겼다.

"그럼 저는 밖에서 기다리고 있겠습니다."

MKC 경호원이 말했다. 밖에 서 있게 하는 게 좀 미안하지만 스탯 C만 되어도 다리 아플 일 없었다. 심심하긴 하겠지만.

"자, 피스야. 오늘은 뭐부터 해 볼까."

- 끼앙!

피스가 신나 하며 빙글빙글 맴을 돌았다. 고작 단련실에 온 것 가지고 저렇게 좋아하는 거 보니 가슴이 아팠다. 좀 더 넓은 환경에서 뛰어놀게 해 주고 싶어. 실내 말고 야외에서.

"빨리 법이 바뀌면 좋을 텐데."

몬스터도 밖에 데리고 나갈 수 있게 해 줘라. 테이밍도 되어 있고 아직 C급밖에 안 되니 B급 보호자만 붙어도 위험할 일 없는데.

- 깽! 끄릉!

피스가 터그 놀이용 매듭 끈을 물고 내 앞으로 다가왔다. 내가 들고 있는 끈을 물고 잡아당기며 흔들어 대는 것은 피스가 제일 좋아하는 놀이였다. 나는 정말 힘들지만.

그래도 다른 몬스터들이 오면 이 고생도 좀 줄어들 것이다. 스킬 적용해서 훈련할 때 말곤 같이 놀게 하면 되겠지.

"잠시만 기다려. 장비 좀 끼고."

터프한 터그 놀이 하려면 근력 스탯은 필수였다. 근력을 무려 60이나 올려 주는 A급 흑진주 거미줄 반장갑을 인벤토리에서 꺼내 착용했다. 바로 어제 각 길드에서 보내온 훈련용 정수 증가 장비들이 도착했다. 그것도 죄다 A급 이상으로.

물론 아예 주는 건 아니고, 장기 대여식에 몬스터 훈련 때만 사용하는 조건이었지만.

피스를 상대할 근력은 장갑으로 충분했기에 체력 증가 팔찌 하나만 더 끼고 매듭 끈의 한쪽 고리를 잡았다.

- 크릉! 크르르!

내가 고리를 붙잡자마자 피스가 반대쪽 고리를 물고 신나게 날뛰기 시작했다. 북실북실한 꼬리가 이리저리 경쾌하게 흔들렸다. 우리 피스, 힘도 좋지. 특수 제작 한 끈이 아니라면 단숨에 끊어져 버렸을 것이다.

이럴 때 보면 몬스터 맞긴 맞다니까.

'던전 한번 데리고 들어가 볼까.'

F~E급 정도면 위험하지 않을 테니까. 해연에 초원이나 호수환경 하급 던전이 있던가?

문제는 내가 데리고 가기엔 시스템 만드신 분이 걱정된다는 것이었다. 또 실수할 수도 있잖아.

기승수랑 한번 맞춰 보라는 핑계로 유현이를 꼬셔 볼까. 시간 되려나? 겸

사겸사 스킬도 봐주고.

- 크흥!

적당히 열이 올랐다 싶을 때 잡은 고리를 놓았다. 매듭 끈을 문 피스가 의기양양하게 단련실을 한 바퀴 돌곤 내 발치에 끈을 내려놓는다.
"재밌어? 재밌어?"

- 끼앙!

품으로 폴짝 뛰어오르는 것을 받아 들어 목덜미를 거칠게 쓰다듬어 주었다. 그래, 네가 좋다는데 힘 좀 들면 어때.
"그래도 이번에는 공놀이하자."
중간중간 쉬어 가면서 해야지. 색도 재질도 모양도 다양한 공이 가득 담긴 바구니로 다가갔다. 바로 그때였다.
철컥.
닫혀 있던 문이 열리고 MKC 헌터가 안으로 들어왔다. 뭐지.
"무슨 일이라도 생겼습니까?"
그는 대답하는 대신 문을 닫았다. 뭔가 좀, 이상한데.
"…서민성 씨?"
예감이 좋지 않다, 라고 생각하는 순간.
파앗!
붉은 가루가 뿌려졌다. 공기 중에 퍼지는 달콤한 향과 옅은 반짝거림. 아이템의 효과가 퍼뜩 머릿속에 떠올랐다. 그램당 오백을 호가하는 즉효성 수면 가루.
"피스- 읍!"

어느새 내 뒤로 다가온 MKC 헌터가 나를 붙잡으며 거칠게 입을 틀어막았다.

― 끄으응.

힘없이 비틀거리는 피스의 모습이 눈에 들어왔다. 어떻게든 버티려는 듯 네 다리가 부들부들 떨렸지만 결국 풀썩, 쓰러져 잠에 빠져든다.

젠장! 내 입을 막은 손과 허리를 감은 팔을 떼어 내 보려고 바르작거렸지만 꿈쩍도 하지 않았다.

…상대가 B급이니 어림도 없지. 설사 인벤토리 내의 장비를 모두 꺼내 착용한다 해도 결과는 같을 것이다. 막 각성한 1레벨이라면 몰라, 경호원으로 보낼 정도면 레벨도 높을 테니.

'시발, MKC가 배신이라도 하려는 건가?'

그건 너무 위험 부담이 클 텐데. 기승수용 몬스터를 한 트럭쯤 숨겨 뒀다면 몰라, 기껏 좋은 조건 받아 놓고 날 납치하는 건 득보다 실이 훨씬 많았다.

그때 닫혀 있던 문이 다시 열렸고 남자들이 큰 가방을 얹은 카트를 끌며 들어왔다.

C급 하나, D급 둘, E급 하나.

붙잡힌 나를 보고도 태연한 걸 보니 해연 소속이 아니다. 손목에 인벤토리 봉인 팔찌도 있으니 확실했다. 그렇다고 MKC 쪽 사람이라기엔 등급이 너무 낮았다.

"왜 멀쩡한 겁니까?"

C급이 의아해하며 물었다.

"안 통하더군. 해연에서 해독 아이템이라도 준 모양이지."

MKC B급이 말했다. 머리 위쪽에서 떨어지는 목소리가 기분 나쁘다.

"파수꾼의 열매가 전혀 듣지 않는다니, 독 저항이 최소 B급은 되어야 할 텐데. 동생이 좋은 거 챙겨 줬나 보구만."

놈이 히죽거렸다. 치밀어 오르는 짜증을 억누르며 상황을 정리해 보았다.

일단, 저놈들과 MKC B급은 손을 잡았다. 인벤토리 봉인 팔찌를 찬 채 짐을 들고 단련실에 온 중하급 헌터라면 해연 산하 중소 길드원일 가능성이 컸다.

즉, MKC는 이번 일과 관련이 없지만, 병신 짓은 했다.

거대 길드 주제에 시발, 진짜 병신 같네. 경호원 보내랬더니 스파이 보내고 지랄이야.

'서민성 이 새끼는 도박 아니면 약일 거고.'

잘나가는 거대 길드 소속 B급이 이런 짓 할 이유는 몇 없다. MKC 병신 새끼들 길드원 관리도 제대로 못 하나. 이 꼴이니까 제일 먼저 망하지!

"몬스터 챙기고 아이템 확인해."

C급의 명령에 D급 하나가 내 쪽으로 다가왔다. 경계심 하나 없는 꼴을 보니 한숨이 목구멍을 맴돌았다. 그래도 D급이나 되는 게 정말, 머저리…….

"해독 아이템이 어디에-."

퍽!

"커억!"

머저리의 명치를 한껏 걷어차 주었다. 바닥을 데굴 구르는 거 보니 기분이 조금은 풀리는구만. 피스를 살펴보던 놈들이 놀란 얼굴로 나를 돌아보았다.

"스탯 F 아니었어?"

역시 저놈들도 머저리다. 거대 길드를 다섯이나 등에 입고서 템빨이 없을 리가 있냐.

그래도 C급은 경험치가 다른지 놀라지 않았다.

"이 멍청한 새끼들아, 조용히 해. 해연 길드장이 제 형 애지중지한다는 거 소문 다 났는데 해독 아이템 하나만 줬겠냐."

아니, 뭔 애지중지까지야. 역시 소문은 뻥튀기되는구나. 쪽팔려라.

"씨발, 저 새끼가!"

나한테 걷어차인 머저리가 욕을 내뱉다가 또 시끄럽단 타박을 들었다. 더 떠들어도 되는데. 단련실이라 쓸데없이 방음이 좋아, 망할.

게다가 감시카메라 같은 것도 당연히 없었다. 자기 능력치 어느 정도 감추는 게 헌터의 기본 중 기본인데 단련실 주제에 감시카메라 달고 있으면 어떤 머저리가 이용하겠냐. 심지어 외부 길드도 이용하는 곳이라 정보 관련해서는 더더욱 민감할 터였다.

"얌전히 있어!"

걷어차인 머저리가 조심스럽게 다가오며 윽박질렀다. 명색이 D급인데 F급 발차기 하나 못 피한 주제에 입만 살았네. 심지어 단단히 붙잡혀 있는 F급이다.

스탯만 D 붙으면 다냐, F급만도 못한 마이너스 인생 같으니라고. 입 잠깐만 놔 봐라. 소리 안 칠게. 저 새끼 욕만 좀 하게 해 줘.

머저리가 슬금슬금 내 장갑을 벗겨 내곤 팔찌까지 빼내었다.

그사이 다른 머저리가 가지고 온 가방을 열어 안에 든 물건을 우르르 쏟아 낸다. 이어 가방 가운데에 자리 잡은 상자에 잠든 피스를 집어넣고 뚜껑을 닫은 뒤 꺼낸 아이템들로 가려 덮었다.

'젠장, 저거 백 퍼 안 걸리고 빠져나갈 텐데.'

들어올 때 이미 검사 다 했을 거고 고작 C급 하나에 D, E급 셋인 초라한 인원이었다. 나갈 때까지 철저하게 뒤질 가능성은 별로 없었다. 가방 한번 열어 보고 눈으로만 살핀 뒤 끝이겠지.

뭔가 철저히 검사하게 할 방법이…….

"이게 해독 아이템인가?"

그때 머저리가 내 귓불로 손을 뻗었다. 헉, 잠깐만. 내가 떡잎 스킬 몇 번

썼지? 여기 있는 다섯 놈에 단련실로 오면서 습관적으로 한 명…….

여섯 번이다.

마력 스탯은 오르지 않아 그대로 2. 마나가 회복될 정도의 시간은 지나지 않았고 떡잎 스킬 세 번만 쓰면 절반 소모니까, 이런. 귀걸이 빼면 1할 미만-.

'망했다.'

놈이 검은 요정의 이어링을 떼어 내고, 지독한 두통과 함께 눈앞이 흐려졌다.

촤악!

"푸흡, 뭐야!"

웬 물이- 콜록이며 얼굴을 닦으려는데 손목이 한데 모아져 묶여 있었다. 케이블타이다. 굵긴 하지만 짚커프도 아니고 못 끊을 정도는 아닌데, 스탯 F급이라도 너무 얕보시네.

그래도 인벤토리 봉인 팔찌는 착실하게 채워 놓았다. 어차피 나한텐 소용없는 물건이지만.

"이제야 깨어났군."

낯선 얼굴이 나를 내려다보며 말했다. 두통기가 약간 있긴 한데 또 기절하더라도 상대를 파악해 두는 편이 낫겠지.

상체를 일으키며 의자에 걸터앉아 있는 놈을 향해 떡잎 스킬을 썼다. 다행히 정신을 잃는 일 없이 상태창이 떴다.

스탯 B급, 초기 스킬 공격형, 김우재. 기억에는 없는 이름이었다. 그래도 B급이니 날 납치한 머저리들 길드 소속이라면 최소 부길드장에서 길드장쯤 되겠지.

등을 벽에 기대어 앉으며 주위를 살펴보았다. 그리 넓지 않은 평범한 사무실이었다. 다만 창문은 없었다. 지하인가.

"각성제 좀 쓰지 웬 물세례야. 쌍팔년도 남산도 아니고."

던전 부산물로 만든 좋은 약 얼마나 많은데. 물론 각성제 써 봤자 안 들었겠지만. 피스는 어디 있는 거지. 따로 가두어 놓았나.

"여유로운 걸 보니 구하러 올 거라고 믿는 모양인데, 포기하는 게 좋을 거다."

놈이 비웃음을 띠며 말했다.

"그쪽이야말로 너무 자신만만한 거 아닌가? 길드 다섯에 협회까지 나설 게 분명한데 감당할 만한가 봐."

자, 어서 설명충이 되어라. 자고로 바람직한 악당은 무력화된 상대 앞에서 자신의 계획을 1부터 10까지 상세하게 털어놓아야 하는 법 아니냐.

"시간의 문제지."

다행히 놈은 착실한 악당이었다.

"서민성, 네 경호원은 아직 단련실 앞을 지키고 있거든. 납치된 사실이 알려지지도 않았는데 구하러 올 리가 있나. 마수 사육사의 실종이 알려졌을 때는 이미 일본으로 향하는 배를 타고 있을 거다."

"일본? 그쪽이 배후인가?"

"배후는 아니고 경매 장소다. 널 무사히 넘기기만 하면 낙찰금의 절반에 더해 낙찰받은 길드 혹은 국가에서 안전 보장은 물론 자리 잡을 때까지 후원해 주기로 조건이 붙어 있지."

아, 그렇군요. 거참 좋으시겠네.

일본이라. 하긴 국내에선 당연히 날 팔아넘길 엄두를 못 낼 거고, 배로 갈 수 있는 근접국은 일본과 중국, 러시아 정도였다.

이대로 곱게 포장되어 경매장에 오르기 전에 구출될 수 있을까.

해로를 통해 빠져나가리란 건 쉽게 짐작 가능할 테고, 내 가치를 생각해 볼 때 해경 정도는 동원될 것이다. 그러니 배를 타더라도 영해만 넘어가지 않으면 구출될 가능성이 있었다.

즉, 지금 내가 할 수 있는 일은 가능한 한 시간을 끄는 것이었다.

"나를 왜 깨운 거지? 기절해 있는 게 편할 텐데."

"스탯 F짜리가 기절하나 깨어 있으나 그게 그거지."

틀린 말은 아니라 더 짜증 나네. 지금 내 상태로는 죽었다 깨어나도 B급을 이길 가능성이 없었다. 인벤토리 안의 장비를 착용해 봤자 C급도 못 당한다.

"그럼 뭐, 갑자기 물 낭비라도 하고 싶어지셨나?"

놈이 대답 대신 나를 지그시 쳐다봐 왔다. 뭐왜뭐.

"포기한 건가, 간덩이가 부은 건가."

내가 너무 태연한 게 거슬린다는 낯짝이었다. 공포 저항 L 붙었으니 전설급 간덩이긴 하지. 근데 납치까지 당한 가여운 스탯 F급 겁박해서 뭐 하시려고.

"얼굴 수준과 머릿속 수준이 비슷하네."

"…뭐?"

"똑같이 눈 뜨고 못 봐 주겠다고."

쾅!

놈이 책상을 발로 걷어찼다. 철제로 된 다리가 우그러지며, 기울어진 책상 위에서 잡동사니들이 와르르 바닥에 떨어졌다. 나 참, 뭐 하는 거야.

"하여간 무식한 놈들이 힘자랑은 잘한다니까."

"간덩이가 부은 거였군."

놈이 의자를 박차고 일어났다. 화났나? 열받았나? 아직 덜 빡친 거 같은데.

나는 재미없는 농담을 들었다는 듯 웃었다.

"어깨 사이에 얹은 둥그런 것이 장식이 아니라면 내가 쫄 필요 없다는 것쯤은 알 거 아니냐. 혹시 장식이라면 미안. 솔직히 장식용으로 달기엔 너무 지저분하잖아. 그렇다고 기능이 좋은 것 같지는-.”

퍼억!

놈의 발이 내 배를 강하게 걷어찼다. 아, 시발. 아파라. 소리도 안 나오네.

“제 처지도 모르고 까부는군.”

“내 처지, 쿨럭, 잘 알지. 국내는 물론 세계 어느 길드든 너도나도 모셔가고 싶어 하는 특수 스킬 소유자. 흔해 빠진 B급 전투 헌터 따위 시발, 트럭으로 들이밀어도 비교가, 아악!”

발목에서 저릿한 통증이 올라왔다. 전투화 밑창이 내 발목을 밟은 채 콱 비틀어 짓누른다. 그대로 부러뜨리기라도 할 기세였다. 젠장, 부러뜨리지 말고 그냥 잘라라. 부러지는 걸로는 시간 못 끈다고.

소형 길드에 제대로 된 힐러는 물론 수급도 어려운 상급 포션이 있을 리 없고, 과다출혈로 죽을 것처럼 굴면 병원 데려갈 수밖에 없을 터다.

물론 죽게 내버려둔다는 선택지도 있겠지만 그랬다간 저 새끼도 죽은 목숨이었다. 일본까지 갈 배편 구하는 것이며 경매 처리를 소형 길드가 다 했을 리 없고, 후원해 준 놈들이 분명 있겠지. 낙찰금의 나머지 절반을 가져갈 경매장이라거나, 상품 올라오길 목 빼고 기다리고 있을 해외 거대 길드들 같은.

만약 내가 잘못되면 이 새끼는 물론이요 관련자도 전부 국내외 어디든 발 디딜 곳이 없어질 것이다. 상급 기승수 얻을 기회 놓치고 눈 돌아갈 S급이 한둘은 아니니까.

그러니 내 목숨만큼은 제 목숨처럼 지켜 내려 할 것이다.

‘배 맞은 걸로 내장 파열 된 척해 볼까.’

혀 깨물어서 피 토하는 건 금방 알아챌 거고. B급 속일 만큼 효과적인 꾀병 없나, 아님 더 눈 돌아가게 만들어야 하나 고민하는데 우악스러운 손길이 내 머리채를 휘어잡았다.

"으……."

"그래, 한유진. 네 녀석은 흔한 B급 전투 헌터와는 비교가 안 되는 보물덩어리지. 그 귀한 몸뚱이 누가 감히 해칠 수가 있을까. 자신만만해할 만해."

…목소리는 빡쳤는데 어조는 차분했다. 더 긁어도 될지 안 될지 헷갈리네.

"그러니 좋은 친구 하나 소개해 주마. 즐거운 시간이 될 거야."

쿠당탕! 요란한 소리와 함께 내 몸뚱이가 차가운 바닥을 굴렀다.

"…으윽."

사람 막 던지네.

놈이 나를 끌고 온 곳은 어두침침한 창고 비슷한 꽉 막힌 공간이었다. 천장에 달린 전등은 희뿌연 빛을 흘리고 출입문의 반대쪽 벽으로는 굵직한 철창이 쳐져 있었다. 분위기 한번 참.

아무래도 저 창살 너머에 뭐가 들어 있을 거 같은데.

"크레케는 배가 부를 땐 먹이를 저장해 두는 습성이 있지."

크레케? 몬스터인가. 처음 듣는 이름이었다. 놈이 거만해진 낯짝으로 설명을 이었다.

"그 저장 방법이 바로 전신을 굳게 만들어 고통을 주는 저주다. 딱 30분이면 제아무리 기 센 놈이라도 뭐든 다 할 테니 꺼내 달라고 매달려 빌게 되지."

놈이 음험하게 웃었다. 저주? 저주라면 환영이죠.

"30분? 고작 그 정도 가지고 되겠어? 좀 더 쓰시지."

시간을 끌면 끌수록 나야 좋다. 하지만 빌어 처먹을 놈은 비웃음만 던지곤 밖으로 나가 문을 잠가 버렸다.

이어 내려져 있던 철창이 위로 올라가며 시커먼 무언가가 기어 나왔다.

- 끄르르르.

 사람 키보다 약간 더 긴 몸뚱이를 지닌, 진흙을 뒤집어쓴 듯 질척거리는 살가죽의 거대한 파충류. 도롱뇽과 비슷하게 생겼지만 다리는 여섯 개에 등판에는 말미잘 촉수 같은 것들이 돋아 연기처럼 흔들렸다.
 '저주야 저항 스킬 있으니 상관없지만…….'
 정말 징그럽게 생겼다. 으윽, 오지 마, 저리 가. 그때 나를 향해 느릿하게 기어 오던 도롱뇽이 두어 걸음 앞두고 우뚝 멈추었다. 목줄과 연결된 쇠사슬이 팽팽히 당겨진다.
 그리고…….

 [크레케를 상대할 시 모든 스킬 효과가 2배 상승합니다!]

 메시지창이 떴다. 응?
 '…라우치타스의 천적 스킬인가?'
 저 검고 징그러운 도롱뇽이 저주와 독의 용종이었구나. 하지만 스킬 효과 두 배라고 해 봤자 내겐 전투 스킬이 하나도… 없었다. 민첩이랑 정신력 업 스킬은 두 배 되어 봤자 큰 차이도 없을 거고. 그 외엔…….
 아.
 '혹시 키워드 적용도 두 배 받으려나.'
 일단은 스킬에 속하는 거니까, 만약 두 배 더 빠르고 쉽게 적용이 된다면 저 도롱뇽을 이용할 수 있을 것이다. 밑져 봐야 본전이니 시도나 해 보자.
 '악!'
 일어나려고 하자 밟힌 발목에서 저릿한 통증이 올라왔다. 부러지진 않은 것 같은데, 금 정도는 갔으려나. 못 움직일 정도는 아니라 벽을 붙잡고 비틀거리며 일어섰다. 그러자.

사사사삭!

검은 도롱뇽이 기겁하며 뒷걸음질 쳤다. 엥? 왜 저래?

두 눈을 크게 뜨고 불룩한 목덜미를 헐떡이는 게… 아무리 봐도 겁에 질린 모양새였다. 아니, 나 스탯 F급인데.

'…드래곤 슬레이어 칭호 때문인가.'

다른 몬스터도 아닌 저주독룡의 왕 라우치타스를 단신으로 해치워 얻은 칭호다. 저번 던전에서는 아무런 효과가 없었는데, 같은 저주독룡종에게는 영향을 미치는 듯했다.

어쨌든 겁 좀 먹어서 나쁠 건 없지. 접근하기도 쉽고 흔들다리 효과란 것도 있다니까.

나는 인벤토리에서 마석 가루가 든 병을 꺼내며 웅크린 도롱뇽을 향해 다정한 미소를 지어 보였다.

"자아, 깜둥아. 착하지. 맛있는 거 먹을래?"

곱게 갈아서 목 넘김도 좋은 C급 마석이란다. 이리 온.

김우재는 초조하게 걸음을 옮겼다.

'서민성 이 새끼, 왜 연락이 없어.'

20분에 한 번씩 문제없다는 신호를 주기로 되어 있었다. 하나 오 분 전에 왔어야 할 신호가 오질 않았다.

설마 벌써 들키기라도 한 걸까.

'젠장, 주인의 증표는 받아 내야 하는데.'

김우재가 굳이 한유진을 깨워 겁박한 것은 다름 아닌 화염 뿔사자 새끼의 테이밍 아이템, 주인의 증표 때문이었다. 한유진의 인벤토리에 증표가 든 채로 배를 타면 더는 손댈 수 없었다. 하지만 미리 빼돌려 놓으면 증표로도 한

못 단단히 뜯어낼 수가 있었다.

　무려 S급 던전 보스 몬스터의 새끼다. 그냥 이대로 함께 넘겨도 추가금은 받을 수 있겠지만 테이밍의 증표를 빼내면 훨씬 더 비싼 가격에 따로 팔 수가 있었다. 모른 척 눈감기에는 그 가치가 너무 컸다.

　'시간이 없다는 건 숨기고 한 시간쯤 더 저주에 걸리게 내버려둔다고 협박하면…….'

　순순히 내놓지 않을까. 기세등등하게 굴긴 했으나 한유진은 던전 경험도 거의 없는 일반인이나 마찬가지였다. 처음 겪는 저주에 혼이 빠져 있을 것임이 분명했다.

　쾅!

　"좋은 시간 보냈나!"

　김우재는 일부러 기세 좋게 외치며 문을 활짝 열었다. 벽 쪽으로 붙어 웅크려 쓰러져 있는 한유진의 모습이 그의 눈에 들어왔다. 소리를 들었을 것임에도 아무런 움직임이 없었다.

　기절도 못 하는 저주일 텐데. 움찔할 기력까지 완전히 빠져 버린 건가.

　김우재는 별생각 없이 한유진에게로 다가갔다. 그러곤 발끝으로 웅크린 등을 툭 찼다.

　"깨어나 있는 거 알고-."

　휘릭!

　그때 돌연, 어둠을 가르며 검은 촉수가 튀어나왔다.

　"윽!"

　김우재의 발목을 휘감은 촉수가 독을 흘려 내기 시작했다. 양말을 녹이며 피부로 스며드는 독에 김우재가 기겁하며 힘껏 다리를 뒤로 당겼다.

　뚝!

　B급 헌터의 힘을 이기지 못한 촉수가 끊기고 김우재가 비틀거렸다. 급히 뒤를 돌아보는 그의 눈에 촉수를 흔드는 거대 파충류의 모습이 들이박혔다.

"분명 목줄 걸이가-!"

- 꾸우으으!

시커먼 몸뚱이를 들썩이며 크레케가 김우재를 향해 달려들었다. 목줄과 연결되어 있던 쇠사슬이 저만치 나뒹굴고 있었다.

독기운이 훅 끼쳐 오고 김우재가 인벤토리에서 허둥지둥 방패를 꺼내 든 순간.

콰득!

"크악!"

김우재의 발목에 칼이 박혔다. 정확히 독으로 약해진 부분이었다. 동시에 크레케가 방패에 제 몸을 쾅, 부딪친다.

"크윽!"

김우재가 뒤로 주룩 밀려나며 쓰러졌다. 연이어 촉수가 날아드는 것을 본 그가 몸을 일으키는 대신 재빠르게 바닥을 데굴데굴 굴렀다.

예상치 못한 급습이었지만 그래도 경험 많은 B급 헌터다. 빠른 상황 판단으로 거리를 벌린 김우재가 발목에 포션을 뿌리며 일어섰다.

"씨발 것들이!"

김우재가 목에 핏대를 세우며 소리쳤다.

한유진이 움직이는 것은 눈치챘다. 하지만 인벤토리를 봉인당한 공격 스킬 전무의 스탯 F급이 덤벼들 것이라곤 꿈에도 생각지 못했다.

"그래 봤자 C급 던전 몬스터 따위가!"

제법 큰 피해를 입긴 했으나 고작해야 C급과 스탯 F급의 조합이다. 설사 다리 하나가 잘려 나갔다 해도 질 일은 없다.

김우재는 대검을 꺼내 손에 들었다. 날카로운 검날을 앞으로 세운 그가 스킬을 발동시켰다.

휘리릭, 독기를 품은 촉수 수 가닥이 김우재를 향해 날아들었다. 그러나 크게 휘둘린 대검 아래 후두둑, 맥없이 잘려 나가고 말았다.
　이어 김우재가 몬스터를 향해 크게 도약했다. 그대로 뚝 떨어진 칼날이 두꺼운 검은 가죽을 단숨에 갈라낸다.

　- 끄우으.

　맥없는 신음과 함께 검은 파충류의 몸뚱이가 축 늘어졌다. 김우재는 분노에 찬 숨을 토해 내며 멍하니 앉아 있는 한유진을 돌아보았다.
　"빌어먹을!"
　김우재가 으르렁거리며 검을 인벤토리에 집어넣었다. 손에 무기까지 들고 있으면 성질을 참지 못한 채 저 새끼를 난도질해 놓고 말 것만 같았다.
　"젠장, 이 새끼! 테이밍된 새끼 몬스터를 성장만 시킬 수 있다고-."
　귀한 상품이라 해도 목숨만 붙어 있으면 된다. 사지를 부러뜨려 놓겠노라고 소리치는 바로 그때…….
　"커헉!"
　전신을 두들기는 지독한 고통과 함께 김우재의 몸뚱이가 앞으로 고꾸라졌다.

　- 끄우으.

　깜둥이가 단말마의 경련을 일으킨다.
　혹시나 하는 기대가 있었지만, 역시 이렇게 되고 말았다.
　그리고 이내.

> 칭호 '완벽한 양육자'의 효과가 발휘됩니다.
> 양육자 부가 스킬 - 마지막 보은
> 몬스터 '깜둥이'의 스킬과 능력치가 두 배의 효율로 전이됩니다.
> 지속 시간 - 168:00

스킬 적용을 알리는 메시지창이 떴다. 연이어.

> 마지막 보은(L) 스킬 효과가 두 배가 됩니다.

라우치타스의 천적 스킬 적용 메시지창 또한 나타났다. 그것을 제대로 읽기도 전에, 깜둥이의 기억이 전해져 왔다.

예전에 가지고 있던 마지막 보답과 동일하게 나와 관련된 기억들이다.

고작 30분도 채 못 되는, 짧디짧은 기억.

깜둥이는 나를 무서워했으며, 호기심을 느꼈고, 처음 먹어 보는 C급 마석 가루에 기뻐했다.

녀석은 사랑한다고 말해 주는 내 목소리를 마음에 들어 했다. 손길이 따스하다고 생각했다. 김우재를 이길 수 없다고 본능적으로 느꼈지만, 나를 지키고 싶어 했다.

마지막까지 나를 걱정했다.

정말이지, 못 쓰는 게 나은 스킬이었다.

"…미안하다, 깜둥아."

의미 없는 사과를 중얼거리며 상태창을 열었다. 확연히 오른 스탯에 더해 새로 생긴 스킬들이 눈에 들어왔다.

"젠장, 이 새끼! 테이밍된 새끼 몬스터를 성장만 시킬 수 있다고-."

얼굴을 잔뜩 일그러뜨린 김우재를 향해 가시 덫을 썼다.

"커헉!"

숨이 막히는 소리와 함께 바닥에 쓰러진 놈이 벌벌 경련한다.

가시 덪(D). 상대를 구속하고 고통을 주는 저주 스킬. 다만 정신력 스탯 등급이 스킬 등급보다 두 단계 높을 경우 통하지 않았다.

원래는 B급인 김우재에겐 소용없을 스킬이지만 지금은 두 배에 또 두 배 버프를 받아 B급 스킬 수준은 될 터였다.

'전이된 기억량이 너무 적어서 적응하는 데 좀 걸리겠군.'

상대에게 나에 대한 기억이 많을수록 전이받은 스탯과 스킬의 적응이 빨랐다. 그래서 유현이의 경우엔 당사자나 마찬가지일 정도로 능숙하게 사용할 수 있었다.

그나마 스킬 효과 두 배가 있어서 삼십 분짜리치고는 정보가 꽤 많이 건너온 것 같은데.

상태창을 닫고 길게 늘어진 검은 몸뚱이로 시선을 옮겼다.

"…역시 이 스킬은 별로야."

한숨을 삼키며 깜둥이에게로 다가갔다. 손바닥에 닿는 살가죽이 기분 탓인지 더욱 차갑게 느껴졌다.

그나마 정신력 스탯 두 배 버프 덕분에 견딜 만한 스킬이었는데, 두 배에 두 배 더 받고도 영 기분이 꿀꿀했다.

'우리 깜둥이… 정신력 스탯이 많이 낮은 편이었구나.'

그래도 마지막 보은은 7일 지속이라 다행이지, 마지막 보답은 1시간이면 효과 끝이었다. 덕분에 며칠을 술독에 빠져 산 적도 있었다.

한숨을 깊게 삼키고 몸을 일으켰다. 고개를 돌리자 뻣뻣하게 굳은 채 경련을 일으키는 김우재가 보였다. 내가 다가가자 눈알을 굴려 노려봐 오는 꼴이 아직 살 만한가 보다.

"널 살려 둘 이유는 딱히 없는 듯하지?"

무엇보다도 마지막 보은 스킬을 들키지 않기 위해서라도 입을 막아야 했다. 계약서를 써서 입 다물게 만들 수도 있겠지만, 그렇게까지 할 필요 있을까.

"아, 발목 아파라."

스탯이 오른 덕분인지 못 걸을 정도는 아니지만 아프긴 아프다. 투덜거리며 다시 상태창을 열어 깜둥이로부터 받은 스킬을 확인해 보았다.

가시 덫(D) - 상대를 마비시켜 고통을 가하는 저주

지속 시간 1시간

끈적이는 독(C) - 피부에서 스며 나오는 강력한 독

벽에 붙은 도마뱀(D) - 주위의 환경에 동화되어 모습을 감춤

할퀴기(D) - 강력한 발톱 공격

늘어나는 촉수(C) - 독을 품고 늘어나는 촉수

최대 길이 1미터

약자의 예감(C) - 자신보다 강한 상대를 감지

피부 독 할퀴기 촉수… 앞의 둘은 그렇다 쳐도 촉수는 쓸 수 있는 건가. 원래는 등에 난 촉수를 늘려 휘두르는 스킬이었다.

내 몸에도 늘어나는 부위가 없는 건 아니지만, 음. 최대 길이 1미터면 네 배니까 4미터, 음.

…궁금했다.

'…조금만 써 볼까.'

그냥 살짝만. 늘어나는 촉수.

"…으."

스킬을 쓰자 손목에서 촉수가 고개를 들었다. 피부색과는 다른 시커먼 빛을 띠고 있어 마치 기생충이라도 달라붙은 것 같았다.

4미터나 늘어나는 독 촉수면 유용하긴 하겠지만 쓰기에는 생리적인 거부감이 들었다.

'스킬 중 가장 강력한 것이라면 역시 끈적이는 독이겠군.'

네 배 버프 받은 C급 독이다. 어지간한 A급이라도 막아 내기 힘들 것이다. 독 저항과 관련된 장비가 없다면 S급까지도 중독시킬 수 있지 않을까. 물론 S급은 물론 A급만 되어도 독과 저주 저항 템은 기본으로 가지고 있겠지만.

"김우재 씨, 우리 애 찾으러 갔다 올 테니 여기 얌전히 있으세요."

당장 죽일까 했지만 혹시 피스를 찾지 못할 것을 대비해 살려 두기로 했다. 제 말로 웬만한 사람은 30분이면 뭐든 다 할 정도가 된다니까 네 배짜리면 B급이라 해도 고분고분해지겠지.

놈의 몸을 뒤져 인벤토리 봉인 팔찌의 열쇠를 찾아냈다. 내 손목의 팔찌를 벗긴 뒤 놈의 손목에 채웠다. 이어 놈의 장갑을 벗겨 내 손에 꼈다. 지문 남기고 다니면 귀찮아질 테니까.

"그럼 즐거운 시간 되시길."

인사를 던져 주고 밖으로 나가 문을 잠갔다.

이 건물 안에 사람이 몇 명이나 있을까. 약자의 예감이 강한 상대만 감지한다는 것이 아쉬웠다. 원래는 반경 거리가 얼마 안 되지만 지금은 제법 넓었다. 난데없이 A급 이상과 마주쳐 당황할 일은 없다는 뜻이었다.

이런 곳에 A급이 있을 린 없겠지만.

'A급이라 해도 벽에 붙은 도마뱀을 쓰고 독으로 급습하면 상대할 수 있을 거 같은데.'

지금 내 스탯은 레벨 50 기준으로 A급과 B급 사이 정도였다. B급은 껌이지만 A급은 좀 까다로웠다. 그래도 스킬이 꽤나 좋아서…….

콰직!

"에고."

내 손에 잡힌 문고리가 우지직 뜯겼다. 힘 조절이 아직 서툴다 보니 말이야. 빨리 적응되어야 하는데, 이러다가 스탯 늘어난 거 들통나겠다.

'앞으로 7일이나 숨겨야 한다니.'

그나마 해연에는 상태창 감정사가 없다는 게 다행이었다. 납치 후유증 핑계로 일주일간 방에 틀어박혀 있을까. 벽에 붙은 도마뱀을 약하게 써서 존재감을 흐릿하게 만들면 큰 탈은 없을 듯한데.

하루 정도로 하지 기간이 너무 기니 이것도 문제였다.

'들키면 뭐라고 변명하지.'

지나가던 헌터가 구해 주고 엄청난 버프를 걸어 줬다~고 하면 지나가던 개도 안 믿겠지. 마땅한 변명거리가 없었다. 그냥 착각이야 오해입니다 나 약하다고! 우기는 수밖에.

'찾았다.'

피스는 아니고, 모여 있는 사람들의 인기척이 느껴졌다. 약자의 예감 스킬이 조용한 걸 보니 전부 B급 이하인 모양이었다.

숨을 죽인 채 벽에 붙은 도마뱀 스킬을 사용했다.

원래는 보호색을 띠는 정도의 효과밖에 없는 스킬이다. 하나 네 배의 효과를 지닌 지금은 웬만해서는 나를 발견하지 못할 것이었다.

만나는 족족 죄다 죽일 게 아니라면 들켜선 안 되지. 죽여도 뭐, 솔직히 정당방위지만.

인기척이 느껴진 곳을 향해 조용히 다가갔다. 다행히 문이 반쯤 열린 채였다.

"진짜 무사히 빠져나갈 수 있겠지?"

문 너머로 목소리가 새어 나왔다. 기억에 있는 목소리였다.

'나한테 걷어차인 D급이군.'

문틈을 들여다보자 단련실에서 봤던 네 사람이 모두 모여 있었다. C급 한 명만 보이지 않았다.

길게 끌 것 없이 바로 가시 덫을 사용했다.

"억!"

"무슨- 끄억!"

놈들이 도미노처럼 줄줄이 넘어졌다. 스탯이 낮아서인지 벌벌 떨다 못해 이내 눈을 까뒤집는다.

‘공격 스킬 있으니까 좋긴 정말 좋다.’

내 L급 스킬 딱 하나만이라도 공격형이나 방어형으로 바꿔 줬으면.

혹여 날 볼세라 바닥에 늘어진 몸뚱이들을 슬쩍슬쩍 뒤집어 가며 방 안을 살폈다. 한쪽 벽에 모니터들이 다닥다닥 붙어 감시카메라로부터 전해지는 영상을 띄우고 있었다.

입구와 계단, 복도 일부 외엔 감시카메라가 없는 모양이었다. 선을 전부 뽑은 뒤 벽에 걸려 있던 열쇠 뭉치를 들고 다시 밖으로 나갔다.

지하를 벗어나 1층으로 올라가자 드디어 피스가 갇혀 있는 우리가 보였다.

‘피스야!’

누가 들을세라 소리치진 못하고 주위를 살피며 우리로 다가갔다. 붉은색 털로 뒤덮인 몸뚱이가 규칙적으로 오르내리고 있었다. 다친 덴 없는 듯하고, 아직 잠에서 깨어나지 못한 모양이었다.

‘파수꾼의 열매에 후유증은 없었지.’

더럽게 비싼 그 가루는 주로 몬스터를 포획할 때 사용하는 것이었다. C급 이하에게만 효과가 있어서 던전 공략용으로 쓰기엔 수지타산이 맞지 않기 때문이었다. 물론 사람에게도 통해서, 몬스터 포획을 돕는 일을 하다가 나까지 잠들어 버린 적도 있었다.

‘우리 열쇠는 여기 없는 모양이로군.’

같이 놓아두는 게 이상하긴 하지. 가지고 온 열쇠 중에서도 맞는 게 없었다. 우리를 못 부술 건 없지만 힘 조절이 안 될까 봐 걱정이었다. 독으로 녹이기에도 좀 그렇고. 무방비하게 잠들어 있는 피스가 다칠 수도 있으니 열쇠를 찾아오는 편이 낫겠지.

"조금만 더 기다려."

금방 올게.

조그만 열쇠 하나 찾는다고 여길 다 뒤질 수는 없었다. 지하로 다시 내려가서 쓰러져 있는 놈들 붙잡고 물을까 하다가 일단 위층으로 올라갔다. 혹시 모를 불안의 싹은 제거해 두는 편이 낫다.

다행히 건물은 2층짜리로, 2층에서 느껴지는 인기척은 하나뿐이었다. 아마도 마지막 남은 C급일 터였다.

'거대 길드 산하치곤 수가 적은데.'

이번 일에 가담한 사람은 일부인 모양이었다. 하기야 보안 문제에 더해 한국을 완전히 떠나야 할 테니 믿을 수 있는 최소 인원만 모았을 것이다.

'B급이 길드장일 거고 C급은 부길드장쯤 되겠군.'

부길드장이라면 열쇠의 행방도 알고 있겠지.

망설일 것 없이 닫혀 있는 문을 발로 쾅, 걷어찼다. 문짝이 잔뜩 우그러지며 속 시원하게 내동댕이쳐졌다.

"누, 누구냐!"

누구긴.

"댁이 납치한 피해자 되십니다."

C급 방어형 헌터 박상훈. 그가 나를 보고 눈을 크게 치떴다.

"아니, 어떻게-!"

"화염 뿔사자 우리의 열쇠는 어디 있지?"

박상훈은 당황한 얼굴을 하더니 피식 비웃음을 흘렸다.

"거참, 스탯 F짜리가 운 좋게 풀려났는데도 도망칠 생각은 안 하고 여기까지 기어들어 와?"

얼씨구?

"인벤토리 봉인 팔찌가 없는 거 보니 아이템이라도 쓴 모양인데, F급이 암만 좋은 장비 껴 봤자 C급한텐 안 통해. 하긴 던전도 제대로 못 돌아 본 초짜가 그걸 알겠냐만."

놈이 여유롭게 자리에서 일어나며 말했다. 내가 뒤돌아서 도망친다 해도 쉽게 잡을 자신이 있다는 태도였다.

"화염 뿔사자 우리 열쇠 어딨냐니까."

"제 새끼처럼 챙기는구만. 내 인벤토리 안에 있다. 어쩔 테냐."

덤비기라도 할 거냐며 낄낄댄다.

인벤토리라면 던전 금속으로 만든 열쇠인가 보군. 귀찮게 되었네.

인벤토리는 타인이 간섭할 수 없는 공간이었다. 그 안에 든 물건을 빼내는 것은 인벤토리 주인의 의지에 의해서만 가능했다.

"일단 열쇠부터 꺼내 놓고 이야기하지 않을래, 우리?"

"내가 왜 그래야 하지?"

얕보다 못해 놀리는 투의 표정이 거슬렸다. 순순히 내놓을 거 같진 않고, 일단 좀 맞자.

촉수를 꺼내어 놈의 뺨을 향해 휘둘렀다.

짝!

"윽?"

박상훈의 얼굴이 옆으로 휙 돌아갔다. 독은 담지 않아 중독되진 않았지만 대신 시뻘건 선 자국이 남았다. 박상훈이 어리둥절해하며 제 뺨에 손을 가져다 댔다.

"바, 방금 뭐……."

못 봤나? 그럼 한 대 더 때려 주지, 뭐.

짜악! 경쾌한 소리와 함께…….

"억!"

반대쪽 뺨도 공평하게 후려쳐 줬다. 이번에는 힘을 더 넣은 덕에 놈의 머리는 물론이요 몸까지 옆으로 휙, 돌아갔다.

여전히 영문을 모르겠다는 표정의 놈이었지만 내가 한 짓이라는 건 눈치챈 듯했다.

"…아, 아이템인가?"

"아닌데."

"그, 그럼……."

뭐긴 뭐야, 스킬이지. 놈을 향해 가운뎃손가락을 올려 주며 가시 덫을 써 주었다.

"끄어억!"

덜커덩, 의자가 부딪쳐 쓰러지고 박상훈도 같이 엎어져 낚인 물고기처럼 퍼득거린다.

깜둥아, 네 스킬 정말 마음에 드는구나. 촉수도 징그러운 것만 참으면 진짜 유용했다. 7일 제한이 아니면 일상생활에서도 잘 써먹을 수 있을 텐데. 소파에 누워서 멀리 있는 리모컨을 가지고 온다거나 부엌까지 안 가고도 냉장고 문을 연다거나.

…불쌍한 우리 깜둥이.

한숨 한번 내쉬고 덜덜거리고 있는 박상훈에게로 다가갔다. 발로 툭툭 치자 눈물 그렁한 눈으로 나를 올려다봐 온다. 으… 눈 배렸어.

혀를 쯧 차며 가시 덫 스킬을 해제했다. 스킬 취소와 동시에 경련하던 몸뚱이가 뚝 멈춘다. 박상훈이 상체를 뒤틀더니 좀비처럼 벌떡 일어났다.

"그아아!"

놈이 괴성과 함께 침을 흘리며 내게 덤벼들었다. 으, 더러워. 얼굴 꼬라지 보니 발도 대기 싫어 가볍게 옆으로 피했다.

쾅!

박상훈이 철제 사물함을 그대로 들이받았다. 사물함의 문짝이 덜컹거리며 그 틈새로 종이가 흩날렸다.

힘줄이 잔뜩 돋은 놈의 손아귀가 사물함을 움켜쥐었다. 그대로 번쩍 들더니 나를 향해 집어 던진다.

기세 좋게 날아드는 사물함을 피해 뒤로 훌쩍 뛰었다. 쿠당탕, 사물함이 책걸상을 쓸며 바닥에 처박히고 서류들이 낙엽처럼 바닥에 좌악 깔렸다.

"다 부숴라, 다 부숴."

뒤로 몇 발 물러난 사이 놈이 무기와 방어구를 꺼내 들었다.

"숨기고 있던 스킬이 있는 모양인데 그래 봐야 전투 경험도 없-."

아 됐고, 가시 덫.

"끄억!"

박상훈이 다시 고꾸라져서 펄떡거린다. 방어구에 붙은 저주 저항이 낮은 모양이야.

"순순히 열쇠를 내놓으면 목숨은 살려 주마."

물론 진짜 살려 둘 생각은 없었다.

다시 가시 덫을 해제해 주자 박상훈이 신음성을 흘리며 고개를 치켜들었다. 지저분한 얼굴에 억울함이 가득했다.

"…씨발, 대체 왜 잡혀 온 거냐."

"그건 알 필요 없고. 방금 그 스킬만 있는 거 아니거든?"

장갑을 벗고 책상 위에 놓인 펜을 집어 들었다. 손끝에 끈적이는 독을 쓰자 펜이 시커멓게 녹아내린다. 독과 펜이 녹은 것을 털어 내자, 방울방울 튀어 닿는 곳마다 시커먼 구멍이 생겨났다. 고약한 냄새와 함께 타들어 가는 것이, 꽤나 섬뜩한 광경이었다.

다시 장갑을 끼며 놈을 향해 미소 지어 보였다.

"열쇠 내놓을래, 발끝부터 서서히 녹아내릴래?"

박상훈의 낯짝에 드디어 두려움이라는 것이 깃들었다.

"드, 드리겠습니다. 계약서만 써 주시면요……."

"얼마든지."

십중팔구 불법 계약서겠지.

역시나 놈이 인벤토리에서 꺼내 든 계약서에 협회 인증 따윈 없었다. 걸려 있는 저주도 기간제 스킬 봉인이나 스탯 감소가 아닌 영구적인 시력 손상이었다.

"제 안전을 보장해 주시는 조건으로 열쇠를 드리겠습니다."

"안전 보장은 무슨. 두리뭉실하게 쓰지 말고 제대로 조건 맞춰. 앞으로

24시간 동안 네놈을 공격하지 않겠다. 알아서 잘 도망쳐. 대신 화염 뿔사자 우리 열쇠를 인벤토리에서 꺼내 주고 나에 대한 정보는 평생 입 밖으로 내뱉지 마라."

대충 적어도 상관없지만 혹시 의심할 수도 있으니 자세한 조건을 요구했다. 박상훈이 한결 안심한 표정으로 계약서에 조건을 써 내려간다. 놈이 먼저 사인하고 나도 서명했다.

"여기 열쇠다."

놈이 계약서만 믿고 열쇠를 내게 툭 던졌다. 말꼬리도 도로 짧아졌다. 일단 열쇠를 인벤토리에 집어넣고 계약서를 흔들어 보았다.

"희망을 깨뜨리게 되어 정말 미안하지만."

양피지의 양 끝을 잡고 천천히 비틀었다.

"내 취미 중 하나가 계약서 찢기거든."

약간의 반발력이 느껴졌다. 하나 무려 L급의 저주 저항에 맞설 수 있는 계약서가 이 세상에 존재할 리 만무했다.

찌이익.

양피지가 가로로 길게 찢어지며, 계약서가 품고 있던 저주가 물거품처럼 흩어졌다. 이어 독으로 완전히 녹여 없앴다.

계약서가 녹아내린 흔적을 멍하게 쳐다보는 박상훈에게 냉랭하게 말했다.

"이젠 네 차례다."

몸뚱이라도 고이 남겨 주고 싶지만, 시체의 기억을 읽어 낼 수 있는 아가씨가 있어서 말이야.

박상훈을 처리하고 김우재가 있는 방으로 돌아갔다. 문을 열자마자 불쾌한 지린내가 코끝을 찔렀다.

"윽, 냄새."

이 새끼, 지렸네. 눈물에 콧물에 침까지 줄줄 흘리고 있지만 눈동자는 아직 번들거리며 나를 노려봐 왔다. 근성은 제법 있으시네요.

"꼴을 보아하니 끝까지 입 열 거 같진 않고."

더 필요한 것도 딱히 없었다. 정확한 배후 캐묻다가 나 구하러 온 사람들과 마주치면 곤란하니 이쯤에서 끝낼까. 아직 네 명 남아 있고 이 건물 어딘가에 물증 같은 것도 있을 테니 나머진 다른 사람들이 알아서 처리해 주겠지.

놈에게 채웠던 인벤토리 봉인 팔찌를 벗겨 다시 내 손목에 찼다.

피 튀기기도 싫어 장갑을 벗고 김우재의 얼굴 위로 독액을 흘려 냈다.

"끄억, 꺽!"

가시 뒷 때문인지 비명도 제대로 못 지른다. 그마저도 얼마 지나지 않아 멈추었다. 독에 녹아 머리가 사라지고 이어 상반신까지 검고 질척하게 퍼져 버린다.

예림이의 하얀 사체는 시체가 3분의 2 이상 남아 있어야만 쓸 수 있었다. 이 정도면 김우재의 기억을 뽑아내진 못할 것이다.

그 전에 애한테 저런 새끼 기억 뒤져 보게 시켜서도 안 되지만. 가급적 성인이 될 때까진 안 썼으면 좋겠는데.

'이걸 보면 독과 저주 스킬 지닌 헌터가 저지른 짓이라고 생각하겠지.'

내분이 생겼다고 추측하지 않을까.

엉망이 된 시체를 보니 입안이 조금 씁쓸해졌다.

'이번에는 살인 같은 거 할 일 없을 줄 알았는데.'

벌써 두 명이나 죽여 버렸어. 납치한 놈들 잘못이긴 하지만. 그러게 왜 평화롭게 살려는 사람 건드리냐. 그냥 내버려두라고, 좀.

"…여러 가지로 심란하게 만드네."

고개를 돌려 깜둥이의 사체를 바라보았다. 다른 사람들 눈에 띄면 수거되어 재료로 쓰이게 될 것이었다. 용종의 사체는 쓸모가 많은 편이었다. C급이면 등급도 괜찮고. 그렇게 되도록 놓아두는 건, 역시 내키지 않았다.

그새 딱딱하게 굳어 버린 깜둥이의 몸을 독으로 녹였다. 독룡인 만큼 B급인 김우재보다 더 저항력이 강했지만 그리 오래 버티진 못했다.

그렇게 만들어진 작은 독 늪 가운데, 붉은색 보석과 같은 돌이 남았다.

마석이다.

그것을 잠시 바라보다가, 집어 들어 텅 빈 마석 가루 병을 꺼내 그 안에 담았다.

볼일을 다 끝내고 얼른 피스가 있는 곳으로 돌아갔다.

남은 네 명은 저주만 걸어 놓고 방치해 두었다. 나를 본 것도 아니고 주도자도 아니니.

물론 그놈들도 무고하진 않을 터였다. 납치 건은 그렇다 쳐도, 말 안 듣는 사람에게 지독한 저주를 걸 용도로 몬스터를 키우는 길드의 길드장이 믿는 놈들이라면 범죄 한둘 정도는 우스웠겠지.

그래도 구속만 해 두면 나 구하러 올 사람들이 발견해서 알아서 처리할 것이다.

"피스야, 아직 자니?"

열쇠로 우리 문을 열고 안으로 들어갔다. 일어서도 머리가 닿지 않을 만큼 커다란 우리였다.

탈출하는 건 의심스러운 데다가 질문 공세 당할 가능성이 크고, 여기에 피스랑 같이 갇혀 있으면 구하러 오겠지.

구출되기 전에 엉뚱한 놈들이 찾아오진 않을까 하는 걱정도 없진 않았지만, 설마 A급 이상이 나타날까. A급이 있었다면 진작 나왔겠지.

'설사 A급이 튀어나와도 방심한 상태라면 못 이길 것도 없고.'

안에서 손을 내밀어 문을 잠근 뒤 열쇠는 인벤토리에 넣었다. 나도 잠든 척이나 할까.

고릉고릉 잠들어 있는 피스를 끌어안으며 눕자 진짜로 졸음이 밀려왔다. 어젯밤에 늦게 자긴 했지. 조금만 눈 붙일까. 스탯이 B급을 넘었으니 누가 접근하면 금방 눈치챌 수 있을 것이다.

따끈하고 부드러운 털을 쓰다듬으며 눈을 감았다.

"너는 나보다 먼저 죽지 마라."

명색이 S급 던전 보스 몬스터니 스탯 F급보다 백 년은 더 살아야지.

박예림은 손톱 끝을 깨물었다. 부모를 잃고 삼촌 집에 얹혀살기 시작하면서 생긴 버릇이었다. 하나 각성한 후에는, 이제는 또 손톱을 깨물며 혼자 어쩔 줄 몰라 할 일은 없을 줄 알았는데.

초조하고 불안했다.

당장이라도 뛰쳐나가고 싶은 마음을 억누르며, 대신 상태창을 열어 아직 한 번도 써 보지 못한 스킬을 바라보았다.

┌─ 하얀 사체(S) ─────────────┐
└───────────────────────────┘

손을 들어 스킬 이름에 닿을 듯 말 듯 손가락을 까닥였다.

쓰기 꺼림칙한 스킬이었다. 쓸 일이 없기를 바라기도 했다. 하지만 지금 이 순간만큼은 다른 어느 스킬보다도 달갑게 느껴졌다.

그때 그녀와 함께 있던 김지연의 휴대폰이 짧게 울렸다. 동시에 박예림의 어깨가 살짝 긴장했다.

"도착했습니다."

김지연의 말에 박예림은 옅은 긴장을 떨쳐 버리고 거침없이 발걸음을 옮겼다.

그녀가 도착한 곳에는 해연의 길드장 한유현이 서 있었다. 그녀를 바라봐 오는 얼굴이 차갑기 그지없다. 민감한 후각에 피 냄새가 걸려들었다.

"저 방 안에 있습니다."

한유현이 말했다. 박예림이 마주 서늘한 시선을 던져 왔다.

"제가 알아내고 나서, 이야기 좀 해요."

그녀의 말에 한유현이 눈썹 끝을 조금 들어 올렸다.

"아니면 변명을 하든가."

"변명?"

"네, 변명. 아저씨 안전에는 문제없을 거라더니 이게 뭐야."

날 선 목소리를 끝으로 박예림이 방 안으로 들어섰다. 문이 쾅 소리를 내며 닫혔다.

한유진은 한유현과 박예림 두 사람이 사이좋게 지내길 바랐지만, 그것은 무척이나 어려운 일이었다. 스탯의 등급이 높을수록 타인의, 일정 등급 이상 각성자의 능력을 예민하게 느낄 수 있었다. 물론 상세한 스탯과 스킬을 알아차릴 정도는 아니다.

그것은 일종의 향이었다.

각성자가 지닌 적성, 특히 등급 높은 공격 계통 적성의 향은 유독 진했다. 모른 척하려 해도 그럴 수 없을 만큼.

박예림은 냉기를 지녔고 한유현은 열기를 지녔다. 서로 상반되다 못해 약점이 될 수 있는 향이 느껴지는 상대에게 달가운 마음이 들 리가 없다.

그나마 등급이 달랐다면 괜찮았겠지만 두 사람은 레벨의 격차가 있을 뿐 같은 S급이었다. 자연히 서로 꺼리다 못해 경계하게 되는 것이었다.

심지어 두 사람 모두 신경이 날카로워질 대로 날카로워진 지금은 서로 마주 대하는 것만으로도 스트레스가 쌓였다. 인내의 끈이 한계까지 바싹 당겨지는 기분이다.

얼마 지나지 않아 박예림이 밖으로 나왔다. 몸에 냉기 어린 하얀 반딧불 같은 것을 휘감은 채 잔뜩 얼굴을 찡그리고 있었다.

"아, 기분 더러워."

"형에게는 비밀입니다."

한유현이 당부했다. 박예림이 하얀 사체를 썼다는 사실을 알게 된다면 그의 형은 틀림없이 못마땅해할 게 분명했다. 박예림 스스로가 원해서 나선 것이라 해도 일부러 알려 줄 필요는 없었다.

박예림이 고개를 끄덕이곤 자신이 읽어 낸 것에 대해 알려 주었다. 한유진이 붙잡혀 있을 가능성이 큰 장소는 총 세 군데였다. 한유현은 곧장 석시명에게 연락해 수색을 명령했다.

"왜 아저씨가 납치 같은 걸 당한 거예요? 해연 길드 내는 철통 보안이라더니."

한유현의 통화가 끝나길 기다리던 박예림이 팔짱을 끼며 쏘아붙이듯 말했다. 한유현의 시선이 그녀를 향했다.

무시해도 좋을 투정이었다. 세상의 많은 것을 알 필요까진 없는 열다섯 살 어린애이기도 했다. 하지만 동시에 S급 헌터이며 해연 길드의 일원이기도 하였다. 해연의 길드장이자 선배 S급 헌터인 한유현으로서는 관련 정보를 알려 줄 의무가 있었다.

게다가 지금 당장은 수색이 끝나길 기다리는 것 외엔 할 수 있는 일이 없으니. 한유현은 나직이 입을 열었다.

"상식적으로는 일어날 리 없는 사고입니다."

"네? 그게 무슨 소리예요?"

"박예림 헌터도 이참에 알아 두는 편이 좋겠지요."

원래라면 박예림이 자신의 팀을 구성할 즈음에 알려 줄 예정인 내용이었다. 한유현은 차분하게 말을 이었다.

"S급 헌터의 직속 A급 이하 헌터는 배신할 가능성이 거의 없습니다."

"없다고요? 저기, 길드장인데 사람 너무 쉽게 믿으시는 거 아니에요?"

박예림이 미심쩍은 표정을 지었다. 돈 때문에 가족도 버리는 세상인데.

"정확히는 함께 S급 던전을 공략한 상대에 한해 적용됩니다. 자신의 능력으로는 절대 상대할 수 없는 S급 던전 보스 몬스터와 마주치고, 그 몬스터와 대등하게 싸우는 S급 헌터를 바로 곁에서 지켜보고, S급 던전의 브레이크 또한 언제든지 발생할 수 있다는 사실을 인식하고 나면. 굳건한 종속감이 생기게 됩니다."

"어, 어어… 무슨 소린지 잘, 모르겠어요. 그러니까 S급 헌터가 강해서, 배신 못 하고 따르는 거라고요? 진짜요?"

의심스러워하면서도 호기심에 진 박예림이 솔직하게 물었다.

"일종의 생존 본능과 비슷합니다. 살아남기 위해 S급 헌터를 따르는 것이기에 종속된 헌터에게 있어 배신이란 죽음과도 동일하게 느껴진다고 합니다."

물론 백 퍼센트 그렇게 되는 것은 아니었다.

이미 경험이 충분히 쌓인 헌터에게는 잘 통하지 않았다. 정신력 스탯이나 공포 저항이 높아도 마찬가지다. S급 몬스터와 헌터의 능력을 확실하게 느끼기 힘든 C급 이하 헌터에게도 효과가 거의 없었다. 종속된 A, B급 헌터라 해도 또 다른 S급 헌터의 영향을 받아 벗어나게 될 수도 있다.

그렇다고 해도 조금만 신경 써서 관리를 해 준다면, 믿을 수 있는 자들만으로 메인 길드원을 구성할 수 있는 것이었다.

"해연 길드가 빠르게 자리 잡고 성장한 것도 그 덕분이 큽니다."

제아무리 대단한 S급 헌터라 해도 한유현의 나이는 사회에 나서기엔 너무 어렸었다. 만약 믿을 수 있는 충복을 만들 방법이 없었더라면 이렇게 빨리 길드를 성장시키기란 불가능에 가까웠을 것이다.

"그런 이유로 형의 경호원으로는 최소 B급 이상의 길드장 직속 헌터가 보내졌습니다."

"하지만 아저씨는 납치당했잖아요."

박예림의 말에 한유현의 눈 위로 서늘한 빛이 어렸다.

"MKC 길드장 최석원. 그가 길드 내의 통제력을 잃었다는 뜻입니다."

"통제력을 잃어요?"

"MKC 길드는 비각성자 권력자들의 후원을 받는 곳입니다. 헌터가 중심인 해연과는 다르게 내부 권력 구도가 양분되어 있다고 볼 수 있지요."

그만큼 헌터 중심의 길드에 비해 속부터 썩어 가기 쉬웠다.

"헌터와 던전의 체계가 잡혀 사회가 비교적 안정화되었으니, 흔들리기 시작할 거라고 예상은 했습니다. 투자한 이득을 본격적으로 취하려 드는 것이죠."

하지만 생각보다는 빨랐다는 설명에 박예림이 조금 달라진 눈빛으로 한유현을 바라보았다.

"그래도 길드장은 길드장이시네요. 솔직히 믿음은 좀 안 갔거든요. 나랑 다섯 살 차이밖에 안 나잖아요."

기분 나쁘고 재수 없는 건 여전했지만 길드장으로서는 믿어도 될 것 같았다. 박예림의 말에 한유현이 냉랭하게 대꾸했다.

"저는 아직 못 믿습니다. 박예림 헌터에게 형의 안전을 맡겨도 될지."

"왜요! 아저씨 진짜 잘 챙겨 줄 거예요!"

"첫째는 실력 부족, 둘째는 경험-."

"그, 그건, 그렇지만요."

각성한 지 얼마 안 됐으니까 당연한 평가였다. 그럼에도 박예림은 불만스럽게 입술을 삐죽 내밀었다.

"두고 보시죠, 길드장님아. 내가 1년 내로 따라잡을 테니까!"

자신만만한 선언을 한유현은 깨끗이 무시했고 박예림의 입술이 더욱 뾰족해졌다.

"아무튼 보통은 아저씨 납치한 것 같은 배신은 못 한다 이거죠? 그래도 그런 식으로 사람을 묶어 두는 건요, 좀 찜찜할 거 같은데."

"S급 헌터와 A급 이하 헌터는 다른 종족이라 해도 좋을 정도로 다릅니다. 빠르게 익숙해지십시오."

"하지만 아저씨는, F급인데도 절 아무렇지 않게 대하던데요. 길드장님한테도 그렇고요."

"형은… 특이합니다."

한유현이 과거의 기억을 떠올리며 말했다. 부모도 꺼렸던 그를, 한유진은 애정을 쏟아 살뜰히 보살펴 주었다.

한유현이 각성한 직후에도 마찬가지였다. 사이가 틀어지기 전까지는 계속 S급 각성자인 동생을 걱정하고 위험한 일을 하지 않길 바랐다.

"형이 유독 이상한 거니까 괜한 기대는 하지 마십시오."

"기대라니요?"

"등급이 낮은 각성자는 물론, 비각성자들 또한 본능적으로 S급 각성자를 꺼립니다."

그의 말에 박예림이 눈을 동그랗게 떴다.

"그게 무슨 말이에요?"

"간단히 말해, 포식자를 마주친 피식자라고 생각하면 됩니다. 박예림 헌터의 레벨이, 스탯이 상승하면 그런 반응은 더욱 강해질 겁니다."

"그, 그럼 안 되잖아요!"

박예림이 당황하며 말했다. 일반 사람들이 자신을 무서워할 거라니.

"다만 마력을 컨트롤해 자신의 기세를 감출 수는 있습니다. 지금부터라도 연습해 두세요."

"감추면 괜찮아져요?"

"예. 하지만 필요할 때만 사용하십시오. 일상적으로 기운을 감추다 보면 마력의 원활한 흐름에 지장이 생길 수도 있습니다."

힘을 억지로 누르는 것이라 할 수 있기에 이로운 행동은 아니었다. 그래서 길드 내에 숙소를 얻고 생활하는 상급 헌터들이 많았다.

비각성자라 해도 익숙해지면 두려움이 많이 가시기 때문이었다. 그렇기에 대형 길드 내에, 근처에 위치한 시설들을 이용하기도 편했다.

"박예림 헌터는 마법사 계열이니 쉽게 조절이 가능해질 겁니다."

"네."

박예림이 고개를 끄덕였다. 그리고 얼마 지나지 않아 연락이 들어왔다. 두 사람은 서둘러 한유진이 납치된 장소를 향해 출발했다.

쾅!

요란한 소리가 단잠에 빠져 있던 내 귓가를 두들겼다. 아마도 닫혀 있던 문을 여는 소리인 듯했다. 아님 부쉈거나.

이어 약자의 예감이 찌릿한 경고를 보내왔다. 효과가 네 배라서인가 신기하게도 상대의 등급과 적성까지 느껴졌다.

지금 다가오고 있는 각성자는 스탯 S급에 SS급 스킬을 지니고 있으며 주공격 적성 속성은 화염이었다.

유현이네.

거기에 예림이와 김성한도 있었다.

유현이가 점점 가까워지자 약자의 예감이 더욱 강하게 발동되었다. 당장 도망 안 치고 뭐 하냐고 귀에다 대고 찡찡거리는 느낌이었다. 동시에 공포 저항이 괜찮아, 문제없어 하고 진정 효과를 발산한다.

무서운 놈이다 개쫄려! VS 고작 S급이잖아 쫄지 마! 쯤 된다고 할까. 물론 승자는 후자였다. L급 스킬인걸.

'일주일 동안 A급 이상과 마주치면 이 난리인 건가. 귀찮네.'

예감 스킬도 끌 수 있나. 그래도 켜 놓는 게 지금 내 상태 감추기엔 좋겠지. A급 이상의 접근을 빠르게 알아챌 수 있으니까.

끼이익.

창살이 우그러지는 소리가 들려왔다. 이어 아예 우둑, 하고 부러져 나간다.

이제 슬슬 깬 척해도 되려나. 피스가 너무 잠잠해서 내가 먼저 깨어나면 이상할 거 같기도 하고. 하지만 더럽게 예민한 S급 동생이라면 내가 잠든 척한 걸 눈치챌 거 같았다.

그냥 약 좀 덜 먹었다고 치자.

"…형."

묵직하게 가라앉은 목소리가 들려왔다.

보자, 일단 놀란 척을 해야 하나? 누가 갑자기 다가오니까 겁먹었다가 동생 목소리 듣고 놀라고도 반가우면서 안심하는 게 무난한 반응이겠지.

고개를 천천히 옆으로 돌리며 눈을 살짝 떴다. 아직 약간 무서워하는 느낌으로.

나를 내려다보고 있는 동생의 얼굴이 눈에 들어왔다. 아이고, 걱정이 그득하네. 이쯤에서 안도 어린 미소를 지어 주면 되겠지. 아직 잠은 덜 깼고, 반가움도 담아서.

…이 짓도 쉽지 않군.

"…유현아, 너 맞지……?"

"응, 형. 괜찮아?"

"어… 으응."

나는 무력하고 불쌍한 납치 피해자입니다. 갑자기 납치당해 낯선 곳으로 끌려와 갇혀 버렸지요.

그것도 각성한 지 얼마 되지도 않은 스탯 F급짜리로 여태껏 평범하고 무난하게 살아온 비각성자에 가까운 상태인 것이다. 당연히 겁에 질려 있고 아무튼 무섭고 두렵고 구하러 와 준 동생이 반갑고 고마워서 매달려 눈물이라도 시발 적당히 하자.

와 다행이다, 살았다 하는 표정을 적당히 지어 주며 약 기운이 가서 가는지 작게 꼼질대는 피스를 안아 들었다. 그리고 몸을 일으켜…….

"으."

"형?"

발목 다친 거 깜박했어.

날 안심시키려는 듯 풀어져 있던 유현이의 얼굴이 금세 딱딱하게 굳어졌다. 반응한 건 녀석만이 아니었다.

"방금 무슨 소리예요? 아저씨 목소리 맞죠? 설마 다쳤어요? 미친 어떤 새끼가!"

"부상당하신 겁니까? 아니, 그러잖아도 허약한 분께 무슨 짓을! 당장 힐러 불러오겠습니다."

예림이와 김성한의 목소리도 끼어들었다. 예림아, 고운 말 쓰자. 성한 씨보다 더하면 어쩌니.

이어 동생이 날 안아 들었다. 악, 잠깐만. 힐러 불러온다잖냐.

'이걸 밀쳐 낼 수도 없고…….'

틀림없이 형, 평소보다 힘이 강해진 거 같은데? 하고 눈치채 버릴 놈이니.

"아니, 못 걸을 정도는 아닌데……."

그렇다고 강하게 싫다 놔라 꺼져라 할 수도 없었다. 나는 폭력까지 당해 겁에 질려 있을 게 분명한 납치 피해자니까. …언제까지 이래야 하지. 슬슬 평소처럼 행동하면 안 될까. 너무 **빠른가**.

"어떤 새끼예요? 어떤 새끼가 아저씰 다치게 한 거예요?"

나를 안아 들고 문 쪽으로 걸어가는 유현이 옆으로 예림이가 바싹 붙으며 화난 목소리로 연신 캐물어 왔다. 그놈, 내가 이미 죽였는데.

"…잘 기억이, 안 나."

잠에서 막 깨서 그런가 진짜로 기억이 가물가물했다. 뒈진 놈 얼굴 오래 기억해서 뭐 하겠냐만. 이름이 뭐였더라. 김 뭐였는데.

"조금도요? 나이대나, 아님 키나-."

"박예림 헌터."

유현이가 엄한 어조로 말했다.

"그런 것은 우선 안정을 취하게 한 뒤 물어야 하는 겁니다."

"아… 죄송해요."

예림이가 시무룩하게 고개를 숙였다. 이것 참, 괜찮다고 할 수도 없고.

문밖으로 나가자 김성한이 데리고 온 힐러가 보였다. 해연 길드에는 아직 B급 힐러밖에 없었다.

다른 건 몰라도 해연에 힐러 하나는 구해다 줘야 하는데. 날 잡아 전국 일주라도 해 볼까.

힐러가 내 발목을 고치고 피스의 약 기운도 제거해 주었다. 하지만 동생 놈은 여전히 날 내려놓지 않았다. 발목 좀 삔 거야 C급, 아니 D급이라도 고칠 수 있는데 이제 좀 놔라.

"이젠 내려-."

"나는 형을 데려다주고 오겠습니다. 박예림 헌터는 이곳을 조사해 주세요. 주의해야 할 점은 잘 알고 있을 거라 생각합니다."

"네. 확실하게 처리해 놓겠습니다."

하얀 사체를 쓰게 할 셈인가. 주의하라는 건 스킬을 들키지 말라는 소리 같고. 유현이 녀석 아무리 그래도 말이야, 예림이는 아직 중학생인데.

"저기, 예림이도 같이 가면 안 될까?"

"걱정하지 마, 형. 내가 있잖아. 아무도 형에겐 손 못 대."

아니, 그걸 걱정하는 게 아니라. 어차피 시체는 다 녹여 놓았고 나머지는 살아 있으니 괜찮겠지.

그래도 예림이 후견인으로서 한번 주의는 줘야겠다.

결국 차 뒷좌석에 내려놓아질 때까지 내 발은 땅을 디디지 못했다. 자세가 안정되자 피스가 작게 끼잉거리며 내 품을 파고들었다. 귀와 꼬리가 축 처진 게 영 기운이 없어 보인다.

"그래, 그래. 많이 놀랐지? 이젠 괜찮아."

던전 보스 몬스터라고 해도 아직 애기네, 애기야.

유현이가 옆자리에 타고 차가 출발했다. 그러고 보니 여긴 대체 어디쯤인 거지. 서울 밖인가?

"바로 병원부터 가자. 이참에 건강 검진도 전체적으로 받고."

동생 놈이 휴대폰을 꺼내 들며 말했다. 아니, 갑자기 왜 곤란한 소릴 하냐. 힐러가 치료도 다 해 줬는데!

"발목 말곤 다친 데 없어."

배에는 멍이나 좀 들었을 거고. 머리카락 좀 뽑혔고. 내동댕이쳐질 때 어깨랑 등도… 뭐가 많다. 생각보다 많이 굴렀구나.

"그리고 지금은, 집에 가고 싶어……."

일부러 약한 목소리로 말했다. 병원만큼은 절대 안 된다. 지금 건강 검진 받으면 난리 난다고. 전체적으로 스탯 올라가서 내구도부터가 달라졌을 텐데, 주삿바늘 안 들어가는 거 보고 대번에 스탯 F급 아니신 듯한데요, 하겠지.

"그냥 집에 가서 쉬면 안 될까? 오늘은 더 이상 낯선 사람들과 마주치는 것도 싫고, 검사하려면 또 마취 같은 것도 하게 될 텐데… 한동안은 그런 거 생각도 하고 싶지 않아."

납치 트라우마가 아니더라도 병원은 싫지만. 아무튼 최소한 일주일간은 안 된다고. 내 말에 유현이가 휴대폰을 도로 집어넣었다.

"미안. 내 생각이 짧았어. 바로 집으로 가자. 정말 아픈 덴 없지?"

"괜찮아."

다행이다. 이제 한동안은 건강 검진 받으란 소린 안 하겠지. 한시름 놓고 화제를 바꿨다.

"그런데 생각보다 빨리 찾았네? 나 납치한 놈이 배 탈 때까지 모를 거라고 장담하던데."

"MKC 길드장이 귀띔해 줬어."

"MKC 길드장이? 관련이 있었어?"

"배후는 아니고, 관리 소홀이라고 할까. 원래 보내기로 한 사람이 아니었다더군. MKC 내부 명령 전달 체계에 문제가 약간 있어서… 여기서 자세히 말하긴 그렇고, 다른 길드에서 보낸 사람들과는 좀 다르긴 했을 거야."

확실히 그렇긴 했다. 등급도 달랐지만 무엇보다 기승수에 대한 관심이 너무 없었다.

"난 그냥 MKC에서 인력 아끼는 줄 알았지. 거기 상태가 안 좋네."

원래는 3년 정도 더 버텼는데. 이러다 회귀 전보다 빨리 망하게 되는 거 아닐까.

"앞으로는 괜찮을 거야. MKC는 당분간 경호에서 제외될 거고 다른 길드는 길드장들이 직접 방문자 정보를 알려 주기로 했어."

"길드장들이? 바쁘지 않나. 던전도 들어가야 할 테고."

"어쩔 수 없지. 중간에 정보가 바뀔 위험이 있는 한 그게 제일 확실한 방법이니까. 물론 다른 셋 중에 MKC처럼 제 직속 헌터도 제대로 관리 못 하는 길드장은 없지만, 혹시 모르니."

이젠 정말로 내 안전이 위협받을 일은 없겠구만. 아니, 그래도 백 퍼센트 장담은 못 한다. 세상에 완벽한 것이 어디 있냐.

"그렇게 신경 쓴다 해도 길드원이 배신하지 않는다는 법은 없지 않아?"

사람 속을 어떻게 다 알아. 내 말에 유현이가 조금 망설이다가 입을 열었다.

"그게, 직속 길드원은 조금 달라. 보통 길드장과 상급 던전을 함께 공략한 사이면 배신 같은 건 안 한다고 봐도 무방하거든. 말하자면… 전우애 같은 거랄까."

"그래?"

전우애라니. 하급 헌터팀에는 그딴 거 약에 쓰려 해도 없었는데. 물론 좋은 사람이 없는 건 아니었다. 얼마 못 가 다들 죽어서 문제지.

신뢰와 우정으로 뭉친 고정 하급팀도 있기는 했지만 오래가는 경우는 극히 드물었다. 똘똘 뭉친 만큼 그중 한 명이라도 사망하면 충격을 견디지 못하고 와해되거나, 그렇지 않더라도 조금 잘나간다 싶으면 눈에 거슬려 하는 헌터들이 많았기에 외부에서 공격을 받기도 했다.

하나 그런 불상사가 거의 없는 상급 던전 공략팀이라면 끈끈한 전우애가 만들어지고, 계속 이어질 법도 했다.

'그래도 전우애 같은 걸 믿고 배신당할 일 없다고 생각하다니. 아직 어리긴 어린 건가.'

이래도 괜찮은 건가, 해연 길드장. 승승장구하는 미래를 알고 있지만 조금 걱정되네. MKC에도 원래는 없었던 흠이 나 때문에 생겨나 버렸으니 그 밖의 것도 얼마든지 바뀔 가능성이 있었다.

"그런데 형, 정말로 괜찮은 거 맞아?"

"멀쩡한데? 왜?"

"아니, 음… 평소와는 조금 달라서."

의미심장한 소리에 가슴이 뜨끔했다. 설마 내 스탯 변한 걸 눈치챈 건가. 얌전히 있었는데. 하지만 이어진 말은 예상외의 것이었다.

"파충류 비린내 같은 게……."

"…뭐?"

"아니, 형한테 냄새가 난다는 건 아니고… 혹시 저주나 독 같은 거 걸리진 않았어?"

…더럽게 예민한 놈. 깜둥이로부터 스킬 받은 걸 느끼는 건가. 벽에 붙은 도마뱀을 약하게 쓰며 고개를 저었다.

"그런 거 걸렸으면 내가 먼저 알았겠지. 힐러도 아무 말 없었잖아."

"독이라면 모를까 저주는 힐러도 상급이 아니고선 잘 못 느껴. 해연에는 아직 중급 힐러뿐이라… 혹시 모르니, 자."

유현이가 제 팔목의 팔찌를 벗더니 내 손목을 잡아당겨 채워 주었다. 아니, 그럴 필요 없는데. 이어 내 손등에 코끝을 대다시피 해 냄새를 맡았다.

"아까보다는 확실히 약해진 거 같아."

"…그러냐."

벽도마뱀이 효과가 있어서 다행이다. 스탯 S급은 정말 귀찮구나.

"S급이면 그런 것도 느껴져?"

잡힌 손을 최대한 힘 안 주고 빼내며 물었다.

"스킬이 사용된 직후라면 약간? 형에게 느낀 정도의 향이라면 스킬에 당했다기보단 가지고 있다는 쪽이 맞겠지만. 확실한 건 아니니까."

와, 진짜 그런 것까지 다 알 수 있냐. 사기네. 조심, 또 조심해야겠다. 그런데 나한테 다른 스킬도 많은데, 그건 못 느끼는 건가.

'느꼈다면 진작 캐물어 왔겠지.'

깜둥이 스킬도 독과 저주만 눈치챈 거 보니 아마 공격 스킬, 그것도 속성 한정인 모양이었다.

파충류 비린내 정도였으니 정확히 느낄 수 있는 것도 아니고. 단순히 감정도일까.

"자, 다시 가져가. 진짜 저주가 걸려 있었으면 해주됐겠지."

팔찌를 벗어 내밀었다. 넌 모르겠지만 나한테 저주 저항 L급이 있단다. 해주 아이템은 너나 잘 가지고 다녀라.

"해주 해독 아이템도 빼앗겼지? 조만간 더 괜찮은 걸로 구해다 줄게."

유현이가 팔찌를 받아 들며 말했다. 음, 안 하고 다녀서 인벤토리에 고스

란히 있는데. 빼앗긴 척하고 명우나 줄까. 그러고 보니 명우 그놈도 걱정하고 있으려나.

"그보다는 마력 증가 장비가 더 급해. 이어링도 빼앗겼거든."

지금이야 마력도 넉넉하지만 일주일 후면 다시 바닥 친다.

"지금 내가 가지고 있는 건 비율 증가뿐이라서. 그거라도 줄까?"

"당장 스킬 쓸 일 있는 건 아니니까 괜찮아."

동생 녀석이 자꾸 챙겨 주려 드니까 좀 민망했다. 혈육인 거 젖혀 놓고 비즈니스적으로도 챙김받을 만한 관계긴 한데, 일단 내가 형이기도 하고. 어차피 뜯어먹을 거면 다른 길드 상대가 맘 편하지. 특히 MKC 말이야, 톡톡히 배상해 줘야 하는 거 아니냐.

해연 길드에 도착했을 때는 이미 어두워진 뒤였다.

"기숙사보다는 집이 더 안전할 텐데."

엘리베이터 버튼을 누르며 유현이가 말했다. 안전하기야 하겠지만 지금 들어갔다간 왠지 다시 나오기 힘들 거라는 불길한 예감이 들었다.

"됐어. 어차피 넌 바로 돌아가 봐야 하잖아. 혼자 있으니 F급이라도 다른 사람이 있는 게 더 마음 편해."

"내가 꼭 안 가도-."

"얼른 가 보시죠, 길드장님. 여기서부터는 나 혼자 가도 돼."

"그래도……."

"하루라도 빨리 배후 캐내고 정리해 버려야 나도 마음 편해질 거 아니냐."

내가 너무 약한 척을 했나. 그만 달라붙고 얼른 가서 일이나 해라.

괜찮다고 했지만 한유현은 나를 기숙사실 문 앞까지 데려다주고 나서야 돌아갔다. 이 정도로 끝나면 좋을 텐데, 앞으로 더 귀찮게 구는 건 아니겠지.

"피스야, 드디어 집에 돌아왔다."

오늘은 일찍 자자. 오랜만에 같이 잘까.

영 기운을 못 차리는 피스를 어르며 문을 열었다. 그리고 중문도 열자.

"…유진아."

세상 서러운 얼굴을 하고 있는 유명우가 보였다.

"어… 음."

내내 울기라도 했는지 눈가가 벌겋다. 안색도 창백하고 힘도 없어 보이는 게 물에 빠진 걸 대충 건져다 푸슬푸슬 말려 놓은 종이 인형 같았다.

납치당한 나보다 이놈이 더 심각해 보이는군.

"…괜찮냐?"

원래는 내가 괜찮냐는 소리 들을 입장이긴 하지만.

말이 떨어지기가 무섭게 명우가 닭똥 같은 눈물을 뚝뚝 떨어뜨렸다. 이제 끌어안길 차례인가. 뭐, 걱정 많이 한 모양이니 담담히 받아들여 줘야지. 얻어먹은 것도 많고.

하나 유명우는 소리 없이 울기만 할 뿐 내게 다가오지 않았다. 왜 저러지. 충격이 너무 컸었나. 내가 아니라 쟤를 병원에 보내야 하는 거 아냐?

"…나는 괜찮은데. 멀쩡해. 다친 곳도 없고."

어떻게 해야 할지 모르겠으니 뭐라고 말이라도 좀 해라. 피스 내려놓고 내가 먼저 끌어안고 달래 주기라도 해야 하나? 피해자는 나인데.

"…아무것도 할 수 있는 게 없었어."

드디어 명우가 입을 열었다.

"나는, 진짜로… 아무것도…….."

억지로 쥐어짜 내는 목소리에 죄책감이 얼룩져 있었다.

이해가 안 가는 건 아니었다. 몇 번이나 자신을 도와준 상대가 위험에 처했는데도 방구석에 처박혀 있어야 했을 테니.

하지만.

"네 잘못이 아니잖아. 꼼짝도 못 하고 갇혀 있었을 텐데."

유명우는 길드원은 물론 일반 직원조차도 아니었다. 내가 고용한 형태로 머무르고 있을 뿐이다. 그러니 이번 일과 같이, 길드 내부의 민감한 문제가 발생하게 되면 자연히 행동을 제한당할 수밖에 없었다.

아니, 단순히 가택 연금으로 끝나면 차라리 다행이었다. 의심받고 조사당할 가능성도 얼마든지 있었다.

"넌 어디까지나 외부인의 입장이니까 괜히 나섰다간 되레 문제가 커졌을지도 몰라. 그러니 신경 쓰지 마."

"하지만 나는……."

명우가 하던 말을 삼키고 입술을 잘근잘근 깨물다가 눈물을 닦아 냈다. 숙였던 고개가 들어 올려지고, 젖어 든 얼굴에 드리워진 것은 다름 아닌 미소였다.

어, 저기, 그러니까 더 걱정된다만.

"미안. 피곤할 텐데 귀찮게 굴어 버렸네. 어서 들어와."

"아니, 괜찮은데……."

네 그런 반응이 더 신경 쓰인다고. 뭐지. 나한테 달라붙어 펑펑 울기라도 했으면 평소 그대로네, 하고 넘어갔을 텐데. 저 혼자 정리하고 결론짓고 마음 다진 것 같은 분위기가 꺼림칙했다.

"진짜 괜찮아. 애초에 나를 보호해 주기로 계약한 길드들이 해결해야 하는 문제기도 하고."

신발 벗고 안으로 들어서며 재차 말했다. 명우는 건성으로 끄덕이며 뭔가 간단히 먹지 않겠냐고 물어봐 왔다.

일찍 잘 생각이었지만 점심도 저녁도 못 먹었으니 조금은 배를 채우는 게 좋을 듯했다. 게다가 명우 상태가 말이야, 거절하기 힘들기도 했고.

정말로 괜찮겠지. 저러다 아무 도움이 못 되어서 미안하다며 훌쩍 떠나기라도 하면 안 되는데. 한동안 잘 살펴봐야겠다.

― 그르릉.

 침대 위로 뛰어 올라간 피스가 빙그르 맴을 돌았다. 밥을 먹고 나자 기분이 나아진 모양이었다.
 "발도 안 씻고 올라가면 안 되지. 이리 와."
 피스를 달랑 들어 올려 침실에 딸린 욕실로 향했다. 그러자 끙끙대며 불쌍한 척을 한다.
 "밖에까지 나갔다 왔으니 씻어야지. 우리 안도 깨끗하진 않았잖아."

― 꾸으웅.

 "그래, 그래. 샤워만 간단히 하자."
 고양잇과에 화염 속성이라서인가 씻는 거 엄청 싫어한다니까. 달래 가며 같이 샤워하고 닦고 털까지 말려 주자 스탯이 올랐음에도 피곤해졌다. 몸보단 정신적인 탓이 크겠지만 원래 스탯으로 돌아가서 다섯 마리 돌보다간 과로사하는 거 아닐까 몰라.
 "이제 자자."
 불 끄고 침대에 누워 눈을 감았다가, 얼마 안 지나 다시 떠 버렸다. 어둑어둑한 가운데 내게 몸을 딱 붙이고 웅크린 피스가 보인다. 붉은 털과 그에 섞인 금빛 터럭이 평소보다 더 뚜렷이 눈에 들어왔다. 야간 시력도 좋아졌구나.
 색색 고른 숨을 내쉬며 잠든 피스를 바라보다가 인벤토리에서 유리병을 꺼냈다. 병 안에 담긴 붉은색 돌이 희미한 빛을 발한다.

'그래도 다들 S급에 S급 예정이니까.'

유명우는 스탯 F급이지만 던전 공략할 일 없으니 안전할 것이다. 스킬만 얻으면 거의 나만큼이나 보호받겠지.

나머지 넷이야 크게 걱정할 필요 없었다. S급 헌터는 던전 난이도가 높아지는 5년 후에도 전 세계에서 단 한 명 빼곤 공략 중 사망한 사람은 없었으니까. …유현이까지 치면 두 명이군. 아무튼 어지간히 뻘짓 하지 않는 이상 죽을 일은 없다는 뜻이었다.

던전 공략 말고 헌터들끼리 다투다가 잘못되는 경우는 꽤 있었지만. 한국은 비교적 평화로웠지.

A급 헌터도 공략 중 사망률은 무척 낮았다. 하급 헌터야 뭐, 수가 많은 만큼 많이 죽어 나갔고 중급 헌터는 의외로 C급보다 B급의 사망률이 더 높았다. B급은 C급과 달리 상급 던전 공략도 들어가는 탓이었다.

'내 정신 건강을 위해서라도 키워드 적용은 가능한 S급, 최소 A급에게만 하는 게 낫겠지.'

상급 기승수는 귀한 만큼 잘 챙겨들 줄 것이다.

정 안 되면 독 저항 끄고 현대 의학의 힘을 빌려야지. 회귀 전 술만 처마시고 있을 때 갑자기 나타난 사람들이 병원 끌고 가서 알콜 중독 치료받게 해 줬는데 잘해 주더라.

'…그거 설마 유현이 녀석 짓이었나.'

그땐 정상이 아니라 별생각 없었는데, 고작 일주일쯤 술독에 빠져 있었다고 대문 따고 들어온 게 이상하긴 했다. 시설이나 상담 질도 너무 좋았고. 상담사가 힘들면 언제든지 연락하라고 명함도 줬었는데. 그분 지금도 일하고 있으려나.

아무튼 가능하면 또다시 마지막 보은 스킬 발동될 일은 없었으면 좋겠다. 7일짜리로 끝나기엔 다들 너무 아깝기도 하고.

유리병을 인벤토리에 넣고 다시 눈을 감았다.

다음 날은 종일 집 안에만 있었다. 피스도 딱히 나가고 싶어 하지 않았고 명우도 칼 갈러 가지 않고 나한테 간식을 만들어 줬다. 제과 제빵에도 소질이 있는 줄은 몰랐는데. 평생 같이 살고 싶다는 말이 절로 튀어나오려는 걸 막느라 고생했다.

오후에는 유현이가 열쇠 기술자와 함께 방문했다. 건물 전체를 샅샅이 뒤졌지만 인벤토리 봉인 팔찌의 열쇠를 찾지 못했다면서.

그야 내가 가지고 있으니까. 적당히 놓아뒀어야 했는데 깜박 잊고 그대로 들고 와 버리고 말았다.

"그리고 박예림 헌터가 계약 위반으로 스탯 하락 저주에 걸려 버렸어."

팔찌가 채워져 있던 손목을 만지작거리는데 유현이가 당황스러운 소리를 했다.

"뭐? 계약 위반?"

어… 하긴 내 호위를 맡아 주겠다는 계약이었으니까 위반이라 할 만도 한데.

말을 들어 보니 저주 걸린 시간대는 납치 직후가 아닌 좀 더 지난 후였다. 아마 내가 두들겨 맞고 있을 때지 싶었다. 호위라는 두루뭉술한 조건을 걸었더니 호위 대상에게 일정 이상의 폭력이 가해지는 게 기준으로 삼아진 모양이었다. 납치될 땐 그냥 붙잡힌 거 말곤 없었으니까. 기절이야 마나 소모 때문이었고.

"협회에는 형이 계약 위반이 아니라고 연락 한번 해 주면 되고, 저주는 해당 저주 스킬 소유자가 해제해 주면 되는데. 문제는 박예림 헌터가 그걸 거부하고 있어."

"아니, 왜?"

"계약 못 지킨 건 맞으니까 대가를 치르겠다고 하더라."

예림이 녀석도 참, 쓸데없는 고집 피우긴.

"그건 내가 이야기해 볼게."

"부탁할게. 형 말은 잘 들으니까."

그렇게까지 잘 듣는 건 아닌데.

"아, 잠깐만."

용건을 마치고 나가려는 유현이를 붙잡았다. 녀석이 나를 돌아본다.

"그러니까, 게이트석 말이야. 혹시 남는 거 있어?"

5년 후에도 귀했고 지금은 더더욱 귀한 걸 하나 달라고 하려니까 낯짝이 뜨거워진다. 그래도 꼭 하나 필요했다.

지금 내 상태는 A급에 가까운 전투 헌터였다. 즉, 혼자 하급 던전을 공략할 수 있다는 뜻이었다.

물론 진짜 목적은 던전 공략이 아니라 시스템 만드신 분과의 접촉이었다.

벽에 붙은 도마뱀을 최대로 쓰면 몰래 밖에 나가기 어렵지 않을 것이다. F급 던전 독점 출입증을 사면 비밀 보장도 된다.

다만 또 시스템 오류 같은 게 생겨서 등급 외 몬스터가 나타날 수도 있다는 게 문제였다.

'던전 입구 앞에서 시스템 만드신 분과 접촉하고 만약의 경우 벽도마뱀 쓰고 바로 빠져나오면 되긴 하겠지만, 입구 닫히기 전에 연락을 해 올지 알 수 없으니까.'

혹시 모를 위험을 대비해 게이트석을 하나 챙겨 두고 싶었다. 정 안 되면 입구 닫히는 시간 동안만 기다려 보고 연락 없으면 그냥 나와도 되지만, 돈과 기회가 아깝잖아. 마지막 보은 적용 시간도 이제 6일밖에 안 남았다.

"왜? 설마 던전에 들어가게?"

동생 놈이 대번에 인상을 찌푸렸다.

"아니, 아예 안 들어갈 수는 없잖아. 틈틈이 가서 30레벨 정도는 올리고 싶어. 혹시 아냐, 방어 스킬 같은 거라도 생길지."

물론 그런 거 나한텐 없다. 내 적성은 대체 뭐지. 그냥 평범하고 무난한 일반인 A랄 적성 같은 것도 없나.

"하지만 이번 일도 그렇고, 또 저번에 괴조 나타난 것도 그렇고. 아무래도 불안해져서. 물론 귀한 거란 건 알고 있는데……."

아 씨, 말할수록 구차해지네. 그냥 독점 입찰 몇 개 해서 들락날락할까. 독점 입찰 해서 공략 안 하고 나오면 페널티 붙던가? 그런 돈 낭비를 한 적도, 할 생각도 없어서 기억이 안 났다.

"…확실히 30레벨까진 올려 두는 것도 나쁘진 않아. 10레벨 스킬이 S급이고 초기 스킬 중 하나도 A급이니 등급 높은 스킬이 나올 확률도 높고."

유현이가 내키지 않아 하면서도 고개를 끄덕였다.

"대신 공략 던전도 함께 갈 팀도 내가 정하겠어. 그래도 괜찮지?"

"어차피 네 도움 받아야지, 나 혼자선 F급도 공략 못 해."

너스레를 떨자 유현이가 게이트석을 꺼내 들었다. 양심이 따끔거리는구나. 그래도 스탯 F급일 땐 절대 허튼짓 안 하마.

"예비는 있는 거지?"

만약 이거 하나뿐이면 안 받는 게 낫다.

"있어. 애초에 쓸 일이 없어야 하는 물건이지만. 내가 게이트석을 쓴다는 건 메인 공략팀 대부분을 잃었다는 뜻과 동일하니까. 나까지 죽는 것보다야 낫겠지만, 길드 꼴이 말이 아니게 될걸?"

웃으면서 살벌한 소리를 하네. 녀석의 말대로 안 쓰는 게 백번 나은 물건이기는 했다. 고개를 끄덕여 동의해 주며 게이트석을 인벤토리에 넣었.

독점 입찰 가능하고 최대한 가까운 데 위치한 F급 던전을 찾아봐야겠다.

2장 일단은 데이트

2장
일단은 데이트

"피스야, 오늘은 나가야지. 응?"

평소라면 먼저 나가자고 칭얼거렸을 건데, 피스는 오늘도 외출이 영 내키지 않는 듯했다. 잠들어서 상황을 잘 알지도 못했을 텐데 후유증이 과했다.

이대로 두면 안 되겠다 싶어 억지로 안아 들고 밖으로 나갔다. 지하 단련실 말고 야외로 나갈 수 있다면 좋을 텐데.

내 품에서 불만스럽게 꼬리를 파닥이는 피스를 달래 가며 엘리베이터 쪽으로 향했다. 오늘 내 호위를 맡아 줄 사람은.

'어? 저 얼굴은……'

기억에 있는 얼굴이다. 화사한 금발에 남색에 가까울 정도로 짙은 푸른 눈을 지닌, 요정처럼 아름다운 여자. 그녀가 나를 향해 활짝 웃어 보였다.

"안녕하세요! 세성의 강소영입니다!"

세성의 A급 헌터 강소영. 한국 태생은 아니고 세성 길드장이 영입해 한국 국적도 가지고 있는 영국인이었다. B급 이상 헌터에 한해서는 이중국적도 조건 없이 허용되었다.

성현제가 직접 데리고 올 만큼 뛰어난 자질의 헌터이며 나중에는 세성 길드장의 대리 역할까지 맡기도 했다.

지금 나이는 19세고…….

'유현이랑 염문이 있었지.'

사귄다고 확정 난 것은 아니었지만 소문은 꽤 돌았었다. 어쩌면 저 아가씨가 내 제수씨가 될 수도 있다는 거지.

실제로 보니 더 예쁘네. 어린 티가 남아 있어 귀엽기도 하고. 표정도 밝고 사랑스럽다.

"안녕하세요, 한유진이라고 합니다. 오늘 하루 잘 부탁드리겠습니다."

"저야말로 잘 부탁드려요!"

응, 귀여워. 성격도 좋은 거 같고. 쾌활한 목소리를 들으니 절로 미소가 지어졌다.

"이 아이가 피스군요. TV에서 볼 때보다 훨씬 더 귀여워요!"

강소영이 통통 튀는 어조로 말했다. 우리 피스가 귀엽긴 하지. 역시 좋은 아가씨야.

"단련실로 가실 거죠?"

"네."

엘리베이터 버튼을 누른 그녀가 반짝거리는 눈빛을 던져 왔다. 흡사 연예인을 보는 팬 같은 표정이라 좀 민망해졌다.

"소식 듣고 정말 많이 놀랐어요. 이렇게 무사하셔서 진짜 다행이에요."

"걱정해 주셔서 감사합니다."

"진심이에요. 진짜로. 한유진 님은 제 유일한 희망이거든요."

"희망이요?"

웬 희망. 강소영이 엘리베이터에 오르며 열심히 고개를 끄덕였다.

"사실 제게는 SS급 스킬이 하나 있어요."

그녀가 소리 죽여 작게 말했다. SS급 스킬? 강소영에게 그런 게 있다는 말은 못 들어 봤는데. 떡잎 스킬을 사용해 보고 싶지만 지금은 너무 날 뚫어져라 쳐다보고 있으니 안 되겠지. 나중에 몰래 써 보자.

"괜찮으시다면 무슨 스킬인지 들을 수 있을까요?"

"그게요… 한유진 님은 어차피 아시게 될 테니까."

강소영의 목소리가 더욱 작아졌다. 이어 속삭임이 들려온다.

"드래곤 라이더예요."

아… 내가 희망일 만하다. 진짜로.

테이밍하기 가장 까다로운 몬스터가 바로 용종이었다. 심지어 강소영은 A급 헌터이니 자신의 등급에 맞는 용종 기승수를 구하기란 하늘의 별 따기였을 터다. 용종 기승수부터가 구하기 힘드니 소모용으로 쓸 순 없고, SS급 스킬 하나를 그냥 없는 셈 쳤어야 했겠지.

"마음고생이 많으셨겠군요."

강소영이 절절한 표정으로 끄덕거린다.

"네. 자세히 설명드릴 순 없지만 이게 진짜, 진짜 좋은 스킬이거든요. 등급에 맞는 용종 기승수만 있으면요. 근데 용종 기승수를, 그것도 최소 상급 이상을… 어떻게 구해요……."

말하다 말고 숫제 눈물까지 글썽거렸다. 공격형 헌터가 SS급 스킬을 쓸 수 없었다니, 그간 얼마나 답답했을까.

"그래도 용종이면 새끼 몬스터부터가 구하기 힘들 텐데요."

내가 기승수를 키워 낼 수 있다고 해도 무에서 유를 만들어 내진 못한다. 등급 높은 용의 새끼가 있어야 키우지.

"걱정 마세요! 세성 관할하의 S급 던전 중에 용의 둥지가 가끔 나오는 곳이 있거든요. 다만 알의 상태로만 나오고 부화시키는 게 불가능한 게 문제지만, 이번엔 단단히 준비해서 자연 부화 될 때까지 기다리기로 했어요."

"…고생들이 많으시겠군요."

"그래도 잘하면 최상급 몬스터 새끼를 얻을 수 있으니까요. 고생할 만하죠."

하긴 무려 용종이었다. 얻을 수만 있다면 최고의 기승수가 될 것이다. 심지어 강소영의 대단하다는 SS급 스킬까지 합쳐지면… 말만 A급이지 S급 뺨치겠는걸.

아, 동생 소개해 주고 싶다. 이미 얼굴 정도는 알고 있겠지. 회귀 전보다 좀 더 빠른 만남 안 되려나. 정식으로 사귀진 않았어도 서로 호감 정도는 있었으니 염문도 나왔을 거 아니냐.

화기애애한 분위기 속에서 단련실에 도착했다. 하지만 피스는 내 품에서 내려갈 생각을 하질 않았다. 팔을 풀었더니 어깨 위로 기어 올라가 딱 달라붙는다.

- 끼웅.

"이런……."

"피스가 납치된 충격이 컸었나 봐요……."

강소영이 걱정 어린 표정으로 말했다.

"계속 잠들어 있었는데도 뭔가 느껴지긴 했었나 봅니다. 기분 전환이라도 시켜 줄 수 있으면 좋겠는데, 밖에 나갈 순 없으니까요."

"아, 그럼 저희 길드 건물로 가시는 건 어떠세요? 옥상정원이 있거든요. 넓고 잘 꾸며 놓았어요!"

"옥상정원이요?"

끌리긴 하는데, 동생이 내보내 줄 거 같지가 않다는 게 문제였다.

"아쉽지만 납치 건도 있어서 지금은 외출하기 좀 힘들 거 같습니다."

내 말에 강소영이 자신 있게 가슴을 편다.

"걱정 마세요. 인원 더 보충해서 완벽하게 지켜 드릴게요. 게다가 지금 길드에 길드장님도 계세요. 그 어디보다 안전하답니다!"

음, 갑자기 가기 싫어지네.

"저 하나 때문에 인원까지 보충하는 건 너무 부담스럽습니다. 괜한 폐를 끼치고 싶진 않아요."

그보다는 세성 길드장인 성현제와 마주치기 싫은 마음이 더 크지만. 그 인간 자체도 꺼림칙하지만 무엇보다 지금 내 상태가 문제였다. 유현이도 형 좀 이상한데 소릴 했으니 성현제도 무언가 다른 점을 느낄 가능성이 컸다.

벽도마뱀 좀 쓰고 잡아떼면 그만이라지만 그래도 제 발로 위험한 놈 앞에 걸어갈 이유는 없잖은가.

"부담이라니요! 전혀 아니에요."

강소영이 두 눈에 진심을 가득 담아 나를 똑바로 바라봐 왔다. 커다란 눈망울도 정말 예쁘다. 그야말로 사랑스러움이라는 단어를 형상화한 듯한 얼굴이었다. 이어 역시나 진심 어린 목소리로 외친다.

"제 아이를 키워 주실 분을 위한 일인걸요!"

⋯저 헛소리 얼마 전에도 들은 적이 있어. 또 듣게 될 줄은 몰랐는데.

"⋯그런 식으로 말씀하시는 건 좀 아니죠. 다른 사람이 들으면 오해할 수도 있습니다."

"괜찮아요. 다들 그렇게 말하는걸요."

와 씨, 뭐라고…….

"다들, 이요……?"

강소영이 귀엽게 고개를 끄덕인다.

"네. 현아 언니, 그러니까 브레이커 길드장님께서 몇 번 그렇게 말씀하셨는데, 어느새 다 퍼져 버렸어요."

젠장, 문현아! 다 퍼졌다니, 이게 대체 무슨 짓이야! 동생 뒷말 하지 말랬더니 내 뒷말 하고 다녔냐! 아주 틀린 말은 아니라는 게 더 뒷목 당겼다.

"그래도, 아이보다는 기승수라거나 몬스터, 마수 같은 말이 낫지 않습니까."

"그건 너무 애정 없게 들리잖아요. 무엇보다 최상급 기승수라면 다시 구하기 힘든, 평생을 함께하게 될 파트너예요. 전 진짜 사랑을 담아 제 자식처럼 잘 돌봐 줄 거예요. 벌써부터 가슴이 두근거리는걸요. 제 어린 드래곤은 얼마나 사랑스러울까요."

그러면서 뺨까지 살짝 붉혔다. 그 심정이 이해가 안 가는 건 아닌데, 그래도… 그래도…….

"그러니 부담 가질 필요 전혀 없으세요! 오히려 더 요구하셔도 괜찮습니다! 혹시 뭐 필요한 거 있으세요? 이래 봬도 저 모아 둔 돈 꽤 많거든요."

거대 길드 소속 A급 헌터니까 당연히 많긴 많을 텐데, 진짜로 요구했다간 뭔가 어린애 삥 뜯는 나쁜 놈이 되어 버릴 것만 같다고. 열한 살이나 어린 애, 아니 여섯 살 어리구나. 아무튼 스물도 채 못 된 애잖아. 딱히 필요한 것도 없지만.

"아뇨, 괜찮아요. 필요한 거 없습니다."

"그럼 일단은 정원 산책만 도와드릴게요."

"아니, 그렇지만 이런 걸로 귀찮게 할 수는 없죠."

"걱정 마세요. 다들 귀찮아하기는커녕 오히려 환영할 거예요. 그래도 신경 쓰이신다면 길드장님께 확실히 허락받겠습니다."

하고는 바로 휴대폰을 꺼내 들었다. 끄응… 뭐, 어차피 유현이가 허락 안 할 테니 상관없나.

'…피스랑 공원에 가고 싶기는 한데.'

어쩌지. 성현제가 길드에 없다면 괜찮을 것도 같은데.

"네, 길드장님! 네, 네."

그사이 강소영은 성현제와 통화를 하고 있었다. 생각보다 훨씬 더 화기애애한 분위기로.

"길드장님께서 언제든지 와도 좋대요! 사람도 바로 보내 주시겠대요."

"음, 지금 세성 길드장님께서 길드에 계신다고 하셨잖습니까. 혹시 마주칠 확률이 높을까요?"

"바쁘시지 싶은데, 원하시면 잠깐 나와 달라고-!"

"아뇨, 아니에요! 사실 세성 길드장님이 조금, 뭐랄까 무서워서 말입니다."

내 말에 강소영이 아, 하고 고개를 끄덕였다.

"그렇죠. 보통 많이들 꺼리세요. 길드장님께선 옥상정원에는 잘 나오지 않는 편이에요."

그런가. 그럼 갈까? 물론 유현이에게 허락을 받아야 한다는 게 문제였지만. 나는 강소영에게 미소 지어 보이며 휴대폰을 꺼내었다.

"제 동생에게 허락을 구해 보겠습니다. 제가 가고 싶다고 해서 멋대로 여길 벗어날 수는 없으니까요."

"네, 물론 그러셔야지요."

동생이 허락을 해 줄까 모르겠네. 전화를 걸자 이내 유현이가 받았다. 나는 자초지종을 간략하게 설명하고 물었다.

"안전하다고 하는데, 괜찮지 않을까?"

[안 돼.]

역시나 단호한 대답이 돌아왔다. 하긴 지금 이 시점에서 밖에 내보내는 걸 쉽게 허락해 줄 리가 없었다. 괜찮아, 라고 대뜸 말해 주는 게 이상한 거지.

"하지만 피스가 많이 우울해해. 네 기승수잖냐. 나도 산책 좀 하고 싶고."

짧은 침묵이 흘렀다. 휴대폰 너머에서 유현이의 목소리가 들려왔다.

[많이 갑갑해?]

"아무래도 집 안은 피스에게 좁기도 하니까."

[말고, 형이.]

피스 생각도 좀 해 줘라, 이 녀석아.

"바깥 공기 좀 마시고 싶긴 하지. 옥상정원 잘 꾸며 놓았다더라. 그렇죠?"

"네! 해연 길드장님, 진짜 좋아요! 안전도 확실하게 보장해 드릴게요. 맹세합니다!"

강소영이 휴대폰에 닿을 정도로 목소리 높여 말했다.

"제가, 세성 길드의 A급 이상 헌터들이 절대! 눈을 떼지 않고 지켜보고 있을 거예요. 한 번만 믿어 주세요!"

[…형, 정말로 꼭 가고 싶어?]

"나보다는 피스가 눈에 밟혀서 그래. 기운 없어 하니까 나도 힘이 빠지고, 미안하기도 하고."

[그래도 세성은 다른 길드보다는 낫겠지.]

"당연하죠! 걱정 마세요."
강소영의 부추김 속에 유현이가 결국 외출 허락을 했다.

[도중에 절대 다른 길로 빠져선 안 돼. 오가는 길에는 우리 쪽 헌터들도 동행할 거야. 반드시 해 지기 전에 돌아오고.]

"알았어. 고맙다."
그래도 생각보다 쉽게 허락이 떨어졌다. 혹시 소영 씨 덕도 있는 걸까? 이 녀석, 벌써 강소영에게 호감이라도 가진 건 아니겠지.

"허락받으셔서 정말 다행이에요! 바로 출발 준비를 하겠습니다."

순수하게 기뻐하는 그녀의 모습을 보자 동생 놈이 반할 만하다 싶었다. 역시 소영 씨 영향이 있긴 했겠지?

둘이 잘 어울릴 거 같긴 하네. 안 그래도 그 넓은 집에서 혼자 지내는 게 적적해 보였다. 이렇게 된 거 그냥 빨리 사귀고 결혼도 해 버려라. 조카는 귀엽겠지. 혼혈 2세면 귀엽고 예쁜 경우 많다던데. 유현이랑 닮았으면 좋겠다.

"네, 잘 부탁드리겠습니다."

제 동생도요.

"도착했습니다~."

강소영이 발랄하게 말했다. 세성의 옥상정원은 본관 건물과 이어진 15층 높이의 신관 제2 건물 꼭대기에 자리 잡고 있었다. 강소영이 유리문을 열자 풀 냄새 섞인 바람이 흘러 들어온다.

이런 공원에 오는 게 얼마 만이더라.

'…기억도 잘 안 나네.'

던전 환경이 숲이나 초원인 적은 있었지만, 그런 것과는 달랐다. 가벼운 마음의 산책이라. 그럴 여유는 확실히 없었지.

…아니, 핑계일 뿐 하려면 얼마든지 할 수 있었을 것이다. 근처 공원에 한 번 나가는 게 뭐 얼마나 많은 시간이 든다고. 게다가 굳이 공원을 찾아가지 않더라도 산책이야 집만 벗어나면 할 수 있었다.

느린 걸음으로 새삼스럽게 주위를 둘러보며, 이따금 고개 꺾어 하늘도 한 번 바라보고 오늘 구름은 어떤 모양인지, 여름을 맞은 가로수가 얼마나 무성해졌는지, 벽에 붙은 전단지를 읽어 볼 수도 있고 보도블록 사이로 기어가는 개미에게 눈길을 줄 수도 있다.

'뭐, 이젠 하고 싶어도 못 하겠지만.'

혼자 가볍게 돌아다니는 건 꿈도 못 꾸게 되었으니. 그냥 내 건물에도 이런 거나 하나 만들어야지.

옥상정원은 넓었다. 탁 트여 있었지만 가장자리를 따라 키 큰 나무를 빼곡이 둘러 심어 빌딩 위라는 느낌을 최대한 감추었다. 산책로도 잘 만들어져 있고 정돈된 화단에 각종 조형물, 분수며 작은 온실 등 갖출 건 다 갖추고 있었다.

그리고 사람은 한 명도 보이지 않았다.

"아무도 없네요."

"편하게 이용하실 수 있도록 출입을 통제해 놓았답니다. 아예 없는 건 아니고요, 감시하는 사람은 몇 명 있어요. 공중에서 누가 침입해 올 수도 있잖아요?"

집중 사격용 표적도 아니고 대낮에 그럴 사람이 있을까 싶지만, 철저하네.

"피스야, 여기 봐라. 잔디밭이다."

– 끄응.

잔디 위에 피스를 내려놓았지만 어린 화염 뿔사자는 뛰어놀기는커녕 곧장 내 다리에 달라붙었다. 날씨도 좋고 햇볕도 좋고 풍경도 좋은데, 왜 관심을 안 보이는 거지.

"왜 그래. 마음에 안 들어?"

– 끼잉.

"저기 나비가 날아가네."

팔랑팔랑 춤추는 노랑나비도 본체만체였다. 이쯤 되다 보니 슬슬 걱정이 들었다. 트라우마가 생각보다 심각한 걸까. 동물 전문 심리 상담사도 있나.

"어떻게 해야 할까, 우리 피스."

쪼그려 앉으며 손을 뻗어 목덜미를 쓰다듬어 주자 앞발로 팔을 꽉 붙잡아 온다. 유난히 달라붙는 느낌인데, 나와 떨어지기 싫은 건가.

'혹시 납치당한 것 때문이 아니라 나와 갑자기 떨어지게 된 것 때문에 이러는 건가?'

난데없이 잡혀가 혼자 우리에 한참을 갇혀 있었다. 감정 스킬을 감지할 정도로 예민하니 잠들었다고 해도 주위 상황을 어느 정도 느끼고 있었을지도 모른다.

"이젠 그럴 일 없어."

내 말을 얼마나 알아들을지 모르겠지만 일단은 달래 보았다.

"봐 봐, 옆의 누나 보이지? 얼마나 강한지도 알 수 있지? 이 누나가 지켜 주고 있거든."

"그래, 피스야. 내가 있으니까 괜찮아."

강소영이 때맞추어 맞장구를 쳐 주었다. 이어 몸을 굽혀 나를 살짝 끌어안는다. 동시에 피스가 긴장하며 털을 세웠다.

- 크흥!

"괜찮아, 피스야. 이 누나는 착한 사람이야. 해치려는 거 아니야."

"맞아, 우리 사이 좋아. 이것 봐라."

그러곤 쪽, 내 뺨에 입 맞추었다. 아니, 이런 건 좀 곤란한데……. 외국인이라서 그런가 스킨십이 과하네.

- 그릉?

피스가 딱 달라붙어 있는 우리를 보고 고개를 갸웃거렸다.

"이 누나가 지켜 줄 테니까 걱정 말고 놀아도 돼. 괜찮아."

붉은 터럭의 귀 끝이 까닥거리고, 드디어 내게서 떨어진 피스가 천천히 주위를 둘러보기 시작했다. 화염 뿔사자가 나오는 던전은 화산 지대라고 했으니 이런 푸르른 풍경은 난생처음 보는 것일 터였다.

파악.

아직은 작은 앞발이 잔디를 긁었다. 잘려 나간 풀이파리가 사방으로 흩어진다. 코끝을 움찔거려 풀 냄새를 조금 맡다가 빙그르 한 바퀴 돌아 다시 나를 올려다봐 왔다.

"마음에 들어?"

- 끼앙!

폴짝 제자리에서 뛴 피스가 본격적으로 주위를 탐색하기 시작했다. 아직 멀리까지 갈 생각은 없어 보였지만 저 정도면 이내 멀쩡해지지 싶었다.

"이제 그만 떨어지셔도 괜찮을 것 같습니다만."

아직도 나를 끌어안고 있는 강소영에게 말했다. 감시자도 있다니 적정 거리를 유지해 줬으면 좋겠는데.

"일으켜 드릴까요?"

"괜찮습니다."

내 몸 하나 못 가눌 거 같냐. 상대적으로는 곧 죽을 듯 비실거리는 병아리 쯤으로 보이긴 하겠지만.

피스가 가고 싶어 하는 방향을 따라 산책로를 걸어갔다. 수국이 한가득 피어 있는 화단에 붉은 몸뚱이가 풀쩍 뛰어들더니 이내 연보라색 꽃잎들이 마구 흩날리기 시작한다. 화단 하나 폐허 되는 건 순식간이었다.

"저건-."

"괜찮아요!"

입을 떼자마자 강소영이 활짝 웃으며 말했다.

"신경 쓰지 마세요. 여기 다 갈아엎어도 문제없으니까요. 조경이야 다시 하면 돼요."

역시 거대 길드답게 통이 크구나. 피스도 저렇게 신나 하고, 보은 스킬 효과만 끝나면 자주 놀러 와야겠다.

"혹시 실례가 되지 않는다면 최상급 기승수의 성장에 걸리는 시간이 얼마쯤 되는지 여쭤봐도 될까요? 자세한 이야기는 못 들었거든요."

강소영이 조심스럽게 물어 왔다.

"몬스터에 따라 달라서 저도 정확히는 알 수 없습니다. 종이나 급수에 따라 다르지 싶거든요. 거기에 훈련을 잘 따라 주냐에도 차이가 날 것이고요. S급 던전의 드래곤 무리라면 2급이나 3급쯤 되겠지요?"

한 마리만 나온다면 2급일 텐데 둥지가 등장하기도 한다면 십중팔구 무리일 것이다. 내 말에 강소영이 고개를 끄덕였다.

"네. 정확히는 3급 비룡종이에요. 비룡종치고는 체력도 방어력도 좋고 전체적인 능력치도 뛰어난 가시날개암룡이죠."

비룡종은 용종 중에서는 비교적 약한 편이었다. 하지만 비행 능력이 뛰어난 만큼 기승수로서는 더 유용하게 쓰일 것이다.

"날개에 요렇게 커다란 가시가 세 개나 돋아나 있는데, 이게 정말 귀여워요."

"…네?"

방금 귀엽다고 했어? 양팔 잔뜩 벌린 크기의 가시가?

"꼬리 끝에도 비늘 같은 가시가 있는데, 이건 쏘아 낼 수도 있어요! 제 팔뚝보다 약간 작은 크기인데, 마비 독까지 발려 있다니까요. 비룡종이지만 앞발 뒷발 네 개 다 있어서 더욱 귀엽죠. 튼튼하고, 비늘도 단단하고. 비늘 색도 까맣고 반지르르한 게 마치 검은 보석을 줄지어 이어 놓은 것처럼 진짜 이쁘다니까요."

음, 솔직히 귀엽긴커녕 무시무시하게 생긴 날개 달린 거대 도마뱀 괴물밖에 안 떠오르는데. 심지어 가시까지 삐죽삐죽 돋은 험상궂은 시커먼 드래곤이. 취향이 살짝 특이하시네.

"처음 공략 들어갔을 때부터 어떻게든 길들이고 싶었는데, 이렇게 소원 성취 하게 될 줄이야. 마수 사육 스킬을 알게 된 뒤부터 하루하루가 구름 위를 걷는 것만 같아요. 아, 진짜- 한 번 더 끌어안아도 돼요?"

"안 됩니다."

어쩐지 처음 만날 때부터 분위기가 통통 튄다 했더니 진짜로 들떠 있었구나. 지금도 이 정도인데 기승수까지 키워 주면 사랑한다고 대충 한마디만 해도 키워드 바로 적용되겠다.

그래도 키워드 효과가 어떻게 나타날지 알 수 없으니 안 하는 편이 낫겠지. 제수씨한테 아빠나 엄마 취급받는 막장이 벌어져서는 안 될 일이니까. 입조심하자.

슬쩍 유현이에 대한 이야기를 꺼내 볼까 고민하는데…….

┌─────────────────────────────┐
│ 약자의 예감이 경고를 보냅니다! │
└─────────────────────────────┘

여기까지 오면서 참 여러 번 떴던 예감 스킬이 또다시 발동했다. 이번에는 또 누구… 시발, S급이네. 바쁘실 텐데 왜 여기까지 나오시고 그러냐. 잘 안 나온다며.

당장이라도 돌아보고 싶은 충동을 참는 건 쉽지 않았다. 마치 등 뒤로 다가오는 끼익거리는 발소리를 끝까지 못 들은 척해야만 하는 공포 영화 속 등장인물이 된 기분이었다.

'벽에 붙은 도마뱀은 계속 쓰고 있었고.'

혹시나 싶어 세성 길드에 도착하기 전부터 약하게 사용하고 있었다. 평소의 나를 알고 있는 유현이도 희미하게 느끼는 정도였으니 성현제가 아무리 대단하다 해도 쉽게 눈치채지 못하겠지. 설마 동생 놈처럼 내 몸에 코 박고 냄새 맡기야 하겠냐.

"아, 길드장님!"

강소영이 드디어 눈치채고 돌아서고 나서야 나도 뒤를 돌아볼 수가 있었다. 마흔을 코앞에 둔 주제에 나이보다 훨씬 젊어 보이는 남자가 눈에 들어왔다. 퍽 가벼운 차림새로 소매 단추를 푼 셔츠를 반쯤 걷어 올리고 넥타이 같은 것도 없었다. 정말 한가해 보여서 아이고 바쁘신 와중에 여기까지 운운은 차마 못 할 모습이었다.

"건강해 보이니 다행이로군. 걱정 많이 했다네."

와, 소름 돋게 상냥한 표정이며 어조구만. 내가 조금만 더 순진했다면 덥석 믿어 버리곤 감격했을지도.

"굳이 나오셔서 안부를 살펴봐 주시다니, 죄송스러울 정도입니다."

부담되니까 좀 꺼져 줬으면, 이란 속마음을 순화시켜 말했다. 내 말에 성현제가 미소를 머금었다. S급이 다 그렇긴 하지만 잘생기긴 참 잘생겼어. 다 가진 놈들 같으니라고.

"여기까지 왔는데 안 나와 볼 수가 있나. 무엇보다 한유진 군은 내 아이를-."

"신경 써 주셔서 정말로 감사합니다!"

시발, 문현아 진짜, 진짜! 내가 이딴 소리 들으며 살아야겠냐! 앙갚음 한번 톡톡히 한다. 젠장, 두고 봐라. 내가 이거 안 갚아 주면 사람이 아니야.

그때 내가 소리친 것을 들은 피스가 급히 뛰어왔다. 그러곤 새로 나타난 사람을 빤히 올려다보았다.

- 끄우웅.

무언가 불안함을 느꼈는지 피스가 내 다리에 바싹 몸을 붙였다. 그 모습을 보고 강소영이 괜찮다며 성현제를 가리켰다.

"걱정하지 마, 피스야. 우리 길드장님이셔. 위험하지 않… 어, 무섭지, 음, 그러니까… 착한… 도 아니고…….”

…이 아가씨, 거짓말 못하는구나.

"아무튼 좋은 분이야!”

길드장으로서는 좋은 사람이긴 한가 보다. 피스가 사람 말을 완전히 알아들을 수 있었더라면 저만치 뒷걸음질 치지 않았을까. 하지만 못 알아들으니 무슨 소린가 하고 고개만 갸웃거리고 있었다.

"괜찮아. 지금은 같은 편이야. 그러니 가서 놀아도 돼.”

"앞으로도 그럴 예정이네만.”

내 말에 성현제가 웃음기를 담아 말했다. 뭘 앞으로도 그럴 예정이래. 물론 세성 길드와 척지는 일은 없어야 하지만. 예, 오래오래 좋은 고객으로 남아 주십시오.

"말씀만으로도 안심되네요.”

"믿지 못하겠다는 투로군.”

"나름 팍팍하게 살아와서 말입니다.”

회귀 전 5년을 제외하더라도 평화로운 인생은 아니었지. 애들한테 남겨진 얼마 안 되는 재산까지 노리려 드는 인간들이 한둘이 아니었다. 세상 참 팍팍하다니까.

"해연 길드장도, 보호하는 것도 좋지만 정보는 제대로 줘야지.”

성현제가 혀를 쯧 차며 고개를 저었다. 이 아저씨도 유현이 힘담하려나 싶어 살짝 울컥하긴 했지만, 정보라는 말에 참았다.

확실히 유현이 놈이 내게 너무 아무것도 안 알려 주긴 했다. 심지어 납치 당사자인데도 이후 처리가 어떻게 되어 가고 있는지 하나도 몰랐다. 물어보면 그냥 형이 신경 쓸 필요 없어, 잘 처리되고 있어, 하고 적당히 넘겨 버렸지.

만약 내가 회귀한 게 아니라 진짜 마수 사육 스킬만 얻은 거였다면, 협상이고 뭐고 동생 놈이 다 알아서 하고 나는 돌아가는 상황을 조금도 파악하지 못한 채 멍하니 갇혀만 있었을지도. 그렇게 생각하니 살짝 소름 돋네.

"제 동생이 조금, 답답한 면이 있긴 하죠."

"원래는 없네만."

…동생 놈하고 술 한 번 더 마셔야 하나. 허구한 날 태클이 들어와. 그놈이나 나나 허심탄회한 대화의 장이 필요하긴 하다 싶었다.

"괜찮다면 잠시 앉아 이야기라도 나누겠나."

떨떠름한 표정을 짓고 있는 나를 보고 성현제가 말했다.

어쩔까.

나도 계속 아무것도 모르는 척 있을 생각은 없었다. 평화로운 건물주가 목적이지만 가진 걸 지키기 위한 최소한의 노력은 해야 하니까.

다만 지금은 동생의 눈과 귀가 사방에 깔려 있는 해연 길드 내에 머무는 중이니 허튼짓할 순 없었다. 안 그래도 동생이 나를 살짝 의심하는 눈치였으니까. 미래의 정보상인 도하민을 낚아 오는 건 어렵지 않지만, 내 둥지는 짓고 나서 할 일이지.

아직 건물 짓기는커녕 철거도 전이니 세성 길드장님 입으로 조금은 들어둘까.

"네, 좋습니다."

저는 아무것도 몰라요, 하는 미소를 지으며 고개를 끄덕였다.

공원 한쪽에 세워진 파고라의 테이블로 자리를 옮겼다. 강소영은 다과를 가져오겠다며 떠나갔다. 피스는 성현제가 영 신뢰가 안 가는지 더 놀지 않고 내 무릎 위로 올라와 앉았다. 그래도 전처럼 과하게 달라붙는 기색은 없어 보였다. 산책 나온 게 효과가 있는 모양이었다.

"한유현의 근래 행동엔 이해가 잘 가지 않는 부분이 많기는 해."

성현제가 특유의 느긋한 어조로 말했다. 키워드 효과 때문에 애가 살짝 맛이 가긴 했는데, 많이 심한 건가. 그래도 오늘은 밖에 나가게도 해 주고, 좀 괜찮아진 거 같은데.

"마수 사육 스킬을 얻기 전이라면 모를까, 지금의 한유진 군에게는 얼마든지 자기 세력을 갖추고 키워 나갈 힘이 있지. 자리만 제대로 잡으면 웬만한 거대 길드보다도 커질 수 있다고 생각한다네. 심지어 이미 저번 협상을 통해 기반은 갖추었어."

워어, 나를 과대평가해 주시네. 마음만 먹으면 못 할 것도 없긴 하지만.

"하지만 저는 그렇게까지 큰 욕심은 없습니다. 일전에 말씀드린 것처럼 기승수의 수요야 점차 줄어들기도 할 것이고요."

내 말에 성현제가 작게 웃었다.

"정말로 그렇게 생각하나?"

"…당연히 그렇게 되지 않을까요? 상급 기승수를 일회용으로 쓰는 미친 짓을 하지 않는 이상은 말입니다."

"물론 그런 짓은 아무도 안 하겠지. 하나 상급, 최상급 기승수는 A급, S급 헌터와 비슷한 전력이야. 기승수가 아닌 팀원으로서 혹은 아예 몬스터 부대로서도 운용이 가능하지."

뭐, 그야 그렇지만.

"몬스터 사육은 제압 가능한 범위 이내서만 허용이 될 텐데요. 세성이라 해도 최상급 기승수는 너덧 마리 이상 보유하기 힘들 겁니다."

테이밍은 몬스터를 무슨 꼭두각시나 로봇처럼 완벽하게 제어하는 스킬이 아니었다. 피스만 봐도 주인의 증표를 내가 가지고 있음에도 투정도 부리고 돌발적인 행동을 하기도 한다.

테이밍된 몬스터는 주인을 해치지 않으며 무리의 리더 정도로 여기고 따른다. 딱 그 정도였다. 만약 완벽하게 통제하고 부릴 수 있었더라면 테이머

가 몬스터 무리 이끌고 던전 공략하는 헌터로 여겨졌겠지. 지금처럼 몬스터 길들여다 분양하는 특수직이 아니라.

그래서 일반 몬스터든 테이밍된 몬스터든 만일의 사태 때 해당 길드 또는 단체가 제압 가능한 정도로만 보유할 수 있었다.

"지금은 그렇지. 하나 앞으로는 어떨까."

성현제가 의미심장한 미소를 지으며 말을 이었다.

"한유진 군, 법이란 건 말이야, 나라와 사회가 있어야 존재할 수 있는 것이라네."

"그야, 그렇겠죠."

"처음 던전이 등장하고 오늘날까지, 던전의 수와 난이도는 점점 올라가고 있다네. 아직은 모든 던전을 충분히 관리하고도 여유가 남을 정도지. 얼마 뒤 각성센터가 생기면 좀 더 수월해질 것이고. 하지만 지금 이 여유가 얼마나 더 지속될까. 개인적으로는 길어야 5년. 그때쯤이면, 상당히 많은 것이 변화하게 될 거야."

…정확한 예상이었다. 물론 내가 아는 5년 후에도 몬스터 사육 제한법은 그대로였다. 하나 생각해 보면 사실 그때는, 법이 바뀔 이유 자체가 없었다. 그도 그럴 게 최상급 기승수 자체가 존재하지 않았으니까.

가장 등급 높은 테이머 스킬이 A급이라 상급 기승수조차 드물었다. 능력치 B급 이하 몬스터를 길들인 뒤 성장시켜야 상급 기승수로 만들 수 있었기 때문이었다. 모든 몬스터가 등급을 넘어서는 성장을 할 수 있는 것이 아니기에 반쯤은 운이었고.

"…그럼 향후, 몬스터만으로 던전 공략을 시도하게 될 수도 있다는 말씀이십니까?"

"그 정도는 아니고 섞이게는 되겠지. 기승수가 아닌 일종의 이종족 헌터로서. 그리고 자네는 S급과 A급 헌터를 계속해서 안정적으로 키워 낼 수 있는 유일한 사람이 될 테고."

이러다 평생 은퇴 못 하게 되는 게 아닐까 하는 불길한 예감이 들었다. 법이 바뀔 수도 있다는 생각을 왜 못 했지. 아니, 그래도 던전 밖에까지 몬스터가 드글거리는 건 불안하지 않나. 물론 상급 던전이 터져 나가는 것보다야 낫지만…….

"뭐랄까, 부담스러워지는군요."

"아직 시간은 있으니 천천히 자리 잡아 가면 되네. 무엇보다 비슷한 스킬 소유자가 나타나지 않는 한 자네의 가치는 S급 헌터들보다 더 높으니까. 지금처럼 웅크리고 있을 필요도 없어. 더 멋대로 굴어도 괜찮아."

"멋대로 굴어도 된다고요?"

"그래. 횡포 좀 부려도 어쩔 텐가. 대체 불가능한 능력인데."

성현제가 짓궂음을 담아 눈가를 휘었다.

"하고 싶은 건 뭐든지 해도 돼. 협상한 길드가 아니더라도, 상급 기승수를 보유할 능력이 되는 길드라면 어디든 연락해서 이것저것 요구해도 끽소리 못 할걸? 국내는 물론이고 해외에도. 이미 자네에게 말이라도 한번 걸어 보고 싶어 하는 해외 길드들이 줄을 서 있지. 연락처 하나 줄까? 전화해 보겠나?"

"…아뇨, 그건 좀."

어느 길드든 연락해서 뭐든 요구하라고? 뭐야, 그게. 내가 상상치 못한 수준의 갑질이다. 역시 갑질도 해 본 놈이 잘한다는 건가. 난 그냥 건물 하나 생기는 걸로도 충분히 만족하는데.

"지금 자네의 위치가 그 정도라네. 최상급 몬스터 새끼 받아 놓고 '아, 피곤해서 성장 못 시키겠다.'라고 티라도 조금 내 보게. 당장에 길드장 선에서 뭐 필요한 거 없으십니까, 하고 연락 오겠지."

아니, 그건 상도덕적으로 좀……. 이 아저씨, 역시 성격 안 좋네. 왜 사람 앞혀 놓고 다양한 지랄갑질하라고 부추기고 있냐. 협상안에 성실한 사육 운운도 들어가 있어서 자기는 남 일이라 이건가.

"이걸 한유현도 모르는 건 절대 아닐 텐데, 그럼에도 새끼 새 품은 어미

새처럼 꽁꽁 감싸고돌려고만 하고 있지. 그 녀석답지 않은 태도야."

성현제가 이것만큼은 자신도 잘 모르겠다는 투로 말했다. 그게 키워드가… 양육자가 동일인이다 보니 배로 적용된 거 같아서 말입니다.

"제 스탯 등급이 워낙 낮아서 그런 것도 있겠죠. 대대적으로 갑질할 위치에 있다 해도 어떤 미친놈이 덤벼들면 언제든 목이 날아갈 수도 있잖습니까."

"그거야 최상급 몬스터 한 마리만 곁에 두면 해결될 일이지 않나. 그러잖아도 해연의 두 번째 최상급 몬스터 새끼는 자네 보호용으로 쓰는 게 어떨까 하는 의견도 오가는 중이라네."

"그렇습니까?"

"이것도 말 안 해 준 건가. 납치 건으로 책임이 있는 MKC에서 부담할 예정이지."

나한테 좋은 조건이긴 한데 유현이 이 자식, 당사자를 아주 쏙 빼놓는구나. 확정되면 말해 주긴 했겠지만 그래도 미리 귀띔이라도 해 주면 어디가 덧나냐.

"이거 문현아와 비슷한 짓을 하게 된 거 아닌가 모르겠군."

내 표정을 본 성현제가 어깨를 으쓱했다. 스킬로 소리 막아 놨었는데 성현제가 알고 있다는 건 문현아가 직접 말한 건가.

"아뇨, 그것과는 좀 다르죠. 제 동생의 행동이 과하다는 건 저도 느끼고 있습니다. 그래도 저를 걱정해서고, 또 해연을 나오게 되면 간섭 못 하게 될 테니 눈감고 있었지만요."

"한번 제대로 이야기해 보는 걸 추천하지."

"예. 반드시 그러겠습니다."

그 밖의 이런저런 이야기가 오가는 사이, 강소영이 다과를 들고 돌아왔다. 겉보기에도 고급스럽고 맛도 훌륭한 과자들이었지만 명우가 만들어 준 것에 비하면 약간 뒤떨어졌다. 대장간 스킬 얻고 바빠질 거 생각하니 또 우울해지네.

"이건 약소한 성의라네."

성현제가 보증서 딸린 작은 액세서리함을 내밀었다.

"소영이로부터 들었겠지만 조만간 신세 지게 될 테니, 잘 부탁한다는 의미로 생각하게나."

뇌물인가. 보증서를 보니 무려 S급 아이템이었다. 마력 정수 증가에 B급 방어막 스킬 효과가 붙어 있었다. 와, 스킬 효과 아이템이라니. 특히나 이런 방어막 스킬이면 인기가 높다 못해 돈이 있어도 사기 힘들 정도였다.

액세서리함을 열어 보자 빼앗긴 검은 요정의 이어링과 비슷한 모양의 귀걸이가 있었다. 보석 색만 붉은색으로 다르다.

"좀 부담스럽네요."

"부담스러워야 효과가 있지. 그리고 이건."

이어 그가 인벤토리에서 꺼내 든 건, 웬 커다란 날개 뼈였다. 살점이 약간 붙은 채 잘 말린 날개 뼈의 등장에 피스가 귀를 쫑긋 세운다.

"대부분의 상급 육식형 몬스터는 드래곤 뼈를 좋아하더군."

처음 듣는 소리였다. 내밀어 오는 드래곤 날개 뼈를 피스가 머뭇거림 하나 없이 덥석 깨물었다. 앞발로 당겨 끌어안다시피 하는 걸 보니 무척이나 마음에 든 모양이었다.

…성현제 이 아저씨, 생각보다 좋은 사람인지도.

"감사합니다."

솔직하게 고마워하자 성현제가 흥미로워하는 미소를 머금었다.

"한유진 군은."

"예?"

"앞으로 오래 가까이 지낼 수 있다면 좋겠군."

몬스터 키워 줘야 하니까 싫어도 자주 보긴 해야 하는데 뭘 새삼. 저도 뭐 잘 부탁드립니다.

3장 삐약&크르렁

3장
삐약&크르렁

아침 일찍, 해연 길드 건물에서 택시로 20분 거리에 있는 F급 던전의 독점 출입증 구매에 성공했다는 메시지가 날아왔다.

이틀 전 밤에 신청해 놓았던 던전이었다. 가치가 낮은 F급 던전을 굳이 웃돈 더 주고 독점 입찰 하는 경우는 드물었기에 경쟁자는 없었다.

독점 출입증 구매 완료 메시지를 받자마자 유현이에게 연락해 오늘은 나가지 않고 집에서 쉴 거라고 말해 두었다. 감기 기운이 약간 있어 약 먹고 잠이나 잘 거라는 말에 찾아오겠다고 하는 걸 말리느라 혼났다. 다른 사람들이 알면 귀찮아질 테니 비밀 지켜 달라는 당부도 해 두었다.

"이런 걸 언제 사 뒀었지."

얼굴 가릴 거 뭐 없나 하고 반쯤 풀다 만 짐을 뒤지자 자외선 차단 모자가 나왔다. 눈만 빼고 천으로 다 가려 주는 게, 절대 얼굴 들킬 일 없어 보였다. 왜 샀지. …아, 1인 시위 하고 다닐 때 썼던 건가 보다. 이게 아직 남아 있었네. 씁쓸한 기억을 밀어내며 모자를 챙겼다.

조금 이르긴 해도 여름 초입이니 쓰고 다녀도 아주 이상해 보이진 않을 것 같았다.

게이트석은 인벤토리에 잘 넣어 두었고 장비도 충분하다. 비록 정수 증가뿐이지만. 포션도 넉넉하고 비상식량은 안 가져가도 되겠지. 도중에 안 나오고 공략한다 해도 지금 내 등급이면 한 시간 안팎으로 끝날 것이다.

'숲환경이었지.'

던전 입찰 페이지의 설명으로는 던전 내부는 작은 숲이며 나오는 몬스터는 이끼원숭이였다. 원거리 공격 스킬이 없으면 좀 까다롭긴 하나 4미터짜리 촉수가 있으니 순식간에 처리할 수 있을 것이다. 보스 몬스터는 숲 끝에 자리 잡은 연못 속의 거대 거북이였다.

나무를 타고 다니는 날렵한 원숭이도 그렇고 방어력이 뛰어난 거북이도 그렇고, F급치고는 난이도가 높았다. 그래서인지 E급 이상 포함 팀에게 공략을 권한다는 주의 사항도 덧붙어 있었다.

여유 되면 공략하고 나올까. 독식하면 독점 출입증 산 돈 메꾸고도 남으니.

- 그르르릉.

모자 챙겨서 거실로 나가자 어제 받은 용의 날개 뼈를 갉작거리던 피스가 목을 울리며 총총 뛰어왔다. 외뿔 주위를 긁듯이 쓰다듬어 주곤 달래듯 말했다.

"아빠 잠깐 나갔다 올 테니까 집 잘 보고 있어. 오래 안 걸릴 거야."

- 끼응.

"가구는 적당히 부수고."

명우는 저녁에나 돌아오겠지만 혹 모르니 피스를 거실에 풀어놓고 낮잠 잘 거라고 말해 두었다. 만약 내가 자느라 연락 못 받으면 집에 바로 들어오지 말고 기다려 달라고. 피스가 착하긴 해도 스탯 F급과 함께 두기는 불안하니까.

"다녀올게."

따라오려 들면 어쩌나 걱정되었지만 다행히 피스는 중문을 넘지 않고 얌전히 앉아 나를 바라보았다. 착하기도 하지.

자, 그럼 이제 무사히 빠져나가기만 하면 된다.

끼이익.

조용히 문을 열고 복도로 나갔다. 기숙사 층 감시카메라는 여전히 입구에만 있고 내 숙소는 안쪽이라 꺾어진 복도 덕에 여기까지는 누구의 눈에도 띄지 않고 움직일 수 있었다.

주위를 한번 살펴보고 모자를 눌러쓴 뒤 벽에 붙은 도마뱀 스킬을 최대로 사용했다.

원래는 D급의, 큰 효과 없는 스킬이지만 지금은 달랐다. 모습을 감추는 특수 스킬이 무려 네 배의 효과를 지닌 것이다. A급이라 해도 주의를 기울이지 않는다면 눈치채기 힘든 수준이었다.

그래도 혹 모르니 어젯밤에 미리 실험도 해 보았다.

벽도마뱀을 쓴 채로 복도 구석에 숨죽인 채 가만히 서 있었더니 기숙사를 오가는 A급들 중 누구도 나를 알아보지 못했다.

'예림이는 협회에 갔으니 동생 녀석만 조심하면 되겠군.'

만약에 들키면 뭐, 어쩌라고. 성현제 말대로 나는 좀 더 막 나가도 된다. 내가 뭐 나쁜 짓 하려는 것도 아니고 몰래 외출하려다 들키는 걸로 유현이 놈이 뭐 어쩌겠냐. 전처럼 가둬 두려 하겠어?

기승수 관련 협상 전이라면 모를까, 지금 내 신변은 해연 길드장이라 해도 마음대로 할 수 없었다. 그냥 잔소리나 좀 하겠지. 나 못 믿냐고 투덜거리고, 역시 감춘 게 있구나 하고 실망하고…….

역시 가능한 한 들키지 말아야지, 귀찮아.

엘리베이터 쪽으로 가자 의자 갖다 놓고 독서 중인 해연의 A급 헌터가 보였다. 그녀의 눈치를 살피며 구석에 조용히 섰다.

비상계단의 문은 잠겨 있었고 엘리베이터가 멋대로 움직이면 수상하다고 느낄 것이다. 그러니 기다리는 수밖에 없었다. 점심 도시락 배달부를.

점심시간에 맞춰 나왔기에 얼마 지나지 않아 엘리베이터가 올라왔다.

"수고 많으십니다."

식당 직원이 인사를 건네며 헌터에게 도시락을 내밀었다. 그 틈에 재빨리 엘리베이터에 올라탔다.

"도시락 통은 두 시간 뒤에 수거하러 오겠습니다. 식사 맛있게 하십시오."

식당 직원이 다시 엘리베이터를 탔다. 엘리베이터 내부에는 감시카메라가 달려 있어, 직원이 식당이 있는 층을 누르느라 버튼들이 가려졌을 때 촉수를 뻗어 1층도 슬쩍 눌렀다. 다행히 해당 층에서 엘리베이터 버튼을 누르면 내부 버튼에도 불이 들어오는 구조라 직원은 별생각 없어 보였다. 감시카메라상으로는 직원이 버튼을 잘못 누른 것으로 보이겠지.

식당 층을 지나 1층에서 내려서자 로비와 이어지는 복도 사이에 닫혀 있는 유리문이 보였다. 여기가 제일 문제였다. 누군가 드나들기를 마냥 기다릴 수밖에 없었다.

'유현이만 안 나오면 되는데.'

오지 마라 오지 마라 일이나 해라. 게다가 너무 오래 지체했다간 예림이가 돌아올 수도 있었다. 누구든 빨리 들어오든지 나가든지 해 줬으면.

다행히 얼마 지나지 않아 해연의 B급 헌터가 다가왔다. 보안실에서 유리문을 열어 주자마자 재빨리 빠져나갔다. 보안실 쪽에도 A급 하나가 상주하고 있었지만, 로비에는 오가는 사람이 많아서인가 이상한 낌새를 눈치채진 못하였다.

'특수 스킬 없으면 A급은 물론이고 S급도 몰래 들어오긴 힘들겠구만.'

모습을 감추는 유의 특수 스킬은 무척이나 희귀했다. 세간에 드러난 완벽한 은신 스킬 소유자는 도깨비뿐이었다. 보통은 몬스터나 가지고 있으며 도깨비도 인간은 아니니, 적성 문제인 듯싶었다. 설사 가지고 있다 해도 웬만해선 밝히지 않겠지만.

무사히 건물을 빠져나와 십 분 정도 길을 따라 걸었다. 건물 틈 사이에서 스킬을 풀고 근처 가게에서 선글라스를 하나 사 완벽하게 얼굴을 감춘 뒤에 택시를 잡아탔다.

얼마 지나지 않아 도착한 F급 던전은 빌딩 뒤쪽 사이에 숨겨지다시피 한 조그마한 건물이었다. 원래는 소규모 주차장이었지 싶었다. 제대로 보상받기 힘든 F급 던전이 건물 안에 들어서지 않았다니, 빌딩 주인 운 좋은걸.

특수 벽을 두른 건물 앞으로 가 문 옆 키패드에 미리 받은 번호를 찍고 헌터자격증의 칩을 인식시켰다. 문이 열리고 짧은 복도를 지나쳐 가자 아무도 없는 공간에 자리 잡은 게이트가 보였다. 비밀 보장을 원하여 자리는 피해 주었지만 감시카메라는 작동 중일 터였다. 인원도 체크했을 거고.

출입 기록도 만약을 대비해 한 달은 보관된다. 타인이 확인하지 않을 뿐이지.

'그럼 들어가 볼까.'

F급이라지만 혼자 던전에 들어가려니 기분 묘하네. 길게 머뭇거리지 않고 푸른색 게이트 안으로 성큼 발을 들였다.

- 끼익! 끼이이!

공기가 확 바뀌었다. 짙은 풀 냄새가 코끝을 찔러 온다. 무성한 나뭇잎 사이로 무언지 모를 짐승의 소리가 들려왔다.

"습기 봐라."

후덥지근하다. 숲이 아니라 정글 수준인데.

모자를 벗어 끈을 목에 걸고 등으로 넘기고 선글라스도 벗었다. 여기 있는 몬스터 상대로는 맨몸으로도 충분하겠지. 그래도 장비를 꺼내 낄까 하다가 이미 하고 있는 이어링에 더해 그냥 근력 증가 팔찌만 하나 더 찼다. 어차피 정수 증가뿐이라 큰 효용은 없기도 하고, 껴입기 귀찮기도 하고.

'비율 증가 장비도 몇 개 갖추어 놓을까.'

혹시 또 비슷한 일이 생길 수도 있으니까. 아직은 키워드 적용 대상이 몇 없지만 꾸준히 몬스터를 키워 내어 수를 늘려 가다 보면, 그중 불운한 사고를 당하는 경우도 있기는 할 터였다. 바라지는 않지만 아예 없을 수는 없었.

각오는 해 둬야지.

부스럭.

우거진 나무 위에서 움직이는 기척이 느껴졌다. 이어 나뭇잎 사이로 초록색을 띤 얼굴이 불쑥 나타났다.

- 끼욱! 끼욱!

이끼원숭이였다. 위협하듯 나뭇가지를 붙잡고 마구 흔들어 대는 몬스터를 향해 가시 덫을 썼다.

- 끽!

이끼원숭이가 비명을 지르며 앞으로 푹 고꾸라졌다. 살상력 있는 스킬은 아니다 보니 숨은 붙어 있었다. 게다가 나뭇가지에 걸려 추락하지도 않았다.

역시 여기선 가시 덫보다 촉수가 낫겠군. 주위에 빽빽이 들어선 나무 전체 높이는 10미터를 훨씬 넘어 보였지만 위로 갈수록 가늘어져, 큰 덩치에 무거운 원숭이는 가지가 굵은 중간 아래로만 돌아다닐 수 있을 듯했다. 하니 길이는 충분했다.

안 되면 돌이라도 주워 던지면 되고. 시험 삼아 한번 던져 볼까. 굴러다니는 돌멩이를 주워 독을 살짝 발랐다. 이어 바로 근처까지 접근해 온 원숭이를 향해 힘껏 던졌다.

'퍽!'

둔탁한 소리와 함께 가지에 매달려 있던 원숭이가 바닥으로 떨어졌다. 스탯 등급 높으니까 좋긴 좋구나. 원래 내 힘으론 저렇게 단숨에 떨어뜨리긴 불가능한데.

돌이 머리를 깬 탓인지 독이 스며든 탓인지 이끼원숭이는 이내 숨이 끊어졌다.

'마석 찾아봐야 하나 말아야 하나.'

사체 뒤지긴 싫은데. 회귀 전에는 배부른 소리였겠지만 지금은 귀찮았다. 옷이 더러워질 수도 있고 마석 탐지기도 안 챙겨 왔고.

'슬슬 연락 좀 안 오나.'

상태창을 몇 번 열었다 닫았다 해 봤지만 변화는 없었다. 그사이 이끼원숭이가 한 마리 더 접근해 오기에 촉수로 목을 잡아 부러뜨렸다.

'…설마 확인 끝 그걸로 진짜 끝은 아니겠지.'

나한테 더 볼일 없다면 안심될 거 같기도 하고 짜증 날 거 같기도 하고.

그때였다. 드디어 메시지창이 떴다.

┌─────────────────────────┐
│ ㄴㅔㅠㅏZㅁㅗㅅㅇㅏㄴㅣㅁ │
└─────────────────────────┘

…네, 잘? 못 아님? 나 말하는 건가? 내 잘못이 아니라고? 갑자기 무슨 헛소리지.

이어 새로운 메시지창이 떴다. 이번에는 제대로 된 문자였다.

┌─────────────────────────┐
│ 소원석 - 신화급   │
│ 사용자가 원하는 소원을 한 가지 들어준다. │
└─────────────────────────┘

소원석 아이템 설명창이었다. 뜬금없이 이건 또 왜…….

잠깐만. 두 줄뿐이잖아. 원래는 세 줄이었는데.

…시발?

"사망자의 소생은 불가능하다며!"

아니었냐? 설마 시스템 만든 놈이 사기 친 건가. 원래는 가능하고? 어?

"젠장, 어쩐지 시간도 되돌리면서 고작 죽은 사람 하나 못 살린다는 게 이상하긴 했지만……."

속았구나, 속았어.

잠시 열받긴 했지만 그래도 이내 진정되었다.

솔직히 그때 유현이를 살려 내는 것보단 시간을 돌린 지금이 여러모로 더 낫기는 하니까. 나한테만이 아니라, 전체적으로도.

석하얀의 연구 결과가 공평하게 나누어진다는 것만으로도 원래의 5년 후보다 훨씬 더 안전한 세상이 될 것이다. 그에 더해 기승수까지 있으니 혼란스러운 원래의 미래와는 좋은 방향으로 많이 달라질 것임이 분명했다.

그러니까, 속은 것 자체는 괜찮았지만.

'…내 잘못이 아니라니.'

과거로 돌아온 것은 시스템 만든 놈이 날 속였기 때문이고, 내 탓이 아니라는 뜻일 것이다.

그럼 이건, 그러니까…….

'…회귀한 것 때문에 뭔가 문제가 생길 수도 있다는 건가.'

내가 어, 이거 내 탓인가? 할 만한 문제가 있으니까 굳이 저렇게 알려 주는 거겠지. 참 친절도 하시네.

그래서 무슨 문젠데.

잠시 기다려 봤지만 메시지창은 더 뜨지 않았다. 일단 정리를 해 보자.

나는 시스템 이하 생략 놈에게 속아서 과거로 돌아왔다. 시스템 놈은 나처럼 회귀 전의 일을 알고 있다. 그리고 회귀로 인해 뭔가 문제가 발생할 것이다.

대충 이 세 가지인가.

그리고 한 가지 덧붙이자면, 시스템 놈이 내게 시스템적으로 관련 없는 메시지를 전달할 때는 정상적인 문자를 쓸 수 없는 게 확실했다. 세로쓰기 할 때부터 알아봤지만.

던전 내에서는 제약이 덜하지만 그래도 간접 전달밖에 못 하는 듯했다. 직접적으로 메시지를 보내면 저번처럼 오류가 생기고.

아무튼.

"그래서 대체 무슨 문제가 생길 건데? 제대로 이야기를 해!"

답답해 죽겠네. 그때 다시 메시지창이 떴다.

☞'≠'☜ ㅠㅠㅠㅠㅠ._.

아예 그림을 그려라. 입 막혀서 말 못 한다는 건가.

"저번처럼 문제 생겨도 지금은 감당 가능하니까 그냥 말해!"

게이트를 코앞에 둔 위치인 데다 벽도마뱀도 이미 최대로 쓴 상태였다. 라우치타스 같은 게 튀어나오지 않는 한 문제없이 도망칠 수 있다.

그렇게 소리치고 잠시 뒤.

오, 이런 마이 디어, 화내지 마. 답답한 거 우리도 알아. 그래 맞아, 속 시원히 말해 주고 싶지만 그게 안 되는걸. 직접적인 대화를 위해서는 희생이 필요해. 준비도 필요하지. 저번에는 신입- 시간이 되돌려진 건 그쪽뿐이야. 던전은 별개. 진행을 늦추려고 막고는 있어. 간섭이 많을수록 들키는 것도 빨라져. 관련된 정보가. 많이 알려지면. 위험. 제대로. 준비. 일주일. 던전.

후두둑 메시지가 쏟아졌다. 잠깐만, 천천히. 뭐라고?

시간이 되돌려진 건 우리 쪽뿐이고 던전은 별개. 즉, 원래는 5년 후의 난이도와 수가 그대로여야 하는데, 진행을 늦추려는 중이다.

 …설마 던전 난이도가 회귀 전보다 빠르게 높아질 거라는 뜻인가? 미친? 들키는 건 또 뭐야. 다른 무언가가 있다는 건가.

 준비에 일주일 걸리고 다시 던전에 오라는 거 같은데, 일주일 후면 보은 지속 시간 끝난다. 유현이에게 던전 돌고 싶다고 말은 해 놨으니 부탁하면 되지만.

 그때 메시지창이 크게 흔들리고, 일그러지기 시작했다. 역시 무리해서 메시지를 보내온 모양이었다.

 쿠르릉!

 "윽!"

 이어 요란한 소리와 함께 주위 풍경까지 한여름 아지랑이처럼 흐릿하게 일렁거렸다. 이거 뭔가 엄청난 게 나타날 거 같은 분위기인데.

 다행히 게이트가 아직 활성화된 채라 게이트석 쓸 거 없이 바로 튈 수 있었다. 곧장 열려 있는 던전 게이트를 향해 달려 나가려는데…….

 툭.

 공중에서 하얗고 동그란 게 떨어졌다. 토실토실한 찹쌀떡 같은 그것이 데구르 굴러가다가 뒤집어진 채로 부리를 쫙 벌렸다.

 - 삐약!

 …뭐지, 귀여워.

 - 삐약!

 또 운다. 공중에 들린 짤막한 두 다리가 동동거린다. 민들레 갓털 같은 솜털에 까맣고 동그란 콩알 눈, 부리와 발은 연노랑색의… 새끼 새? 크기도 고작해야 주먹 두 개를 합친 정도로, 이리 보고 저리 봐도 완벽하게 무해한 모습이었다.

– 삐약삐약!

파닥파닥.

…시발, 날개 봐. 쪼끄매. 뭐지 저게. 진짜 저게 나온 건가. 아닌 거 같은데. 그냥 나무 위 둥지에서 떨어진 거 아냐?

당혹스러운 심정으로 떡잎 스킬을 사용했다.

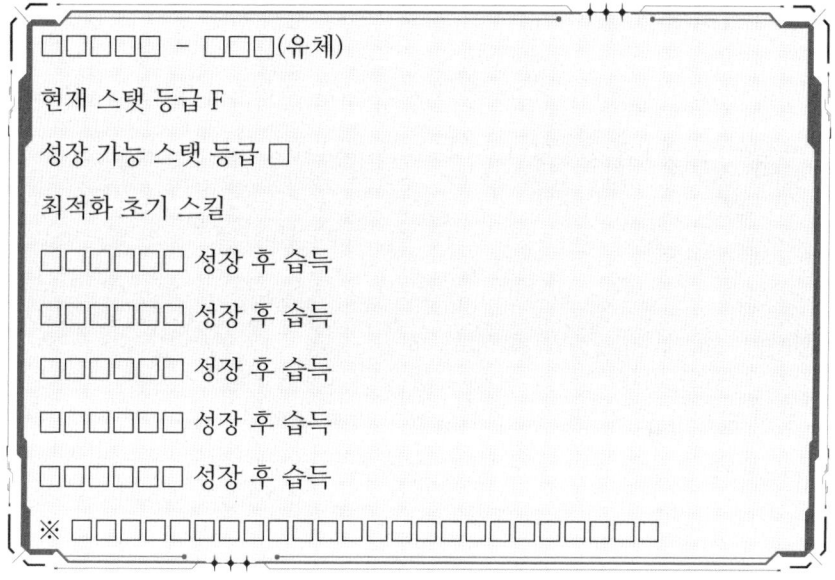

…오류로 튀어나온 애 맞나 보다. 현재는 F등급에 새끼라는 것 외에는 알 수 있는 정보가 없었다. 다만 최적화 초기 스킬 개수로 보아선, 평범한 몬스터는 절대 아닌 듯했다. 다섯 개라니.

각성 가능 스탯 A~S급인 피스와 예림이도 서너 개뿐이었는데. 네모 칸이 하나인 걸 보니 SS나 그 이상은 아닌 듯하고, S급인 건가? 저 칸과 글자 수가 일치한다는 보장은 없지만.

'…어쩌지.'

오류 몬스터를 그냥 내버려둬도 되나. 하지만 죽이기는, 솔직히… 좀 많이 거부감이 들었다.

그사이 몸을 일으키는 데 성공한 새끼 새가 풀숲을 뒤뚱뒤뚱 걸어 다니기 시작했다. 벽도마뱀 스킬을 쓴 탓인지 내가 있다는 건 까맣게 모르는 모양이었다. 대신 죽은 이끼원숭이를 발견하곤 조심성 없게 다가간다.

– 삐삐삐삐.

뭐라고 종알거리면서 원숭이 사체를 부리로 건드리려, 헉! 저거 중독되어 있는데! 스탯 F급이면 닿기만 해도 위험하다고!
"안 돼!"

– 삐야.

당장 달려가 덥석 집어 들자 놀랐는지 잠깐 굳었다가, 조그만 날개를 열심히 파닥거린다.

– 삑! 삑! 삑! 삑!

"괜찮아, 해치지 않아."
얼른 벽도마뱀 스킬을 해제하며 달랬다. 다행히 독에 걸리진 않은 모양이었다. 까만 콩알 눈이 깜박, 나를 올려다보았다.

– 삐약!

"그래, 그래. 착하지, 삐약아."

두 손 안에 감싸이는 몸뚱이가 엄청 보들보들하고 따뜻했다. 귀여워. 어쩌지. 그냥 들고 갈까. 이 정도 크기면 품 안에 감춰서 데리고 갈 수 있는데.

어디서 났냐고 물으면… 그냥 주웠다고 하면 안 될까. 몰라, 우기지 뭐.

"마석 줄까? 먹을래? C급 마석은 F급 스탯에겐 너무 과한가."

탈이 날지도 모른다. 하지만 F급 마석은 없는데. 아니, 없진 않지. 고개를 들자 나무 위에서 기웃거리고 있는 이끼원숭이가 보였다.

독 안 쓰고 잡아야겠군. 조금만 기다려라, 삐약아. 밥 준비하마.

― 끼욱!

퍼억!

머리가 박살 난 이끼원숭이가 나무에서 뚝 떨어졌다. 동시에 내 머리 위의 삐약이가 날개를 파닥거렸다.

― 삑삑! 삑삑!

방금 죽인 원숭이에게 마석이 있다는 신호였다.

요 쪼끄만 새끼 새에게 F급 마석을 두 개 찾아내 먹였더니 그 뒤론 마석을 지닌 원숭이를 잡으면 달라는 듯 삑삑대기 시작했다. 마석의 유무가 느껴지는 모양이었다.

"삐약이 너, 생각보다 대식가구나."

이걸로 벌써 여섯 개째인데 여전히 더 먹겠다고 파닥대고 있었다. 심지어 얘는 피스와 달리 고기엔 입도 안 대고 온전히 마석만 먹었는데도 말이다.

― 삐약! 삐약!

"알았어, 알았어."

너, 나랑 만난 지 아직 삼십 분도 채 안 됐다. 그런데 딱 달라붙어 밥 달라고 재촉까지 해 대다니, 애가 좀 뻔뻔한 것 같네. 너무 어려서 피아 구분이 안 되는 건가. 밥만 주면 다 부모로 여긴다거나.

이끼원숭이의 마석은 목덜미 아래 부근에 주로 자리 잡고 있었다. 칼을 들고 가죽을 가르자 머리 위에서 아주 탭댄스를 춘다.

― 삑삑삑! 삐!

으으, 피 튀었어. 최대한 조심해도 어쩔 수 없이 손은 물론 소매에서 팔꿈치 부분까지 핏물로 얼룩덜룩해졌다. 연못에서 씻고 나가든가 해야지.

그새 어깨까지 내려온 삐약이 부리에 마석을 물려 줬다. F급 일반 몬스터 마석이라 작았지만 그래도 한입에 삼키긴 힘들 크기인데도 잘도 꾸역꾸역 넘긴다.

― 삐약!

"더 먹을 거냐?"

― 삐약!

뭐라는진 모르겠지만 배가 다 찬 느낌은 아니었다. 그래, 어디 한번 얼마나 먹을 수 있는지 보자.

 그리 넓지 않은 숲을 샅샅이 뒤져 이끼원숭이를 잡아 죽였다. 던전 공략 시 일반 몬스터는 다 잡을 필요 없었다. 전체의 절반 이상만 사냥하고 보스 몬스터만 잡으면 된다. 하지만 많이 사냥할수록 좀 더 오랜 시간 던전이 안정화되기에 협회에서는 가능한 한 전멸시킬 것을 권유하고 있었다.

 아직 던전 포화 상태를 정확히 알아내는 기술은 개발되지 않았기에 절반만 잡고 나갈 경우에는 따로 보고도 해야 했다.

 - 끼이욱!

 "이놈이 마지막인 모양이다."

 - 삑!

 삐약이가 얌전한 거 보니 마석은 없는 모양이고. 더는 이끼원숭이의 기척이 느껴지지 않아 연못으로 향했다. 마석을 나오는 족족 다 먹어 치운 삐약이는 기분이 좋은지 삐삐 작게 흥얼거리고 있었다.

 "마석이 평범한 음식이었다면 진즉 배가 터졌을 거다."

 주는 대로 다 받아먹더니 결국 제 몸뚱이 크기보다 더 많이 먹어 버렸다. 마석이라 해도 위를 거치는 건 마찬가지일 텐데, 흡수가 빠른 모양이었다.

 - 삐삐삐~ 삐이.

 "완전 먹보네, 먹보."

 이 녀석도 밥값 만만찮게 들겠다. F급이라고 해도 대체 얼마치야. 너무 많이 먹인 거 같기도 하고. 앞으로는 좀 줄여야지. 새끼 동물들은 자기 배부른 줄도 모르고 다 받아먹기도 한다니까.

숲 가장자리에 있는 연못은 제법 컸다. 연잎 같은 게 떠 있는 맑은 물 가운데 초록색 작은 섬이 자리 잡고 있었다.

- 구르륵.

묵직한 목 울림과 함께 수면 아래에서 커다란 머리통이 불쑥 솟아올랐다. 거대 이끼 거북이였다. 길게 튀어나온 한 쌍의 송곳니를 제외하고는 그냥 큰 거북이처럼 보였다.

- 삐약! 삐약! 삑삑! 삐! 삐약!

"…머리 울린다. 진정해라."

거북이를 보자마자 삐약이가 난리를 치기 시작했다. 겁먹은 건 아닌 듯하고, 잡아 달라는 건가. 원숭이는 잡은 뒤에나 마석 달라고 조르더니 저 거북이의 마석이 무척이나 먹음직스럽게 느껴지는 모양이었다.

- 삐삐삐!

"이번에는 안 돼, 이 녀석아. 그러다 배 터진다."

- 삐익!

알아들은 건지 그냥 흥분한 건지 삐약이가 더욱더 파닥거렸다. 이러다 떨어지기라도 할세라 삐약이를 머리 위에서 내려 품에 안았다.

그사이 거대 거북이가 물을 가르며 서서히 다가온다. 와 주면 고맙지.

- 쿠어어!

"무슨 쿠어어야."
 놈을 향해 손목을 가볍게 흔들었다. 길게 뻗어 나온 촉수가 휘리릭, 순식간에 거북이 목을 휘감았다.

- 쿠엑!

 목이 졸린 거북이가 버둥대며 뒤로 헤엄치려 했다. 내 스탯이 F급이었다면 그대로 끌려 물에 풍당 잠겼겠지. 하지만 지금은 아니다.
 한쪽 발을 앞으로 내디뎌 지탱하며, 촉수를 낚시하듯 휙 강하게 당겼다. 물방울을 흩뿌리며 허공을 가른 거북이가 퍼억, 연못 밖으로 내동댕이쳐졌다. 뒤집어져 바둥거리는 꼴이 아주 조금 불쌍하기도 했다.
 삼 초 묵념해 주고 칼로 꺾어진 거북이의 목을 잘라 냈다.

- 삑삑삑! 삐약!

"안 된다니까. 욕심부리다 배탈 난다, 어허. 어딜 뛰어내리려고. 삐약이 너-."

> 놀라운 업적! 스탯 F, 공격 스킬 F 이하, 아이템 세 개 이하 사용으로 F급 던전 단신 공략에 성공했습니다!

 …엥? 갑자기 웬 업적 메시지창이…….

| S급 칭호, '미라클 루키' 부여! |

이어 잡다한 아이템 습득 창이 떴다. 아니, 그보다 이게 뭐야.

"미라클 루키?"

스탯과 공격 스킬 F급 이하에 아이템도 적게 사용해서 던전 단독 공략을 하면 얻을 수 있는 칭호인 건가. 조건 정말 더럽네. 이걸 어떻게 얻어. 하다못해 장비라도 풀로 착용하게 해 줘야지.

나는 얻어 버렸지만.

'보은 스킬로 얻은 스킬과 스탯은 없는 셈 치는 건가.'

나처럼 특수한 스킬을 가지고 있거나 아님 공격 스킬 붙고 스탯 높은 장비 몇 개 구하면 얻을 가능성이 있긴 했다. 누가 그런 이상한 짓을 하겠냐만. F급 던전 혼자 깰 장비 갖추면 팀 짜서 D급 던전엘 가고 말지. 심지어 그럴 능력 된다는 건 엄청난 부자라는 소리잖아. 장빗값이 최소 십억 단위로 들 텐데.

- 삐약삐약! 삐약삐약!

메시지창을 확인하느라 잠시 한눈판 사이 삐약이가 결국 내 품을 벗어나 아래로 뛰어내리고 말았다. 이 녀석아! 어찌나 마음이 급했는지 파닥파닥 열심히 거대 거북이 사체를 향해 뛰어간다.

- 삐약!

으이구, 저 먹보. 털에 피 다 묻었잖아. 일단 거북이 배를 갈라 마석을 꺼내었다. F급이라지만 보스 몬스터 마석이라 제법 크다. 손가락 두 마디 정도라 삐약이가 삼키긴 무리였다.

― 삐약! 삐약!

"알았다, 알았어. 있어 봐. 부숴서 줄게. 딱 반만 먹고 오늘은 끝이다?"

― 삐익, 삑!

내가 마석을 들고만 있자 조그만 부리로 바짓가랑이를 물고 늘어진다. 밥 욕심이 왜 이렇게 많냐. 혀를 쯧쯧 차며 마석을 삐약이 앞에 내보였다.
"봐 봐, 너무 크잖아."

― 삑!

마석을 보고 기쁘게 운 삐약이가 덥석 마석을 깨물었다. 그러곤…….

― 뿍뿍뿍.

바람 빠지는 소리를 내면서 어떻게든 삼키려고 바동거린다. 야, 그게 들어가겠냐. 바늘귀에 낙타를 통과시켜라.
"그러다 숨넘어가겠다. 내놔."
억지로 삼키려다 탈 날까 봐 마석을 도로 빼앗았다. 그러자 삐약이가 충격받은 듯 굳어 버렸다가 바닥에 풀썩 주저앉았다. 그러고는 이내.

― 삐이이이이! 삐익, 삐이이!

조그만 부리가 쫙 벌어지더니 목 놓아 울기 시작했다. 아이고, 서러워요. 제 먹을 거 뺏었다고 빽빽 울어 대는 게 기가 막히기도 하고 귀엽기도 하고. 어디서 이런 돼지가 튀어나왔지.

얼른 마석을 부숴서 바닥에 뿌려 주었다. 그러자 언제 울었냐는 듯 신나서 쪼아 먹는다.

그런 삐약이를 잠시 바라보다가 상태창을 열었다. 새로 등록된 칭호가 눈에 들어왔다.

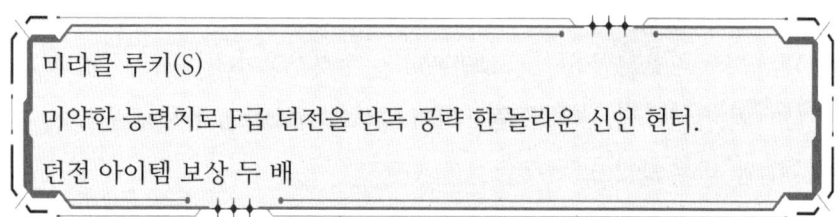

…와, 아이템 보상이 두 배라니. 좋긴 좋다. 참 좋은데, 내가 던전 공략을 할 일이 없어서 말입니다.

'뭐 이런 계륵 같은 칭호를 주냐.'

이런 건 최소 A급이 얻어야 대박이지. 특히 S급 던전 들어가면 S급 마석이 두 개씩 떨어지고 S급 아이템도 두 배고 첫 공략 보상 특수 아이템도 배로 떨어지면 진짜 엄청 대박인데.

스탯 F급이 얻을 수 있는 칭호를 이딴 걸로 주다니, 사람 놀리냐.

'하급 헌터라 해도 없는 것보단 훨씬 낫지만.'

단순히 생각해도 수입이 두 배요, 이걸 이용해서 팀 구하기도 훨씬 쉬워질 것이다. 잘하면 C급 던전까지 묻어갈 수도 있겠지.

그래도 하급 헌터용으론 S급 정도는 아닌 것 같지만.

언젠가 보은 스킬 발동하면 유용하게 쓸 일이 생기려나.

그 밖의 아이템은 별거 없었다. 단독 공략한 대가인지 F급치곤 좋아서, 거의 D급 던전 공략 보상 수준이긴 했지만 흔한 것들이었다.

'그런데 이거, 다른 등급 던전도 단신 공략 보상으로 칭호 주려나?'

급 혹하는데. 지금 내 능력이면 D급까지는 혼자 깰 수 있었다. C급도 가능은 하겠지만 여기부터는 너무 넓어져서 혼자 공략하려 들었다간 하루 이틀로 끝내지 못할 것이다. 보은 스킬 기간도 얼마 안 남았으니 안전하게 D급까지 도전해 보는 게 좋겠지.

'피스에겐 미안하지만 한동안 집에서 더 쉰다고 하고…….'

독점 출입증이 문제인데. 그래도 D급까진 구하기 어렵지 않겠지. 못 구하면 마는 거고. 일단 시도나 해 보자.

"다 먹었으면 씻고 집에 가자."

손부터 먼저 씻고 웃옷을 벗어 물에 담갔다. 스며 나온 핏물이 수면 위로 번지다가 흐릿하게 사라진다. 완전히 지우긴 힘들 것 같고, 대충 씻고 도중에 새로 사 입고 들어가는 편이 낫겠지.

삐약이도 잡아다 물에 담갔다. 젖으니 반의반이 되어 버렸다. 털빨이었구나.

─ 삐약삐!

새끼 새를 너무 적셨나 싶었는데 부르르 한번 터니 금세 보송보송해진다. 편하네.

혹 얼굴에도 핏방울이 튀었을지도 모르니 세수도 했다. 찬물을 뒤집어쓰자 머릿속이 맑아지는 기분이었다.

동시에 잠시 젖혀 두었던 메시지 내용이 떠올랐다.

'좀 더 적극적으로 움직여야 하나.'

던전의 난이도가 올라가고 수가 늘어나는 속도가 당연히 회귀 전과 같을 거라고 생각했다.

그런데 아니란다.

진행을 늦추고는 있다지만 전보다 빨라지는 건 어쩔 수 없는 듯했다.

'그나마 기승수로 어느 정도 커버는 가능하겠지만… 몬스터 말고 사람도 신경 써야 할까.'

시스템 만드신 분, 아니 우리라고 했으니 분들이 S급 50명 채우라고 퀘스트 던져 준 건 아마 나더러 S급 키워서 대비하라는 의미였던 모양이다. 예림이나, 혹은 유명우처럼 원래는 S급에 못 미치거나 특수 스킬을 가지지 못하는 헌터를 찾아서 키워 주면 전력에 큰 도움이 될 테니까.

물론 최적화 각성은 30일 제한 탓에 자주 쓰지 못하겠지만, 그거 말고도 내가 할 수 있는 일이 하나 더 있었다.

'특수 스킬 각성센터.'

만들까 잠깐 생각만 했다가 말았던 것이었다.

떡잎으로 최적화 스킬을 확인한 뒤, 그에 맞는 환경을 갖추어 각성시켜 주는 시설.

그냥 두면 어중간한 전투 관련 스킬을 얻게 될 사람들이 적성에 맞게 각성하게 된다면, 분명 여러모로 도움이 되겠지. 설사 최적화 스킬을 얻지 못한다 해도 아깝다 싶으면 명우처럼 키워드 적용을 통해 키울 수도 있었다.

"…문제는 내 몸뚱이가 하나뿐이라는 거지."

- 삐약.

옷을 비틀어 물기를 짜내며 투덜거렸다. 시발, 내가 어떻게 그 많은 일을 혼자 다 하냐. 몬스터도 키우고 사람들 적성 확인도 하고 각성도 시켜 주고 키워드 적용해서 스킬도 키워 주고 틈틈이 도깨비랑 석하얀 연결도 해 주고.

육아와 일을 병행해 보세요, 냐.

"그렇다고 손 놓기에는 앞날이 걱정이고."

건물 있으면 뭐 해. 근처에서 S급 던전 터지면 와장창인데. 1급 용종 같은 거 튀어나와 봐라, 모래성 된다. 심지어 머잖아 생기는 각성센터도 믿을 만한 게 못 되었다. 오히려 골칫거리라면 모를까.

에휴, 앞으로 최소 5년은 걱정 없이 살 수 있을 거라고 생각했는데 내 인생 왜 이렇게 팍팍하냐.

탁탁.

옷의 물기를 대충 털어 내고 입었다. 신발 밑창도 씻어 냈다. 선글라스와 입을 가리는 천만 쓰고 삐약이는 뒤집은 모자 안쪽에 넣고 남은 천으로 덮어 가렸다.

"절대 나오면 안 돼."

- 삐약!

소리는 그냥 병아리 비슷하니까 새 한 마리 넣어 둔 줄 알겠지. 겉모습도 잘 모르는 사람이면 대형 조류 새끼겠거니 할 것이다.

삐약이에게 다시 한번 나오지 말라 다독이고 연못 옆 게이트를 빠져나갔다.

던전 관리 건물을 벗어나 휴대폰부터 확인했다. 던전 내에 있을 때엔 전화는 불통이었을 거고 밀렸던 문자는 모르는 번호로만 들어와 있었다. 내가 사라진 것을 들켰다면 던전 나오기가 무섭게 휴대폰에 불이 났겠지.

해연 길드로 돌아가기 전에 옷 가게에 들러 새 옷을 사 입었다. 일부러 약간 헐렁한 셔츠를 골라 삐약이를 옷 안쪽에 넣고 점원 상대로 벽에 붙은 도마뱀을 사용해 보았다. 다행히 점원은 나는 물론이고 삐약이도 눈치채지 못했다.

'삐약아, 제발 조용히 해라.'

소리만 안 내면 돼.

다행히 거북이 마석까지 먹고 배가 좀 찼는지 반쯤 졸고 있었다.

건물을 빠져나올 때와 비슷한 방법으로 기숙사 층까지 무사히 올라갔다. 입구의 헌터는 그새 책을 놓고 웬 뜨개질을 하는 중이었다. 높은 스탯 덕분인지 속도가 정말 빠르다.

집 문 앞에 다다라 주위를 살핀 뒤 스킬을 풀었다. 모자랑 선글라스도 벗고 삐약이도 다시 모자 속으로 옮겨 담았다.

이제 들어가기만 하면 되는데.

'…새끼 새와 고양이를 같이 놓아둬도 괜찮나?'

문득 걱정이 들었다. 피스가 유니콘아종이긴 하지만 사자인 만큼 육식에 고양잇과에 가깝고, 삐약이는 어딜 봐도 새새끼다.

…이대로 들어갔다가 유혈 사태 일어나는 게 아닐까. 아니, 애초에 같이 키워도 되는 거야? 해치면 안 된다고 가르치면 알아들을까.

'몬스터라고 다 육식도 아니고 천적 사이도 있을 텐데.'

여러 마리 한 번에 키우게 되면 그것도 생각해야 하는구나. 세성에서 맡길 드래곤 새끼 앞에서 피스가 드래곤 날개 뼈 깔짝이고 있으면 분위기 묘하겠지.

"어쩌지."

일단 무방비하게 들어가면 안 될 거 같았다. 지금 내 스탯으로 피스를 막는 거야 쉽겠지만, 몸은 하나뿐이다. 한쪽에 삐약이, 다른 쪽에 피스 붙잡아놓고 달래거나 가르치기까진 힘들 테니. 입구의 헌터에게 도움을 요청할까?

아니지, 그래도 피스가 안면 있는 사람이 도와주는 게 좋을 듯했다. 예림이 언제 돌아오지. 연락해 볼까 하고 휴대폰을 꺼내 드는데 접근해 오는 S급이 느껴졌다.

"형? 감기 기운 있어서 잘 거라더니 문 앞에서 뭐 해?"

"…그러는 너는 왜 왔냐. 오지 말랬잖아."

"깨울 생각은 없었고 그냥-."

- 삐약.

삐약이가 울었다. 유현이가 나를, 내가 안아 들고 있는 모자를 쳐다본다.

음, 예상보다 빨리 들켜 버렸군.

"…병아리?"

"주웠어."

거짓말은 아니었다. 주운 장소가 던전일 뿐이지.

― 삐약삐약.

"주웠다고?"

"누가 복도에 버려뒀더라. 어디서 흘러들어 온 걸 수도 있고. 아무튼 주웠어."

"진짜 병아리 맞긴 맞아?"

동생 놈이 의심 어린 표정을 지었다.

"평범한 병아리는 아니고……."

에라, 어차피 말해야 할 거. 모자의 천을 들추어 삐약이를 내보이며 말했다.

"몬스터 새끼야."

"뭐?"

"F급. 약해. 누가 못 죽이고 주워 왔다가 키울 순 없어서 버려두고 간 게 아닐까. 일단 내가 몬스터 키우긴 하잖냐."

유기견 보호소나 애견 카페 같은 데 강아지 버리고 가는 사람들처럼. 애완동물을 유기하지 맙시다.

"……."

"그냥 그렇다고 쳐 주라."

유현이가 작게 한숨을 내쉬었다. 키우는 건 난데 네가 왜 한숨을 쉬냐.

"F급이라도 몬스터니까 테이밍은 해. 내일 불러 줄게."

"알았어. 그보다 온 김에 피스 설득하는 거나 도와주라."

"설득이라니?"

"무작정 들어갔다간 내가 살아 있는 먹이를 가지고 왔나 착각할지도 모르잖아."

상황을 대충 설명하고 삐약이를 다시 천으로 감춘 뒤에 문을 열었다. 내가 온 걸 이미 눈치채고 있었는지 중문 너머로 왔다 갔다 타닥거리는 발소리가 들려온다.

"피스야, 얌전히 잘 있, 으럼."

얌전히 잘 있었냐고 말하려다가 얼른 말을 바꿨다.

- 끼앙!

안아 달라고 폴짝이는 걸 모른 척하고 거실로 갔다. 장소가 넓은 편이 좋겠지.

"자아, 피스야. 공격하면 안 돼."

모자를 들어 보이며 말했다. 피스도 무언가 눈치를 챘는지 아까부터 계속 모자만 바라보고 있었다. 귀가 쫑긋하고 눈이 초롱초롱하다.

"먹는 거 아니고 동생이야, 동생. 네 동생."

삐약이 위에 덮은 천을 천천히 벗겨 내고.

- 삐약!

하얗고 동그란 머리가 쏙 튀어나왔다. 삐약, 하고 한 번 더 울자 피스의 눈이 동그랗게 커진다.

"네 동생-."

- 크르르.

음, 역시 동생으로 보이진 않는가 보구나. 종족적인 차이가 아주 크긴 하지. 사납게 이를 드러낸 피스가 단숨에 바닥을 박차며 뛰어올랐다. 날카로운 송곳니가 모자에 닿기 직전…….

탁.

유현이의 손이 피스의 목덜미를 잡아챘다. 그러곤.

휘익-.

던졌다? 뭐, 무슨.

…한유현 이 새끼가?

"뭐 하는 짓이야!"

순간 열이 확 올랐다. 물론 피스는 털끝 하나 다치지 않았다. 아주 가볍게 내려섰다.

그렇다고 해서 막 던져도 된다는 소리는 아니다. 저것 봐라, 당황했는지 굳어 있다.

"…어? 왜……?"

동생 놈도 당황했다. 내가 왜 소리쳤는지 조금도 모르는 낯짝이었다. 그걸 보니 더더욱 열이 뻗쳤다.

생각해 보면 이 녀석, 피스에게 내내 별 관심이 없었지. 성장하지 않는다고 죽이려 했던 건 그렇다고 쳐. 그때야 그냥 일반 몬스터로 여겼을 테니까. 하지만 이젠 머잖아 제 기승수가 될 애가 아닌가.

"왜 애를 집어 던져!"

- 삐약!

"응? 아니, 스탯 C급이면 저 정도론 아무렇지도-."

"넌 스탯만 높으면 아무나 다 집어 던질 거냐? 그게 변명이 된다고 생각해?"

― 삐약?

"아니, 그런 건 아니지만……."
"내려다보지 말고 앉아!"

― 삐-약!

유현이가 냉큼 소파에 앉았다. 근데 피스 넌 왜 앉니.
둘이 나란히 소파에 앉아서 동그래진 눈으로 나를 올려다보는 꼴에 절로 입꼬리가 꿈틀거렸다. 안 돼, 지금은 참자. 귀여운 놈들 같으니라고.
"강소영 헌터는 평생의 파트너라고, 아직 데리고 오기 전부터 자식처럼 잘 돌봐 줄 거라고 말했지. 물론 피스에게도 관심이 많았지. 그전에 온 브레이커와 한신의 헌터들도 마찬가지였고. 미리 이것저것 물어보기도 하고 필요한 게 있다면 언제든지 연락해 달라고도 했지. 심지어 세성 길드장은 피스 선물도 챙겨 주더라. 근데 넌 뭐냐."
말하다 보니까 또 화가 났다. 애 밥값 대 주는 거야 기본 중의 기본이고, 그 밖엔 진짜 한 거 없잖아, 이 자식.
"낚은 물고기라 이거냐? 어? 내가 애 키워 주기로 했으니 그걸로 끝이라는 거지?"

― 삑?

"그런 게 아니라……."
"아니면, 뭐. 눈 피하지 말고 똑바로 말해라, 한유현."

― 삐약.

삐약이 얘는 왜 자꾸 추임새를 넣냐.

"…나도 신경 안 쓰는 건 아니야. 최상급 기승수잖아. 당연히 좋지. 성체가 될 날이 기대도 되고. 하지만 그, 뭐랄까, 내가 아끼는 장비라고 해도 관리는 철저히 하지만 선물 같은 건-."

"장비? 장비라고?"

유현이가 또 시선을 슬쩍 피한다.

"…내가 잘못 생각한 거 같아."

"장비 같은 걸로 생각했다고? 피스를?"

– 삐약?

"내가 잘못했어."

말하는 꼴을 보니 하나도 이해 못 했다. 이럴 땐 어릴 적이랑 하는 짓이 똑같네. 아직 스무 살밖에 안 되어서 그런가.

"강소영 헌터처럼 자식처럼 챙기라고까진 안 해. 하지만 최소한 독립적인 파트너라는 생각 정도는 머리에 박혀 있어야지. 네 마음대로 다루는 장비가 아니라. 무엇보다 테이밍이 완벽하지 않다는 것쯤은 너도 알잖냐."

"알고는 있는데, 던전 두어 번 돌면 해결되는 문제라……. 아니, 아니야. 내가 잘못했어. 앞으로는 더 잘할게."

대답이 영 시원찮았지만 그렇다고 정 안 가는 걸 억지로 주라고 할 수는 없었다. 이제라도 좀 더 자주 만나게 해야 하나. 녀석 말대로 던전 몇 번 돌다 보면 동료애든 뭐든 생기긴 하겠지만.

"한번 안아 줘."

유현이가 몸을 일으키더니 내게 다가왔다. 아니, 아니!

"나 말고!"

"그럼?"

"진짜 몰라서 묻냐. 피스 말이다, 피스."

나를 끌어안으려다 만 유현이가 영 탐탁잖은 표정으로 피스를 내려다보았다. 피스도 녀석을 마주 바라보았다가 내게로 시선을 돌린다.

- 끼웅.

"…별로 안 좋아할 거 같은데."
"걔 안기는 거 좋아해."

덩치 커진 건 생각도 안 하고 계속 안아 달라 졸라 대서 피곤할 정도라니까.

유현이가 어쩔 수 없다는 듯 손을 뻗자 피스가 털을 바싹 세웠다. 심지어 이까지 드러내며 으르렁거린다.

"괜찮아, 피스야. 안 던져."

- 끄우웅.

약 1초쯤 포옹한 둘이 얼른 떨어졌다. 뭐 하냐.
"한유현, 피스 안고 소파에 앉아."
"하지만."
"앉으라고 했다."

- 끼웅.

결국 유현이가 피스를 다시 안아 들곤 소파에 앉았다. 둘 다 어색한 티가 팍팍 나지만 보기는 좋네. 던전 난이도 올라가기 전에 얼른 단짝이 되어야 할 텐데. 유현이 옆에 가 앉자 피스가 바로 내 무릎으로 넘어오려 들었다.

"안 돼."

팔을 들어 막자 귀를 바싹 눕히곤 불쌍한 눈을 한다.

- 끼이잉.

그러고는 무슨 생각인지 삐약이를 바라보며 꼬리를 살살 흔들었다.

- 끄웅, 낑.

"왜, 이젠 삐약이 공격 안 할 거야?"
혹시나 싶어 옆에 내려놓았던 삐약이를 들어다 보여 주었다. 그러자 이를 드러내기는커녕 할짝, 한번 핥아 준다. 이어 나를 갸웃하고 올려다봐 왔다.

- 끼앙.
- 삐약!

"우리 피스 착하네~."
착하다는 말을 듣기가 무섭게 피스가 다시 내게로 넘어오려 들었다. 이번에는 막지 않자 내 무릎 위로 올라앉아 만족한 듯 몸을 동그랗게 말았다.
설마 삐약이를 공격한 것 때문에 내게 못 오게 했다고 생각한 건가.
"얌전한 척해도 절대 둘만 놓아두진 마. 그 병아리, 무사하기 힘들 테니까."
"당연히 그럴 거야."
새와 고양이를 함께 둘 순 없지.
"혹시 일주일 뒤에 시간 되냐? 네 스킬도 봐줄 겸 내 레벨도 올리고 이왕이면 피스도 던전에 한번 데리고 가고 싶은데."
시스템분들이랑 대화도 하고. 휴대폰을 꺼내 스케줄을 확인한 유현이가 고개를 끄덕였다.

"될 거 같아. 준비해 둘게."

일주일 뒤에 던전 들어가는 건 이걸로 됐고, 이제 E급, D급 독점 출입증을 사야겠군.

마지막 보은 스킬의 기간은 이제 딱 나흘 남았다. 기간 끝나는 날에 던전 들어가긴 불안하니 실질적으로는 사흘인 셈이었다. 독점 입찰 시 경쟁자가 없다면 24시간 뒤 낙찰이니 운이 따라 준다면 둘 다 기간 내 공략 가능 할 것이다.

무슨 칭호가 나올지 기대되네. 이번에는 쓸 만한 것 좀 나와라.

[○○○빌딩은 내일 철거되고 그 자리에 몬스터 사육 시설이 들어서게 됩니다. 서울 시내 한복판에서 다수의 몬스터를 사육한다는 사실에 많은 사람이 우려를 표하였으나-.]

TV에서 몬스터 사육과 관련된 방송이 흘러나오고 있다. 해연 길드 옆의 빌딩은 오늘 내로 다 비워지고 내일 철거가 시작된다고 했다. 트러블이 아주 없는 건 아니었지만, 보상이 넉넉했던 덕분에 일은 빠르게 진행되었다.

'2층짜리 사육 시설만 새로 짓고 10층짜리 원래 있던 빌딩과 연결한다, 라.'

소파에 길게 엎드려서 조금 전 전달받은 건물 예상도를 살펴보았다. 피스는 내 등 위에, 삐약이는 머리 위에 각각 자리 잡고 있었다. 다른 애들도 올라타려 들면 곤란한데. 보은 효과 끝나면 장비빨 골고루 받아 봤자 전체적인 몸뚱이 튼튼함은 D급 중렙 수준이 한계였다. 숨겨진 수치야 그냥 F급일 거고. 피스까진 감당할 만하지만 여기서 더 늘어나면…….

지금부터라도 김성한이 보내오는 보약 챙겨 먹을까.

'사육 시설 완공 예상 기간이 이 주라니, 이게 진짜 되나?'

아무리 각성한 인부 위주에 장비 지급하고 던전 부산물도 쓸 거라지만 날

림공사 아니냐. TV에서도 공사 관련으로 이런저런 예측을 하며 문제점을 지적하고 있었다. 그래도 불가능하진 않다는 입장이었다.

'지하층 없이 기초 공사를 튼튼히 해서 1층에 훈련 및 사육 시설을 넣을 모양이군. 기초 공사에 시간이 제일 많이 들어가네.'

피스야 작지만 몬스터 중에는 새끼라 해도 덩치가 큰 녀석들도 있었다. 게다가 1층에는 만약을 대비해 성체가 된 후에도 머물 수 있는 공간도 만들 예정이었다. 1층에서는 성체용 우리가 돈이 제일 많이 들어가는 시설이었다.

그리고 2층엔 내 거주지가 들어갈 예정이었다. 1층에 비해 면적은 훨씬 좁으면서 던전 부산물 위주로 자재를 사용해 1층이 무너져도 멀쩡하도록 만든다나. 출입도 미니포털을 달 거란다. 1층 옥상의 남는 공간은 내 희망대로 공원처럼 꾸며질 것이고.

아무튼 돈을 엄청나게 처바른다고 했다.

반면에 사육 시설과 연결될 빌딩은 평범한 건물이었다. 어느 정도 개조 보수가 들어가긴 할 테지만. 사육 시설은 이중으로 벽을 둘러 빌딩을 통해서 출입 가능한 구조로 만들어질 예정이었다. 이 빌딩 개조 기간이 사육 시설 건설 기간보다 더 오래 걸린단다.

'도깨비 슬슬 돌아올 때 안 됐나.'

자료 받아서 석하야 만나 봐야 하는데. 그리고 명우는, 나 따라오려 할지 모르겠다.

'그냥 길드 소속 대장장이 하는 게 맘 편할 테니까.'

그 녀석 성격상 해연에 남아 있으려 하지 않을까. 그래도 어쩔 순 없고.

'도하민 낚아 오고. 특수 스킬 각성센터는……'

이번에 20레벨 찍고 관련 스킬이 생겼다고 하면 되겠지. 스킬을 증명하려면 두어 명 정도 데려다 특수 초기 스킬 각성을 시켜야 하는데.

방송국에서 본 더럽게 잘생긴 놈이 떠올랐다. 이름이 뭐더라.

근데 그놈은 대체 어떤 환경에서 각성해야 최적화 초기 스킬을 가질 수 있을까. 얼굴 관련이면 이미 환경은 딱 맞는 거 같은데. 열심히 영화 찍고 인기 얻으면 알아서 각성하는 거 아냐?

'특수 스킬 소지 각성자는 관련 일을 계속하다가 각성하는 경우가 대부분이니.'

아니면 생명의 위험을 느끼고 관련된 방법으로 위기를 극복하면서 각성하거나. 몬스터가 인간 얼굴 보고 반해서 물러나 줄까? 걔는 진짜 여러모로 애매하긴 했다. 다른 사람 찾아볼까.

[마수 사육 스킬을 가진 일명 '몬스터 아빠' 한유진 씨와 화염 뿔사자 유체 피스는-.]

앗, 시발. 또 자료화면으로 전에 찍은 방송이 나오고 있었다. 대체 왜 자꾸 보여 주는 거야. 자꾸 틀 거면 그놈의 몬스터 아빠 소리라도 빼든가.

- 삐약!

삐약이가 TV를 보고 소리쳤다. 날 알아보는 건가.

- 삐약삐약!

"야, 어디 가. 그거 진짜 아니다."

쟤, 머리도 조금… 나쁜 게 아닐까. 하긴 F급이니까 C급인 피스와 비교할 순 없겠지. 삐약이가 TV 앞에서 열심히 파닥거리고 있는 그때, 문 열리는 소리가 들려왔다. 명우 왔나 보네.

"왔냐."

"…뭐야, 저게?"

"주웠어. 몬스터지만 스탯 F급이니 위험하진 않아."

- 삐약삐!

"귀엽게 생겼네."

"그치?"

유현이 그놈은 저 귀여운 녀석을 보고도 한숨만 내쉬었는데. 하긴 어릴 때부터 동물에겐 별 관심 없긴 했다.

TV 속의 나를 포기하고 돌아온 삐약이가 소파를 오르지 못하고 또 파닥거린다. 몸을 일으켜 삐약이를 주워 들며 습관적으로 유명우의 날 갈기 진행도를 확인했다.

| 날붙이 10,000개 날 갈기(진행도 8,266/10,000) |

이제 진짜 얼마 안 남았다. 나흘이면 끝나겠네.

"칼 간 거 슬슬 팔천 번 넘었지?"

내 말에 명우가 놀란 눈을 했다.

"어떻게 알았어?"

"첫날에 천 개 갈고 그 뒤로 사오백 개씩 갈았으니 대충 그 정도 아니냐. 네가 간간이 오늘 몇 개 갈았다고 말도 해 줬잖아."

"그래도 그걸 다 계산하고 있었다니……."

명우가 감동 어린 얼굴을 했다. 이놈한테는 진짜 뭔 말을 못 하겠구만. 그냥 그렇구나 하고 넘기면 될 텐데 자꾸 감격을 해 대니까 사기꾼이 된 기분이 들잖아. 나 그리 이타적인 인간 아니거든.

"마지막 날에는 나도 작업실에 따라갈게. 어떤 스킬이 나올지 궁금하기도 하고, 내가 시작하게 한 일이니 마지막쯤은 나도 같이 있어야지."

"유진아……."

또 감격하네. 반짝이는 명우의 눈빛이 부담스러워서 슬쩍 고개를 돌렸다.

"뭐가 나오든 네 은혜는 잊지 않을게."

"그래 주면 고맙고."

"진짜 평생 갚을 거야."

아니, 그건 부담스럽고. 반찬이나 가끔 만들어 줬으면. 과자도 좋고. 아니면 빵이나. 아무튼 뭐든 먹는 거.

…젠장, 그냥 같이 살자고 해 볼까. 앞으로 나흘이라니. 눈물이 다 날 것 같았다.

"…명우야."

"응?"

"…아니, 아무것도 아니야."

흑흑흑. 이러다 두 시 남친처럼 굴게 되는 거 아닐까. 나중에 찌질하게 구느니 그냥 지금 쪽팔리고 마는 게 나을지도. 그래, 좀 쪽팔리면 어때. 먹고사는 게 중요하지.

삐약이를 품에 꼭 끌어안은 채 입을 뗐다.

"나중에, 너 독립하고 나서도… 가끔 반찬 좀 만들어 주면 안 될까? 종류는 상관없고, 아무거나."

편식 따윈 하지 않으니 부탁드립니다.

내 말에 명우가 뻣뻣이 굳었다. 역시 너무 염치없는 소리인가.

"어… 여, 역시 슬슬 나가긴 해야겠지? 미안해. 내가 너무 오래 신세를-."

"아냐, 아냐. 같이 살면 나야 좋지!"

시발, 몰라. 나흘만 지나면 내 식탁이 천국에서 지옥 될 판인데 더는 못 참겠다.

"네가 만들어 주는 거 말고는 못 먹겠어!"

"…뭐?"

"그러니 제발 반찬 좀 대 주라……."

멍하니 서 있던 명우 놈이 입꼬리를 실룩거렸다. 웃지 마라. 웃기긴 하겠지만 웃지 마.

"그쯤이야 어렵지 않지! 알았어, 걱정 마. 얼마든지 만들어 줄게. 뭐 먹고 싶은 거 있어?"

"…아무거나 다 좋아."

"그래. 먹고 싶은 거 생기면 뭐든 말만 해!"

주방으로 향하는 명우는 무척이나 기분 좋아 보였다. 그래도 저렇게 자신만만하게 대답해 버리면 나중에 바빠질 때 어쩌려고. 물론 방금 한 말을 반드시 지켜야 할 필요 없지만, 쟤 성격상 지키려고 들겠지.

으으, 쪽팔리고 양심 찔리지만 행복하다.

E급, D급 던전 모두 다음 날 점심쯤에 독점 출입증을 낙찰받을 수 있었다. 피스와는 오전 중에 단련실에 내려갔다 왔기에 이번에는 핑계 댈 필요 없었다. 명우는 아직 귀가하지 않아서 피스는 거실 우리에, 삐약이는 침실 바구니에 넣고 침실 문을 잠갔다. 명우에게는 자니까 깨우지 말라고 문자를 보내 놓았다.

오늘도 들키지 않길 기도하며 어제와 비슷한 방법으로 빠져나갔다.

이번 E급 던전은 지하 동굴환경이었다. 개인적으로 싫어하는 타입이었지만 가까운 거리에 독점 출입증 구입 가능한 곳만 찾다 보니 선택지가 없었다.

"윽, 눅눅해."

게이트를 넘어서자마자 곰팡이 냄새 뒤섞인 젖은 공기가 코끝을 훅 찔러 들었다. 섞인 듯한 젖은 공기가 덮쳐든다. 어둑어둑한 가운데 폴폴 날아다니는 야광충 무리가 보였다. 그리고.

┌─────────────────────────┐
│ ˇ▽ˇ 앗ㄴㄴ=ㅣㅇ!! ۹‿ │
└─────────────────────────┘

"…아, 네. 안녕하세요."

뭔 인사야.

던전에 들어오기 전에 이어링도 미리 빼 둔 채라 장비는 칼 한 자루뿐이었다. 저번 F급 던전에서 마석 꺼낼 때 썼던 가느다란 정글도 비슷한, 무기용이라기보다는 보조 공구에 가까운 칼이었다.

이번에도 세 개 제한일지는 모르겠지만, 일단 여유분 하나는 남겨 두기로 했다. 장비는 어차피 다 정수 증가뿐이니 아이템을 반드시 써야 할 상황이 온다면 포션류가 낫겠지.

유현이가 만약의 사태 때 쓰라고 상급 생명력 포션도 줘서 잘 챙겨 두었다.

- 기기긱.

어둑한 동굴을 얼마쯤 들어가자, 무언가 느리게 움직이는 기척이 느껴졌다. 야광충 불빛 아래에 기다란 더듬이가 움찔 드러나고 이어 나타난 것은.

"…으."

다름 아닌 거대하고 납작한 벌레였다. 광택 도는 껍데기가 둥그스름한, 그러니까 그거, 그 벌레. 바퀴.

이 던전이 참 위치 좋고 난이도에 비해 보상도 괜찮음에도 기피되는 이유가 있었다. 일명 '바퀴 둥지'로, 나오는 몬스터가 진짜 바퀴는 아니었지만 무척이나 닮았다.

회귀 전에는 와 본 적 없는 던전인데, 아 진짜 싫다. 이번에는 마석이고 뭐고 그냥 빨리 공략하고 튀어야지.

- 기리릭.

"시발, 오지 마. 저리 꺼져."

발발발 벽을 기어 오는 거대 벌레의 모습에 기겁하며 가시 덫을 사용했다. 기절해 바닥에 툭 뒤집어지는 꼴이, 정말, 익숙해서, 으으으으.

```
°o ㄱㅗㅇㅜ ㄴ馬 ㅇ=‖W— ㄴ馬 ^_^
```

…너도 꺼져라 좀. 할 일도 없나. 뭔 고운 말 타령이야. 그나마 내가 직접 일일이 바퀴 잡을 필요는 없어서 다행이었다. 아니었음 죽어도 여긴 안 왔지.

이 던전의 일반 몬스터인 검은 납작등벌레는 지능이 낮고 식탐이 강했다. 심지어 바퀴벌레보다 멍청해서 대놓고 독 탄 먹이도 넙죽넙죽 잘 받아먹었다. 동시에 독 저항이 강하다는 게 귀찮은 점이지만.

그래 봤자 E급 일반 몬스터다. 깜둥이의 그냥 독도 못 당해 낼 놈들에게 네 배짜리 뿌려 주면 살살 녹아내리겠지.

미리 챙겨 온 피스용 몬스터 고깃덩이를 인벤토리에서 꺼내었다. 이것도 아이템으로 칠지는 모르겠지만, 친다 해도 두 개째다. 일부러 제일 큰 덩어리로 준비해 왔다. 핏물도 아직 흥건한 신선한 고기입니다.

"바퀴벌레엔 역시 먹이약이지."

고깃덩이를 3분의 1쯤 잘라 길 가운데에다 놓고, 주위를 빙 둘러 끈적이는 독을 발랐다. 바닥에 벽은 물론이요 촉수를 써서 천장까지 빈틈없이 칠했다.

— 기긱기.

사각사각사각.

본능적으로 소름이 쫙 돋는 소리와 함께 검은 벌레 떼가 몰려들기 시작했다. 어두침침한 동굴 너머로 좌우로 움직이는 긴 더듬이들이 보였다.

으아아아, 나가고 싶어! 얼른 뒤로 물러나자 벌레 떼가 망설임도 없이 고기를 향해 돌진했다.

― 기익!
― 끽!

먹이만 보고 뛰어든 벌레들이 독을 밟고 발라당 뒤집어졌다. 동료가 죽어 나자빠지든 말든 벌레들이 사체를 다리 삼아 밟고 계속해서 전진했다.
덥석!
거대 바퀴가 망설임도 없이 고깃덩이를 입에 물었다. 고기에도 당연히 독을 발라 놓았기에 한입 깨무는 것만으로 또 발라당 뒤집어진다. 허공에서 발발 떨리는 여섯 개의 다리가, 으윽.

― 기기긱.

으적, 콰득, 콰직.
몰려드는 바퀴 떼에 고깃덩이는 순식간에 사라졌다. 하지만 벌레들의 식사는 멈추지 않았다. 고기가 없어지자 이제는 죽은 동족의 사체를 뜯어먹기 시작했다.
중독된 시체가 또 시체를 만들며 겹겹이 쌓여 간다. 정말 입맛 떨어지다 못해 사흘은 밥 먹기 싫은 광경이었다.
'함정 두어 개만 더 만들면 금방 전멸하겠군.'
빨리 끝내고 집에 가서 씻어야지…….

"으으, 진짜 싫어! 두 번 다시는 벌레 둥지 따위 쳐다도 안 본다!"

내가 무슨 영광을 보겠다고, 이딴 곳에, 제 발로! 들어와서! 그놈의 칭호가 뭐라고!

아니, 죽으면서 알은 왜 낳아? 새끼는 또 왜 바로 부화해! 그 와중에 또 서로 잡아먹고 있었다. 으에엑. 심지어 새끼는 딱 바퀴벌레 크기인데 수는 어마어마해서… 생각하지 말자, 생각하지 말자.

'왜 여길 기피하는지 알 만하다.'

저 틈바구니에서 시발, 마석 찾고 앉아 있어야 한다니. 역시 몬스터 중에는 벌레류가 제일 싫다. 징그럽기도 징그럽지만 체액 더럽고 툭하면 독 있고 기생충 튀어나오고 번식도 빠르고.

으, 속 울렁거려.

'보스는 거미였지.'

독이 있긴 했지만 E급인 만큼 약한 편이며 거미줄을 조심하라고 적혀 있었다. 등장 마릿수는 세 마리에서 네 마리, 가끔 새끼도 나온다고 했다.

부디 새끼는 없어라, 새끼는 없어라.

속으로 빌며 동굴 가장 안쪽으로 들어섰다.

축축이 젖은 벽에 이끼가 파르스름히 퍼져 있었다. 발밑 또한 미끌거렸다. 높은 천장 틈새로 희미한 빛과 함께 물방울이 뚝뚝 떨어져 내린다.

그 아래로, 거대한 거미줄과 거대한 거미 세 마리와, 득시글거리는 새끼 거미들.

'아, 젠장 망할.'

진짜 많다. 엄청나게 많다. 붉고 검은 줄무늬가 드글드글 굼실거린다. 라이터라도 챙겨 올걸. 확 불 질러 버리게. 일반적인 불은 안 통하긴 할 테지만……

갑자기 동생이 보고 싶어졌다. 유현아, 잘 있니. 당연히 잘 있겠지. 오늘 저녁 같이 먹자고 했었는데. 아니면 예림이라도 있었으면. 다 얼려 버리게. 광역 공격 스킬 있는 놈들 좋겠다.

구시렁거리면서 입구를 빙 둘러 독을 발랐다. 일단 도주로를 막긴 했다만 거미들 특성상 거미줄 밖으로 나오는 일은 거의 없었다.

"머리가 나쁘면 몸이 고생한다지만 몸이 나쁘면 몸도 머리도 다 고생한다니까."

정확히는 스킬이 없으면, 이지만. 변변한 공격 스킬 하나 없으니 직접 뛰어다니는 수밖에.

바닥에 떨어진 돌을 주워 독을 묻힌 뒤 거미집을 향해 힘껏 던졌다.

투둑, 툭.

던져진 돌이 독기를 뿜으며 거미줄을 우수수 끊어 냈다. 하지만 얼마 못 가 대롱대롱 매달리고 말았다. 커다란 거미줄 한쪽이 부서졌지만 거미들이 이내 다시 하얗게 가는 실들을 뿜어내 고쳤다. 속도 한번 빠르네.

젠장, 역시 어느 정도 안으로 들어가긴 해야겠군.

'가시 덫을 새끼에게까지 쓰기엔 마나가 모자랄 거고.'

새끼 거미까지 다 죽여야 클리어되나? 벽도마뱀 쓰고 다가가서… 다가가서… 독 뿌리든지 밟아 죽이든지… 해야겠다.

한숨 한번 내쉬고 벽도마뱀 스킬을 썼다. 거미줄 한가운데 도사린 채 나를 주시하고 있던 왕거미가 갑자기 사라진 침입자에 당황하며 여덟 개의 눈알을 굴린다.

- 시이이.

다른 두 큰 거미 또한 주위를 두리번거렸다. 얼기설기 희게 엮인 거대 거미집을 향해 걸어가면서 세 놈을 향해 차례로 가시 덫을 썼다.

- 식!
- 시익!

저주에 걸린 거미들이 버둥거리다 제가 친 거미줄에 칭칭 휘감겼다. 놀란 새끼 거미들이 물보라처럼 사사삭 흩어진다. 그중 몇 마리가 발에 밟혔다.

팟, 파직.

신발창 밑에서 큼직한 것이 터져 나갔다. 윽, 소름 돋아. 진절머리를 치며 큰 거미들을 향해 촉수를 뻗었다. 콰득, 거미의 껍데기를 뚫고 들어간 촉수를 통해 독을 주입했다.

독을 품은 몬스터인 만큼 독 저항이 있겠지만, 그럼에도 얼마 버티지 못하고 이내 잠잠해졌다. 나머지 두 마리 또한 차례로 처리했다.

그중 한 마리의 녹아내린 배 쪽에서 마석이 투둑 떨어졌다. 미라클 칭호 덕에 두 개네. 촉수로 마석을 주워다 인벤토리에 넣었다. 촉수가 편하긴 편해.

자, 이제. 제발 업적창 떠라, 탈출 게이트 나와라, 제발…….

"…안 뜨네. 새끼 거미도 다 죽여야 하나……."

┌─── ✦ ✧ ✦ ───────────────┐
│ ˹·▾·˼ ☆π∈|○★ │
└─────────────── ✦ ✧ ✦ ───┘

잠잠하다 싶더니 또 시스템 메시지가 튀어나왔다. 내가 진짜 육성으로 뭔 말을 못 해.

"할 일 없으면 거지 같은 스킬 설명창 내용이나 보충들 하시죠? 스토커처럼 따라다니지 말고."

┌─── ✦ ✧ ✦ ───────────────┐
│ 롬곡…… │
└─────────────── ✦ ✧ ✦ ───┘

…뭐라는 거야.

속으로 욕을 삼키며 이리저리 도망치는 새끼 거미를 잡아 죽였다. 유현아, 예림아 보고 싶다. 걔들은 한 방에 끝낼 수 있을 텐데.

다행히 다 죽일 필요는 없었는지 새끼 거미의 모습이 드문드문해지자

탈출 게이트가 나타났다. 이어.

> 놀라운 업적! 스탯 F, 공격 스킬 F 이하, 아이템 다섯 개 이하 사용으로 E급 던전 단신 공략에 성공했습니다!

시스템 메시지창이 눈앞에 떠올랐다. 이번에는 아이템 다섯 개 제한이었군.

> S급 칭호, '베테랑 F급' 부여!

베테랑 F급이라니, 마음에 안 드는 칭호네. 애초에 F급이 아무리 노련해 봤자 장비빨도 얼마 못 받은 채로 E급 던전을 단독 공략 할 수 있을 리 없잖아.

회귀 전의 나도 나름 닳을 대로 닳은 F급이었지만… 아니, 됐다. 없어진 일 가지고 투덜거려 봤자 뭐 하겠냐. 상태창이나 열어 칭호를 확인해 보았다.

> 베테랑 F급(S)
> F급 헌터로서 극에 달한 노련함을 지닌 초인.
> 지니고 있는 공격형 스킬의 효과 두 배

…와, 정말, 정말, 진짜, 정말.

잠시 하늘을, 아니 동굴 천장을 바라보았다.

시발, 나는! 공격 스킬! 하나도! 없는데!

계륵이 두 개가 되었다.

'아니 진짜, 좋긴 좋은 건데… 미라클도 베테랑도 둘 다 S급 뺨치는 효과 긴 한데…….'

뭐가 이러냐.

공격형 스킬의 효과가 두 배라니. 던전 보상 두 배도 좋지만 이건 진짜, 한

B급만 되어도 사기다. S급이면 밸런스 망한 거 아니냐는 소리 나올 정도였다.

SS급 스킬인 라우치타스의 천적이 저주독룡종 한정 스킬 효과 두 배인데, 이건 대상 제한도 없었다. F급만 얻을 수 있기에 S급 칭호인 거지, 만약 그런 습득 제한이 없었더라면 L급쯤 되지 않았을까.

그래 봤자 나한테는 쓸모가 없지만.

스킬이 열 개나 되는데 보조랑 저항밖에 없습니다! 와아! 베테랑이랑 미라클도 스킬 하나씩으로 치면 열두 개나 되는데, 하하하.

'지니고 있는, 이란 조건 붙었으니 장비 스킬은 해당 안 될 거고. 마지막 보은 적용될 때나 쓸모 있으려나.'

확인해 보기 위해 촉수를 꺼내 보았다. 길이가, 음. 확실히 4미터는 훌쩍 넘네. 그럼 지금 나는 스킬만큼은 A급 이상이라는 건가.

'C급인 끈적이는 독은 S급 독 저항 스킬이나 아이템 갖추지 않는 이상 S급도 못 버틸 거고. 가시 덫은 D급이라 잘 안 통하려나.'

A급까지는 저주 저항 높은 게 아니라면 바로 무력화할 수 있을 것이다. 스탯이 좀 부족하긴 해도 이 정도면 A급 전투 헌터 정도는 정면 승부로도 쉽게 이기겠는걸.

그래 봐야 이틀 정도 남았다만.

키워드 적용은 가능한 A급 이상 헌터와 몬스터에게만 할 테니, 아주 가끔 사고 나면 7일 동안 무적이 될 수 있습니다~ 같은 거야.

'…물론 방법이 아주 없는 건, 아니지만…….'

독하게 마음먹으면 얼마든지 유용하게 쓸 수 있는 칭호긴 했다.

적당한 등급의 몬스터를 길들여 키워드 적용 후 7일마다 살해한다면. 특히 깜둥이처럼 저주독룡종 몬스터 상대라면, C급으로 지금과 같은 A급 이상 수준이 될 수도 있었다.

그렇긴 한데.

'내가 그게 가능했으면 회귀도 안 했지.'

저주독룡종이 흔한 것도 아니고 일반 몬스터면 어르고 달래고 먹이고 몇 날 며칠을 사랑 타령 하다가 푹찍하고 시발 그때마다 나 먹여 준 마석은 고마웠어요 회상 기록 봐야 하는데 사람 할 짓이냐.

그걸 아무렇지 않게 해낼 수 있었다면 동생 놈 죽은 거 명복이나 빌어 주고 소원석으로 최강 되어서 잘 먹고 잘살았을 거다.

기어 전이라도 없었으면 모를까, 정신병원 엔딩 날 짓이니 깨끗하게 포기하자.

한숨 한번 내쉬고 공략 보상 아이템을 확인했다.

'오, 상급 생명력 포션이네.'

그것도 두 배 보정받아서 두 개였다. 보통은 A급 던전 이상에서나 볼 수 있고 B급 던전에서는 첫 공략 보상으로나 가끔 나오는 건데. 설마 D급 단독 공략 보상으론 엘릭서가 튀어나오는 건 아니겠지.

'F급 헌터가 아니라 아무나 들어와도 이 정도 보상이면 단독 공략 할 만하겠는데.'

지금 이 던전 정도라면 공격 스킬 괜찮은 C급만 되어도 혼자 깰 수 있을 테니까. 하지만 왠지 F급 헌터 보상 보정 들어간 거 같았다. 단순 단독 공략 보상이라기엔 너무 좋아.

그 밖의 아이템도 C~B급 던전 수준이었다. 물론 두 배고. 마석 하나도 안 주었지만 쏠쏠하네. C급 장비도 두 개, 뻥튀기로 네 개나 나왔다. 미라클 칭호가 진짜 좋긴 좋은데. 상급 던전만 돌 수 있다면 완전 대박인데. 새삼 아까워졌다.

'그런데 칭호 이거, 혹시 두 배 시리즈 같은 건가?'

F급은 보상 두 배고 E급은 공격 스킬 효과 두 배다. D급은 혹시 스탯 두 배인가? 두 배 되어도 평소의 내게는 큰 차이가 없겠지만. 스탯 말고 보조 스킬 효과 두 배나 나왔으면 좋겠다. 그럼 몬스터 키우는 것도 두 배 빨라질 거고 최적화 각성도 달에 두 번씩 할 수 있을 텐데. 키워드 적용도 배로 쉬워질 테고.

부디 D급 업적 칭호는 보조 스킬 두 배, 부탁한다. 하나라도 제대로 건지자.

"언제 나갔었어?"

집에 돌아오자 명우가 놀라며 물었다. 나는 손에 들고 있던 봉지를 들어 보였다.

"편의점에 잠깐. 나가는 소리 못 들었냐."

확실한 알리바이를 위해 문 앞에서 벽도마뱀 풀고 다시 나가서 입구 지키는 헌터와 함께 1층 편의점에 갔다 왔다.

"까맣게 몰랐어. 뭐 샀는데?"

"…바퀴벌레 약."

"뭐? 집에 바퀴벌레 있어?"

"아니, 있는 건 아니고. 내 마음의 안정을 위해서."

매대의 바퀴벌레 약이 눈에 들어오자마자 홀린 듯이 집어 들고 말았다. 심지어 거미에게도 효과가 있다고 한다. 살충제 최고다.

바로 욕실로 들어가 샤워부터 했다. E급 던전 몬스터에게 병균 옮았다는 소린 들은 적 없지만 그래도 바디워시를 동이 나라 썼다. 마음 같아서는 소독약이라도 뒤집어쓰고 싶었다.

씻고 나와서 피스와 삐약이를 데리고 애들 저녁밥을 준비했다.

"삐약아, 이건 너 먹는 거 아니라고 했다."

- 삐약!

C급 마석 가루가 담긴 병에 자꾸 달라붙는 삐약이를 억지로 떼어 냈다. 쬐 끄만 게 마석 욕심이 왜 이렇게 많아. F급 마석을 주자 불만스럽게 뻑뻑대면서

도 받아먹기는 잘도 받아먹는다. 마침 E급 마석도 주웠겠다, 한번 줘 볼까.

"자, 삐약아."

― 삐약삐약삐약!

되게 좋아하네. E급 보스 몬스터 마석을 잘게 쪼개 주자 아주 춤이라도 출 기세였다. 피스는 딱 정량 먹고 나면 관심 없던데, 얘는 좀 특이하다. 그래도 과식은 안 되니 E급 마석 하나를 주자 게 눈 감추듯 먹어 치우고는 다시 C급 마석 가루 병을 날개로 끌어안는다.

― 삐삐삐삐삐.

"네 거 아니라고."

울어 대는 삐약이를 억지로 떼어 내고 피스에게 밥을 줬다. 삐약이 녀석이 겁도 없이 피스 밥을 빼앗으려 들다가 피스 앞발에 맞고 데구르 굴렀다.

그러는 사이 유현이에게서 저녁 먹자는 연락이 오고 어느새 이쪽 집으로 건너온 예림이가 저도요, 하고 끼어들었다. 명우는 S급들 사이에 끼는 걸 떨떠름해했지만 자주 봐야 친해지지.

아, 역시 집에서 애들이나 돌보며 이렇게 평화롭게 늘어져 있고 싶다.

'…뭐지.'

돌연 등골이 쭈뼛해졌다.

내일 또 던전 들어가야 하니 일찍 잠자리에 들었는데, 잠결에 뜬금없이 약자의 예감이 발동된 것이 느껴졌다. 또 예림이가 주방 털러 왔나… 스탯 S급에, 독 스킬… 응? 저주 스킬? 뭐?

눈이 번쩍 뜨였다. 동시에 메시지창이 떠 있는 게 보였다.

┌───┐
│ 디오 발쉐시스를 상대할 시 모든 스킬 효과가 2배 상승합니다! │
└───┘

미친? 두 배? 저주독룡? S급? 내 침실에서 S급 던전이라도 터졌나? 그런 것치곤 너무 조용한데? 머릿속은 기겁했지만 공포 저항 덕분인지 몸이 굳거나 하진 않았다.

정신이 맑아지자마자 약자의 예감이 정보를 쏟아 내기 시작했다. 효과가 두 배 더 높아진 예감 스킬이 눈보다 먼저 상대의 위치를 파악한다.

침대에서 뛰어내리며, 바로 가시 덫을 썼다.

"안녀- 윽!"

…왜 사람이 쓰러지지.

은신류 스킬이라도 쓰고 있는지 모습을 정확하게 알아볼 수는 없었다. 하지만 실루엣은 틀림없는 인간이었다. 말도 했고.

은신 스킬을 지닌 S급 헌터인 건가.

내 기억 속에는 없었다.

쓰러져 있는 실루엣을 주시하며 삐약이가 있는 바구니로 다가갔다. 세상모르고 잠들어 있는 삐약이를 안아 들기가 무섭게, 실루엣이 벌떡 일어난다.

"우와, 짜릿해. 자기야, 이게 뭐야? 내 저주 저항 S급인데 해주 아이템 착용하고서야 겨우 풀렸네?"

여자 목소리였다. 저주 저항이 S급이라니, 내가 이런 말 하기 뭐하지만 괴물이군.

약자의 예감에 따르면 스탯 S급에 S급 독 스킬과 저주 스킬, SS급 근거리 물리 공격 스킬에 SSS급 칭호… 뭐야 이게. 진짜 듣도 보도 못한 헌터였다. 대체 무슨 칭호기에 S가 세 개나 붙냐.

물론 내 L급 칭호처럼 공격력은 전무할 수도 있지만, 그럴 가능성은 별로 없어 보였다. 왜냐하면.

```
각성자 - 리에트
현재 스탯 등급 S
각성 가능 스탯 등급 S
최적화 초기 스킬
영원의 단절(SS) 획득
칼의 길(S) 획득
눈부신 오라(S) 획득
흘러가는 구름(A) 획득
```

단절, 칼, 오라. 어딜 봐도 저주나 독과는 관련 없는 초기 스킬들이었다. 즉, 그녀가 가지고 있는 독과 저주 스킬은 SSS급 칭호 스킬일 가능성이 컸다.

"뭘 그렇게 보고 있을까, 우리 예쁜이."

…말하는 게 영. 이름도 그렇고 서양인인가.

'스탯은 그렇다 쳐도 스킬이 장난 아니네. 랭킹전이 지금 있었다면 분명 최상위권을 차지하겠지.'

근접 전투 적성에 독 저주 SSS급 칭호. 거기에 은신 스킬도 지닌 듯했다. 라우치타스의 천적 스킬이 발동된 것으로 보아 SSS급 칭호가 저주독룡과도 관계있겠지. 디오 발쉐시스, 였었지. 처음 듣는 몬스터지만 이름만 봐도 보통 괴물이 아닐 것이다.

"자기야? 슬슬 반응 좀 보이지 그래? 놀라서 굳었어?"

"용건이 있으시면 낮에, 전화로 방문 요청을 먼저 하셨어야죠, 리에트 씨."

"어머나?"

놀람이 담긴 감탄사 직후 흐릿하던 실루엣이 선명해졌다. 어둠 속에서 모습을 드러낸 것은 유쾌한 미소를 머금은 미녀였다. 활동하기 좋게 짧게 자른 숏컷은 짙게 검었으며 두 눈은 뚜렷한 황금색이었다.

황금색 눈이라니. 상급 헌터는 적성이나 스킬에 따라 외관이 특이하게 변하기도 하지만, 저건 인간의 것이라기에는 너무나 이질적인 금속성을 띠고 있었다.

"어떻게 알았을까, 내 이름. 게다가 자기, 스탯 F급에 공격 스킬은 전무한 것 아니었어?"

동양인처럼 보이지 않는데 한국어가 능숙했다. 목에 걸고 있는 아이템 덕분이겠지. S급 던전에서 가끔 나오는 통역 아이템이었다.

"원래 헌터는 한두 수쯤 숨겨 두는 게 기본 아닙니까."

"한두 수 정도가 아닌데? 조금 전 건 저주 스킬, SS급은 되겠지. 거기에 상대의 정보를 알 수 있는 스킬도 있는 듯하고. 뭔갈 열심히 읽었잖아?"

역시 S급 헌터 앞에서 떡잎 스킬 쓰면 바로 들키는구나. 뻬약이를 다시 바구니에 내려놓으며 부드럽게 미소 지었다.

"비장의 한 수였죠. 그게 통하지 않아 꽤나 낙담했답니다."

"상대가 나빴을 뿐이야. 저주 저항 S급까지 무력화시키는 스킬이라니, 엄청난걸."

라우치타스의 천적 스킬로 다시 두 배가 되었으니까. 대체 몇 배로 뛴 거지.

"일단, 공격 의사는 없다고 생각해도 되겠습니까?"

바로 옆에 뻬약이도 있고 피스와 명우도 근처에 있으니 가급적 싸움은 피하는 게 나았다. 게다가 저 정도 스킬이면, 유현이가 온다 해도 승산이 그리 높지 않았다. 혼자도 아니고 지켜야 할 사람이 많은 판에 근접 적성에 S급 독과 저주까지 있다. 막아 내는 것만으로도 버거울 터였다.

다행히 상대에게도 전의는 없는 듯 내 물음에 크게 고개를 끄덕였다.

"그럼, 물론이지. 무엇보다 우린 너무 상성이 나쁜걸. 내가 저주에서 풀려나자마자 저주 스킬 날린 거, 느꼈어?"

못 느꼈다. S급짜리 저주 스킬이라 너무 하찮아서 그냥 사라졌나 보다.

"제 저주 저항 스킬 등급이 좀 높거든요."

하지만 아는 척 어깨를 으쓱해 보였다. 그녀가 대답하듯 양손을 들어 보였다.

"내 저주 스킬은 조건 특화라 전투 중에 쓰기엔 약하긴 하지만, 조금도 안 통하니 분하네."

깜둥이의 가시 덫 같은 단순 공격 저주 스킬은 몬스터나 주로 가지는 것이고, 일반적인 헌터의 저주 스킬은 조건 특화였다. 인벤토리 봉인이나 계약서 등으로 쓰이는 범용성 높은… 잠깐. 설마.

"…혹시 계약서 찢은 것 때문에 찾아온 겁니까?"

"맞아! 자기가 그랬구나?"

아니, 겨우 그거 때문에 온 거냐. 어이가 없네. 내 표정을 보고 리에트가 얼른 변명을 덧붙였다.

"그 이유만은 아니고. 부탁도 할 겸 온 거야. 애초에 자기가 계약서 파기했을 거란 생각은 못 했는걸. 겸사겸사 아는 거 있나 물어나 볼 생각이었지. 근데 한유진 씨 능력 보니까… 역시 납치 사건은 MKC를 향한 함정이었나 봐?"

아닌데. 하지만 나는 그럴 수도 있고, 하는 표정을 지었다.

"그런 소문이 도나 보죠?"

"너무 쉽고 빠르게 구해 내서 말이야. 의심 사고는 있지. 그보다 계속 이렇게 서서 얘기할 거야?"

침대 쪽으로 걸어간 리에트가 긴 다리를 한쪽만 스윽 올리며 걸터앉았다. 이게 뭐 하는 짓이야, 여긴 한국이다!

"신발 벗죠."

"아, 참."

리에트가 순순히 워커를 두 짝 다 벗어 던졌다. 고양이 무늬 양말이다.

"귀엽지? 동대문에서 샀어."

"아, 네."

"자기, 너무 건조하다. 이럴 땐 알아서 침대 위로 올라와야지."

그러면서 비스듬히 누워 살랑살랑 손짓한다. 창에 비치는 달빛… 은 아니고 건너편 빌딩 불빛 아련하니 분위기는 좋다만 낯모르는 S급 헌터-SS급 근접 절단 스킬 보유자와 침대 같이 쓰고 싶진 않은데.

잠시 고민하다가 침대로 갔다. 눕지는 않고 그냥 반대쪽에 앉았다.

"불법 계약서가 파기되는 건, 보통 신경 쓰지 않는 일 아닙니까."

불법이 괜히 불법이겠냐. 상대가 저주 저항에 해주 아이템 빵빵하게 준비하고 계약하는 경우도 더러 있다. 그런데 주목적이 따로 있다고 해도 굳이 확인하려 하다니.

내 말에 리에트가 조금 멋쩍은 얼굴을 했다.

"개시한 지 얼마 안 되어서 그래."

"얼마 안 됐다고요?"

"그래. 장사 막 시작했으니 신경이 쓰일 수밖에. 저주 스킬 얻은 게 바로 열흘 전이거든."

열흘? 고작?

"혹시 어떻게 얻게 되었는지 물어봐도 될까요."

"자기, 너무 캐묻는다. 가까이 오지도 않으면서."

"제 비밀도 알게 되었으니 서로 입 다무는 걸로 합의 보죠."

"비밀? 스탯과 스킬 말이야? 어차피 자기 동생은 아는 거잖아. 사육소 계약한 다른 길드장들도 알고 있을 거고."

"모릅니다."

내 말에 그녀가 빙그르 몸을 돌려 엎드렸다. 황금색 두 눈이 동그랗게 커진다.

"모른다고? 진짜? 의외네. 동생도?"

"네. 진짜 몰라요. 이 정도면 교환할 만한 비밀 아닙니까."

비록 내 패는 반쯤 가짜지만. 하나 사실을 알게 되면 내게 무언가 특별한 스킬이 있다는 것쯤은 짐작할 수 있을 터였다. 그러니 적게 내주는 것은 아니었다.

"어쩔까."

"칭호로 비롯된 스킬이라는 것도 압니다."

"와, 역시 상태창 확인하는 스킬도 있구나. 자기, 너무하네. 알았어. S급 던전 보스 몬스터 잡고 얻은 칭호야."

"디오 발쉐시스요?"

"아니, 다 알면서 왜 물어?"

리에트가 입술을 삐죽거렸다.

"SSS급 칭호 디오 발쉐시스의 쌍둥이. 쌍둥이 드래곤인 디오 발쉐시스를 동복형제와 단둘이 잡아야 얻을 수 있는 칭호지. 내 남동생도 S급 헌터거든."

높은 등급답게 어려운 조건의 칭호였다. 근데 남동생도 S급이라니, 좋겠다. 부러워.

"혹시 어느 던전인지도 알 수 있을까요."

"중국의 불법 던전이었는데……."

그녀가 미간을 살짝 좁히며 말을 이었다.

"내 말 믿기 힘들겠지만, 공략 후 사라졌어."

"사라졌다고요."

"…안 놀라네? 거짓말 아냐."

"압니다. 믿어요."

쌍둥이 저주독룡 디오 발쉐시스. 그런 몬스터가 보스로 있는 던전의 정보가 5년간 밝혀지지 않았을 리 없었다. 그러니 분명.

5년 후에 나왔어야 하는 던전이었다.

던전이 갑자기 사라진 것은 시스템 관리자들이 손썼기 때문이겠지.

'그래서 저 엄청난 헌터에 대한 정보가 없었던 거로군.'

단순 근접 공격 적성 여성 헌터라면 들은 적 있었다. 이름은 달랐지만 본

명 안 쓰는 헌터도 많으니 동일인 맞겠지. S급 헌터가 흔한 것도 아니고, 적성에 성별까지 같으면 틀림없을 것이다.

즉, 원래의 미래에서 리에트는 디오 발쉐시스의 쌍둥이 칭호를 얻지 못했다. 아직 해당 던전이 나타나기도 전이었으니까.

…이 비슷한 일이 더 있었을까.

"믿는다고? 진짜?"

리에트가 슬금슬금 내 옆으로 다가왔다. 가까이서 보니까 정말 미인이긴 미인이었다. 순간 그 얼굴에 홀려 뻗어 오는 팔이 내 허리를 감을 때까지 멍하니 앉아 있고 말았다.

"그런데 자기, 좀 묘하다."

"…뭐가요?"

리에트가 내 허리를 당기며 몸을 바싹 붙여 왔다. 아니, 잠깐만. 상체를 일으킨 그녀가 내 어깨에 코끝을 대었다. 앉은키가, 나보다 꽤 크시네요.

"…혹시 자기도 용종이야?"

"인간입니다만."

"하지만 느낌이… 동족? 아니, 그보다는… 디오 발쉐시스쯤은 가볍게 때려잡을, 으음, 거물 느낌?"

…깜둥이 스킬 때문인가 했는데, 아무래도 라우치타스의 천적이나 드래곤 슬레이어 칭호 효과인 듯했다. 하긴 깜둥이도 겁먹었으니 리에트가 묘한 느낌을 받는다 해도 이상할 건 없었다.

"자기 좀 흥분된다."

"…네?"

"냄새도 좋은데. 향수 써?"

바디워시를 좀 많이 쓰긴 했지. 그보다 너무 달라붙는데.

"좀 떨어지죠?"

"자기 진짜 스물다섯 살 맞아? 너무 냉정하다."

"상대 가려 가며 덤빌 정도의 나이는 됩니다. 그보다 용건이나 말씀하시죠."

난 궁금한 거 다 풀었으니 그만 돌아가 줬으면 좋겠는데. 리에트가 토라진 듯 팔을 탁 거칠게 풀더니 침대에 대자로 드러누웠다.

"너무하네. 맞장구 좀 쳐 준다고 거시기가 닳냐? 안 그래도 평범한 인간은 안 끌려서 슬픈데."

"…안 끌린다고요?"

"응. 안 끌려. 반룡반인쯤 된 셈이라, 성적 취향도 바뀌었나 봐."

저런. 안됐지만 남 일이었다.

"용건이나 마치고 가세요. 저 자야 합니다."

"차가워라. TV로 볼 땐 귀여웠는데. 그러고 보니 자긴 왜 얼굴이 그대로야? 스탯 꽤 높은 거 같은데. 지금도 괜찮긴 하지만 혹시 보정받은 게 그 정도라면 원래는-."

"안 받았습니다."

원판이다.

"하긴 각성한 지 얼마 안 됐다고 했지. 내 용건이야, 뻔해. 맡기고 싶은 몬스터 새끼가 한 마리 있거든."

"그런 거면 낮에 전화를 하세요. 설마 제 연락처 모르진 않을 테고."

별별 스팸 전화 다 오는데 S급 헌터가 내 전화번호 하나 못 구할까. 내 말에 리에트가 눈을 동그랗게 떴다.

"모르는 척하는 거야? 자기랑 협상한 길드들이 눈에 불을 켜고 있는데 어떻게 직접 전화를 걸어. 특히 자기 동생이 자기한테 개인적으로 연락할 생각 말라고 대놓고 으름장 놓고 다니는걸."

유현이가 그러고 다녔었나.

"그런데 이렇게 직접 와도 되는 겁니까?"

그녀가 입가에 미소를 베어 문다.

"안 들키면 그만이니까. 내 스킬 봤잖아. 원래는 얼굴 밝힐 생각 없었어.

자기가 S급 헌터 상태창까지 꿰뚫어 볼 수 있을 줄은 꿈에도 몰랐지. 몰래 들어와서 자기 의향 확인해 보고 살살 낚을 계획이었어."

하긴 은신 스킬이 있다면 추적 가능한 전화 통화보다야 직접 찾아오는 게 더 안전할 것이었다.

"그래서 새끼 몬스터 키워 달라고요?"

"대놓고 맡겼다간 자기랑 연락한 거 들통날 테고, 어찌 줄 댈 통로 좀 만들어 주면 안 될까? 나 말고도 안달 난 사람들 많아."

부탁해~ 하고 귀여운 척을 한다. 줄 댈 통로라.

"SNS 해요?"

"응?"

"조만간 하나 만들 겁니다. 길드들은 물론이고 헌터들도 SNS 많이들 하니까, 제가 먼저 팔로우하고 연락하죠. 제 SNS 생기면 관련 포스팅 하세요. 아이디는 지금 주고."

"앗, 제대로 관리 안 했는데. 여기 내 아이디."

인벤토리에서 양피지와 펜을 꺼내 아이디를 적은 뒤 쭉 찢어 내게 건넨다.

"고마워, 사랑해~."

사랑한다는 너스레를 들으니까 문득 리에트에게도 키워드 적용시켜 둘까 하는 생각이 들었다. 두 배 효과 받아서 대충 한마디만 해도 될 거 같은데. 말 안 통하는 깜둥이도 얼마 안 걸렸으니 사랑 타령 이해하는 상대면 금방 적용될 것이다. 어쩔까. S급 빈자리도 하나 채울 겸 가끔 성장 버프나 걸어 줄까.

성장 버프도 두 배 적용이면, 너무 퍼 주는 거 같기도 하고. 일단 키워드 효과 나타날지 확인이나 해 보자.

"혹시 양육자로 생각하는 사람 있습니까? 키워 준 사람이요."

"응? 아니. 서언혁. 오히려 내가 동생을 키웠지. 그리고 보니 자기도 동생 키웠다고 했지?"

"예에, 뭐……."

키우긴 했지. 하지만 결과적으로 보면, 나는, 그냥 뭐.

"…그래 봤자 알아서 각성하고 알아서 제 갈 길 갔죠."

하루아침에. 곧 수능 치고, 졸업하고, 대학 갈 거였는데. 그러면 내 일도 끝날 거라고 생각했는데.

아, 생각났다. 학자금으로 넣어 놓았던 적금. 쓸 일 없어서 내내 묵혀 두었다가 각성 브로커 만나러 가기 전에 해지했었다. 그래서 통장 잔고가 생각보다 더 넉넉했구나.

"자기야?"

어쩐지 의욕이 사라져 침대에 드러누웠다.

"볼일 끝났으면 이제 그만 가 주시죠. 전 잘 겁니다."

"진짜 그냥 자게?"

"예, 잡니다."

그냥 눈을 감았다. 리에트가 내 위에서 기웃거리는 기척이 느껴진다. 내려다봐 오는 시선 또한.

"한유진 씨, 또 놀러 올게."

"…됐거든요."

"고마워. 잘 자."

이마에 솜털처럼 가벼운 감촉이 닿았다 떨어졌다. 신발 신는 소리에 이어 문이 여닫혔다. 내내 시끄럽던 약자의 예감이 잠잠해진다.

고요하다.

다시 눈을 떴다.

'…시스템분들, 일하고는 있구나.'

진행을 막는 것에 더해 튀어나온 5년 후의 던전을 삭제까지 하고. 이미 공략해 버리긴 했지만. 첫 공략이었을 텐데 보상은 뭘 받았을까. 이것도 물어볼 걸 그랬나.

'5년간 난이도 따라 보상도 높아졌었는데. 하긴 칭호에 비하면 어지간한

146

희귀 템도 별거 아니겠지.'

디오 발쉐시스의 쌍둥이. SSS급 칭호면 5년 후에도 아직 나온 적 없는 등급이었다. 내가 아는 한은 말이다.

반인반룡쯤 되었다고 했으니 디오 발쉐시스의 능력을 그대로 물려받는, 그런 유가 아닐까. 심지어 쌍둥이 칭호니 남매가 둘 다 받았을 게 분명했다.

'단둘이 보스 몬스터를 잡았다면, 그것도 불법 던전을 공략한 거라면 길드나 팀 없이 남매끼리 활동하는 거겠지. S급 두 명이면 아직까지는 충분하고도 남을 테니까. 리에트가 근접 공격 적성이니 동생 쪽은 보조나, 혹은 힐러? 아니, S급 힐러면 알려지지 않았을 리 없으니 보조 쪽일 가능성이 크겠지.'

원거리 적성이나 마법 쪽일 수도 있고.

어쨌든 둘 다, 현재로서는 등급 외 수준이었다. 그냥 내버려두기엔 아까운 것은 둘째 치고 불안할 정도로.

그나마 리에트가 내게 아쉬운 소리 해야 할 처지라 다행이라 할까. 하나 그게 언제까지 갈지는 알 수 없었다.

'리에트에겐 키워드 효과도 딱히 안 나타날 테고.'

저주독룡종이라 적용은 쉽지만 양육자로 생각하는 사람 따윈 없다 하니. 그렇다면 역시, 동생 쪽을 낚아야겠다.

저 누나가 키운 남동생이다. 안 봐도 성격이 대충 짐작 갔다. 최소한 누나 말은 참 잘 듣겠지.

똑같이 저주독룡종이니 키워드 적용 바로 될 거고.

'동생 한번 소개해 달라고 해야겠네.'

SNS 프로필 사진 피스랑 삐약이 둘 중 누구로 하지.

푸르른 평원 가운데 작은 호수가 펼쳐져 있다. 한들한들 불어오는 바람결

에 풀 내음과 물 내음이 서로 뒤섞였다.

 호수환경은 돈 되는 자원이 풍부하기에 인기가 많은 편이었지만, 어디까지나 C급 던전 이상일 때의 이야기였다. D급 이하도 돈은 더 되긴 했다. 하나 수중 전투는 하급 헌터가 건드리기엔 너무 까다로웠다.

 관련 스킬이 없다면 장비나 아이템도 따로 준비해야 하기에 자칫하다간 되레 손해 보는 경우도 생기곤 했다. 덕분에 이번 D급 던전도 입찰받기 어렵지 않았다.

 "경치 좋네."

 거울처럼 맑은 수면에 새파란 하늘이 그림처럼 드리워졌다. 바람이 살랑일 때마다 풀잎이 사르르 춤을 추고 노래하듯 잔물결이 흔들린다.

 제 목숨 챙기기 바빴던 회귀 전에도, 가끔 던전의 풍경이 신기하게 느껴졌다. 여유 넘치는 지금은 한 발 더 나아가 의문이 들었다.

 이런 걸 만들어 내고, 매번 리셋까지 해 대는 건 역시 신쯤은 되어야 가능한 게 아닌가.

 '시스템분들은 전능과는 거리가 멀어 보였지만.'

 그러고 보니 오늘은 조용하네. 바쁜가? 헛소리해 대는 게 귀찮긴 했지만 인사 한마디 없으니 조금 섭섭했다.

 '며칠 뒤에는 좀 더 제대로 대화할 수 있겠지.'

 던전이나 빨리 클리어하고 나가자. 벌써 세 번째 무단 외출이었다. 슬슬 꼬리가 밟힌다 하더라도 이상하지 않았다. 시간 끌지 말고 얼른 끝내고 돌아가야지.

 걸음을 옮겨 호수 가까이로 다가갔다. 벽도마뱀을 쓴 채라 호수에는 여전히 변화가 없었다.

 '일반 몬스터는 괴어종이었지.'

 물 밖에서도 어느 정도 활동 가능한 장어 비슷하게 생긴 몬스터였다.

 오늘 쓸 아이템은 마력 증가 이어링과 마나 포션. 이 두 가지였다. 내가 직접 물에 들어갈 생각은 전혀 없었다.

소매를 걷어붙이며 호숫가에 무릎을 대고 앉았다. 맑고 시원한 물속에 손을 넣고는 스킬을 사용했다.

끈적이는 독.

원래도 강력한 축인 C급 독에 효과 두 배 적용을 받고 다시 베테랑으로 두 배가 더해졌다. 그 무시무시한 독이 물속으로 서서히 퍼져 나간다. 티 없이 맑던 물이 희미한 회색빛을 띠기 시작했다.

"어째 양심이 좀 찔리는구만."

던전 안이고 상대는 몬스터고 공략 끝나면 리셋도 착실히 되겠지만.

그래도 뭔가 해선 안 되는 일을 하는 기분이었다. 독극물을 이용한 낚시는 불법입니다. 전기 충격기도 안 됩니다. 자연사랑 환경보호.

– 꾸억꾸억.

얼마 지나지 않아 두꺼비 울음 비슷한 소리와 함께 3미터쯤 되는 장어가 물 위로 높게 튀어 올랐다.

뻐끔거리며 호숫가에서 펄떡이는 장어의 뒤를 이어 두 마리, 세 마리째 연달아 튀쳐나왔다.

철퍽!

펄떡!

줄줄이 호수 밖으로 튀어나온 장어들이 몇 번 뻐끔대지도 못하고 죽어 나갔다. 독이 시작된 곳 근처에서는 즉사한 장어의 사체가 둥둥 떠오른다.

효과 정말 좋구나. 너무 좋아서 독성 폐수 쏟아 내는 불법 하수관이 된 기분이었다.

'이 정도면 됐겠지.'

물속에서 손을 빼내고 잠시 기다렸다. 크고 작은 장어가 끊임없이 튀어나오고 떠오른다. 그리 크지도 않은 호수인데 참 많았다.

장어들의 사체로 수면이 빼곡하게 차 버릴 즈음.

- 크워어!

호수 가운데 작은 섬에서 파란색 뱀장어가 고개를 들었다.

```
5급 수룡종 - 푸른 뱀장어
현재 스탯 등급 C
각성 가능 스탯 등급 C
최적화 초기 스킬
물대포(C) 획득
꼬리 파도치기(C) 획득
```

주제에 용종이네. 종족은 뱀장어지만. 수룡종 5급에 스탯 C면 C급 몬스터 중에서는 하위 수준이었다. 그래도 용종이면 마나석보다 사체가 더 비싸다. 뭍으로 유인하기 위해 벽도마뱀 스킬을 풀었다.

- 크르르.

나를 발견한 푸른 뱀장어가 새카만 눈을 가느다랗게 떴다. 머리 중앙에 달린 가시들을 빳빳이 세우더니 발톱이 길게 난 지느러미를 움직여 물로 스르륵 들어간다.

"그래, 이리 온."

마석은 피스 주고 가죽과 뼈는 명우 줘야지. SS급 스킬에는 너무 저렴한 재료지만 연습용으론 괜찮을 것이다.

- 크륵.

물살을 가르며 열심히 헤엄치던 푸른 뱀장어의 속도가 점점 느려졌다.

- 크르…….

푸르던 비늘 색도 점차 탁한 회색으로 바뀌어 갔다. 어, 저런. 안색도 영 안 좋네. 결국 내가 있는 뭍에 닿지 못하고.

- 키에엑.

꼬르륵.
…명복을 빌어 주마.
푸른 뱀장어는 죽어 가는 소리와 함께 물속으로 가라앉고 말았다. 독이 독하긴 해도 많이 중화되어 괜찮을 줄 알았는데. 촉수로 건질까 하다가 그냥 관뒀다. 중독된 걸 쓰긴 좀 그렇지.
이어 호숫가에 탈출 게이트가 나타났다.
자, 이번엔 과연 어떤 칭호가 나올까.
…음. 메시지창이 안 뜨네.
"…이봐요, 시스템 만드신 분들?"
렉인가. 어쩐지 조용하더라니 통신 문제라도 생겼나.

> 대단한 업적! 스탯 F, 공격 스킬 F 이하, 아이템 다섯 개 이하 사용으로 D급 던전 단신 공략에 성공했습니다!

오, 드디어 업적창이… 뜨긴 떴는데.

'또 감감무소식이네.'

잠시 기다리자 다시 메시지창이 나타난다.

```
선택해 주세요.
튼튼한(S)
찾을 수 없는(S)
발빠른(S)
```

갑자기 웬 선택지? 업적 보상 칭호를 고를 수 있다는 소리는 한 번도 못 들어 봤는데. 설마 이거 준비한다고 늦은 건가.

'선택지 준 건 고마운데 이왕이면 설명창도 볼 수 있게 해 주지.'

그래도 칭호 이름만 봐도 대충 짐작이 가긴 했다. 각각 방어, 은신, 민첩이나 순간이동 관련 칭호일 것이었다. 알아보기 쉽게 일부러 저렇게 단순하게 붙인 건가.

'셋 다 내 몸 지키기 좋아 보이는 칭호로군.'

이왕이면 특수 스킬 효과 두 배를 원했는데. 게다가 D급 던전 단신 공략 치고는 좀 짠 거 아니냐. 이번에도 S급이라니. SS급 정도는 될 줄 알았는데 실망이다.

아무튼 셋 중에 하나를 선택해야 하는데, 뭐 하지.

'S급 방어 스킬도 좋지. 하지만 스탯 증가면 꽝이란 말이야.'

물론 S급 칭호인 만큼 많이 올려 주긴 하겠지만 내 기본 스탯이 F급인 이상 유의미할 정도는 못 되었다. 차라리 이어링의 방어막 스킬이 더 쓸 만하겠지.

'그래도 시스템분들이 일부러 골라 준 거니까, 날 물먹일 생각이 아닌 이상 스킬 칭호지 싶은데.'

S급 방어 스킬이라면 단기전에는 더할 나위 없을 것이다. 하지만 장기로 가면, 그냥 웅크린 거북이 되겠지. 내가 뭐 공격 수단이 있는 것도 아니고 실

내면 방문만 잠가도 꼼짝 못 할 테니까.

'어차피 몬스터가 아니고선 날 죽이려 드는 놈도 없을 테니 은신이나 민첩 쪽이 낫겠지.'

발빠른은 이름으로 보아 공간이동은 아닐 터고, 순간이동이나 이동 속도를 올려 주는 종류일 것이다. 그것보다는 역시 은신이 좋지. 벽도마뱀만 봐도 얼마나 유용하게 잘 쓰고 있냐.

S급 칭호에 딸린 은신 스킬이면 최소 A급은 될 것이다. 그래도 혹시 모르니 물어볼까.

"찾을 수 없는 칭호, A급 이상 은신 스킬 붙은 거 맞습니까?"

> `· ~ ·;;;`

아, 네. 말 못 해 준다고.

"혹시 발빠른이 공간이동 스킬이면 이모티콘 보내 주세요."

조용하다. 역시 공간이동은 아니구나. 그럼 은신 가야지.

세 개의 칭호 중 찾을 수 없는을 선택했다.

> 찾을 수 없는(S)
> D급 던전을 혼자 돌파한 F급 헌터는 은신의 달인?
> 숨은그림찾기(A)
> 덤으로 하나 더(S)

업적에 끼워 맞추기 위해 노력한 듯한 칭호 설명이었다. 나머지 둘도 이 비슷한 설명이겠구만. 숨은그림찾기는 은신 스킬일 거고, 덤으로 하나 더는 뭐지. 덤으로 붙은 거 같은 이름인 주제에 등급은 S였다.

'다른 두 개도 이 조합이었을 거 같군.'

방어와 민첩 관련 스킬에 덤으로 하나 더. 이런 식이었겠지.

숨은그림찾기(A)
집중하고 찾아도 인식하기 힘든 상태가 된다.

숨은그림찾기는 모습 자체가 사라지는 게 아니라 인지하기가 힘들어지는, 벽도마뱀과 비슷한 스킬인 듯했다. 그리고 덤으로 하나 더는.

덤으로 하나 더(S)
S급 이하 칭호 및 스킬 중 하나를 접촉 중인 상대 1인과 공유
각 스킬당 재적용 대기 시간 15일
※ 해당 스킬 제외

…와, 잠깐만. 이게 본체인가? 스킬과 칭호를 공유 가능하다고? S급 이하가 뭐뭐 있었지.

"계륵이라고 투덜거린 거 신경 써 줬구나."

조금 감동이네.

보자, 일단 최근에 얻은 S급 칭호가 미라클과 베테랑이었다. 아이템 두 배에 공격 스킬 효과 두 배. 이런 젠장.

이럴 줄 알았으면 그냥 방어 스킬 선택할걸.

'접촉한 상태여야 하니까 던전은 기껏해야 중급까지나 따라갈 수 있겠군.'

이어링으로 B급 방어막 스킬 쓸 수 있으니까. 은신은 난전 중에는 소용없었다. A급 이상 방어 스킬이면 상급 던전도 따라가 볼 만한데! 아까워!

그래도 S급 던전이라도 터지면 빠른 정리가 가능하지 싶었다. 던전 난이도가 빠르게 올라가기 시작하면 머잖아 유용하게 쓸 수밖에 없게 되겠지.

그 밖에는 숨은그림찾기와, 별 쓸모없는 보조 스킬 두 개. 그리고 떡잎 스킬.

'시스템분들이 노린 건 이 떡잎 스킬이겠군. 내가 헌터들 키우길 바라는 듯하니까.'

최적화 각성 사용 대기 시간 30일. 이걸, 어쩌면 달에 세 번까지 쓸 수 있게 될지도 모른다. 덤 스킬 대기 시간은 15일이니까.

다만 키워드 적용 대상 한정이라는 게 문제인데, 내새끼 스킬은 L급이라 공유 불가능했다. 결국 쓰지 못하거나, 아니면 내가 키워드 적용한 사람에게 해당되거나 둘 중 하나였다. 시스템분들이 덤 스킬 굳이 끼워 넣은 거 보면 후자일 가능성이 크겠지.

그럼 남은 문제는 스킬 공유할 사람이었다.

'최적화 각성은 계속 숨겨야 하니까, 믿을 만한 사람이 필요한데.'

이걸 들키게 되면 정말 귀찮아질 것이다.

기승수야 거대 길드나 상급 헌터 한정으로 수요가 있었다. 하지만 최적화 각성은, 전 세계 비각성자들이 한 번만 써 달라고 몰려올 게 분명했다.

사실 나는 긁지 않은 복권이 아닐까.

각성자가 생겨나고 누구든 그런 생각 한 번쯤은 해 보았을 것이다. 그런데 당첨 확률 높여 주며 복권 대신 긁어 주는 사람이 있다? 당연히 찾아가서 복권 내밀고 싶겠지.

심지어 횟수 제한까지 있으니 상상만으로도 머리 아픈 수라장이 되고 말 것이다.

'며칠씩 던전 공략 들어가야 하는 상급 헌터를 제외하면 당장은 명우밖에 없군.'

바로 최적화 각성 시켜 줘야 할 사람도 없으니까 좀 더 두고 봐야겠다.

4장 잊은 척했던

4장
잊은 척했던

집으로 돌아오니 그사이 택배가 도착해 있었다. 새로 산 휴대폰이었다.
원래 쓰던 것은 납치당할 때 내동댕이쳐져 모서리가 깨지기도 했고, 뭣보다 카메라 성능이 별로였다.
"자, 피스야. 여기 봐라. 아니, 오지 말고."

- 그르릉.

내 다리에 달라붙으면 사진을 찍을 수가 없잖냐.
"삐약이 넌 또 부엌에 들어갔냐."

- 삐약삐약!

마석을 주방에서 먹였더니 툭하면 기어들어 가서 삐약댄다니까.

"삐약아, 이리 와라."

- 빡!

"여기 마석 가루 있다."
C급 마석 가루가 든 병을 테이블에 올려놓자 곧장…….
톡톡톡톡.
달려오는 조그만 발소리가 들려왔다. 테이블 밑에 다다른 새끼 새가 파닥파닥 팔짝거리기 시작했다.

- 삐약삐약삐약!

먹는 게 그렇게 좋냐. 테이블 위로 올라가기 위해 발버둥 치는 삐약이를 찍었다. 동영상을 촬영할까.

- 삐약!

한참을 폴짝이던 삐약이가 문득 멈추었다. 그러곤 옆을 휙 돌아보았다. 녀석의 눈이 닿은 곳은 내 발치에 앉아 있는 피스였다.

- 삐삐삐.

무슨 생각을 한 건지 삐약이가 피스에게로 다가갔다. 그리고.
"얼씨구."
피스의 몸 위로 열심히 기어오르기 시작했다. 피스가 당황한 듯 나를 올려다보았다.

- 끼웅.

"잠깐만 참아 봐."
삐약이 녀석, 아주 멍청한 건 아니었구나. 기특해라.

- 삐약!

드디어 피스의 머리 꼭대기에 올라선 삐약이가 조그만 날개를 파닥이며 승리의? 함성을 외쳤다. 피스가 이 거슬리는 꼬맹이 좀 어떻게 해 달라는 눈빛을 보내왔다.
"잠깐만, 잠깐만."
귀여워. 이건 반드시 찍어야 해.

- 삐이, 삐이.

피스의 머리에 자리 잡은 삐약이가 테이블을 향해 방향을 틀었다. 제 딴에는 비장하게 두 날개를 쫙 펼친다. 거리가 좀 되는데, 괜찮을까.

- 삐-약!

퐁, 하고 뛰어오른 삐약이가!
통통.
아슬아슬하게 테이블 끝에 걸쳐 두어 번 튀곤, 데구르 구르다 멈추었다. 오오, 성공했어.

- 삐약!

"우리 삐약이, 그새 조금은 똑똑해졌구나."

TV와 진짜를 구분 못 하던 게 엊그제 같은데. 진짜 엊그제긴 하지만. 마석 병에 달라붙어 삑삑대는 것도 찍고 F급 마석을 부숴서 줬다.

- 삑!

뭐야, 바로 안 먹고 투덜거리네. 이 녀석 밥투정이 점점 심해지잖아.

"안 먹어? 뺏는다?"

- 삑!

마석을 향해 손을 뻗자 뺏길세라 허겁지겁 먹어 치운 삐약이가 다시 마석 병을 끌어안았다.

"피스야, 네 동생 좀 봐라. 저러다 병째로 삼키려 들겠다."

- 끼앙.

피스가 내 알 바 아니니 안아나 달라는 듯 앞발로 내 다리를 툭툭 쳤다. 저거 네 밥이야, 이놈아.

삐약이는 마석 병과 로맨스 찍게 내버려두고 피스를 안아 들고 소파에 앉았다. SNS 앱은 이미 깔았고.

'이거 진짜 오랜만인데.'

제대로 해 본 적도 없었다. 유행 따라 만들었다가 포스팅할 게 딱히 없어서 금방 관뒀었지. 프로필 사진은 좀 전에 찍은 피스와 삐약이로 넣었다. 귀여워라. 이어 예전에 찍어 뒀던 피스 어릴 적 사진과 테이블을 구르는 삐약이와 병을 끌어안은 삐약이 사진을 올렸다.

태그 같은 거 달아야 하나.

'으음, 대충 하자.'

일단 해연 길드 팔로우하고, 세성이랑 브레이커랑 한신에. MKC도 일단은 팔로우해야지. 그리고 헌터협회에, 마켓 계정 따로 있네.

그렇게 잠깐 찾아다닌 사이에.

2,155 팔로워

0이던 팔로워가 순식간에 늘어났다. 아니, 뭐가 이렇게 빨라? 길드 계정들도 그새 맞팔했네. 댓글도 계속해서 늘어나고 있었다.

- 피스야!!! 누나야!!!!ㅜㅜㅜㅜㅜㅜㅜ
- 아 졸라커엽ㅜㅜㅜㅜㅜ 저 솜뭉치 뭐죠ㅜㅜㅜㅜㅜ
- 헐이거진짜한유진계정임? 몬스터하나늘었음????
- 찹쌀떡인줄 입에넣고싶다!!!!!!!
- 미쳤따… 피스 애기때쫌바… 날가져♡

흠흠, 우리 애들이 좀 귀엽긴 하지. 리에트 계정 의심 안 받게 팔로우하려면 팔로잉 백 명쯤은 더 늘려야겠지. 너무 헌터만 팔로우하는 것도 좀 그러니까 유명 연예인도 몇 명 찾아볼까. 요즘 누가 잘나가더라.

기억을 뒤지며 들어온 메시지를 확인해 봤다. 반 이상이 진짜 나 맞냐는 질문이었다. 그 사이로 들뜬 게 느껴지는 메시지 하나가 눈에 띄었다.

- 안녕하세요!! 전에 방송국에서 뵌 박하율입니다! 이렇게 갑자기 메시지 보내서 죄송하지만 진짜 너무 반가워서요! 삐약이 새로 데려온 몬스터인가요? 진싸 너무 귀여효요ㅜㅜㅜㅜㅜ

방송국? 박하율? 누구더라. 박하율의 계정에 들어가자마자 바로 기억이 났다.

얼굴빨 최적화 스킬 가진 놈이었다.

'스킬 트리플 A였지.'

버려두기 아깝긴 했지만 한 달에 한 번 쓸 수 있는 최적화 각성 스킬 써 줄 생각까진 안 들었었는데. 키워드 적용하기도 싫고. 하지만 이젠 달에 세 번까지 최적화 각성이 가능하니…….

'특수 스킬 A급이 흔한 것도 아니고.'

일단 친분이나 만들어 둘까.

- 안녕하세요. 네, 새로 데려온 애 맞습니다^^

메시지를 보내기 무섭게 답장이 돌아왔다.

- 헉 답장해 주셨어ㅠㅠㅠㅠㅠㅠ 감사합니다! 저저저 방송 진짜 감명깊게 잘봤어요! 피스 너무 귀엽고요 삐약이 진짜완전 사랑이에요!!!
- 아, 네. 감사합니다.
- 저진짜 각성해서 해연 길드들어가는게 꿈이에요! 가서 피스 발닦개하고싶허엉요!!!

곧 해연에서 나갈 건데. 그보다 웬 발닦개.

'뭐라고 답장하지.'

발닦개 하겠다는데 네 열심히 하세요, 할 수는 없지 않나.

- 각성하기가 쉽진 않죠^^

아직은, 말이다. 곧 각성센터 생기면 개나 소나 각성하고 헌터 하겠다고 나대고 그것 때문에 또 난리 나고. 아무튼 개판이었지.

- 맞아요ㅠㅠㅠㅠ 이것저것 해봤는데 안되더라고요ㅠㅠ 그래서 각성브로커한테 부탁했어요!!

뭐?

- 헉이거말하면안된댔는데ㅠㅠ 비밀이에요:

누워서 침 뱉기지만, 이런 멍청이가.
'던전에서 사고당했구나.'
어쩐지 얼굴 본 기억이 없다 했다. 활동 못 할 정도의 중상을 입었거나, 혹은 죽었거나. 둘 중 하나였겠지.
이것 참, 얘를 어쩐다.

- 각성브로커 그거 사기예요.
- 사기요?
- 네. 그러니 브로커 만나지 마세요.

실시간 채팅 수준이던 게 잠시간 답장이 없었다.

- 이미 왔는데요…….

망했다. 브로커 어떤 놈들이지. 돈 안 돌려받겠다고만 하면 순순히 보내주는 놈들이 대부분이지만 극소수 악질은 처음부터 죽일 생각으로 끌어들이기도 했다. 독점 출입증 사서 던전 들어간 뒤 안에서 쓱싹하면 시체도 증거도 안 남으니까.
물론 같은 짓 몇 번 하다 보면 덜미 잡히게 되겠지만, 아직은 일반인을 던전으로 끌어들여도 살인으로 취급 안 했다. 그냥 불운한 사고지.

걸려 봤자 끽해야 헌터자격증 정지로 끝이 났다. 브로커는 보통 하급 헌터니 큰 타격은 없는 셈이었다.

- 어딥니까. 브로커는 누구고요.
- 여의도 원효대교 근처 D급 던전이요. 이름은모르고 C급헌터랑 D급헌터 섞여있어요. 리더가 C급헌터래요

이런. C급 포함 팀이면 브로커 짓 한 게 들키면 잃는 것도 많은 만큼 입막음도 철저히 할 텐데. 그냥은 못 나오겠구만.

- 그냥 안하겠다고 할까요?
- 아뇨, 잠깐만요. 언제 들어갑니까.
- 아직 사람이 다 안와서요. 팀 리더가 30분쯤 늦어질거라고 조금전에 연락왔어요.

30분. 여기서 원효대교면 가깝다. 해연 길드에 연락해서 사람을 보낼까. 아니면.

'그냥 내가 가서 빼 올까.'

일 키울 것도 없이 가시 뒷 살짝 써 주고 숨은그림찾기 스킬 공유로 은신해서 빠져나오면 그만이었다.

- 건물 안이에요?
- 밖의 승합차안이요.

역시 리더가 낙찰받았나 보군. 비밀번호에 헌터자격증 칩도 있어야 하니

지금은 들어갈 수 없을 것이다.

- 팬관리라고했는데 이제폰끄래요ㅠㅠㅠㅠ
- 말 잘 듣고 얌전히 있어요.

어려운 일도 아니고 이참에 빚이나 지워 놓자. 안전상 몰래 나오면 안 되는데 네가 너무 걱정되어서 이렇게 직접 왔다 어쩌고 입 좀 털면 쉽게 넘어올 거 같으니. 그렇게나 헌터 하고 싶다는데 데려다가 얼굴마담으로 써먹어야지.

한창 사람의 출입이 많은 시간대라 빠져나오는 건 금방이었다. 원효대교 D급 던전 건물 근처로 가자, 척 봐도 수상해 보이는 승합차가 길가에 서 있었다. 차체도 까맣고 창문도 까맣고.

'리더란 놈은 아직 안 왔나.'

던전 건물은 골목 안쪽에 있었다. 저 골목 사이를 지나갈 때 가시 덫 쓰고 박하율을 끌어내면 될 것이다.

'아니, 그보단 던전 들어가기 직전에 구해 줄까?'

이왕이면 좀 더 극적인 상황을 연출하는 게 좋겠지. 아예 들어간 직후도 괜찮을 거고. 던전 게이트는 한 시간 동안 열려 있고 던전 내부에서는 공격 스킬을 마음껏 쓸 수도 있으니까. 이어링의 방어막 스킬은 타인에게도 적용 가능했다. 그러니 박하율이 다칠 일은 없었.

가장 효과 좋은 시점은 놈들이 흑심 드러낸 직후겠지. 박하율도 아직은 내 말이 긴가민가할 테니까.

상황 보고 결정하자.

'숨은 스킬도 어디까지 통하나 한번 시험해 봐야 하는데.'

유현이 상대로 써 볼까. 찾을 수 없는 칭호는 말해 줘야지. 어쩌다 얻었다고 할까. 동생 놈이 하도 날 감추려 들어서? S, A급들에게 이 정도로 보호받은 스탯 F급은 성녀님 외엔 없긴 할 것이다.

- 끼이익.

그때 차 한 대가 급히 들어와 길가에 멈추었다. 드디어 왔군.
벽에 기대고 있던 등을 떼며 바로 섰다. 차 문이 열리고 덩치 큰 남자가 내려선다.
그 얼굴을 보고, 무심코 소리 없이 웃고 말았다.
'…와, 이것 참.'
살다 보니 내가 죽인 놈과 얼굴 마주치는 일도 다 있네. 정말 짜릿하군. 마음 같아선 가서 인사라도 건네주고 싶었다. 활짝 웃으면서.
안녕, 우린 4년 전에, 혹은 1년 후에 만났었어. 네놈은 나를 반쯤 죽여 놨고, 나는 네놈 목을 찔렀지. 참 재미있는 추억이라니까. 안 그래?
승합차에서 내려서는 얼굴들도 모두 낯익었다. 내가 두 번째로 죽인 놈, 세 번째로 죽인 놈, 네 번째, 다섯 번째, 여섯 번째. 박하율 씨는 그전에 죽었을 거고.
'생각 못 했다, 라기보단 생각 안 했다, 일까.'
당연히 살아 있겠지. 죽은 사람들. 죽인 사람들.
F급 헌터의 초기 생존 확률은 낮았다. 경험도 없고 장비도 제대로 갖추지 못한 첫 1년간, 절반은 도망치고 남은 절반 중 반은 죽거나 돌이킬 수 없는 부상을 입는다.
간단히 말해, 각오하고 던전에 발 들인 이들조차 반은 실려 나간다는 소리였다. 심지어 내가 헌터가 되었을 때는 각성센터가 막 생겨 초짜들 우수수 늘어나고 사회적으로도 문제가 많던 난장판인 상황이었다.
'유현이 녀석이 진절머리 낼 만했지.'

그때라면 녀석이 날 챙기기도 힘들었을 것이다. 여러모로 여론도 안 좋았고, 날 몰래 챙기기엔 주시하는 눈도 너무 많았지.

지금 생각해 보면 나를 상대로 일종의 작업 같은 게 들어가지 않았나 싶었다. 단순히 기레기 몇의 작품이라기에는 반응이 과했다. 자극적으로 포장하기 좋은 소재에, F급이니 이용해 먹기도 편하고, 당시 여론상 해연 길드 발목도 잡을 수 있었고.

정부든 협회든 경쟁 길드든, 안 써먹는 게 바보였겠군.

아무튼 그런 개판인 상황이었지만, 나는 죽지 않았다. 제대로 된 팀을 갖추지 못하고도, 첫 1년을 통과하고 2년을 넘겨 그럭저럭 안정적으로 자리 잡았었다.

마지막 보답. 키워드 적용 대상의 사망 시 상대의 스킬과 능력치를 한 시간 동안 두 배의 효율로 전이받는 스킬.

'양육자' 칭호의 키워드는, 적용하기 참 쉬웠다. 싹싹하게 커피 같은 거 사다 돌리고 이런저런 잡담 좀 하고 생글생글 웃으면서 힘내세요 몇 번 해주면 되었다. 바지런히 움직이다 보면 던전 들어갈 즈음에 두어 명은 키워드 적용이 가능했다.

"얼른 들어가자. 우리 고객님은 얼굴 잘 가리시고."

박하율이 시키는 대로 후드를 깊게 눌러쓴다. 선글라스도 하고 있었다.

…맹세컨대, 마지막 보답 스킬을 노리고 키워드를 적용시킨 것은 아니었다. 저놈들 죽일 때만 빼고. 10퍼센트라는 소소한 성장 버프지만 없는 것보단 나으니 적용시켜 주었다. 그들 중에는, 계속 함께하고 싶은 사람들도 있었으니까.

그리고 대부분은 죽었다. 나는 살아남았다.

버프 스킬에 창수. 늦게 죽는 위치다. 내가 위험해질 즈음에는, 마지막 보답이 적용되었고, 덕분에 나는 살아남있다.

그리고, 그래서, 뭐… 그랬었지만, 이제는 없었던 일이고…….

내가 저놈들 죽인 것도, 저놈들이 날 고문한 것도 없던 일 됐지만.

조용히 걸음을 옮겨 놈들을 따라갔다. 놈들의 등급은 C~D 사이. 옆에 바싹 붙어도 전혀 나를 눈치채지 못했다. 건물 안으로 들어설 때도, 던전 게이트 앞에 설 때까지도.

"준비 다 됐나."

"장비 제대로 차고."

D급 중에서도 상위 던전이라서인지 준비가 철저했다. D급 상위 던전은 크기는 C급 하위보다 작지만 수입은 많게는 5할까지 나오기에 노동량 대비 효율이 좋았다. 도는 시간은 반의반이고 안전하기도 하고. 한 방 대박을 노린다면 C급이지만 안정적인 평타는 D급인 셈이었다.

내가 이놈들과 들어간 곳도 D급 상위 던전이었다. D급 던전 데려가 준다는 말에 홀랑 낚여서는. 이유 없는 호의에 이미 당해 보았음에도 또 속아 넘어가는 멍청한 짓을 했다. 찬밥 더운밥 못 가릴 정도로 몰려 있긴 했었지만.

"여기가 던전이로군요!"

게이트를 넘어서자마자 박하율이 들뜬 목소리로 외쳤다. 아이고 저런.

퍽!

"악!"

헌터 하나가 박하율의 정강이를 걷어찼다. 이어 낮은 목소리로 경고한다.

"꼴에 연예인이라고 몬스터한테도 광고하냐. 어그로 끌지 말고 닥치고 있어."

"…네."

박하율 쟤도 참 위기감이 없었다. 비각성자가 보통 저렇긴 하지만. 각성을 하지 못했다는 것은, 던전 브레이크도 제대로 겪어 본 적 없는 평화로운 현대인이라는 소리와 비슷했다. 던전이니 몬스터니 해도 현실감 느끼기 어려운 게 당연하다.

그래서 각성센터 생긴 직후에 초짜 헌터들 참 많이 죽어 나가기도 했고.

각성자 수가 너무 늘어나서 신인 교육 질이 떨어진 것도 한몫했었지.

"3시 방향으로 들어간다. 입구에 표시해."

팀의 리더가 말했다. 이 던전은 계곡이 여러 갈래로 나뉘어 있는 암석환경이었다. 미로만큼 복잡하진 않지만 헛수고를 덜려면 표시해 가면서 이동하는 게 좋았다.

기가 죽은 박하율의 뒤로 바싹 붙으며 그들을 천천히 따라갔다.

파직!

가파른 암벽이 부서지며 뱀과 애벌레를 섞은 듯한 몬스터가 튀어나왔다. 기다란 몸뚱이가 화살처럼 헌터들을 향해 날아들었다.

- 쉬이익!

몬스터의 입이 쫘악 벌어지며 날카로운 송곳니가 드러났다. 제법 사나운 기세였지만 헌터들은 능숙하게 방패를 치켜들었다.

텅!

몬스터의 공격을 방패가 막아 내고…….

콰직!

방패 뒤의 창수가 창끝으로 몬스터의 머리를 정확히 꿰뚫는다. 핏물이 공중에 튀고 낚인 물고기처럼 펄떡대던 기다란 몸뚱이가 이내 축 늘어졌다. 이어 또 한 마리, 두 마리. 반복 작업에 가까운 사냥이 이어졌다.

맨 앞은 C급 리더, 양옆으로 방패와 창, 맨 뒤에 C급 방어형 헌터, 마지막으로 보조 겸 짐꾼 하나.

총 일곱 명의 밸런스가 괜찮은 팀이었다.

'앞으로 한 시간은 사냥을 계속하겠지.'

게이트가 비활성화될 때까지는 본색을 드러내지 않을 것이다.

C급 헌터팀, 고산. 나와 만났을 때는 경력 2년 반, 지금은 1년 반인 자리

잡은 중견팀이었다. C급이 둘이면 길드도 충분히 만들 수 있을 전력이지만 D급 던전 전문 공략팀으로 남아, 나름 이름도 알려졌었다.

이미지도 괜찮았지. 저놈들이 하는 부업을 아무도 몰랐으니까.

"오늘은 마석이 잘 나오는데."

보조 겸 짐꾼이 마석 탐지 기능이 있는 아이템을 이리저리 흔들었다. 뱀 애벌레의 배가 갈라질 때마다 박하율의 눈도 이리저리 흔들린다. 그래도 비각성자치고는 제법 잘 버티네.

고산팀은, 부업으로 돈 좀 되겠다 싶은 비각성자와 하급 헌터를 노렸다. 괜찮은 이미지를 내세워 어중이떠중이가 아닌 통장 잔고가 넉넉하거나 이용해 먹을 수 있을 만한 먹잇감만 골라 낚았다.

박하율만 해도 뜰 일만 남은 연예인이었다. SNS 대충 살펴보니 데뷔한 지 얼마 안 되었음에도 얼굴로 이미 유명세 치렀고 영화 배역도 비중 높은 역이었다. 잘만 잡아 놓으면 꾸준히 돈줄 될 먹잇감이란 소리였다.

실수였는지 다른 문제가 있었는지 죽여 버린 듯하지만, 원래는 살려 놓고 잘 써먹을 계획이었을 것이다.

저 C급 리더의 스킬로 세뇌해서.

```
각성자 - 김용진
현재 스탯 등급 C
각성 가능 스탯 등급 C
최적화 초기 스킬
내려찍기(D) 획득
꼭두각시의 줄(C) 획득
발차기(D) 획득 실패
```

꼭두각시의 줄. C급 특수 스킬. 각성 전에 뭐 하고 살았기에 세뇌 스킬이 최적화 초기 스킬인 것일까.

정신계 스킬은 대부분 등급 대비 효과가 낮았다. C급쯤 된다 해도 F급에게조차 잘 통하지 않았다. F급의 상태가 정상적이라면 말이다.

그래서 저놈들은 F급이나 비각성자를 던전으로 꼬여 내 정상적이지 못한 상태로 만들었다. 꼭두각시 스킬 적용되면 그 뒤야 걱정할 것 없이 꿀 빨면 되고.

팀 고산이 괜히 길드도 안 만들고 안전한 D급 이하 던전만 공략하는 게 아니었다. 편하게 돈 긁어 낼 수 있는데 뭐 하러 목숨 걸고 생고생을 할까. 이미지 관리 될 정도로만 공략하면 그만이지.

길게 이어지던 계곡이 끝나고 너른 공터가 나왔다. 끝난 건 아니고 중간 지점쯤 될 것이다. 시간도 슬슬, 한 시간쯤 지났다.

"자, 여기서 쉬고 가지."

리더, 김용진이 말했다. 그의 말이 떨어지기가 무섭게 방어 헌터와 방패들이 주위를 점검한다. 좋은 팀이기는 했다. 손발도 잘 맞고.

"박하율이라고 했나."

김용진이 징 박힌 장갑을 벗으며 엉거주춤 서 있는 박하율에게 다가갔다. 박하율이 고개를 끄덕였다.

"…네."

"거참, 봐도 봐도 잘생겼네. 사람이 어찌 이리 생겼냐. 영화 개봉하면 CF 같은 거 꽤 들어오겠어."

"흥행 성공할지는 아직 몰라요. 그리고 전 헌터 할-."

"하여간 가진 새끼가 더해요!"

퍽!

김용진의 주먹이 박하율의 얼굴을 후려갈겼다. 제 딴에는 힘 빼고 가볍게 날린 주먹이었지만 마른 몸뚱이는 버티지 못하고 갈대처럼 휘청거렸다.

"그런 얼굴 타고났으면 감사합니다, 하고 열심히 일굴 팔아먹을 생각이나 해야지!"

"아, 형님. 얼굴은 건드리지 마소."

"걱정 마라. 저 정도는 포션 바르면 흔적도 안 남아."

낄낄거림 속에서 박하율이 멍청한 표정으로 굳었다. 한쪽 코에서 피가 주르륵 흘러내렸다. 저런 표정에 코피까지 나는데도 잘생겼군.

"저, 저, 저기요······."

"이 새낀 얼마나 버틸까?"

"30분에 백만 원."

"연예인들 은근 독종이라던데, 난 한 시간. 오백 간다."

나 때는 각성자에 경력 좀 있다고 제일 적게 건 놈이 다섯 시간이었는데. 잊고 살았던 기억이 막 떠오르고 그러네.

"잠깐만요, 저기······."

박하율이 슬금슬금 뒷걸음질을 쳤다. 놈들은 웃으며 그 꼴을 보고 있었다. 게이트는 이미 닫혔다. 설사 열려 있다 해도 비각성자가 혼자 게이트까지 무사히 도착하는 건 불가능에 가까웠다. 저놈들이 게이트가 닫히길 기다린 것도, 박하율이 도망칠 걱정보다는 누군가가 구하러 올까 싶어서일 터다. 나름 유명인이니까.

"다리부터 하나 부러뜨리고 시작할까?"

"배우님 활동에 지장 가면 안 되지. 살살 하라고, 살살. 포션으로 고칠 수 있을 정도로."

분위기는 부드러운데 어쩌다 활동 못 하는 지경까지 갔을까.

"사, 살려··· 악!"

D급 헌터가 박하율의 배를 걷어찼다. 크게 휘청이며 뒤로 넘어지는 것을······.

턱.

다가가 붙잡아 주었다.

"뭐, 뭐야?"

박하율을 걷어찬 헌터가 황급히 뒤로 물러난다. 다른 헌터들도 일제히 전투태세를 갖추었다.

"뭐기는."

모자는 안 쓰고 왔고, 선글라스를 벗고 벽도마뱀 스킬을 풀며 미소 지었다. 박하율의 눈이 동그래졌다.

"어, 어–!"

"여기서 얌전히 기다리고 있으세요. 이왕이면 눈 감고."

비각성자가 보기엔 조금 자극적인 장면이 될 거라서 말입니다.

"한유진 헌터님!"

박하율이 반가움과 걱정을 담아 소리쳤다. 동시에 경계하던 놈들의 표정에 놀라움이 스몄다.

"설마 했는데, 진짜 한유진?"

"한유진이 왜 여기 있어? 해연 길드장이 얼굴도 안 보이게 싸매 놨다던데!"

"시발, 한유현도 온 거 아니냐?"

놈들이 당황하며 주위를 두리번거렸다. 하긴 나 혼자 왔다고는 생각 못 하겠지. 하지만 혼자다.

"진짜 해연 길드장님도 오셨어요?"

박하율이 코피 얼룩진 얼굴로 설레 했다. 얘는 처맞고도 여전히 헌터가 좋을까. 중증이구만.

"저 혼잡니다."

"네? 하지만–!"

"눈이나 감으세요."

옆으로 비켜서며 박하율을 향해 이어링의 방어막 스킬을 썼다. 박하율이 외치는 소리가 방어막에 막혀 조그맣게 들려왔다. 지금 내 스탯으로 이 정도니 박하율은 아무것도 못 듣겠지. B급 방어막이니 내가 실수하지 않는 한 털끝 하나 다치지 않을 것이다. 독은 가급적이면 안 써야지.

"…혼자라고?"

김용진이 믿을 수 없다는 듯 중얼거렸다. 의심도 많아라.

"혼자가 아니라면 벌써 누구든 튀어나왔겠지. 알고들 있겠지만, 내가 좀 과하게 보호받는 처지잖아?"

여기서 이러고 있는 꼴 보면 기겁할 사람들이 한둘이 아니다. 내 말에 놈들이 안도했다.

"스탯 F급짜리가 정신이 나갔나."

D급이 내 쪽으로 다가오려는 것을 김용진이 팔을 뻗어 막았다.

"기다려. 뭔가 있으니까 저렇게 자신만만하겠지. 여기까지 들키지 않고 따라온 것만 해도 보통은 아니다."

"그래도 스탯은 확실하게 F급 아닙니까? 협회 인증 받았잖아요."

"장비빨 받아 봤자 C급 수준은 못 될 텐데. 굴러들어 온 떡이죠, 저건."

떡은 우리 삐약이고. 동글동글 말랑말랑 구르기도 잘 구른다.

"일단, 반갑다고 해 둘까. 우리가 초면이긴 한데 초면도 아닌 뭐 그런 사이거든."

내 말에 놈들이 무슨 헛소리냐는 표정을 지었다.

"…TV에서 보긴 봤지만."

"아냐, 실제로 만났어. 사실 내가 회귀했거든. 과거로 돌아왔다고. 놀랍지?"

내 손으로 죽인 지 4년 된 놈들 앞에서 이 말 하니 기분 좋네. 실감도 팍팍 나고. 유현이는 너무 바로 살아나서 뭔가 애매했어.

"무려 5년이나! 아, 당신들하고는 4년 전에 만났어. 지금으로부터는 1년 후고, 그 뒤로는 본 적 없지. 내가 죽였으니까. 이렇게 다시 만나니까 정말 반갑다. 어차피 또 죽을 거 내 대나무 숲이나 좀 해 주라."

속 시원하게 말이나 해 보자.

"…뭐야, 미쳤나?"

"내가 미친놈처럼 보일 거라는 거 나도 알지만 그렇게 대놓고 말하면 상처받잖아. 게다가 네놈들도 정신머리 똑바로 박힌 건 아니면서. 내가 오십 보면 너 새끼들은 오백 보는 될 거다. 특히 김용진 이 제대로 미친 새끼야, 내가 그때 널 너무 편하게 죽여 버려서 정말 안타까웠다."

이렇게 기회가 한 번 더 주어지다니. 감사합니다, 라고 생각하면 진짜로 미친놈 같군. 사람 죽이는 거 절대 좋아하진 않는다. 그렇지만 살다 보면 한 번쯤은 눈 돌아갈 때도 있는 법이고, 비록 나랑은 없던 일 됐다지만 저놈들이 여러 사람 앞날 많이 망쳤고 망칠 거라는 건 변함이 없고.

"그래도 네놈들 덕분에 정신은 바싹 차리게 되었지."

2년 차 넘어서는 자리도 제대로 잡았고. 고정팀까지는 못 만들었지만 그때쯤엔 능력 괜찮은 헌터도 매번 꼬박꼬박 구할 수 있었… 잠깐만. 생각해 보니 그때가 딱 MKC 망하고 해연이 그 빈자리에 대신 들어간 시기였다.

각성센터 생기고 박 터질 때와 다르게 여유가 생겼을 시점이었지. 해연으로부터 싫은 소리 듣는 일도 줄어들었고. 던전 난이도 날뛰기 시작하기 전까지는 말이다. …설마 동생 놈이 사람 붙인 거였나?

그리고 유현이 놈이 등급 바뀐 던전에 몸소 뛰어들어 왔을 때는 해연이 국내 1위로 자리 잡아서 길드장 일도 나름 한가해졌을 즈음이었다.

"음, 역시 사람이 너무 한가하면 안 돼."

다른 길드들이랑 싸우느라 바빴으면 던전 게이트 닫히기 전에 도착해 뛰어드는 미친 짓 할 여유도 없었을 텐데. 저 대신 기껏해야 A급 헌터 한둘 보내고 말았겠지.

"저놈, 진짜 제정신이 아닌 거 같은데요?"

미친놈 보는 시선과 함께 수군거림이 들려왔다. 너무하네. 내 정신은 대체로 말짱한데.

"비록 복권 번호는 모르지만 과거로 돌아온 건 사실이라고. 무슨 이야기 해 줄까. 궁금한 거 있어? 앞으로 나올 S급 헌터 누가 있는지 말해 줘? 대박급 신규 던전은 어때? 주식엔 관심 많지? 이동완 너, 지금 산 주식 그거 한 달 내로 휴지 쪼가리 된다."

그걸 일 년 후까지도 입이 닳도록 주절거리는 찌질한 새끼.

아무튼.

"이렇게 다시 만나니까 좋네. 너희는 회귀 못 해 봐서 내 심정 잘 모르겠지만, 내가 겪은 일들이 죄다 없었던 일 되는 거, 그거 은근 찝찝하더라고. 그래서 생각 안 하려고 했거든. 어차피 상황도 많이 바뀌었고, 처음에는 그냥 얌전히 지내려고도 했으니까. 무엇보다도, 나랑 엮였다 죽은 사람들이 살아서 돌아다닌다고 생각하… 생각을 안 하려고 노력했지."

그냥 친한 사람이 죽었다, 도 아니었다. 그 덕분에 나는 살았다. 동시에 기억까지 전해 받았다. 눈앞에 시체가 있는데, 그 사람이 날 생각하는 기억이 떠오르는 것이다. 유현이야 평생의 기억 중 일부이니 양이 너무 많아 드문드문 들어왔지만, 보통은 죽기 직전의 기억이 반드시 들어왔다. 그냥 적당히 아는 사람 정도라면 그래도 괜찮았다.

하지만 그게, 날 걱정하고 있으면, 진짜 미칠 노릇이라서.

쓸데없이 좋은 사람이라, 좋은 기억만 있으면. 내 이름 부르는 환청이 몇 날 며칠 귓가를 떠나지를 않았다. 계속 기억하고 있으면 내가 죽을 거 같아서 억지로 잊으려 노력했다.

그런데 이제는 다들 살아 있다. 이 기분을 뭐라고 설명해야 할까.

유현이와는 다르게 몇 년간 속에 묻어 두었다. 유현이와는 다르게 이제 나를 알지도 못한다.

눈앞의 저놈들처럼.

기뻐해야 하나 슬퍼해야 하나 미안하다고 해야 하나 고맙다고 해야 하나. 그 전에 연락하고 만나도 되긴 되는 걸까. 당신들 죽은 덕분에 내가 살았는데.

이런 걸 어디다 상담할 수도 없고, 그냥 잊은 척하고 지냈다.

"너희들은 어떻게 생각해? 몇몇은 진짜 좋은 사람들이었거든. 반쯤 미칠 것 같은 심정으로 술독에 빠져 지냈을 정도로."

내 말 더 듣기 싫었는지 놈들이 전투 대형을 갖추었다. 대답 정도는 해 주지. 투덜거리며 D급 던전 보상으로 얻은 곡도를 꺼내 들었다.

"가운데 몰아넣고 사로잡아!"

김용진의 외침과 함께 방패를 앞세운 두 헌터가 내 양옆으로 움직였다. 동시에 C급 방어 헌터가 스킬을 쓰며 내 머리 위로 뛰어올랐다. 나를 뛰어넘어 뒤를 잡으려는 모양인데, 어림없지.

다리를 살짝 굽혔다가 위로 도약했다. C급이 깜짝 놀라며 방패로 나를 내려치려 들었다.

텅!

내 팔뚝이 방패와 충돌하고, 다른 쪽 손으로 방패를 움켜쥐며 그대로 몸을 회전시켰다.

강한 회전력을 버티지 못하고 방어계 C급이 방패를 놓친 채 아래로 내던져지듯 떨어졌다. 직후 빼앗은 방패를 D급 헌터를 향해 날렸다.

콰득!

"컥!"

공기를 가르며 날아간 방패가 D급의 머리를 정확히 후려쳤다. 그사이 다른 D급 헌터들이 무기를 든 채 나를 향해 달려들었다.

공중에서는 몸을 피하기 힘들지. 나도 잘 알아. 하지만 말이야.

"억?"

촉수를 뻗어 D급의 목에 휘감고는 그대로 강하게 당겼다. 비틀거리며 버티고 서려는 D급을 축 삼아 공중에서 방향을 틀어 착지했다.

"이 자식!"

찔러드는 창날을 가볍게 피하며 창수의 이마에 곡도를 박아 주었다. 동시에 촉수를 통해 독을 흘려 보냈다.

두 명의 D급이 차례로 풀썩풀썩 무너져 내린다.

"젠장!"

D급 헌터들이 당황하는 사이 김용진이 곧장 도망치려 들었다. 판단도 빠르셔라.

 가시 덫.

 "억!"

 김용진이 돌에 맞은 개구리처럼 엎어졌다. 뽑아낸 곡도를 C급 방어 헌터에게 던져 일어서려는 것을 막고, 남은 헌터에게도 가시 덫을 썼다.

 정말이지, 섭섭할 정도로 쉽네. 회귀 전에는 죽을 고생을 했었는데.

 "역시 연락을 하는 게 좋을까? 응? 용진아."

 덜덜거리고 있는 김용진에게 다가가며 물었다.

 "전화번호는 기억하고 있는데, 뭐라고 하지. 날 모르니까. 하지만 이대로 계속 모른 척할 수도 없잖아. 네놈들처럼 그 사람들도 살아가고 있을 테니까. 아직은 각성 전이겠지만 각성센터 생기면 헌터가 될 거고, 네놈들처럼 던전에 들어가겠지. 그 개판인 상황 속에서."

 김용진의 한쪽 다리를 예쁘게 자르고 가시 덫을 풀어 주었다.

 "으아아악! 끄억, 네, 네놈, 대체……!"

 "회귀했다고 다 책임질 필요는 없고. 애초에 없던 일도 되었지만. 그래도 내 기억 속에는 남아 있으니까. 이대로 계속 잊은 척하면, 진짜 쓰레기 같겠지."

 그럼 어떻게 해야 할까.

 김용진에게 다시 가시 덫을 쓰고 인벤토리에서 마석 가루 병을 꺼내어 주위에 적당히 뿌렸다. 이 근처 몬스터는 아직 다 잡지 않았다. 금방 기어 나오겠지.

 "이제는 진짜로 다시 만날 일 없길 바라마."

 한숨 한번 내쉬고 돌아섰다. 박하율 저놈 봐라. 눈 감고 있으랬더니 기어이 다 보고 토했다. 다가가 방어막을 거두었다.

 "괜찮아요?"

 "…아, 네. 저는, 요."

 "일단 자리를 뜨죠. 피 냄새 맡고 몬스터들이 나타날 겁니다."

"네, 네."

박하율을 데리고 왔던 길로 되돌아갔다.

"한유진 헌터님이 말로 설득할 때 들었더라면 좋았을 텐데요……."

청소가 깨끗이 된 게이트 근처에 다다를 즈음, 기운을 차린 박하율이 말했다. 그놈들 상대한 거 말인가? 설득한 거 아닌데. 일방적으로 상담한 거지. 소리가 안 들리니 설득하는 걸로 보였나 보다.

"신경 쓰지 마세요. 들어 보니 이미 사람 많이 해친 악질이더라고요."

"진짜요?"

"네. 그리고 이번 일은, 비밀로 해 주셔야 합니다. 원래 제가 이렇게 나돌아 다니면 안 되는 처지거든요. 은신 스킬도 비밀이에요."

내 말에 박하율이 잔뜩 들뜬 표정을 지었다. 회복 너무 빠른데. 현실감이 아직 안 느껴지는 건가. 이런 애들이 있긴 했다. 당일엔 멀쩡하다가 이삼일 쯤 지나서 울고불고 난리 나는.

아니면 원래 정신 상태가 특이한 것일 수도 있고. 좀 그래 보이긴 해.

"한유진 헌터님이 그렇게 강하신 줄은 몰랐어요! C급이 두 명이나 되었는데, 혹시 사실은 스탯 B급 이상이세요?"

"그런 건 아니고요. 제 능력에 대한 것도 당연히 비밀입니다."

"네!"

"비밀 지킬 수 있으시죠?"

"네! 물론이에요!"

말은 자신만만하다. 박하율을 향해 믿겠다는 미소를 지어 보였다. 물론 진짜로 믿는 건 아니었다.

박하율을 데려다 쓸까 마음은 먹었지만, 어떤 놈인지 확인하기 전에는 당연히 안 된다. 그렇기에 일부러 보여 주었다.

계획이 약간 틀어지긴 했지만, 원래는 은신과 가시 덫 스킬만 알려 줄 생각이었다.

내가 직접 와서 도와주고 남들은 모르는 스킬까지 알려 주면 당연히 입이 근질거리겠지. 심지어 얘는 많은 사람과 마주치고 무수한 말들 속에 파묻혀 지내는 연예인이다. 자기가 아는 것을 무심코 떠들고 싶어지는 환경인 것이다.

'예상보다 좀 더 극적인 상황이 되었으니 입도 더 가벼워지려 하겠지.'

만약 참지 못하고 떠들면, 그럼 그걸로 끝이다.

지금 나는 철통 보안의 해연 길드 내에 있다, 라고 되어 있었다. 여기까지 올 땐 은신 스킬을 아예 풀지도 않았다. 계속 모습을 감춘 채 버스 타고 왔다. 박하율 외의 목격자는 죽음으로 입 막힐 테니 무어라 떠들든 간에 죄다 거짓으로 치부될 것이다.

'입이 무거우면 일단 통과고, 아니면 특수 스킬 홍보용으로 쓰고 끝내면 되고.'

A급 특수 스킬이 세 개나 되니 최소 그중 하나쯤은 쓸 만할 텐데. 공들인 보람이 있었으면 좋겠다.

"진짜 뭐라고 감사를 표해야 할지 모르겠어요. 전 헌터분들은 다 좋은 사람이라고 생각했거든요. 던전이 터지지 않게 지켜 주는 분들이잖아요!"

…공들인 보람 같은 거 없을지도. 박하율이 방글방글 웃으며 말을 이었다.

"형이라고 불러도 될까요? 저보다 다섯 살 많으시거든요. 전 스무 살이에요."

"아, 네."

유현이랑 같은 나이인데 왜 이렇게 다르냐. 스물이면 아직 어리긴 하지만, 그래도.

"연락처 교환은-."

"아직은 안 됩니다. 메시지도 던전 나가면 바로 삭제해 주세요. 각성 브로커 관련 흔적은 싹 지우는 게 나아요."

메시지 삭제하는 거 확인하고 헤어져야겠다. 복구 가능하던가? 직접적으로 구하러 가겠다는 이야기는 안 했지만.

"당분간 저한테 연락하는 것도 안 됩니다. 혹여 덜미라도 잡히면 여러모로 귀찮아지니까요."

내 말에 박하율이 버림받은 강아지 같은 얼굴을 했다. 잘생기긴 참 잘생겼어.

"얼마나요?"

"이 주 정도요. 그냥 제가 먼저 연락할게요."

"비밀 지키고 열심히 기다리고 있을게요. 꼭 연락 주세요. 저 잊지 마세요. 제발요."

알게 된 지 얼마나 되었다고 아주 간절하다. 키워드 말하면 바로 들어 먹힐 거 같은데.

"방어막 쳐 줄 테니 여기서 얌전히 기다리고 있으세요. 던전 공략 마저 하고 올 테니까."

"네, 형! 조심해서 다녀오세요!"

활짝 웃으며 양팔을 크게 흔드는 해맑은 모습을 보자 절로 한숨이 새어 나왔다. 쟨 역시 아닌 거 같아⋯⋯. 좀 많이 특이해.

무사히 집으로 돌아와 씻고 옷을 갈아입었다. 그사이 SNS 팔로워 수가 만 단위를 넘어섰다. 댓글 중에 외국어도 많았다. 박하율과 주고받은 메시지를 지우고 피스 어릴 적 동영상을 하나 올렸다.

유현이와 예림이로부터 문자도 들어와 있다.

[형, SNS 해?]
[아저씨아저씨아저씨!! 저 맞팔 해주세요!]

예림이도 SNS 하나 보네.

[ㅇㅇ]

[계정 알려 줘.]

답장을 보내고 잠시 휴대폰을 만지작거렸다. 아직도 기억하고 있던 번호를 천천히 눌렀다. 신호가 가고, 곧 전화를 받는다.

[여보세요?]

귀에 익은 목소리였다. 두 번 다시는 들을 일 없었던, 목소리였다. 기억 속에서 흐려졌다고 생각했는데, 뚜렷하게 귀에 박힌다.
'속이긴 뭘 속여! 어차피 나도 불러 주는 팀 없다.'
'괜찮다. 신경 쓰지 마라, 유진아. 다 지나갈 거다.'
묻어 두었던 것까지 하나둘 떠올랐다. 내 기억력이 이렇게나 좋은 줄은 몰랐는데. 새삼 우는 것도 뭣하니까 웃었다.
"죄송합니다. 잘못 걸었어요. …좋은 하루 되세요. 언제나."
전화를 끊었다.
그럼 일단. 머잖아 세워질 각성센터부터 어떻게 해야겠군. 그 난장판이 또다시 벌어지게 내버려둘 순 없었다.
'그런데 누구한테 상담을 하지.'
유현이한테? 하지만 길드장이라고 해도 내 동생은 아직 어렸다. 던전 공략이라면 모를까, 각성센터 문제 쪽은 도움받기 어렵지 않을까.
'일종의 정치적 문제니까 말이야. 이건, 역시 석시명이나 김하연 쪽에서 맡고 있겠지.'
석시명 그 아저씨가 일은 잘해 줄 거 같은데, 어쩌지. 만나기는 싫지만, 으으음.
고민 끝에 석시명에게 전화를 걸었다. 신호가 몇 번 가지 않아 바로 쓸데없이 듣기 좋은 목소리가 들려왔다.

[안녕하십니까, 한유진 씨. 먼저 전화를 걸어 주시다니 이것 참 설레는군요.]

…설레지 마세요. 그런 목소리로는 더더욱 설레지 마십쇼.
"음, 혹시 시간 되실까요? 할 말이 있어서요. 중요한 겁니다."

[한유진 씨의 연락이라면 없다 해도 내야지요!]

석시명이 열정적으로 말했다. 으, 이 사람과 만날 생각을 하니 벌써부터 속이 쓰려 왔다. 이번만 참자. 사육소 완공되고 해연 나가면 볼 일도 없다.
"그럼 제가 가겠습니다. 어디로 갈까요?"

[바로 사람을 보내겠습니다. 조금만 기다려 주십시오.]

친절도 하셔라. 회귀 전에도 이 반의 반의반만큼이라도 상냥했으면 얼마나 좋았어. 통화를 끊고 자리에서 일어났다.
'내가 할 수 있는 일이니까, 해야지.'
딱 이것까지만 해결해 주자.

석시명이 보낸 헌터가 나를 안내해 간 곳은 방음과 보안이 철저한 회의실이었다. 저번 사육소 일로 갔던 곳과는 다른, 약간 더 작지만 사용감은 더 짙은 장소였다.
여기서 주로 길드 일을 의논하는 것일까. 유현이 자리는 어디지. 조금 머뭇거리다가 따로 뚝 떨어져 있는 의자에 앉았다.

내가 먼저 앉길 기다린 석시명이 맞은편에 자리했다. 바라봐 오는 눈길이 소름 돋게 따스했다.

"음, 의외의 주제일 수도 있겠습니다만, 각성센터에 대해 어떻게 생각하십니까."

"각성센터 말입니까?"

정말로 의외라는 듯 석시명이 눈을 가늘게 떴다.

"네. 이제 발표까지 석 달쯤 남았으려나요. 지금쯤 내부 설비 공사에 한창이겠지요. 혹시 알고 계신다면, 각성센터 시설에 대한 자세한 설명을 듣고 싶은데요."

물론 모르는 건 아니다. TV에서 얼마나 많이, 자세히 반복 설명을 해 줬는데. 내 말에 석시명이 흔쾌히 고개를 끄덕였다.

"각성센터의 핵심은 A급 아이템, 환상미로입니다. 상대에게 실제와 다름없는 환상을 보여 주는 정신계 아이템이죠. 다만 정신계 아이템이나 스킬류가 흔히 그렇듯 정신력 스탯이 조금만 높아도 통하지 않아서 E급 수준만 되어도 괴리감을 느끼게 됩니다. 그렇지만 비각성자 대상이라면, 안전하게 실감 나는 위협을 주어 각성시킬 수가 있지요."

각성센터의 각성 방법은 단순했다. 몬스터에게 공격당하는 환상을 보여 주고 각성시켰다. 정신적인 타격을 받는 경우가 아주 없지는 않았지만, 비교적 안전하고 확실한 방법이었다.

그리고 당연하게도 대부분이 전투 스킬, 혹은 전투 보조 스킬을 가지고 각성했다. 몬스터로부터 살아남기 위한 각성이니까.

"1인당 각성에 걸리는 시간은 평균 17분 이내로, 정신적인 문제가 발생할 수 있기 때문에 30분의 시간제한이 있습니다. 현재 협회가 보유한 환상미로는 총 다섯 개로 개당 한 번에 서른 명까지 환상을 적용할 수 있다고 합니다."

"그럼 대략 삼십 분에 백오십 명이 각성하게 되겠군요."

"백 퍼센트 각성은 아니니 실제로는 조금 더 적겠지만 초기에는 하루 천 명씩, 반년 내로 삼천 명까지 각성 인원을 늘릴 계획이라더군요."

하루 천 명이라고만 쳐도 열흘이면 만 명, 한 달이면 삼만 명이었다. 미래의 비율 그대로라면 그 이만 명 중 백분의 일, 이백 명이 헌터 자격을 얻게 된다.

심지어 초기 천 명도 한 이틀 갔었나? 사람들 성화에 순식간에 삼천 명, 사천 명까지로 늘어났었지. 휴일에도 쉬지 않았다. 당시 뉴스 헤드라인, 각성센터 개장 첫 달 각성자 수 10만 명 돌파!

한 달 만에 무려 천 명의 신인 헌터가 쏟아져 나왔다는 뜻이었다. 그 난리의 중심에 서 있었던 당사자로서 무심코 미간이 찌푸려질 수밖에 없었다.

"너무 많다고 생각하시진 않습니까? 지금도 던전은 충분히 안전하게 관리되고 있는데 말입니다."

내 말에 석시명이 조금 머뭇하다가 고개를 끄덕였다.

"확실히 우려는 없잖아 있습니다. 신인 헌터들이 갑자기 우르르 쏟아져 나오는 꼴이 될 테니까요."

"맞아요. 새로 헌터자격증을 얻는 사람이 매달 수백 명씩 되겠죠. 그중 대부분은 하급 헌터일 거고, 그 수백의 사람들이 던전에 몰려 들어간다는 겁니다."

어중간한 능력치를 가지고 헌터를 포기한다면 차라리 다행이다. 하나 그렇지 않을 경우가 문제였다. 특히나 각성센터 초기 헌터는 포기하는 경우가 거의 없었다. 주위에서도 다들 부추겨 대고 TV에서도 성공만 남았다며 떠들어 대니까.

"교육의 질은 당연히 떨어질 것이고 하급 아이템 물량도 부족하게 되겠지요."

각성센터 각성은 등록 보조금도 안 나오고 기초 프로그램도 유료였다. 그나마 처음에는 전과 같이 일주일 합숙 프로그램이었는데 얼마 못 지나 삼일, 마지막에는 하루로 줄어들었다.

"네. 한유진 씨의 말대로, 여러 가지 문제가 발생하게 될 겁니다."

하지만, 하고 석시명이 말을 이었다.

"사람들은 각성자가 되고 싶어 합니다. 누구나 다 쉽게 각성자가 될 수 있다, 이런 유혹을 거부할 수 있는 사람은 얼마 없겠지요."

분명 그랬다. 각성센터 앞에 몇 날 며칠 밤새우는 줄이 끊이지 않은 것만 보아도, 모두가 매력적으로 느낄 만한 이야기다.

심지어 나도 가장 먼저 각성센터로 달려갔었고.

"그런 꿈의 시설을 어중간하게 제한해 버린다면 수많은 사람이 불만을 품게 될 겁니다. 물론 안전을 위해서는 하루 백 명 안팎이 적정 수입니다. 그 정도면 신규 헌터가 달에 서른 명 정도 생겨나는 셈일 테니 안정적으로 관리 가능하겠지요. 하지만 최대 삼천 명까지 각성 가능한 시설을 반도 아닌 삼십 분의 일로 제한해 버린다면, 치솟았던 지지율이 바닥을 치고 말 겁니다."

지지율이라니. 정치 문제였나.

"연관된 사람들이 많은가 봐요. 주로 정치 쪽으로요."

"아무래도 그렇지요."

석시명이 씁쓸하게 웃었다.

"애초에 하루 백 명만 가능합니다, 라고 속일 수도 없습니다. 환상미로 아이템의 효과를 아는 헌터가 이미 많으니까요. 게다가 각성센터에서 제한을 둔다 하더라도 각성 방법이 세간에 밝혀지면, 틀림없이 사설 각성센터가 생겨날 겁니다. C급 이상 정신계 아이템 및 스킬은 협회에서 관리하기로 정해져 있다지만 그걸 모두가 착실히 지킬 리 없지요. 결국 준비 안 된 하급 헌터가 쏟아져 나오는 건, 현실적으로 막기 힘듭니다."

"하지만 그 많은 사람이 죽거나 다치게 되면, 사회적인 파장이 클 텐데요. 거대 길드들도 엮여 들어갈 가능성이 큽니다."

실제로 그랬고.

"네, 압니다. 그래서, 흠흠."

우리 둘밖에 없는데도 석시명이 목소리를 확 낮추었다.

"MKC를 희생양으로 내세우게 될 겁니다."

"희생양이요?"

"예. 다른 거대 길드들을 대신해서 맞아 줄 길드가 필요하니까요. 저번 납치 사건을 빌미 삼아 등 떠밀 예정입니다."

어… 음. 석시명 씨, 그거 원래라면 해연 길드가 떠맡게 되었던 거 같은데요. 해연을 포함해서 좀 큰 길드 셋인가가 대표로 두들겨 맞았었지. 길드들이 쉬운 던전을 독차지했다, 운 좋게 유리한 자리 잡아 놓고 후발주자들에 대한 지원이 없었다, 이 길드들이 하급 헌터들 등쳐 먹은 것 좀 봐라 등등 정부와 협회가 아니라 몇몇 길드 잘못인 걸로 몰아붙이고 기타 자극적인 기사들을 쏟아 냈었다.

나도 처맞느라 바빠서 내 일 말고는 정확히는 기억 안 나지만.

MKC 정도면 훌륭한 샌드백이 되긴 하겠군.

"그리고 선거 문제가 아니더라도 각성센터에서 많은 각성자를 배출해 내는 건 필요한 일입니다."

석시명이 조금 떨떠름해하면서도 확고한 목소리로 말을 이었다.

"던전이 안전하게 관리되고 있다고 하지만 그게 언제까지 이어질지는 알 수 없습니다. 한유진 씨도 아시다시피 상급 헌터의 비율은 극히 낮습니다. 그 낮은 비율 속에서 충분한 수의 상급 헌터를 만들어 내려면, 그 과정에서 수많은 하급 헌터가 생겨나는 건 어쩔 수 없는 일입니다."

"그래도 희생이 너무 커서는 안 되지 않을까요."

"최대한 줄이도록 노력할 예정입니다. 잠시 혼란스러워진다더라도, 머잖아 안정화될 것이고요."

그래, 뭐. 처음 일 년 정도만 난리 나고 안정되어 기긴 했지. 상급, 중급 헌터의 수가 대폭 늘어나면서 던전 산업은 더더욱 발전했고.

무심코 한숨이 새어 나왔다.

역시 단순히 그렇게 일 진행하시면 위험해요~ 정도로는 통하지 않는구나. 하긴 관련자들이 바보도 아니고 리스크는 충분히 예상하고 있을 것이었다.

"한유진 씨, 걱정하시는 부분은 충분히 알겠지만-."

"사람들이 알아서 각성센터에 발길 끊게 만들고, 각성센터보다 더 빠르게 상급 각성자를 찾아내 주면. 그럼 문제없겠군요."

"…예?"

석시명의 눈이 크게 뜨였다. 당혹감이 어렸던 그의 얼굴이, 빠르게 밝아져 갔다.

"혹시, 뭔가 새로운 방법을 가지고 계신 겁니까?"

"예, 그러니까……."

말을 하려다 말고 입을 다물었다. 이거 밝혔다는 사실을 알게 되면 유현이 녀석이 또 난리 칠 거 같은데.

"제 동생, 해연 길드장도 알아야 할 듯합니다만."

"아, 예! 마침 길드 내에 계십니다."

"제가 연락해 보죠."

유현이에게 전화를 걸었다. 신호가 한 번, 제대로 울리기도 전에 냉큼 받는다.

[무슨 일이야, 형? 석 팀장과 함께 있다고 들었는데.]

…그건 또 언제 들었냐. 내 일거수일투족 죄다 보고라도 들어가고 있는 건가. 설마.

"바쁘냐? 중요한 이야기가 있는데."

[아냐, 안 바빠. 기승수용 장비를 확인하고 있었어. 바로 갈게.]

얼마 지나지 않아 유현이가 회의실로 들어섰다. 내 동생이지만 훤칠하게 잘생기기는 했어. 박하율과는 또 다른 타입의 미남이라고 할까. 박하율도 잘생겼지만 걔는 좀 여리하고, 유현이는 선이 더 굵으면서도 화려한 느낌이지.

키도 더 크고. 몸도 더 좋고.

"형."

동생 녀석이 나를 보고 방긋 웃었다.

"응, 유현아. 다름이 아니라 각성센터 말인데."

마주 웃어 주며 석시명과 나눈 이야기를 간략하게 말해 주었다. 자기도 알고 있는 내용이라며 고개를 끄덕이며 듣던 동생의 표정이…….

"안 돼."

싹 굳어졌다.

"아직 본론 꺼내기 전이다만."

"아무튼 안 돼."

유현이가 저렇게까지 정색하자 석시명이 안달 나는 듯 발끝을 까닥거렸다. 궁금해 죽겠지만 길드장 눈치 보여서 차마 말 못 한다는 표정이다.

"네가 걱정하는 이유는 잘 알고 있어. 하지만 유현아, 형은 말해야겠다."

"형!"

동생 녀석이 결국 자리를 박차고 일어섰다. 얼굴만 보면 당장에 내 뒷덜미 붙잡고 끌어낼 것만 같았다. …진짜 끌어내는 건 아니겠지. 그리고 감금 라이프라거나.

"흥분하지 말고 앉아."

"하지만!"

"길드장님, 이야기라도 들어 보면 안 되겠습니까? 지금 이곳에서 들은 내용을 발설할 일은 절대 없을 것이라 맹세하겠습니다."

석시명이 슬쩍 끼어들며 말했다. 유현이가 고민하면서 나와 석시명을 번갈아 바라보았다. 아무래도 쉽게 말하라고 할 것 같지 않아, 그냥 대뜸 털어놓았다.

"특수 각성센터를 만들 생각입니다."

"특수 각성센터요?"

"형, 진짜!"

"앉으라니까."

동생 녀석이 나를 노려보다가, 결국 다시 자리에 앉았다. 입 꾹 다무는 게 토라진 모양이었다.

"말 그대로 특수 스킬을 가진 각성자 전문 각성센터입니다. 협회의 각성센터는 아직은 전투 관련 각성만 가능하니까요."

"…그게 가능합니까?"

"네. 제 스킬로 비각성자의 각성 가능 스탯과 최적화 초기 스킬을 알 수 있습니다. 최적화 초기 스킬만 알면 맞춰서 각성시키는 게 그리 어렵지 않죠."

"…대체 왜, 형이."

유현이가 신음처럼 투덜거렸다. 나도 원래는 약속대로 밝힐 생각 없었는데, 상황이라는 게 말이다.

"그러니까……."

석시명이 멍한 얼굴로 말을 이었다.

"비각성자의 각성 예상 능력치를, 허, 그걸, 혹시 제한 없이 알 수 있는 겁니까?"

"물론 제한 없이, F급부터 S급 이상까지도요. 다만 스킬은 이름만 보고 효과를 짐작해야 하지만요."

"그런, 그런."

석시명의 표정이 차분해졌다. 숨을 크게 들이마신 그가, 아, 하고 말했다.

"박예림 헌터도 그 스킬로 발견하신 겁니까?"

"스킬 얻기 전의 우연이라고 해 두죠. 제 신뢰를 위해. 사실 S급 헌터의 발견은 우연이나 마찬가지긴 하지 않습니까."

"예, 예. 물론 그러시겠지요. 그럼 그 특수 각성센터로 일반 각성센터를 향하는 발걸음을 막으시겠다는 것입니까."

"네. 방법은 간단합니다. 특수 각성센터는 받을 수 있는 인원을 하루 100명 정도로 해 두는 거죠. 그에 덧붙여서, 전투 특화인 일반 각성센터에서 각성해 버리면 원래 적성인 특수 스킬을 얻을 수 없다고 알리는 겁니다."

물론 하기에 따라 10레벨 스킬로 얻을 가능성은 있었다. 하나 당연히 쉽지 않은 일이다. 레벨을 올리려면 던전을 돌아야 하고, 자연히 전투 능력에만 치중하게 될 테니까. 그래서 보통은 10레벨 스킬도 전투 관련을 얻게 되었다.

"아직 각성센터 개장까지 시간이 충분히 남았으니 그 전에 특수 스킬 각성자를 모을 생각입니다. 이왕이면 스탯은 낮고 특수 스킬은 높은 사람이면 좋겠지요. 대부분의 각성자는 F급이다. 이 사람들도 일반 각성을 했다면 평범한 F급이 되었을 것이다. 하지만 적성에 맞는 특수 스킬을 각성하여, C급, B급이 되었다. 이런 스토리입니다."

일반 각성센터요? 당신의 숨겨진 재능을 파묻어 버리는 짓입니다! 어쩌면 B급 혹은 A급 그리고 그 이상도! F급 헌터였던 이 SS급 스킬 소유 대장장이를 보세요. 각성자, 물론 되고 싶으시겠지요. 하지만 섣부른 선택으로 세계적으로 추앙받을 SS급 특수 스킬을 영원히 잃어버리게 될 수도 있습니다!

뭐 이런 식이다.

"그렇군요!"

석시명이 박수를 짝짝 쳤다. 어째서인지 내 말에 예상보다 훨씬 더 감명받은 모양이었다.

"각성 인원수가 적은 만큼 인내심이 부족한 사람들도 생기겠지만, 자료가 쌓이고 체계가 잡히면 특수 각성센터 수용 인원도 늘릴 것이라 발표할 예정입니다. 저는 빠르게 스킬만 확인하고 나머지는 다른 사람들이 상담해 주는 식으로요. 그럼 좀 더 오래들 기다릴 수 있겠지요."

상태창 확인이야 십 초 이내로 끝난다. 전산화하여 데이터 입력 후 스킬 분석 및 상담은 다른 사람들이 맡아 주는 방식으로 한다면 한 시간에 백 명

이상 확인할 수 있을 것이다. 어차피 상담 필요한 특수 스킬은 백에 한두 명 정도나 있을 테니.

"일단 초기에 몰리는 것만 막는다면 앞으로도 그리 과열되진 않을 겁니다. 그리고 협회 각성센터 인원은 계속 천 명으로 제한해 두고요. 법정공휴일 다 지키고 5시 칼퇴들 하라고 하세요. 아니, 아예 10 to 4 하고 점심시간 두 시간쯤 주죠."

꿀직장이네.

"결국 전투계만이 아닌, 다양한 적성을 지닌 각성자들이 다수 탄생하게 된다 이 말씀이지요."

"예, 그렇게 되겠지요."

"아, 다만 그렇게 하려면 협회에도 무언가 하나쯤 던져 줘야 할 겁니다."

"협회에요?"

"네. 헌터협회 쪽에, 속이 시커먼 인간들이 꽤 많이 꼬여 들었거든요. 초기와는 달리 물이 좀 상했지요."

석시명이 혀를 쯧쯧 차며 말했다.

"음, 유동 인구 많은 곳에 자리 펴고 앉아 있죠 뭐. 상급 헌터 찾아 준다고 하고요. 일반 각성센터로 가면 사라질 수도 있는 특수 스킬도 건질 수 있습니다. 저만 봐도 얼마나 구미 당깁니까. 이 정도면 충분하고도 남을 것 같은데요."

마수 사육 스킬. 실제로는 없긴 하지만 이런 거 하나 더 나오면 신규 S급 뺨친다. 명우는 또 어떤가.

우르르 대충 각성시켜 허무하게 사라질 F급들 중에 엄청난 보석이 숨겨져 있을 수도 있다. 그걸 내가 사서 고생해 가며 찾아 주겠다는 거다.

"정부와 협회 머리가 제대로 박혀 있다면 되레 특수 각성센터 먼저 방문하세요, 하고 공익 광고 해 줘야 하는 거 아닙니까."

"그건 그렇습니다."

석시명은 기분 좋게 웃었고 유현이는 땅이 꺼져라 한숨을 내뱉었다.

"아, 그리고 앞으로 기승수 키워 주는 대가 중 하나로 하급 헌터 후원을 포함시킬 생각입니다. 국내는 물론 해외도요."

"한유진 씨께서는 정말……."

석시명이 살짝 감동 어린 눈빛으로 나를 바라보았다. 쑥스러워지긴 했지만 뭐, 이번만큼은 나도 진짜 좋은 일 하는 거 맞으니까.

그래, 조금만 더 고생하자. 어렵지 않게 할 수 있는 일, 안 할 이유 없잖아.

각성센터 관련해서는 석시명이 헌터협회 측에 말을 전달해 주기로 하였다. 해연과는 이야기가 끝났고, 세성과 브레이커, 한신 쪽에도 연락을 해야겠지.

MKC는 그냥 망해라.

마음의 걸림돌 하나 치워 내고 편안한 잠자리에 들려는데…….

"나도 맞팔해 줘, 대장!"

도깨비가 툭 튀어나왔다.

"이건 선물!"

쾌활한 목소리와 함께 내밀어 온 것은 웬 동물 인형이었다. 붉은색 털에 여우와 비슷하게 생겼고 금색 뿔이 달린… 피스?

"그건 30cm 일반판이고 내 건 50cm 한정판이지!"

일반판이고 한정판이고 이게 대체 뭐야. 텍을 보면 일본에서 사 온 거 같은데.

"이거 설마…….""

"피스 인형! 귀엽지?"

"귀엽긴 한데, 이걸 왜 일본에서 사 와? 멋대로 인형을 만들어 팔다니, 이래도 되나?"

"화염 뿔사자 새끼 인형이라고 하고 팔던데, 눈 가리고 아웅이지 뭐~."

몬스터 인형이라고 우기면 할 말 없긴 하지만, 일본 놈들 진짜… 이러다 삐약이 인형도 만들어 팔겠다.

맞팔해 달라는 도깨비의 조름에 녀석의 SNS 계정에 들어갔다. 첫 화면에 곰돌이○ 인형 탈 쓰고 찍은 사진이 보였다.

"…디○니 랜드?"

"유니○셜 스튜○오까진 못 갔어!"

어쩐지 늦는다 싶더니 알차게 관광하고 왔구나.

"재밌게 놀다 온 모양이네."

"응! 물론 일도 열심히 했지!"

도깨비가 태블릿을 내밀었다. SNS만 보면 노는 중에 틈틈이 일한 거 같다만. 그래도 확인해 보니 자료는 꽉꽉 채워 놓았다. 조사한 던전 숫자도 제법 많네. 그래, 할 일 잘하고 잘 놀면 좋지, 뭐.

"저게 삐약이구나! 찹쌀떡!"

— 삐약!

"마석 병이랑 연애하는 먹보 찹쌀떡! 짠, 이거 봐라!"

— 삐약삐약삐약삐약!

응? 삐약이가 갑자기 왜 난리를… 태블릿으로부터 눈을 떼고 고개를 돌리자 삐약이에게 조각낸 마석을 내밀고 있는 도깨비가 보였다. 그 마석의 색이 은빛이다. A급 마석.

"야, 잠깐만!"

— 삑!

내 목소리를 듣자마자 삐약이가 다급하게 마석 조각을 집어삼키려 들었다. 저 먹보가! 탈 나면 어쩌려고!

"주지 마!"

"왜? 잘 먹는데. 혹시 대장 찹쌀떡 굶기는 거 아냐?"

— 삐약!

삐약이가 대답하듯 울며 남은 마석까지 마저 받아먹고 말았다. 저놈 저게. 얼른 삐약이를 들어 올려 살펴보았다. 상태창도 변함없고 겉으로도 멀쩡해 보이니 다행이긴 한데.

"넌 F급짜리가 A급 마석을 막 주워 먹냐. 그러다 탈 나면 어쩌려고."

— 삐약!

"삐약이 아니야. 불만스러울 수도 있겠지만, 널 걱정해서 조절하는 거라고. 응? 몬스터 생태에 대해 제대로 알려진 바도 없으니 가능한 한 조심해야지. 마땅한 치료 방법도 모르는데."

— 빡!

역시 조금도 못 알아듣는구나. 그래, 애한테 뭘 바라겠냐.

"도깨비 너도 A급 마석을 막 뿌리고 다니면 안 되지. 남의 마수한테 먹을 거 함부로 줘도 안 되고. 먼저 물어보고 허락받은 뒤에 줘야 하는 거야. 알겠어? 삐약이가 아니라 다른 몬스터나 애완동물이나 아이들 상대로도 마찬가지고."

"우리 할머니처럼 말하네."

할머니? 웬 할머니. 설마 이놈 키워드 적용되면 할아버지에 이어 할머니 돼야 하는 건가.

어쨌든 이걸로 석하얀을 낚을 준비가 끝났다.

"드디어 연락 주셨네요. 기대해도 될까요?"

석하얀이 눈을 빛내며 맞은편 의자에 앉았다. 오늘도 피서지에서나 볼 법한 화려한 롱 원피스 차림이었다. 귀에는 커다란 파인애플 모양 귀걸이가 달랑거리고 있었다.

"우선 이것부터 보시죠."

일본 던전의 자료가 담긴 태블릿을 내밀었다. 하얀 손가락이 두어 번 태블릿 위를 스치고, 그녀의 두 눈이 점점 커진다.

"이건……."

석하얀의 손가락의 움직임이 빨라졌다. 위아래로 오르내리는 시선이 바쁘다. 그리 길지 않은 시간이 흐르고, 석하얀이 들고 있던 태블릿을 테이블 위에 내려놓았다. 길게 심호흡하고는 입을 연다.

"확실하게 조사한 자료, 맞으시죠?"

"맞습니다. 장담하지요."

"그리 길지도 않은 시간 동안 이렇게나 많은 자료라니……. 게다가 확실하게 체계를 잡고 정리까지 하셨네요."

"보충할 부분은 없습니까?"

"그걸 제게 물으시면 안 되죠. 전 아직 국내 던전도 몇 조사하지 못했는걸요. 헌터협회가 아직 협조적이지 않거든요. 물론 아직 뭐 하나 제대로 준비되지 않은 사람에게 허락해 주는 게 이상하긴 하겠지만요. 그래서 연구실을 차리려 한 거예요."

"참, 혹시 연구실 문제로 해연 길드에서 연락하진 않았습니까?"

석하얀이 고개를 끄덕였다.

"삼촌이 도움 줄 의향 있다고 말해 왔어요. 하지만 어느 한 길드에 소속되는 건 내키지 않더라고요. 던전에 대한 연구 결과가 너무 영리적으로 이용되는 건 바라지 않거든요. 물론 해연 길드가 그럴 거라는 건 아니지만 던전 정보는 누구든 자유롭게, 최소한 대등한 비용을 지불하고 이용할 수 있었으면 좋겠어요."

"정말 훌륭한 마음가짐이시군요. 저도 그에 동감합니다. 하지만 쓸 만한 결과물이 나온다면 석하얀 씨로서는 지켜 내기 힘드실 겁니다."

내 말에 석하얀의 미간이 살짝 찌푸려졌다.

"그건, 그렇겠죠. 역시 해연 길드와 협력하는 편이 좋을까요?"

"그것도 나쁘지 않겠지만 제가 제안을 드리고 싶습니다."

"한유진 씨가요?"

"네. 몬스터 사육 시설을 만들고 있다는 것은 알고 계시지요?"

"물론이죠. 오면서 공사 중인 것도 봤어요. 아, 혹시!"

탕, 하고 석하얀의 손이 테이블을 내려쳤다.

"뉴스에서 봤어요! 지금 들어서는 몬스터 사육 시설과 그 옆의 빌딩은 향후 5년간 다섯 길드의 보호를 받게 된다지요? 혹시 제 연구실 자리 내어주시게요?"

눈치 빠르네. 길게 설명할 필요 없겠다.

"네. 맞습니다. 적어도 5년간 안전을 보장받을 수 있으니까요. A급 헌터가 상주하며 유사시 바로 옆의 해연 길드로부터 지원도 받을 수 있습니다."

물론 연구 결과가 나오기 시작하면 이걸로는 부족할 것이다.

'역시 S급 헌터가 필요하겠지.'

리에트 남매가 진짜 딱인데. 아니면 동생이라도. 길드 소속도 아니고 능력도 뛰어나고. 일단 맞팔은 해 놓았다. 서로 댓글 좀 달면서 보여 주기용 친분 쌓은 뒤에 본격적으로 연락할 생각이었다.

'제일 좋은 건 최상급 몬스터지만.'

마수는 사람에 비해 회유당하거나 배신할 가능성이 훨씬 낮았다. 던전 공략 하느라 자리 비울 일도 없고. 문제는 현재로서는 S급 헌터보다 최상급 몬스터 새끼 구하기가 더 힘들다는 거지만. 아직 딱 두 마리뿐이었다. 피스와 배 타고 오는 중인 한 마리였다.

S급 던전 공략이 가능한 길드에서 힘들게 구한 새끼 몬스터를 내어주려 하지도 않을 테고. 정 안 되면 내 보호용으로 줄 예정이라는 녀석이라도 붙여 줄까. 나야 뭐 앞으로 주위에 애들 득시글거리게 될 테니.

아직은 해연뿐이지만 여기저기서 새끼 몬스터들이 들어오게 되면 걔들 생각해서라도 길드들이 알아서 더 철저히 보호해 줄 것이다. 애들 두고 이런 말 하기 뭣하지만, 일종의 인질이 되는 셈이었다. 아니, 몬스터질?

"무엇보다도 국내는 물론이고 세계 유수의 길드들이 알아서 찾아올 장소입니다. 상대적으로 자료가 부족한 상급 던전을 주로 공략하는 헌터들이 말입니다. 그것도 을의 입장으로 방문하는 것이니만큼 정보를 얻어 내기도 어렵지 않겠죠. 이 부분의 협조도 물론 해 드릴 생각입니다. 이뿐만 아니라 던전 연구 결과를 가장 필요로 하게 될 상급 헌터들인 만큼 석하얀 씨께서 따로 연줄을 엮어 놓으실 수도 있을 것이고요. 하시기에 따라 제 도움 없이도 연구실이 얼마든지 커질 수 있을 겁니다."

연구실 정도가 아니라 아예 독립적인 거대 기관도 충분히 될 수 있었다.

"아……."

석하얀이 얼어붙었다.

"어, 그런가요? 그렇겠네요?"

"일단 S급 헌터라면 모두 한 번 이상은 찾아오게 될 테니까요. 특히 최상급 몬스터를 맡겨야 한다면 불안해서라도 직접 올 수밖에 없을 겁니다."

아니면 최소 A급 헌터라도 여럿 딸려 보내겠지.

"저기, 저는, 솔직히 그런 것까지는 어려워서요."

석하얀이 우물쭈물하며 말했다.

"조부님께서 인맥이 무척이나 좋으신 편이라 학위 따면서도 아쉬운 소리 할 일 별로 없었거든요. 그래서 단순히 연구회 발표 같은 게 아니라 결과물 가지고 흥정 조율하는 건 좀… 연구실에서 석 달 열흘 두문불출하는 건 잘하지만요."

"저한테는 제안 잘하셨잖아요?"

"아이, 그건 제안이라기보단 들이받기였죠. 또 한유진 씨를 같은 연구 종사자 정도로 생각했고요."

하긴 무작정 같이 연구해요! 협력해요! 소리쳤었지.

"걱정 마세요. 애초에 석하얀 씨 혼자 다 맡을 순 없고, 그래서도 안 되죠."

자잘한 일까지 다 하기엔 석하얀이 아깝지. 또 관련 협상 같은 거야 전문가가 맡아 줘야 할 테고.

"연구실을 혼자 운영하실 것도 아니시잖아요."

"네, 네! 그럼요. 참, 이것 좀 보실래요?"

석하얀이 자신의 휴대폰을 내밀어 보였다. 화면에 떠 있는 것은 한 장의 사진이었다. 석하얀과 외국인으로 보이는 다섯 남녀. 그녀 또래부터 중년, 노년까지 다양한 나이대에 인종으로 구성되었다.

"D메이트예요. 올해로 2년 차인 던전과 각성자 연구 모임이랍니다."

"연구 모임이요?"

"네. 물론 한유진 씨가 제공해 주기로 한 자료 이야기는 아직 안 했어요. 괜찮으시면 제 친구들을 데리고 와도 될까요? 다들 좋아할 거예요."

그녀의 말에 사진을 좀 더 자세히 들여다보았다. 머리칼이 희끗한 노인과 중년 여자는 낯이 익었다. 석하얀과 함께 던전 펄슨즈에 속해 있던 연구원이었다. 석하얀과 함께 대표로 몇 번 TV에도 나와서 어렴풋이 기억이 난다.

"석하얀 씨께서 믿을 수 있는 사람들이라면 환영하겠습니다."

"쪼끔 부담되는 말씀이시네요."

"부담이라니요. 애초에 석하얀 씨의 연구실이잖습니까."

"그래도 도와주시는 부분이 너무 많으니까, 제가 마음대로 굴 수는 없죠. 참, 요기 요 제이든이요. 얜 던전보다 각성자에 더 관심이 많아서 상급 헌터들이 자주 찾아 주는 곳이라면 돈 내고서라도 붙어 있으려고 할걸요? 이야기 들으면 이 박 삼 일은 잠 못 자고 지저스를 찾을 거예요."

그 밖의 모임 사람들을 소개해 주는 석하얀의 얼굴이 빛나는 듯 환했다. 목소리 또한 노래하듯 명랑했다. 상당히 사이좋은 팀인 모양이었다.

'적당히 뒷받침만 해 주면 알아서 잘할 거 같네.'

연구 모임이 있었다니. 하긴 던전에 열정적으로 관심 많고 능력도 되는 사람이 그간 아무것도 안 하고 있었을 리 없지.

"태블릿은 일단 가지고 가세요."

"그래도 될까요? 자료 유출될까 걱정 안 되세요?"

"어차피 일본의 일부 던전일 뿐인걸요. 그리고 던전 생성 법칙보다는 다른 것을 먼저 연구하셨으면 합니다. 마나 포화도 같은 거요."

"하지만 생성 법칙이 제일 급하지 않을까요?"

"그렇긴 한데, 당분간만요. 따로 확인해 봐야 할 게 있거든요."

리에트 건도 있고, 원래 미래와는 던전 생성 법칙이 달라져 버렸을 가능성이 있다. 며칠 뒤 시스템분들 만나면 확인해 봐야지.

이번에는 제대로, 속 시원하게 다 알려 주면 좋겠다.

5장 황금대장간의 주인

5장
황금대장간의 주인

집으로 돌아오자 초조하게 거실을 맴돌고 있는 명우가 보였다. 테이블을 가운데 두고 빙글빙글 도는 게 무슨 탑돌이라도 하는 것 같다.

[날붙이 10,000개 날 갈기(진행도 9,839/10,000)]

이제 이백 개도 채 남지 않았다. 오늘로 끝이네.

"그렇게 긴장돼?"

명우가 걸음을 뚝 멈추었다. 어젯밤 잠도 설쳤는지 흰자위에 핏발이 섰다.

"…너무 빨리한 거 같아. 너무 빨리 대충 해서 D급 이하 이상한 거 나오면 어쩌지."

"그럴 일 없어."

딱 잘라 말하며 피스를 꺼내고 방으로 가 삐약이도 데리고 왔다. 삐약이는 머리 위로 올린 뒤 피스를 안아 들었다. 둘 다 달라붙어 있으려고 해서 곤란하다니까. 그나마 삐약이는 마석 병 주면 한두 시간 정도는 얌전히 떨어져 있는데 피스 얘는 그런 것도 없고. 다 커서도 안아 달라고 하는 건 아니겠지.

"그렇지만… 쓸모없는 게 나오면, 역시 실망하겠지……?"

"설사 그렇다더라도 너무 실망하지는 마."

당연히 SS급 스킬 나오겠지만 만에 하나 시스템 오류라도 생겨 망한다 해도, 그래도 유명우가 대단한 놈이라는 사실은 변함이 없었다. 방향만 잘 잡으면 당장에라도 성공해서 떵떵거리고 살 수 있는 능력을 갖췄으니까.

"아니, 나 말고 너 말이야……."

명우가 우울한 표정으로 말했다. 응? 나?

"내가? 아니, 난 실망할 일 없는데."

내 말에 우울한 얼굴이 죽을상으로 진화해 버렸다.

"기대 자체를, 안 해서……?"

"아니, 아니. 기대를 안 하는 건 아니야. 당연히 하지. 아무런 기대가 없었으면 이렇게 마지막 날 기다려서 같이 가려 하지도 않았을걸? 다만 명우 넌 지금 이대로도 나한테는 충분히 대단해서, 스킬을 아예 못 얻는다고 해도 실망할 일이 전혀 없어. 나만이 아니라 예림이도 툭하면 냉장고 털러 오잖아."

하루는 나 붙잡고 명우 오빠 요리 잘한다는 소문 절대로 내면 안 돼요. 우리 먹을 것도 부족하잖아요, 를 시작으로 음식 감상평을 한 시간 넘게 늘어놓았었다. 왜 명우가 아니라 나한테 감상 전하는 건지는 모르겠지만.

"솔직히 헌터 말고 요식업으로 나가도 대박 날걸? 본격적인 식당은 바쁘고 힘들 테니까 카페 같은 것도 괜찮고. 음료는 알바 쓰고 그냥 과자든 케이크든 적당히 뭘 만들어 팔든 간에 줄을 서다 못해 프랜차이즈도 줄줄이 낼 수 있을 거야. 원한다면 얼마든지 자리 내줄 수 있어."

명우가 바빠지면 내가 슬퍼지니 제대로 된 식당 내는 건 반대지만. 틀림없이 미어터지겠지.

"…말은 고맙지만 그런 건 별로 하고 싶지 않아."

"그래?"

의외네. …설마 요리하는 거 안 좋아하나. 그런 기색은 전혀 없었는데.

"진정하고 일단 내려가자. 끝은 봐야지."

"응."

현관으로 걸어가던 명우가 문득 걸음을 멈추고 나를 돌아보았다.

"결과가 어떻든 정말로 고마워. 진심이야. 그러니 유진이 네가 실망하지 않는다면 나도 괜찮아."

"실망 안 한다니까."

재차 말해 주자 명우의 표정이 한결 밝아졌다.

명우와 함께 장비 관리팀으로 내려갔다. 물론 A급 헌터도 동행했고, 그리고 삐약이랑 어쩌다 보니까 피스도 안아 든 채였다. 얘가 품에서 내려가려 하질 않아서. 최근에 연속으로 던전 돌고 이래저래 바빠 신경을 못 쓴 탓인가, 간만에 고집을 부려 그냥 데리고 오고 말았다.

덕분에 장비 관리팀 사람들의 시선이 묘해지긴 했지만 뭐. 삐약이를 머리가 아니라 어깨 위에 올릴 걸 그랬나. 하지만 어깨에선 균형을 잘 못 잡아서.

그간 명우가 써 온 세공실은 처음 왔을 때에 비해 많이 달라져 있었다. 새로 큰 선반이 두 개 들어와 깔끔하게 정돈됐고 조명도 더 밝은 것으로 교체되었다. 그라인더 앞의 의자도 전의 것보다 편하고 좋아 보였다.

"사람들이 신경 좀 써 줬나 봐?"

명우가 쑥스러워하는 얼굴로 뒷머리를 긁적였다.

"응. 열심히 한다고. 하루는 민석이 아저씨가 칼 가는 거 지켜보더니 생각 있으면 관리팀에 들어오라고 하셨어. 근력 딸리는 건 장비 차면 된다면서."

그걸 봤으면 당연한 반응이지. 보는 사람이 홀릴 정도로 멋있었으니까.

"역시 너, 대단한 거 맞다니까."

어색하나마 미소 짓는 게 이제 긴장은 확실히 던 모양이었다.

유명우가 그라인더 앞에 익숙한 태도로 자리를 잡았다. 구석으로 밀려난 원래 쓰던 의자를 가지고 와 나도 자리에 앉았다. 전원이 켜지고 기계가 돌아가기 시작하자…….

― 삐약!

삐약이가 놀랐는지 파닥거리다가 내 무릎 위, 피스 위로 굴러떨어졌다. 잠깐 뒤집어졌다가 몸을 일으켜 기계를 향해 뛰어가려는 걸 얼른 붙잡았다. 놀란 게 아니라 그라인더 돌아가는 게 신기했던 건가.

"얌전히 있어."

그사이 명우는 능숙하게 칼을 갈아 내고 있었다. 여전히 정확하고, 빠르고, 끊김 없는 동작이 유려하다.

> 날붙이 10,000개 날 갈기(진행도 9,843/10,000)

켜 놓은 상태창의 숫자 또한 쉼 없이 올라갔다. 피스는 별 관심 없어 보였지만 삐약이는 부리를 딱 벌린 채 칼 가는 모습을 바라보고 있었다. 뭘 알고 구경하는 걸까. 모르고 봐도 눈을 홀리는 광경이긴 했지만.

지루하다는 것을 느낄 새도 없이 숫자는 구천구백을 돌파했다. 구백십, 이십, 삼십.

평소에는 사오십 개쯤 갈면 쉬었다 한다더니 오늘은 한순간도 손을 멈추지 않는다. 저러다 또 몸살 나지 않을까 걱정이 들었지만 마지막이니까 괜찮겠지.

그리고 드디어…….

챙그랑.

만 개째의 칼이 바닥에 쌓인 칼 위로 떨어져 내렸다.

[(진행도 10,000/10,000)]

상태창의 조건이 흐릿하게 사라졌다. 나는 움직임을 멈춘 유명우를 바라보았다. 겉보기로는 아무 변화가 없다. 하지만 그의 시선은 허공에 못 박혀 있었다. 내가 볼 수 없는 메시지창을 보고 있는 것이었다.

성공했을까. 제대로 떴을까.

혹시나 싶은 불안감이 이제야 들었다.

"…명우야?"

뭐라고 말 좀 해 주라. 그때 후욱, 하고 거친 숨 들이켜는 소리가 들려왔다. 굵은 눈물이 뺨을 타고 흘러내려 툭 떨어졌다. 기계는 완전히 멈추었고, 바닥에 흩어진 칼날이 조용히 빛을 반사하고 있었다.

가만히 기다렸다. 그리 오래 기다릴 필요는 없었다.

드르륵, 의자가 뒤로 밀려나고 유명우가 자리에서 일어났다. 나를 돌아보는 얼굴은 눈물기 하나 없이 마냥 환하다.

자신만만했다.

"유진아."

"응."

녀석의 목소리는 담담했다. 내 목소리가 오히려 더 흔들렸다.

"나 SS급 스킬 나왔다."

그 말을 듣자마자 내 얼굴 위로 자연스럽게 미소가 번졌다. 그럴 줄 알고 있었는데도 까맣게 몰랐던 것처럼 웃음이 나왔다. 기쁨을 꾸밀 필요 없이 진짜로 기뻐졌다.

"축하해."

긴말하진 않았다. 그걸로 충분하다는 듯, 녀석도 웃었다.

곧장 집으로 돌아왔다. 세공실에서 자세한 이야기를 나누기에는 문 하나를 사이에 두고 너무 많은 사람이 있었다.

- 삐-약!

테이블 위에 내려선 삐약이가 명우를 빤히 쳐다보았다. 이유는 모르겠지만 뭔가 대단히 감명받은 모양이었다. 저 조그만 머릿속에서 무슨 생각을 하는 건지.

"시간 꽤 됐는데 저녁 뭐 먹을래?"

명우가 여상스럽게 말했다. 마치 SS급 스킬 같은 거 본 적도 없는 것 같은 태도였다. 그렇다고 예전 그대로라는 건 아니었다.

걸핏하면 보이던 불안한 기색이 완전히 사라졌다. 표정이 밝아진 건 물론이고 태도에도, 목소리에서도 여유가 느껴졌다.

겉모습만 똑같고 사람이 완전히 달라진 것 같았다. 그럴 만하지만, 그래도 말이야.

"지금 저녁이 문제냐?"

피스를 안아 든 채 소파에 앉으며 볼멘소리를 내뱉었다. 왜 스킬 설명을 안 해 줘. 스킬명밖에 못 봐서 궁금하건만. 집에 올라오자마자 신나서 떠들어 줄 줄 알았는데 너무 태연한 거 아니냐.

"앉아서 설명 좀 해 봐라."

내 재촉에 명우 놈이 뿌듯한 미소를 짓는다. 저놈 저거 설마 일부러 뜸 들이고 있었던 건 아니겠지.

"미안. 많이 궁금했을 텐데."

정말이지 진실성이 개미 눈곱만큼도 안 느껴지는 사과입니다만. 녀석이 소파 옆자리에 앉았다.

"스킬 이름은 황금대장간의 주인이야. 말했듯이 SS급 스킬이고."

"대장간? 이름만 보면 제작 관련 특수 스킬인 거 같은데, 맞아?"

"응."

명우 놈이 자랑스럽게 고개를 끄덕였다. 제작 스킬 맞구나. 이름만 보면 백 퍼센트였지만 혹시나 이상한 거 나오진 않을까 살짝 걱정됐었는데.

"이름 그대로 아이템을 만들 수 있는 스킬이야. 무기나 방어구는 물론이고, 금속이 조금이라도 들어가면 장신구까지 제작 가능하지."

금속만 들어가면 다 만들 수 있다니. 역시 예상 이상으로 대단했다.

스킬 설명창을 켰는지 명우가 허공을 향해 시선을 움직였다.

"만들 수 있는 아이템의 등급에는 제한이 없어."

"제한이 없다고?"

그건 너무 사기 아닌가. SS급 스킬이니 잘해야 SS급까지 나올 줄 알았는데.

"제한은 없는데, 지금 내 수준으로는 낮은 등급밖에 안 나올 거 같아. 여기 숙련도라는 게 있거든."

"숙련도?"

"응. 숙련도 레벨이 높을수록 높은 등급의 아이템이 나올 확률이 높다고 하네. 그리고 재료의 등급도 중요하고. 초보 대장장이를 위한 제작백과라는 게 있는데 여기엔… A급 아이템까지만 나와 있어. 어디까지나 참고로 사용하고 본격적인 아이템 제작은 스스로의 힘을 발휘해 주세요, 라는데?"

제작 아이템의 등급 제한이 없는 대신 각성자의 실력이 중요하게 작용하는 모양이었다. 습득도 노가다 시키더니 이후로도 계속 노가다라는 건가.

그런데.

"…스킬 설명창, 꽤 자세한 거 같다?"

대충 들어도 설명이 긴 데다가 제작백과는 또 뭐야. 너무 친절한 거 아닌가.

"그러게. 숫돌이랑 다르게 상세하게 나와 있어. SS급 스킬이라 그런가?"

…설명 달랑 한 줄 붙어 있는 내 L급 스킬들을 보여 주고 싶어지네. 이봐요, 시스템분들? 이거 좀 많이 차별 대우 아닙니까. 저항 스킬들은 그렇다 쳐도 내새끼 스킬 설명 너무 부족한 거 아니냐.

"내가 알기로 등급이랑 스킬 설명 길이는 별 관련 없다고 하던데."

유현이만 봐도 그렇다. 푸른 버들잎 스킬은 수많은 버들잎을 만들어 적을 교란시킨다, 이 한 줄로 설명 끝이었다.

"그럼 특수 스킬이라서? 기본 설명 페이지만 5장이야. 제작백과는 삼백 페이지가 넘고."

와, 진짜 너무하네 진짜. 나는 진짜 그렇게나 스킬 설명 부족으로 뒷목 잡고 가슴 치게 만들어 놓고선 명우한테는 책까지 딸려 주냐.

시스템 놈들 나한테 관심 있는 척하더니 사실 진짜 타깃은 명우였던 거 아니냐. 나는 그냥 SS급 제작 스킬 습득용으로 필요했던 건가. 친한 척은 쓸데없이 해 댔으면서. 이거 완전 배신이야, 배신!

"…설명이 자세하면 좋지, 뭐."

"그리고 인벤토리에 재료 꾸러미도 들어왔어."

뭐, 뭐! 야 이 시스템 놈들아! 너무 대놓고 차별하잖아! 아주 막 퍼 주네. 명우가 인벤토리에서 주머니 하나를 꺼내었다. 보조 가방 정도로 쓸 만한 작은 크기였다. 그래도 많이 주진 않았구나.

"아공간 주머니래."

"…아공간?"

"여기에 1톤까지 들어간다는데? 신기하다."

명우가 감탄했다. 저 작은 데에 1톤… 보조 인벤토리 같은 건가. 공간 관련 아이템이 없는 건 아니지만, 처음 듣는 거였다.

"이것 봐. S급 재료인 천 년 유니콘 뿔이야. 여기 이건 숨어 있는 별의 조각이라는 건데 SS급 광석이고. 지금은 아까워서 못 쓰겠다. 다 S급 이상인 거 같은데?"

"정말… 대단하네……."

등급 높은 재료들이 공으로 굴러들어온 건 좋은데, 좋긴 한데. …아니, 뭐 잘된 일이지. 안 주는 것보단 낫잖아. S급 이상 재료가 1톤이나 있으면 숙련도 쌓고 S급 이상 아이템 빠르게 쏟아 낼 수 있겠네. 좋은 일이다.

좋은 일인데, 역시 시스템 놈들은 짜증 났다. 대놓고 편애가 너무 심한 거 아니냐고.

- 삐약삐약!

테이블 위의 삐약이가 갑자기 명우를 향해 달려가다가 바닥으로 굴러떨어졌다. 아니, 명우보다는 주머니를 노리는 거 같기도 하고.

"혹시 거기 마석도 들었냐?"

"마석? 글쎄……."

주머니 속을 뒤적이던 명우가 투명한 결정체 같은 것을 꺼내 들었다. 어린애 머리통보다 약간 더 큰 보석이었다.

- 삑삑삐! 삐약! 삐삑! 삐약빡!

"도로 넣어, 얼른!"

"어, 어."

보석이 사라지자 발광하던 삐약이가 넋 놓고 바닥에 주저앉는다. 허탈함을 넘어 나라라도 잃은 듯한 표정이었다. 콩알만 한 눈알에 저렇게 복잡한 감정이 깃들 수 있다니, 놀라워라.

― 삐… 이…….

"삐약아, 이리 와."

― 삐익… 삐…….

아이고 이 녀석, 들어 올리니 물에 젖은 솜 인형처럼 축 늘어졌다.
"대체 뭐였어?"
"그냥 SS급 마석."
SS급 마석은 분명 하얀색이라고 했었는데. 투명한 걸 그냥 희다고 말하는 거였나? 실제론 본 적 없어서 모르겠다.
"삐약아, 욕심을 버려. 그래도 오늘은 D급 마석 줬잖아."

― 삐이이…….

"좀 더 크면 마석 등급도 더 올려 줄게."
제대로 클지는 모르겠지만.
오류 때문인지 삐약이는 테이밍에도 실패했다. 키워드 적용까지는 가능했는데, 상태창에는 여전히 □□로만 표시되었다. 성장 조건도 당연히 알아볼 수 없었고 내새끼 스킬도 테이밍 스킬처럼 써지질 않았다.
뭐, 계속 F급이라도 별문제는 없지만. 밥값 감당 못 하는 것도 아니고. 물론 조금 전처럼 SS급 마석 먹으려 들면 세계 1위 갑부라도 파산할 거다.
"참, 스탯도 올랐더라."
명우가 주머니를 다시 인벤토리에 집어넣으며 말했다.
"스탯이? 레벨도 안 올랐는데? 스킬이나 칭호에 스탯 상승 효과도 없고?"
"응. 그런 거 없이 스킬 얻으면서 그냥 올라갔어."

스탯의 등급은 레벨 대비 수치로 정해진다. 레벨이 오르지도 않았는데 스탯이 상승했다는 소리는, 등급이 올라갔다는 뜻이었다.

"…계산 좀 해 보자. 스탯 평균이 얼마야? 마력 빼고."

"평균은… 21 정도?"

21이면, 레벨 대비…….

"E급이네. E급 중에서도 높은 편이고."

D급에 더 가까울 정도였다. 성장하기에 따라 D급까지 올라갈 가능성이 큰 그런 수준. 스킬 얻었다고 스탯 등급 상승하는 건 또 처음 듣는 소리였다.

"그럼 나 이제 E급인 건가?"

명우가 싱글벙글하며 말했다. 얘는 뭐가 이렇게 예외적인 게 많냐.

"스탯만 E급이고 헌터 등급은 최소 B 이상 되겠지. 숙련도 올라가면 A까진 충분히 인정받을 거고. S급은 S급 던전 공략 참가 능력을 갖추는 게 기본 조건이라 힘들겠지만."

불합리한 조건이긴 하다. 전투 적성만 S급이 될 수 있다는 소리나 마찬가지니까.

아무튼 이제는.

"명우 넌 어떻게 하고 싶어?"

앞으로의 일을 생각해 볼 차례였다.

"현재로서 아이템 제작 스킬 소유자는 너밖에 없어. 그것도 스킬 등급 SS, 제작 아이템 등급 무제한이니 헌터계에서 그야말로 독보적인 존재라 할 수 있지."

"너한테 그런 말 들으니까 쑥스럽네."

명우가 멋쩍은 표정을 지었다.

"단순한 사실인걸. S급 이상 아이템은 드물어. S급 던전을 공략한다고 해도 보통은 마석을 포함한 S급 부산물이 주로 나오지 아이템이라 할 만한 건 잘 나오지 않아. 특히 무기나 방어구 같은 건 더욱 귀해서 첫 공략 보너스라도 받지 않고선 구경하기 힘들 정도야."

"처음 한 번 공략 때만 나온다는 거야?"

"일반 공략 때도 나오긴 하지만 보통은 그렇지. 현재까지 국내에서 나온 S급 무기는 고작 열다섯 개에 SS급 무기는 아예 없어."

성현제의 무기가 SS급이라곤 하지만 그건 출처 불명이었다. 5년 후에야 SS급 장비가 훨씬 더 늘어나긴 했고. S급 던전의 수와 난이도가 올라갔으니까. 그럼에도 알려진 SS급 무기는 서른 개가 채 못 되었다. 스물여덟 번째 SS급 무기가 나왔다는 뉴스를 본 게 마지막이었으니까. 방어구는 그나마 더 많았고 자잘한 장비류는 수백 개쯤 되긴 했지만.

"S급 무기만 안정적으로 만들어 내도 자리 잡기는 쉬울 거야. 대체 불가능할 정도는 아니지만 희소성은 충분히 높지. SS급 무기까지 만든다면 나 이상으로 관심받을걸? 기승수는 어디까지나 보조지만 무기는 헌터의 능력 자체를 올려 주니까."

강소영처럼 특이한 경우가 아니고서야 기승수와 무기 중 하나를 선택하라면 백이면 백 후자를 고를 것이다. 던전 공략 시간의 단축과 더 강해져서 더 안전해지는 선택지이니 길게 고민할 필요가 있을까.

"그리고 만에 하나 SSS급 이상의 무기를 만들어 낸다면. 유명우 너는 S급 헌터의 등급을 올릴 수 있는 유일한 존재가 되겠지."

평균적으로 두 단계 이상 등급의 장비를 풀로 갖춘다면 실질적 헌터 등급이 한 단계 올라간다고 볼 수 있었다. 다만 장비로 인한 등급 보충에는 한계가 있어 F급이 S급 장비 도배해도 D급 상위 정도가 한계였다. 다른 등급 또한 마찬가지다.

B급이 S급 장비 도배해서 A급 수준이 될 수 있다. A급이 SS급 장비 도배한다면 이론적으론 S급의 능력을 갖추는 것이 가능하다.

딱 거기까지였다. SSS급 장비는 나온 적이 없으니까.

"세상 그 누구도 네 위상을 넘보지 못할 거야. 모든 S급 헌터들이 네게 목을 매겠지. 유명우의 선택을 받으면 세계 최강의 헌터가 될 수 있으니까. 사상 최초 SS급 능력치의 헌터! 멋지지, 대단하지. 진짜 최고 아니냐."

말하다 보니까 명우에게 특혜 퍼 줄 만하다 싶었다. 제작 아이템 등급 제한이 없으니 L급이 나올 수도 있지 않은가. 게다가 소원석, 신화급 아이템도 있었다.

신화급 장비라니. SSS급 정도가 아니라 L급 능력치 헌터가 될지도 모르겠는걸. 장비 등급 대비 헌터 등급 상승은 S급부터는 어디까지나 이론이니까.

"너무 올려치는 거 아니야?"

"객관적인 사실이라니까. 하지만 지금 당장 홀로서기를 하는 건 불가능하다고 봐. 최우선으론 안전 문제가 있고, 그다음으론 재료 수급 문제도 있지. 숙련도를 쌓기 위해선 연습이 많이 필요할 테니까."

재료를 사서 아이템을 만들어 파는 식으로 해도 되긴 되었다. 하지만 그 사고파는 시간이 아까웠다. 처음에는 등급 낮은 아이템만 나올 텐데, 하급은 생각보다 잘 팔리지도 않았다. 하급 헌터의 구매력이 상대적으로 낮기 때문이었다. 각성센터 생기기 전이라 헌터의 수가 그리 많지도 않고.

그러니 지원을 받아 재료 왕창 받고 연습용 아이템 왕창 만들어 내는 편이 훨씬 효율적이었다.

"가장 편한 길은 역시 거대 길드에 들어가는 거야. 스킬을 확인하면 지원을 아끼지 않을 테고 빠르게 성장 가능하겠지. 그 밖의 일도 다 알아서 해 줄 거고. 잡다한 거 신경 쓸 필요 없이 아이템 제작만 하면 돼."

명우에게는 그 편이 더 나을지도 모른다. 몸도 마음도 편할 테니까.

"하지만 만약 길드에 소속되는 게 싫고 간섭 없는 독립된 아이템 제작소 같은 걸 차리고 싶은 생각이 있다면 내가 도와줄 수 있어. 아니, 투자해 주고 싶어."

이제는 전처럼 도와주는 게 아니었다. 유명우는 어디든지 갈 수 있고 환영받을 테니까.

"투자?"

"응. 내가 곧 해연에서 나갈 거라는 건 너도 알잖아. 그러니까… 같이 가지 않겠냐고 권유하는 거지. 그냥 권유고 부담 가질 필요는 없어. 길드 소속이 확실히 편하긴 편할걸."

가능하면 명우가 어느 특정 길드 소속이 되지 않기를 바랐다. 특정 길드에 들어가게 되면 그 길드에서 아이템을, 특히 S급 이상 장비를 독점하려 들지 않을 리 없으니까. 던전 난이도와 수의 상승이 전처럼 5년에 걸쳐 천천히 진행되면 모를까, 지금 상황에서의 독점은 좋지 않았다. 무엇보다 만들어지는 장비의 수 자체를 조절하려 들 가능성도 컸다. 수량이 적정선을 넘지 않아야만 프리미엄 유지가 쉬워지니까.

"길드에 들어갈 거라면 이왕이면 해연으로 해 주라. 날 봐서라도."

그래도 해연 길드라면 내가 어떻게 간섭할 수 있겠지. 계약 조건에 과도한 독점이나 수량 제한 금지를 넣을 수도 있고.

"내가 자립한다면 유진이 네 도움을 받는다 해도 스스로 처리해야 할 일이 많겠지."

명우가 담담하게 말했다.

"아무래도 그럴 거야. 내가 해 줄 수 있는 건 안전한 장소와 재료, 자금 제공, 나를 찾아올 헌터들과의 연결 정도뿐이니까. 그래도 상급 아이템 몇 개만 만들어 내면 소문나는 건 금방일걸. S급 이상 나오면 네가 갑이니까 얼마든지 마음껏 활동… 이라고 해도 그거 자체가 피곤할 수도 있겠다."

유명한 헌터들 줄줄이 늘어놓고 아이템 볼모로 휘두르는 것도 적성에 맞아야 하지. 소심하면 그런 상황 자체가 스트레스일 것이다. 자칫 만만하게 비쳤다간 얕보고 거만하게 구는 머리 빈 놈들도 분명 있을 테고.

역시 해연 길드에 들어가라고 할까.

"그냥 너 편한 대로 선택해."

이미 마음고생 많이 했다. 더 고생하랄 수는 없지.

"솔직히 이 정도로 좋은 스킬이 나올 거라곤 생각 못 했는데."

명우가 뒷머리를 긁적이며 말을 이었다.

"근데 네 말대로라면, 내가 노력만 하면 거대 길드 이상이 될 수 있다는 거잖아. 맞지?"

"물론이지."

"그럼 길게 고민할 거 없네. 멍청히 집에 처박혀 있는 건 한 번으로 충분해."

몸을 일으키며 하는 말에 내 가슴이 괜히 뜨끔해졌다. 밖에 통 안 내보내긴 했는데, 나 탓하는 거 아니겠지? 납치 때 일 말하는 거겠지.

"만약 또 그런 일이 생긴다면. 그때는……."

말을 다 잇지 않고 빙그레 웃는다.

"내 대장간 구경할래?"

"…뭐?"

구경할 수도 있는 거야?

"스킬인데 말하는 게 꼭 실물이 있는 거 같다?"

"있어."

"…있어?"

아니, 무슨 불이나 얼음 튀어나오는 것도 아니고 대장간이 나온다고? 그런 스킬은 또 처음 듣는다.

"정확히는 황금대장간이 있는 아공간으로 들어갈 수 있다고 적혀 있더라고."

"와……."

우와. 뭔데, 그게. 내가 알고 있던 스킬 형식과는 너무 다르잖아.

'스킬이라기보단 아이템 쪽에 가까운 거 같은데.'

S급 함정 아이템 과자의 집이라거나 SS급 방어 아이템 침묵의 암실 같은. 둘 다 한참 뒤에나 나오는 특수 아이템이었다.

하지만 건물 같은 걸 만들어 내는 스킬은 듣도 보도 못했다. 스킬은 기본적으로 무형의 능력이다. 에너지나 원소를 끌어모아 단순한 형체까지는 만들어 내지만, 대장간이라니. 화덕이나 모루 같은 것도 다 있는? 그게 말이 되나.

"어떻게 들어가는 건데?"

자리에서 일어나며 물었다.

"그냥."

 명우가 나를 향해 손을 내밀었다. 들어가려고 하면 그냥 들어가지는 건가. 일단 피스를 우리에 넣고 삐약이도 소파에 내려놓았다.

 안정성이 살짝 의심되긴 했지만 그렇기에 더더욱 한 번은 따라가 봐야지 싶었다. 아직 마지막 보온 적용 시간이 남아 있기도 하니.

"아무나 데리고 들어갈 수 있는 건가?"

"내가 원한다면."

"그럼 도피처로도 쓸 수 있겠는데. 비상식량 같은 거 쌓아 놓을 수도 있으려나?"

 내민 손을 잡으며 말했다. 대장간이 있는 아공간이 안전하다면 만약의 사태 때 훌륭한 피난처가 되어 줄 것이었다.

 던전 게이트를 통과하는 느낌이 덮쳐들고, 눈앞의 풍경이 변화했다.

 커다란 창으로부터 햇살이 스며드는 실내였다. 커다란 가마 안에서 흔들리는 불이 가장 먼저 눈에 들어온다. 금빛을 띤 불은 장작은커녕 지푸라기 하나 살라 먹지 않고 저 혼자 타오르고 있었다.

 이름과 어울리지 않게 나무줄기와 뿌리가 얽힌 벽이었다. 짙은 나무 내음과 불 내음이 서로 뒤엉켜 공기 중을 떠돌고 있었다. 망치와 커다란 집게, 그 밖의 이름 모를 도구들이 걸려 있는 것이 보였다.

 오래된, 옛날식 대장간이다. 그 가운데의 커다란 모루 위에 꽃다발과 메모 한 장이 놓여 있었다. 뜬금없게도.

"…저 꽃다발은 대체 뭘까."

"글쎄."

 명우가 모루로 다가가 메모지를 집어 들었다. 뭐라고 적혀 있기는 한데 한글은 아니고 한자나 알파벳도 아니었다. 난생처음 보는 문자였다.

"이거 나한테 보내는 거 같은데."

"명우 너한테? 읽을 수 있어?"

"음… 환영한다, 후계자여. 그대의 앞날에 불꽃과 쇳물의 축복이 있기를. 이라는데."

역시 스킬이 아닌 아이템이군. 후계자 어쩌고 하는 거 보니 누군지 모를 선배님이 챙겨 준 모양이었다.

"내가 후계자라는 거 같은데, 그럼 나 이전에 황금대장간의 주인 스킬을 얻은 사람이 있었던 건가?"

명우가 고개를 갸웃하며 물었다.

"글쎄다. 각성자 생겨난 지 이제 겨우 3년 됐는데 단순한 선후배도 아니고 후계자 운운하기는 힘들지. 그간 제작된 장비도 하나 없었고. 적어도 우리 사는 세계에는 네가 최초 맞을걸."

말하면서 시스템 관리자들을 떠올렸다. 그들 중에 과거 황금대장간의 주인 스킬을 가졌던 사람이 있는 걸까. 그리고 이렇게 다음 대 스킬 소유자를 위해 각종 아이템들을 챙겨 주었고? 그런 것도 가능했냐.

'그 사람들 정체가 대체 뭔지. 물어볼 게 갈수록 많아지는군.'

그때 명우가 메모지의 뒷면을 돌려 보았다.

"여기도 뭐라고 적혀 있는데… 이스무아르?"

화르륵!

"물러서!"

가마의 불이 돌연 높이 치솟는다. 얼른 명우 앞을 막아서려는데 명우 놈이 물러나기는커녕 되레 앞으로 나섰다.

"유진이 너야말로 물러서! 지금은 네 스탯 등급이 더 낮잖아."

…아니, 아직 마지막 보은 적용 중인데. 이걸 말할 수도 없고.

"…나한테 방어막 스킬 아이템 있잖아. 세성 길드장이 준 거."

명우한테 쓸 생각이긴 했지만ㅡ.

"어차피 그거 나한테 쓰려고 했을 거잖아."

…얘가 언제 이렇게 눈치가 빨라졌냐. 하지만 지금 내 스탯은 B급 이상이고 B급 방어막은 딱히 필요 없고…….

"아니, 그런 건 아니고. 안 그런 것도 아니지만… 그보다 저것 좀 봐!"

말을 돌려 치솟아 오른 불길을 가리켰다. 그것은 어느새 사람과 비슷한 형체를 이루고 있었다. 동글동글한 어린애와 길쭉길쭉한 어른 크기를 몇 번 오가더니 그 중간쯤 되는 모습으로 자리 잡는다.

이어 완전히 인간과 흡사한 모습이 되었다.

불로 빚어낸 듯한 모습이라 누가 봐도 진짜 인간은 아니었지만. 저것도 아이템인가?

"처음 뵙겠습니다, 주인님."

…말했어?

"말을 해?"

명우도 화들짝 놀란다. 말하는 이종족?은 처음 봤다. 시스템분들 제외하고. 그 사람들은 직접 본 적은 없으니까.

"저는 창조주의 마지막 숨결에서 태어난 정령 이스무아르입니다."

"…정령 같은 것도 있어?"

"…나도 몰라."

명우의 물음에 고개를 좌우로 저었다. 정령이 실제로 있는 거였나. 살라만더니 실프니 하는 정령은 게임이나 소설 같은 곳에서나 등장하지 현실에 진짜 있다는 소리는 들어 본 적 없었다. 정령 소환 스킬 같은 거 지닌 각성자도 물론 없었고.

그런데 갑자기 정령이라니. 뭐야, 저게.

우리가 당황해하는 사이 자칭 정령이라는 이스무아르는 무감정한 금색 눈동자로 우리를 내려다보고 있었다. 살아 있는 생명체인가?

'떡잎 스킬 통하려나.'

확인해 보기 위해 스킬을 썼다. 그런데… 상태창이 나타나질 않았다. 대신 머릿속에 정보들이 떠오른다.

'…불의 정령, 무척이나 강하고, 불길을 다루고. 성장은 다 끝난 상태. 계약자는 내 옆에 있는 사람. 아니, 이게 뭐야.'

네모난 창에 글자로 쓰이질 않고, 정보가 직접 느껴졌다. 글로 쓰인 것에 비해 애매하기도 했다. 이 정도 강한 느낌이면 등급이 대체 뭐야? 최소 A는 될 거 같긴 한데. 스킬은 감도 안 잡혔다. 불을 자유자재로 다루는 것 외엔 잘 모르겠다. 그리고, 물리력은 통하지 않는 거 같고.

뭐지 이게. 시스템 에러라도 났나.

당황하며 내 상태창을 열어 보았다. 하지만 이번에도 아무것도 나타나지 않았다. 심지어 내 상태가 어떤지 느껴지지도, 정보가 떠오르지도 않는다. 등급도 레벨도 스킬도 칭호도. 아무것도 모르겠다.

돌연 불 꺼진 밀실에 내던져진 기분이 들었다.

"…명우야, 너 혹시 상태창 열 수 있어?"

"상태창?"

명우가 잠깐 멈칫거리더니 이내 두 눈을 크게 떴다.

"아, 안 뜨는데? 각성 취소도 되는 거였어?"

"아니, 나도 안 떠. 그런데 스킬은 써지는 거 같더라. 아마 스탯도 그대로지 싶고. 그냥… 시스템창만 안 뜨는 거 같아. 인벤토리는… 내용물 확인은 불가능하지만 꺼내고 뺄 수는 있고."

마석 가루 병을 꺼냈다가 다시 집어넣었다. 원래는 내용물 목록도 볼 수 있었는데, 지금은 그것도 뜨지 않았다.

"스킬이 없어진 게 아니라면 다행이지만. 이 공간이 이상한 건가?"

"아마도 그런 것 같아."

아공간이라서 시스템의 영향을 벗어난 건가. …근네 각성 자체가 시스템의 일부 아니었나? 창 같은 게 안 떠도 능력치는 그대로라면, 그럼, 게임 같은 시스템과 각성은 별개라는 뜻인가.

…머릿속이 복잡해졌다.

"이름을 알려 주십시오, 주인님."

묵묵히 공중에 떠 있던 이스무아르가 입을 열었다. 아니, 입은 딱 다문 그대로 목소리만 나왔다.

"내 이름 말하는 건가? 유명우."

"유명우 님, 창조주께서 준비하신 기초 교육을 받으시겠습니까?"

"기초 교육?"

"네. 어디까지나 기초 수련으로, 이미 대장장이로서의 숙련도를 충분히 갖추셨다면 받으실 필요는 없습니다. 하지만 이제 막 제작의 길에 입문하셨다면 빠른 성장이 가능합니다."

뉘신지 몰라도 후계자 생각하는 마음이 크나큰 친절한 분이신 모양이었다. 나는 저런 선배 없나.

"그럼 당연히 받겠어."

명우의 대답에 이스무아르의 시선이 나를 향해 움직였다.

"제 불길은 계약자에 한해서만 안전합니다. 열에 대한 저항력이 높지 않다면 화상 또는 소사의 위험이 있습니다."

작업실은 괜찮은 건가? 나무로 만들어졌는데.

"난 나가 있을게."

"그래. 아, 이것도 가지고 가."

명우가 꽃다발을 들어 내밀었다. 여기 두면 타 버리겠지. 잠시 뒤 나 혼자 원래의 위치, 거실로 돌아왔다.

― 삐약!

소파에 얌전히 앉아 있던 삐약이가 파다닥 일어나며 알은체를 해 왔다. 유리 벽 너머의 피스도 꼬리를 살랑인다. 애들 반응을 보니 여기나 아공간이나 시간은 비슷하게 흘러간 모양이었다.

'…당장에라도 던전에 들어가 캐묻고 싶다.'

지금은 가 봤자 말 못 한다는 이모티콘이나 날아오겠지만. 그래도 며칠 안 남았지.

'그 전에 유현이 놈 삐친 거 풀려야 할 텐데.'

내가 각성센터 일에 끼어들기로 한 것 때문에 단단히 토라진 모양이었다. 어떻게 기분을 풀게 하지, 꽃이라도 갖다줄까?

"근데 무슨 꽃이지."

손에 든 꽃다발을 내려다보았다. 큰 꽃송이 다섯에 중간 크기 열 송이 남짓, 그리고 자잘한 꽃들로 이루어져 있었다. 전부 처음 보는 꽃이었다.

꽃 종류를 잘 알지는 못하지만 이 세계 꽃은 아닐 듯했다. 특히 커다란 꽃은 희미하게 반짝거리고 있었다. 작은 꽃 중에 금색은 촉감이 금속처럼 단단하고 차갑다. 꽃잎 한 장 뜯어 보니 진짜 금속은 또 아니었다. 호접란 비슷한 꽃은 간간이 저 혼자… 움직인다.

분명 보통 꽃들은 아닌데, 그렇다고 던전 부산물처럼 설명창이 뜨는 것도 아니고.

예쁘긴 예쁘네.

6장 Q&A

6장
Q&A

 헌터협회로부터 각성센터 관련으로 방문 요청이 들어왔다. 예상대로 반응은 긍정적인 모양이었다.
 그야 그쪽에서 손해 볼 건 없으니까.
 "세성과 브레이커, 한신 길드장 또한 방문할 예정입니다. MKC는 이번 일에도 제외되었지요."
 엘리베이터 버튼을 누르며 석시명이 말했다. 내 품에 안겨 있던 피스가 훈련실로 향하는 게 아니라는 걸 눈치채고 고개를 갸웃했다. 역시 천재인가 봐. 층수도 알아보고.
 "김성한 헌터 외에 타 길드에서도 경호를 위한 A급 이상 헌터를 보내올 예정입니다."
 예림이는 레벨업을 위한 던전 공략 중이었다. 그리고 유현이는, 여전히 못마땅해하는 중이라 일부러 오지 말라고 했다. 듣기론 찬바람 쌩쌩 날리고 있다나.

그런 상태로 같이 갔다가 협상 엎어 버리기라도 하면 안 되지. 아무튼 과보호라니까.

"석 팀장님."

김성한과 도중에 합류해 주차장으로 내려가는데 해연 길드원이 난감한 표정으로 석시명을 불렀다. 거의 동시에 석시명의 휴대폰이 진동했다.

휴대폰 문자를 확인한 석시명이 미간을 좁혔다.

"아니, 왜……."

그러고 보니 주변 분위기도 어째 묘했다. 무슨 구경이라도 난 듯 계단을 통해 내려와 기웃거리는 사람이 한둘이 아니었다.

"어떻게 할까요."

석시명을 부른 해연 길드원이 말했다.

"어떻게 할 수 있는 일이 아니잖습니까. 한유진 씨."

"네?"

"한유진 씨의 경호 담당으로, 세성 길드장이 오셨습니다."

"…예?"

뭔 소리야 그게. 세성 길드장이 여기서 왜 나와.

"아니, 그, S급 헌터가 그렇게 막 움직여도 돼요?"

유현이랑 예림이 붙이고 다닌 내가 할 말은 아니다만. 아무튼.

"물론 S급 헌터, 그것도 길드장이 같은 S급 헌터의 길드를 방문하는 일은 극히 드뭅니다. 헌터 길드란 일종의 무력 집단인 만큼 기본적으로는 밖에서 약속을 잡지요."

석시명이 멈추었던 걸음을 옮겨 가며 한숨 섞어 설명했다.

"세성 길드장이 해연 길드를 방문한 것은 이번이 처음, 아니 저번을 포함해 두 번째입니다. 물론 길드장님께서도 세성 길드를 방문한 적은 없습니다."

말하자면 남의 구역에 들어간다는 뜻이니까. 등급 차이가 난다면 모를까,

같은 S급이면 꺼려지긴 하겠지.

"다른 S급 길드들 또한 마찬가지입니다만, 수담에는 한번 찾아가신 적이 있습니다."

석시명이 목소리를 낮춰 말했다. 수담? 여기도 S급 헌터가 길드장인 길드인데, 무슨 일로 간 거지. 친한가.

"…덕분에 구속되셨지요. 벌금과 일주일 근신으로 끝났지만 말입니다."

안 친하구나. 뭔 짓 했냐, 동생아. 석시명이 그래서 더더욱 S급 길드장이 타 길드를 개인 방문 하는 일은 드물다고 말을 덧붙였다.

검문소를 지나 외부인 주차장으로 들어서자 눈에 딱 들어오는 차가 있었다. 특수 제작했지 싶은 잘빠진 차였지만, 그 앞에 서 있는 남자는 차에 묻히긴커녕 배는 더 눈에 띄었다.

…들고 있는 꽃다발은 뭐지.

"연락도 없이 일방적으로 방문하시면 곤란합니다."

석시명이 정중한 인사 후 말했다.

"저런. 해연의 업무 체계에 문제가 있는 모양이로군. 한유진 군의 경호를 위한 방문 허가 요청은 분명 오전 중에 들어갔을 텐데."

"예. 분명 A급 이상 헌터가 방문하겠다고, 연락은 받았습니다만."

석시명이 애써 한숨을 삼켰다. 성현제가 A급 이상 맞지 않냐는 듯 살짝 눈웃음을 지었다. 맞긴 맞지.

"한유진 군의 안전은 확실하게 책임질 테니."

성현제가 꽃다발에서 파스텔 톤 푸른색 겹겹의 잎이 풍성한 꽃 한 송이를 빼냈다. 긴 줄기를 뚝, 짧게 쳐 내곤 석시명의 가슴 포켓에 꽂아 넣는다.

"걱정 말게나."

석시명의 입꼬리가 파르르 떨렸다. 그러거나 말거나 성현제가 이번에는 내게로 시선을 옮겼다.

아니, 저기 잠깐만요.

"그럼 가실까요."

성현제가 내게 꽃다발을 내밀며, 가볍게 허리를 숙였다. 쓸데없이 그림이 되다 못해 저 뒤쪽의 구경꾼들 사이에서 감탄사가 나올 정도의 모습이라 더 소름이 돋았다.

"제 손이, 비질 않아서요."

내 입꼬리도 석시명 못지않게 바들바들 떨렸다. S급 고객님이니 웃어야지, 하하. 피스 데리고 나오길 정말 잘했다.

성현제가 아쉬워하는 척을 하며 차 문을 열어 주었다. 이인승이라 조수석이었다.

"아 저는……."

해연 차량을 타고 가도 됩니다, 라고 말하려는 나를 향해 석시명이 급히, 짧게 고개를 저어 보였다. 그의 눈빛이 수많은 속마음을 담은 듯 복잡하게 흔들린다.

"…감사합니다."

그래, 유현이라도 있으면 모를까 A급인 김성한의 보호를 받겠다는 건 성현제에게 모욕적으로 느껴질 수도 있겠지.

무려 길드장님께서 직접! 찾아오셔서 손수! 차 문까지 열어 주셨건만 F급이 어쩌겠어. 뭐, 최소한 안전은 확실히 보장될 것이다.

차에 올라타자 세성 길드장님께서 꽃다발을 내 무릎에 놓아 주곤 문도 닫아 주셨다. 피스가 앞발로 꽃을 툭툭 쳤다.

"좀… 한가하신가 봐요."

성현제가 차에 타고 시동을 걸자마자 더는 못 참고 말했다. 그러자 그가 내 쪽으로 손을 불쑥 뻗었다. 뭐, 뭐.

"한유진 군은 스탯 F이니 안전벨트를 해야지."

"그렇, 죠. 깜박했네요."

상급 헌터에겐 안전벨트는 필요 없었다. 차만 박살 나지. 성현제를 향해 나직이 으르렁거리는 피스를 쓰다듬어 달랬다. 이내 차가 출발했다.

사이드미러를 흘끗 보니 해연 차량이 바로 뒤따르고 있었다. 한 대는 옆으로 와 붙고 다른 한 대는 뒤쪽에 자리 잡았다.

보호받을 만한 처지이긴 해도 이런 상황이 여전히 낯설었다.

"직접 와 주신 건 감사하지만 그렇다고 협상에 플러스되는 건 없습니다."

"순수한 호기심과 저번 납치 건에 별다른 도움을 주지 못한 것에 대한 보상이라고 해 두지."

"MKC 책임인데요, 뭐."

"덕분에 머잖아 잘라 내야 할 정도로 상했다는 사실을 알게 되기도 했고."

MKC 회귀 전보다 빨리 망하려나. 원래도 제일 빠르게 망한 거대 길드였지만.

"이미 들으셨겠지만 각성 소질을 알아내는 스킬은 각성센터의 부작용을 막기 위해 사용할 겁니다. 기승수 키우는 것만으로도 바쁠 거라서요. 길드들과 협회는 저 빼고 알아서 협의하세요."

"해외에도 나가 주었으면 싶었는데."

"지금으로서는 서울도 못 벗어날 판입니다."

유현이가 들었으면 세성에다 불 질렀다. 나도 해외까지 나갈 생각은 손톱만큼도 없고.

잠깐 침묵이 흐르고 신호가 바뀌었다. 멈추었던 차가 앞으로 튀어 나간다. 해연 길드에서 협회까지는 그리 멀지 않았다. 몇 분 안 지나서 도착할 텐데.

'떡잎 스킬 한번 써 볼까.'

세계 랭킹 1위라는 헌터의 상태창이 궁금했다. 리에트에겐 바로 들키긴 했지만 지금 성현제는 운전 중이니까 괜찮지 않을까.

내가 계속 흘끔거리고 있지만 딱히 신경 안 쓰는 눈치고. 스킬 써서 상태창 뜨면 창밖의 간판 읽는 척하면서 확인하는 거다.

다 읽지 말고 그냥 일부만, 빠르게. 눈 최대한 굴리지 않은 채.
스킬을-.
"아."
목이 잡혔다. 정확히는, 내 목덜미에 서늘한 손바닥이 닿았다.

- 캬앙!

피스가 사납게 이를 드러내고, 성현제는 아무 일 없다는 듯한 손으로 핸들을 움직여 코너를 돌았다. 꽃다발이 발치로 툭, 떨어졌다.
숨을 짧게 들이마셨다. 그의 엄지가 내 목덜미를 가볍게 눌러 매만진다. 공포 저항 메시지가 눈앞에 떴다.
"…피스야, 괜찮아."

- 그르르.

젠장, 눈치챈 건가. 하지만 스킬 쓰기도 전인데 어떻게.
"경호원으로 오신 줄 알았습니다만. 설마 MKC의 뒤를 따르려는 건 아니시겠지요."
색조 옅은 눈이 가늘게 웃었다. 뒷덜미에 닿아 있던 손이 천천히 아래로 내려간다. 반사적으로 등받이에서 몸을 떼자, 내 등을 쓸어 달래듯 토닥이곤 손을 거둔다.
"우리 둘 다 아무 짓도 하지 않았지. 그렇지 않나, 한유진 군."
"…그랬죠."
설마 내가 무언가 하려고 한 걸 감으로 알아차린 걸까. 더럽게 예민하시네.
역시 S급 헌터에게 떡잎 스킬을 쓰는 건 싸움 걸 때가 아니고선 자제해야겠다. 특히 성현제 저 인간한테는 두 번 다시는 안 써. 더러워서라도 안 쓴다.

얼마 지나지 않아 차가 헌터협회에 도착했다. 얼른 차에서 내려 뒤도 안 돌아보고 석시명 일행과 합류했다.

돌아갈 때는 해연 차 타고 가야지. 반드시.

빨대 끝에 얼음이 잘그락, 휘저어졌다. 음료를 쭉 빨아 마시며 창 너머 오가는 행인들을 바라보았다.

헌터협회는 내 조건을 받아들이고 적극 협조까지 해 주기로 하였다. 다만 그 전에 확실한 증거를 요구해 왔다.

"얼음 섞어 마셔도 되는 거예요?"

어쩌고 프라페를 받아 온 예림이가 내 앞에 놓인 컵을 바라보며 물었다. 내가 마시고 있던 음료는 다름 아닌 마나 포션이었다.

"별 상관없지 않을까."

"색 보니 오렌지 맛 같은데. 슬슬 질릴 때 안 됐어요?"

"질려."

안 질릴 리가 있냐. 원래도 먹을 만한 정도지 맛있는 건 아니었는데, 물처럼 마셔 대려니 슬슬 힘들다.

한숨을 삼키며 주위를 둘러보았다.

B급 이상 특수 초기 스킬 소유자를 찾기 위해 유동 인구가 많은 대로변 1층 카페를 통으로 빌렸다. 예림이 외에도 A급 헌터 하나, B급 헌터가 셋 있었다. B급 헌터 한 명은 예전에 카페 알바 했었다면서 이런저런 음료를 만들어 주었다.

솜씨가 제법 좋은 게 그쪽 적성이 있는 게 아닐까 싶었다.

"…커피에 마나 포션 섞어 먹어 볼까."

"더럽게 맛없을 거 같은데요. 차라리 진짜 오렌지주스에 부어요. 찐하게."

"오렌지 맛이 질려… 사과도."

"그럼 수제 마나 포션 같은 거 주문해 보는 건 어때요?"

"그거 좋은 생각이네."

비싸겠지만 이대로 이삼 일만 더 퍼마셨다간 질리다 못해 토해 버릴 것 같다.

"장비를 마력 위주로 도배할까. 마나량 자체가 적으니 너무 자주 마셔야 하잖아."

근데 또 그러기엔 갑갑하고. 심지어 여름이었다. 투덜거리며 다시 창밖으로 시선을 돌렸다. 길을 따라 오가는 행인들이 눈에 들어왔다.

증거만 내놓으면 되니 아무 특수 스킬이라도 상관없었지만, 그러기엔 또 스킬이 아까웠다. 그래서 현재 목표는 B급 이상 특수 스킬 소유자였다. 물론 A급 이상 스탯 소유자도 놓칠 순 없고.

하지만 아직은 한 명도 발견하지 못했다.

"또 C급이네. 듣기 좋은 달변."

"앗, 저 사람 맞죠? EVS 중학 강사인데 유명해요. 확실히 강의가 귀에 쏙쏙 잘 들어오더라고요. 학원가에서 러브콜도 엄청났다던데."

적성 찾아간 셈이구나.

"의외로 C급까지는 꽤 있네요. D급은 더 많지 않았어요?"

"응. E급 이상은 거의 절반쯤 되었고."

내 말에 예림이가 고개를 갸웃했다.

"스킬 E급 이상이면 헌터자격증 나올 텐데, 각성자 중 헌터 비율은 1퍼센트 정도라고 했잖아요."

"그야… 지금까지의 각성자는 대부분 전투 관련 스킬을 지녔으니까?"

아침에 잠깐 살펴본 것으로는 아직 확신할 순 없지만 사람들의 적성은 대부분 전투가 아니었다. 그동안 C급 아래는 별생각 없이 지나쳐서 비율도 굳이 계산하지 않았지만, 생각해 보면 사실 당연한 결과였다.

 백 년 전쯤이면 모를까, 현대인 중에 싸움에 소질이 있는 사람이 얼마나 될까. 게다가 우리나라는 아직 내전이 이어지고 있는 것도 아니고 반백년이 넘게 평화로운 편이었다. 그러니 군대에서 말고는 제대로 된 무기를 손에 쥘 일도 별로 없었다. 양궁이나 검도, 사격 등의 선수가 아니고선 취미로 끝난다. 흔한 취미도 아니고.

 "사람들의 반 이상이 평범보다 더 나은 재능을 가졌다면, 그중 전투와 관련된 재능의 비율은 얼마나 될까. 많지는 않을 거라고 생각해."

 "하긴 직업만 봐도 극소수죠."

 예림이가 고개를 끄덕였다.

 "억지로 전투 관련 각성을 시켰으니 FF가 대부분일 수밖에. 스탯 F야, 현대인의 운동 부족은 유명하잖아."

 F등급이 플러스 마이너스 제로쯤으로 세분화되었다면 F마이너스도 수두룩했을 거다.

 "새삼스럽지만, 세상에는 자신의 가치를 까맣게 모르고 묻히는 사람이 정말 많았구나."

 아까 지나간 C급 초기 스킬 소유자도 평범하게 각성센터를 거쳤다면 F~E급 전투 보조 스킬 정도나 나왔겠지.

 "저기 저 회사원, 노래 관련 스킬 같은데 C급이네. 저번 방송국 갔을 때 가창력 좋다는 가수도 몇 봤는데 그중 한 명의 초기 스킬이 저거랑 똑같더라."

 "진짜요?"

 예림이가 흥분하며 내가 가리킨 남자를 바라보았다.

 "가서 말해 줘야 하는 거 아니에요? 데뷔하라고!"

 "연예인은 노래 잘하는 것만으론 힘들지 않냐. 사람들 앞에 나서는 걸 싫어할 수도 있고."

 나도 별로 안 좋아한다.

"그래도 모르고 사는 것보단 낫죠."

프라페를 쭉 빨아들인 예림이가 문득 걱정스러워하는 눈빛으로 나를 쳐다보았다.

"근데요. 이렇게 E급 이상이 많으면 아저씨가 힘들어지는 거 아녜요? 백 명 중 50명을 도와줘야 할 판인데."

"당연히 내가 다 못 하지."

어떻게 그걸 혼자 다 떠맡겠냐. 몬스터 키우랴 사람 키우랴 몸이 서넛 있어도 모자랄 거다.

"나는 일부 상급 헌터, 혹은 얻기 진짜 까다로운 스킬을 가진 사람만 직접 각성시켜 줄 예정이야. 나머지는 확인만 해 주는 거지."

일단 소질을 알아내고 나면 그다음은 환경을 맞춰서 각성하도록 유도하는 것이 가능했다. 최적화 각성과 달리 성공 확률은 떨어지겠지만 그것까지는 어쩔 수 없었다.

"내가 자료 챙겨 주면 그 밖의 일은 다른 사람들이 알아서 해야지. 그걸 어떻게 다 일일이 챙겨 주겠어. 난 못 해."

"아저씨치고는 꽤 단호하네요."

"단호고 뭐고 사서 고생하고 싶어 하는 사람이 어딨냐."

예림이가 눈을 과장되게 동그라니 떴다.

"제 눈앞에요. 그래서 길드장님 찬바람 쌩쌩 날리고 있잖아요."

"…걔는 대체 언제 화 풀리는 거지. 여전해? 전혀 안 풀렸어?"

"완전 저기압이던데요. 솔직히 길드장님이요, 아저씨 걱정하는 건 알겠는데 남이 보기엔 과하긴 해요. 스킬 한두 개 더 없혀 봤자 딱히 변하는 것도 없는데. 이미 누구나 다 가지고 싶어 하는 금덩이가 두 배로 커져 봤자 여전히 누구나 다 가지고 싶어 하는 건 마찬가지니까요."

완전 맞는 말이었다. 각성 예상 등급과 스킬 알아낼 수 있다는 사실 하나 더 덧붙든 그렇지 않든 나한테 허튼짓하려는 놈들은 그대로겠지.

"그 녀석이 과한 건 맞지만 그래도 달래긴 해야 한단 말이야. 같이 던전 들어가기로 하기도 했고."

나도 꽃다발 하나 사 갈까.

"에이, 그러지 말고 이참에 확실히 해 두세요. 간섭 적당히 하라고. 그리고 제게로 오세요!"

…오세요는 뭘 오세요야. 어차피 해연 소속이면서.

"던전이야 저랑 같이 가면 되고요! 저도 이젠 하급 던전쯤은 혼자서 금방 끝낼 수 있어요."

예림이가 자신만만하게 말했다. 하긴 얘 곧 30레벨 된다고 했지. 정 안 되면 예림이랑 들어갈까.

"시간은 되고?"

"저 S급 헌터라고요. 제 스케줄은 제가 짭니다! 말만 하세요."

"얀마, 같이 움직이는 다른 헌터들 생각은 해 줘야지. S급이랍시고 벌써부터 그러면 안 된다."

"미리 알리면 되죠. 언제 들어갈 건데요?"

"음… 잠깐만. 유현이한테 확인은 해 보고."

요즘 바쁘면 던전 가기로 한 거 예림이랑 가겠다고 문자를 보냈다. 그러자 금방 답장이 왔다.

[그럴 필요 없어. 시간 빼놨어.]

"자기가 가겠다네?"

"아- 그럴 줄 알았어!"

예림이가 김빠진다는 표정을 지었다.

"저랑도 가요!"

"알았어, 다음에."

"이왕이면 경치 좋은 데로, 도시락 싸서!"

소풍 가냐. 하급 던전쯤이야 소풍 수준이긴 하겠지만.

마나 포션에 절여져 가며 오후까지 몽땅 털어 넣은 끝에 B급 특수 스킬 소유자를 두 명 찾아냈다.

지금 당장 각성 시도를 할 상황은 못 되었기에 일단 명단을 협회 쪽으로 넘겼다. 실패 확률 감안해서 적어도 열 명 정도는 찾아 놓고 싶은데, 내일도 오늘만큼 나와 주면 좋겠다.

안 되면 등급 좀 낮은 사람들도 시도하면 되겠지. 지금은 증거만 확실히 보여 주면 그만이니까.

'내일은 가로수길이라고 했지.'

목 좋은 1층 빌리는 것도 일이었다. 돈이면 웬만해선 다 되긴 하지만.

"피스야, 삐약아, 잘 있었어?"

둘 다 데리고 가고 싶었지만 아직 헌터 관련 시설이 아니고선 법이 허락지를 않았다. 내가 혼자 다니는 것도 아니고 A급 이상 붙어 있는데 왜 안 돼. 일 좀 하라고 협회 옆구리를 찌르든가 해야지.

"왔어?"

애들 밥 챙겨 주고 있자니 명우가 허공에서 툭 튀어나왔다. 어제도 그랬지만 오늘도 얼굴이 말이 아니었다.

저러다 사람 잡을라.

"급한 것도 아닌데 쉬엄쉬엄하는 게 어때?"

내 말에 명우가 지쳐 죽겠다는 낯빛을 하고서도 씨익 웃었다.

"공사 끝나기 전에 최소 A급까진 만들어 낼 거야. 목표는 S급이고."

"너무 무리하는 거 아니냐."

"보람 있는 고생이니까 괜찮아. 앞날 깜깜할 때보다는 훨씬 살 만해. 그때야 사람 사는 게 아니었지. 지금이 진짜 사는 거고."

진짜 사는 거다, 라. 그 말을 들으니 더는 만류할 수 없었다. 김성한이 보내 준 보약이라도 챙겨 먹여야지.

떡잎 스킬을 닳도록 쓴 끝에 B급 특수 스킬 보유자를 세 명 더 찾아냈다. 스탯 B급 전투 헌터도 하나 있었다. 도중에 비만 안 왔다면 더 발견했을 수도 있었을 텐데. 날씨라는 변수를 미처 생각지 못했다.

'번화가도 나쁘지 않지만 역시 회사나 학교 단위로 돌아다니는 편이 중복 확인을 줄일 수 있겠지.'

아니면 병원도 괜찮을 것이다. 힐러는 등급 좀 낮아도 많을수록 좋으니까 전국 순회를… 아니, 아니지.

특수 각성센터 만들어지면 찾아오는 사람만 해도 한가득일 텐데 여기서 일거리 더 만들 필요는 없지. 협회와 길드들이 알아서 하라고 해.

난 놀 거다.

"피스야, 오늘은 던전에 갈 거란다."

- 그르릉.

피스의 목덜미를 문지르며 말했다.

"네가 원래 살던 곳인데, 기억해? …별로 좋은 기억은 아니겠지만."

피스 입장에서는 인간들이 가족을 죽이고 자신을 납치한 것이었다. …유현이 녀석과 친해질 수 있긴 한 건가, 이거.

"그렇다고 던전 공략을 안 할 수도 없고. 나중에는 몬스터의 생존권도 보장해 줘야 한다는 단체도 생기기는 했지.”

던전이 터지는 건 자연스러운 현상이라면서 던전 밖에 몬스터 보호 구역을 만들자는 주장을 했었다. 말도 안 되는 소리지만. 몬스터들이 얌전히 보호 구역 내에서만 지내겠냐고. 일단 대화라도 통해야 공존이든 뭐든 시도를 해 보지. 사람을 보면 공격부터 하는 게 몬스터니까.

“그래도 내 동생이 나쁜 녀석은 아니야. …너한테는 천하의 악당이겠지만. 내가 너한테 잘해 주라고 할게.”

피스를 품에 안아 들며 도닥였다. 차라리 던전 안에서의 기억이 없었으면 좋겠다. 유현이에게 사납게 굴진 않는 거 봐선 기억 못 하는 거 같기도 하고.

─ 삐약!

피스만 안아 들자 삐약이가 자기도 올려 달라는 듯 발치를 빙글빙글 맴돌았다.

“넌 못 데리고 가. D급 던전이라 위험해.”

─ 삐약?

“안 돼.”

재차 말하자 알아듣기라도 한 듯 시무룩해진다. 얘, 요새 표정이 많이 다양해졌다니까. 먹을 것 말고도 관심 가지는 게 늘었고.

“얌전히 기다리고 있어.”

─ 삐삐.

삐약이를 바구니에 넣어 놓고 준비해 둔 것을 들었다. 피스가 내 뒤를 종종종 따라왔다.

[주차장에 내려가 있을게.]

유현이에게 문자를 보낸 뒤 걸음을 옮겼다. 엘리베이터 옆의 헌터가 나를 향해 미소 띤 인사를 보내 온다.
"지금 내려가실 건가요?"
"네. 주차장에 가 있으려고요."
손 하나 까딱할 것 없이 엘리베이터를 잡아 주고 번호도 눌러 주었다. 이런 데 너무 익숙해지면 안 되는데, 다들 과하게 친절해서.
주차장에 도착하자 먼저 와 있던 유현이가 보였다. 표정이 영 딱딱하네. 좀 시무룩한 거 같기도 하고.
"조심해서 다녀오세요."
나와 함께 온 헌터가 눈치를 살피며 뒤로 빠졌다. 내 기척을 진작 눈치챘을 것임에도 유현이가 한발 늦게 내 쪽으로 고개를 돌렸다. 그러곤 약간 의아한 표정을 지었다.
"…뭐야, 그게."
나 화났어, 라는 분위기를 고수하려던 녀석이 참지 못하고 먼저 말을 걸어왔다.
"선물."
"…누구?"
큰 걸음으로 다가가서 꽃다발을 동생 놈에게 내밀었다.
"누구긴 누구야, 여기 너밖에 더 있냐."
피스도 있긴 하지만.
"요즘 유행인 거 같아서 사 봤다. 얼굴 좀 펴지 그러냐. 나한테 화났다고 광고라도 하고 다닐 셈이야?"

"화난 거 아니야."

"그럼?"

"…나한테 화낼 자격이 있긴 한가."

그러고는 홱 돌아서려다가, 꽃다발은 받아 든다. 뭔 소리야. 때늦은 사춘기라도 왔냐. 어릴 때 애가 너무 얌전하긴 했지. 가출한 거 빼고.

"서운한 게 있으면 제대로 이야기를 해."

"어차피 제대로 이야기 안 해 줄 거잖아."

윽, 그건, 할 말이 없군. 근데 말해도 믿을 거 같지가 않은데.

"그러는 너도 나한테 다 말하는 건 아니잖아. 일방적으로 보호한답시고 입 다무는 짓도 별 차이 없거든?"

"그러니까 화 안 났다고 했잖아. 내 멋대로 기분 상한 거니 신경 쓰지 마. 그리고, 꽃은 고마워."

잘도 신경 안 쓰이겠다. 유현이 놈이 차 뒷좌석 문을 열어 주었다. 꽃다발은 조수석에 놓으려다 말고 어디론가 전화를 걸었다. 잠시 뒤 비서실 사람이 내려와 꽃다발을 받아 갔다.

내 계획대로라면 꽃다발 받고는 이게 뭐야, 하고 어이없게 웃는 분위기가 되었어야 했는데. 꽃다발 뜬금없지 않았나.

"언제까지 기분 상해 있을 건데?"

"고민 중이야. 형을 어떻게 해야 할지. 솔직히 내가 감당할 능력은 안 되지. 그건 인정해. 형한테 계속 간섭하는 거, 주제넘은 짓이라는 것도 알아."

운전석에 앉으며 유현이가 말했다. 쟤가 저런 말을 하니 기분이 이상하다. 동생에 비해서 나는 정말 별거 아니었는데.

"…뭘 그렇게까지 말하냐. 형제 사이니까 주위 사정이 어떻든 간에 걱정할 수는 있는 거지."

"사실이잖아. 내 손에서 떠났다는 거 인정해야 하는데 그게 싫어서 이러는 거니까 신경 쓸 거 없어."

딱 잘라 말하고는 차를 출발시킨다.

으음, 뭐라고 해야 할지를 모르겠네. 계속 간섭해도 괜찮아, 라고 할 수도 없고. 그렇다고 어쩔 수 없지, 라고 결말짓는 것도 마음에 안 들었다. 무엇보다 능력이 안 되니 하는 게.

…동생이 형 걱정하는 게 뭐가 주제넘은 짓이야. 그 반대도 마찬가지다. 그래, 뭐 내 경우는 고양이가 호랑이 신경 쓰는 꼴이긴 했지만. 그래도 안 되는 건 아니잖아.

던전은 그리 멀지 않아 금방 도착했다. 해연 관리하의 해변과 숲, 복합환경이었다. 일반 몬스터는 숲에, 보스 몬스터는 해변에 등장한다고 했다.

─ 크흥!

몬스터가 보이자마자 피스가 내 품에서 뛰어내렸다. 원숭이와 고양이를 섞어 놓은 듯한 몬스터, 올고르가 피스를 향해 사납게 이를 드러냈다.

"이빨두더지 때도 그러더니 몬스터끼리 사이좋은 경우는 없… 나 봐?"

"종이 다르면 상대를 죽이고 먹으려 드는 경우가 흔해. 그래서 비슷한 등급 여러 종이 섞여 나오는 상급 던전에서는 일부러 몬스터 무리끼리 싸움을 붙여 처리하기도 해."

"그렇구나. 잘 아네."

처음 듣는 척 고개를 끄덕이며 동생의 눈치를 슬쩍 살폈다. 이참에 제대로 터놓고 대화를 해 봐야겠다.

{ 대화할 준비 됐어요! }

그래, 대화. 어? 아니, 잠깐만─.

메시지창이 뜬 직후 불을 확 꺼 버린 듯 주위가 깜깜해졌다. 이어 하나둘,

반딧불 같은 작은 빛이 떠오른다.

"…유현아?"

유현이도 피스도 보이지 않았다. 이게 뭐야. 당혹스러운 마음을 진정시키며 주위를 살펴보았다. 기척도 전혀 느껴지지 않는 게, 아예 다른 공간인 건가.

'아무것도 안 보여.'

빛이 둥둥 떠다니고 있지만 그것뿐이었다. 비치는 것 하나 없이 그저 까맣다.

"이봐요?"

끌고 왔으면 뭐라고 말이라도 해라.

대답이라도 하듯 빛무리가 내 앞으로 모였다. 네모난 창이 만들어지고, 한글 자판이 떠오른다. 거대한 스마트폰 화면 같았다.

사슴: 안녕, 달링!

나무: 반가워! 그동안 잘 지냈어?

신입: 안녕하세요!

늑대: 하이, 스위티!

물방울: 잘 보여요? 잘 보이죠? 제대로 떴나 모르겠네.

이어 화면 위로 글자가 줄줄이 나타났다. 이거 설마 채팅인가. 채팅창인가.

'일단 다섯 명이군.'

잠깐 망설이다가 자판 위로 손을 올렸다.

허니: 안녕하세요.

…닉네임 뭐야. 바꿔 줘. 채팅 설정 없나.

사슴: 오오오, 우리 예쁜이! 무사히 잘 접속했구나! 내게 환영의 키스를 날려 줘~.

늑대: 궁금한 게 많지? 뭐든 물어보렴!

물방울: 뭐든지는 안 되지! 미안해요, 허니. 저 둘은 무시하세요. 쓸데없이 끼어들어서는. 신입이 곧 차단시킬 거예요. 일단 주의 사항부터 말해 줄게요.

그나마 한 명은 정상이라 다행이었다.

물방울: 우리가 전해 줄 수 있는 정보에는 한계가 있어요. 그쪽과 이쪽의 연결 통로는 좁거든요. 원래는 아예 닫혀 있죠. 지금은 억지로 통로를 연 상태기 때문에 정보량이 일정 이상이 되면 끊겨 버려요.

허니: 잡담도 정보에 들어갑니까? 닉네임은 그냥 이름을 쓰면 안 됩니까?

물방울: 잡담은 괜찮아요. 이름도 정보라 안 돼요. 무엇보다 허니를 아직 감춰야 할 필요가 있거든요.

허니: 무엇으로부터요?

사슴: 그것은 바로 이름을 불러서는 안 되는 자!^▽^

볼○모트냐.

물방울: 아직 차단이 안 됐네. 그래도 틀린 말은 아니에요. 이름은 정보량이 크거든요. 지금 자세히 언급하면 그쪽에서도 알아차리고 말 거예요.

허니: 던전과 관련이 있는 상대입니까?

물방울: 맞아요! 던전이 점점 더 늘어나고 강력해지는 건, 일종의 영향력을 넓혀 가는 행위랍니다. 하지만 걱정할 필요 없어요. 허니는 딱 한 가지만 해 주면 되니까요.

허니: S급들 키우는 거 말이겠죠.

저 사람들이 직접적으로 요구한 건 그것뿐이었다.

나무: 이번에도 정답! 정확히는 키워드 적용해서 딱 50명만 모으면 돼.

물방울: 그 이상도 괜찮아요.

신입: 그렇게만 하고 나머지는 저희에게 맡기면 됩니다!

물방울: 자세히는 설명해 줄 수 없지만요. 믿어 주세요. 스킬창에 50명 꽉꽉 채우는 겁니다. 그렇게만 하면 돼요.

진짜 50명만 가지고 되나? 하긴 키워드 적용해서 계속 성장 버프 걸어 주면 원래의 S급들보다 훨씬 강해질 것이다. 성장하기에 따라 어쩌면 SS급까지 나오게 될 수도 있지 않을까.

허니: 그럼 키워드 좀 쉬운 걸로 바꿔 줄 수 없습니까.
예전의 힘내라 같은 걸로.

물방울: 키워드는 저희가 설정하는 게 아니에요. 저희는 그저 허니의 스킬을 확인하고 거기에 맞추어 이름과 설명을 적어 넣을 뿐이죠.

사슴: 완벽한 양육자 칭호 스킬 이름은 다 내가 지었어! 찰떡같지?
네놈이 범인이었구나.

허니: 아뇨, 전혀. 그럼 설명이라도 자세히 적어 주면 안 됩니까?

물방울: 그건요, 허니. 두 가지 이유가 있어요. 첫 번째로 사람들의 스킬은, 능력은 저희도 정확히 알지 못해요. 신종 토끼를 발견하고 살펴봐서 이것은 귀가 길고 폴짝폴짝 뛰고 풀을 먹으며 이름은 토끼라고 하자, 딱 그 정도예요. 속속들이 조사할 능력도 시간도 되질 않죠.

나무: 다행히 이미 쌓인 자료가 있어서 그럭저럭 스킬창 관리를 해내 가고 있지만, 허니 같은 경우는 진짜 예외거든.

물방울: 네, 완벽한 양육자 칭호는 처음 나왔어요.

사슴: 진짜 □□□□!

늑대: □□□□□□□□!

물방울: 저 두 놈, 당장 끌고 나가!

> 잠시 채팅 상황이 고르지 못해 죄송합니다.

물방울 씨, 고생이 많구나.

물방울: 죄송해요. 저것들이 주제에 능력은 좋아 가지고.

나무: 푹 고이다 못해 슬슬 상해 가는 물이지. 여긴 통 물갈이가 안 되거든~.

물방울: 두 번째 이유는 어디까지나 초보자용 보조 시스템이기 때문이에요.

허니: 초보자용이요?

물방울: 네. 허니의 세상 사람들은 그렇잖아요. 어느 날 하늘을 날 수 있

는 능력이 생겼다고 해 봐요. 그걸 어떻게 알아차리겠어요? 갑자기 아, 하늘을 날아 봐야겠다! 할 사람이 몇이나 될까요.

그건 그렇다. 어린애들이라면 모를까, 평범한 어른이 맨몸으로 하늘을 날기 위한 시도를 한다면 정신병원에 들어가게 되겠지.

물방울: 그렇기에 허니의 세상에 가장 적합할 법한 시스템을 적용시킨 게 바로 상태창이죠. 레벨에 능력치, 스킬에 더해 보상까지 네모난 창에 떠오르는 게임식 시스템이요.

나무: 하지만 어디까지나 초보자용이니까 머잖아 사라지게 될 거야.

물방울: 적응 정도를 살펴보고 대략 10년 안팎으로 점차 없애는 거죠. 이미 각성한 사람 우선으로 스킬창부터 차례로요.

허니: 꼭 없애야 합니까? 상태창이 사라지면 그 후의 각성자들은 자신이 각성한 건지 깨닫기도 힘들어질 텐데요.

시스템이 있는 것이 여러모로 편한데.

물방울: 그건 걱정 마세요. 지금은 적응이 덜 되어서 사람들이 스스로의 능력에 대해 느끼지 못하는 거니까요. 감이 온다고 해도 그게 진짜인지 그냥 망상인지 헷갈리기도 할 테고요.

나무: 지금도 S급쯤 되면 상대방의 능력까지도 약간이나마 감지할 수 있잖아. 시스템이 사라지게 되면 그런 감각이 더 강화될 거야. 개중 예민한 사람은 비각성자의 능력치까지 감지 가능해지겠지. 그래서 허니 떡잎 스킬 등급이 현재의 유용함에 비해 낮은 편인 거고.

그러잖아도 S급이라기엔 너무 좋은 게 아닌가 싶었다. 각성 예정 상태창 확인 능력이 흔해지면 달에 한 번 최적화 각성 효과만 남으니 딱 S급 수준이었다.

나무: 또한 초보자 시스템은 편안한 길 안내이기도 하지만 한계를 그어버리는 제약이기도 해.

물방울: 현실과 달리 게임에서는 시스템의 틀 안에서만 움직일 수 있는 것과 비슷해요. 등급과 스킬이 뚜렷하게 나타나는 게 당장은 편하게 느껴지

겠죠. 하지만 그렇게 정해져 버리면, 벗어나기 힘들어져 버리거든요.

나무: F급 각성자는 절대 S급이 될 수 없어. 시스템상 F급의 성장치가 정해져 있으니까. 아무리 노력해도 B급이 한계지. 심지어 시스템 초기에는 일종의 안전장치도 걸려 있어서 스킬 스탯 모두 F는 예외적인 경우가 아니고선 성장 자체가 힘들어. 하지만 시스템이 없는 세계에선 평범한 사람이 세계 최강으로 성장하는 게 불가능하지 않아.

물방울: 사람은 계속 변화하니까요. 정해진 건 없어요. 스탯은 물론 스킬도.

나무: 게다가 우리가, 시스템이 정확한 것도 아니거든. 특히 요즘은 허니 때문에 정확도가 좀 더 떨어졌어.

…나 때문에?

신입: 맞아요! 떡잎 스킬 사용 빈도 좀 줄여 주면 안 될까요? 한 20%만이라도요. 과로사할 거 같아요!ㅠ◇ㅠ

나무: 새로운 사람에게 떡잎 스킬 쓸 때마다 살펴보고 예상 등급과 스킬 넣어 줘야 하거든. 어느 정도 자동화되어는 있고 우리 쪽 시간을 적당히 조절하긴 하는데 그래도 좀 힘들긴 해. 하루에 쓸 수 있는 시간도 무한한 게 아니라서.

허니: …죄송합니다.

진짜 실시간 작업하고 있는 줄은 몰랐지.

허니: 절반 정도로 줄이겠습니다.

물방울: 부탁해요. 정확도가 너무 떨어지면 허니도 곤란할 테니까.

그야 물론이다. 엉뚱한 스킬 붙잡고 씨름해서야 안 되지.

허니: 혹시 스킬명을 직관적으로 붙여 줄 수는 없을까요?

물방울: 새로운 스킬은 가능한데 이미 정보가 저장된 스킬은 힘들어요. 몇 개 정도 건드리는 게 고작이죠. 게다가 한 번도 나온 적 없는 스킬은 무척이나 드물거든요.

나무: 사실 거의 없어.

거의 없다, 라. 현재의 각성자 수가 그리 많지 않은데도 새로운 스킬이 드물다는 것은, 역시 다른 세계가 있다는 뜻이겠지.

황금대장간의 예전 주인이 살던 곳 같은.

허니: 그러고 보니 황금대장간의 주인 스킬은 유독 설명이 자세하던데요. 심지어 아이템도 주어졌고요.

나무: 아아, 그건 이전 스킬 소유자가 힘을 쓴 거야. 대가가 필요했고, 희생했지. 다른 이들의 미래를 위하여.

물방울: 좋은 아저씨였죠. 뛰어난 대장장이가 다들 그러하듯 요리도 잘했고요.

나무: 그립다. 좋은 사람은 빨리 떠나가 버린다니까.

대가라는 게 아무래도 목숨을 내놓아야 하는 유인 듯했다. 아이템식으로 전해진 거 보면 스킬의 특수성 덕도 있었을 것이고.

나무: 자세한 설명은 못 해 주지만 아주 드문 케이스야. 어지간한 능력으로는 불가능하거든.

물방울: 그것도 1회성이라서 다음번 스킬 소유자는 평범할 거예요.

우리 명우 계 탔네.

물방울: 우리도 스킬 설명을 자세히 적어 주는 것 정도야 가능하지만, 아까 말했듯이 완벽한 양육자 칭호는 처음 나온 거거든요. 정보가 없어요.

나무: 그냥 양육자도 등급 대비 무칙이나 희귀한 칭호고.

신입: 맞아요, 전 양육자 칭호도 이번에 처음 봤어요!

양육자가? 그건 의외다.

허니: S급 각성자의 보호자이기만 하면 되는 거 아닙니까?

S급이 드물긴 하지만 적은 숫자는 아니고 부모가 생존해 있는 경우도 많았다. 그래서 나처럼 밝히지 않았을 뿐 양육자 칭호 가진 사람이 몇 더 있을 거라고 생각했는데.

나무: 조금 달라. 이걸 설명하려면 상급 각성자에 대해 알려 줘야 하는데. 여유 되지?

물방울: 응. 허니도 알고 있는 편이 좋을 정보니까.

나무: 양육자 칭호는 일반적인 S급 각성자가 아니라 태생 S급 각성자가 양육자로 여겨야만 얻을 수가 있어.

허니: 태생이요?

나무: 떡잎 스킬 쓰면 각성 예상 스탯 등급 뜨잖아. 그게 S야. A나 A~S가 아니라. 지금 각성자 중에는 딱 다섯 명인데… 허니랑 만난 게 세 명이나 되네?

확인한 둘은 유현이와 리에트. 나머지 한 명은, 성현제일 듯했다. 그럼 그간 마주친 다른 S급들은 전부 예상 스탯 등급이 A~S였던 건가.

물방울: 사실 사람이 타고나는 능력이 평등한 건 아니잖아요. 각성자가 생기기 전의 허니 세계에도 유독 뛰어난 사람들은 많았죠. 그런 타고나길 잘난 사람 중에서도 예상 스탯 등급 S는, 일종의 이레귤러예요. 시스템상 등급 S는 해당 세계 주요 종족의 한계치거든요. 스킬이야 육체를 벗어난 능력이 많으니 SS급 이상도 나오지만 스탯은 아니에요. 노력으로 한계를 벗어나는 게 불가능하지는 않지만, 힘든 건 물론이며 오랜 시간이 걸리죠. 적어도 십 년 단위로요.

확실히 스탯의 최대치는 S급까지였다. 그래서 5년 후에도 SS급 헌터는 없었다.

물방울: 그리고 예상 각성 스탯 등급은 어디까지나 막 각성한, 성장 가능성이 남은 신인의 등급이죠. 떡잎 스킬만 봐도 최적화 각성이지 최대치나 한계치 각성은 아니잖아요? 그러니 A와 S 사이에 걸치는 정도가 그 종족의 최대 각성 스탯 등급이에요.

나무: 다시 말해 태생 S급은 규격 외라는 뜻이지. 허니네 인구수가 많은 편이라 벌써 다섯 명이나 되지만 보통은 한 세대에 두세 명이 고작이야. 이 극소수의 규격 외는 뭐랄까, 동족과 잘 섞이지 못해.

물방울: A~S급도 능력치 낮은 상대를 낮추어 보는 경향은 있어요. 하지만 S급은 과한 경우 아예 동족 취급을 안 하는 수준까지 가죠. 동시에 다른 동족들도, 특히 평범한 사람들은 본능적으로 S급을 꺼림칙하게 여기게 되고

요. 어쩐지 주눅 들고, 대하기 약간 불편하고, 그런 정도지만 그 작은 차이가 꽤 크죠.

나무: 어린애한테 주눅 들어서야 제대로 된 부모 노릇 하긴 힘들잖아.

창에 올라오는 글을 읽으며 어릴 적을 떠올려 보았다. 유현이야 귀여웠지. 꺼림칙한 적은 없었던 거 같은데.

나무: 그래서 양육자 칭호도 잘 나오지 않아. 게다가 그 칭호 소유자는 보통 수명이 짧거든.

허니: 네?

물방울: 다른 이유는 아니고, 아무래도 타살당할 확률이 높아서 그래요. S급은 못 건드리고 대신 가족에게 손대는 그런 경우죠. 성향상 일종의 폭군 타입이 많거든요. 허니 세계는 그런 쪽으론 안정적이라 다행이에요.

폭군이라니. 다른 길드장과 별다를 바 없어 보이던데. 유현이만 아니라 다른 두 명도 크게 이상한 점은 못 느꼈다.

허니: 제가 태생 S급을 세 명 만났다고 하셨는데 전 딱히 다르다는 생각은 안 들었습니다. 공포 저항이 있긴 하지만 그냥 태도 자체도 다들 괜찮았어요.

유현이야 말할 것도 없고 리에트도 친절하다 못해 과하게 달라붙었다. 리에트는 드래곤 슬레이어 칭호 탓이 큰 거 같았지만, 그런 거 없는 성현제도 상냥했지.

나무: 그야 허니 상대니까.

물방울: 스탯은 낮아서 위협이 안 되는데 특수 스킬은 높잖아요. 전투 적성 상급 각성자들은 그런 거 좋아해요. S급이면 그게 직접적으로 느껴질 테니까 더 좋아하죠. 허니 말고도 그런 사람 한 명 더 있잖아요.

유명우? 아니면 성녀님을 말하는 건가. 하긴 성녀님이 상급 헌터들에게 인기 많긴 했지. 헌터계 대모님쯤 되었었다.

나무: 상상만 해도 정말 귀엽네. 나도 예전에 그런 애들 □□□□□□□□□□. 아, 이런. 미안.

물방울: 신입아, 빠른 처리 고마워.

신입: 천만에요!

저 ☐는 과한 정보 차단용인 건가. 사슴과 늑대는 좀 다른 분위기긴 했지만.

나무: 우리 이야기는 쓸데없는 정보인데. 옛일이 떠올라서.

물방울: 이제 얼마 안 남았으니 조심해. 그래도 허니, 상급 각성자들을 조심해요. 기본적으로 허니에게 호의를 가지긴 하겠지만 힘의 차이가 너무 크니까 호의가 폭력이 될 수도 있어요. 대체로 제멋대로에 이기적인 면도 많아서 더 위험하죠. 우리는 허니가 안전하게 S급들을 모으기를 바라요.

나무: 그래. 안전이 최고지. 조금 오래 걸려도 괜찮아. 대충 5년 정도? 원래는 10년 정도 여유가 있었는데 알다시피 5년이 사라졌으니까.

물방울: 어차피 시간 내에 다른 방도를 찾긴 힘들었을 테니 5년 줄었다고 해도 신경 쓰진 말아요.

허니: 네.

5년이라면 충분히 넉넉한 시간이었다. 이제 곧 피스가 성장하면 셋에 최상급 새끼 몬스터가 한 마리 더 도착 예정이다. 세성에서도 구해 오고 싶고. 거기에 리에트와 그 동생, 브레이커 길드장까지 넣으면 벌써 여덟에 김성한도 무사히 성장하면 아홉 명이니.

느긋이 해도 한 이삼 년 내로 다 모으지 않을까.

허니: 몬스터도 50명 안에 포함이 됩니까?

혹시나 싶어 물었다. 만약 인간 한정이면 좀 힘들어질지도.

물방울: 키워드 적용만 되면 문제없어요.

그럼 쉽지. 일단 한시름 놓았다. 천천히 해도 되겠네.

나무: 그 밖에 궁금한 건 없어?

음, 뭐가 있지.

가장 신경 쓰이던 나한테 관심 보인 이유는 대충 알았고. 자세히는 못 들었지만 S급 50명 채우기만 하면 된다니까. 그리고 시스템 정보도 충분히 얻었다. 스킬에 각성자에… 아, 던전.

허니: 던전 생성 법칙은 원래 그대로입니까? 관련 조사를 하고 있거든요.

신입: 그대로예요! 속도만 빨라질 뿐이죠. 가끔 5년 후 던전이 나오기도 하는데, 그건 바로바로 처리하기 위해 노력하고 있습니다!

속도 보충만 하면 되겠군.

허니: 몬스터나 던전에 대한 정보는 듣기 힘들까요?

나무: 관련성이 너무 커서 위험해. 언젠가는 싫어도 알게 될 거야.

물방울: 그래. 허니는 결국 다 알 수 있을 거예요. 때가 되면요.

…아니, 몰라도 상관없는데. 의미심장한 말들이 영 불안하다.

이거 외에는 이제 진짜 없지? 저 사람들에 대한 정보는 물어봤자 안 된다고 할 테고. 이미 □차단도 당했으니. 대충 알 건 다 안 거 같은데.

허니: 마지막으로 하나만 더요. 혹시 제 동생에게 시스템과 관련된 이야기를 해 줘도 될까요? 애가 영 불안해하는 데다 저도 털어놓을 상대가 하나쯤은 있었으면 싶거든요. 마침 던전에도 함께 들어왔으니 동생한테도 메시지창 하나 전해 주면 더 좋고요.

시스템으로부터 메시지 하나 받으면 쉽게 믿어 주겠지.

나무: 동생에게? 잠깐만, 잠깐만. 정보가 퍼지는 건 위험하니까 많이는 안 되고… 우리를 도와주고 있다는 정도라면 괜찮아. 신호 보내면 약속한 메시지 하나 보내 줄게. 간단하게 ㅅㅅㅌ 정도?

허니: 네, 잘 부탁드리겠습니다.

이걸로 유현이 녀석 달랠 수 있으면 좋겠는데.

신입: 역시 동생 생각 많이 하시는군요! 사이좋은 남매라니, 정말 좋죠 ˇ▽ˇ

아니, 남동생입니다만.

사슴: 내 사랑! 동생만 챙기지 말고 나한테도 언니라고 해 봐!♡ε♡

늑대: 나는 오빠!

신입: 두 분 다 양심 너무 없으시다. 전 오빠뻘 맞아요!

…뭐라는 거야, 이 사람들이.

허니: 저 남자입니다.

잠시 채팅창이 침묵했다. 그리고.

물방울: 오예오예오예! 내가 이겼다! 신입아, 톱 가져와라! 사슴새끼 뿔 자르게! 오우호!

저기 캐릭터가 좀 바뀌신 거 같은데요.

물방울: 천년 묵은 체증이 싹 내려가네!

천년 묵었으면 바뀔 만도 하네.

신입: 진짜 잘라요?

물방울: 걸었으면 잘라야지! 늑대는 뭐 걸었더라. 왜 조용해? 둘 다 튀었어? 아, 미안해요, 허니. 당연히 남자죠. 그럴 거라고 생각했어요. 내기한 것도 미안해요. 저놈들이 우겨 대서 욱했거든요.

허니: 괜찮습니다.

나무: 질문 더 없으면 슬슬 돌려보내 줄까? 우리야 더 놀아도 좋지만.

허니: 네. 시간 많이 안 지났겠죠?

나무: 아마도?

아마도라니. 설마 막 며칠씩 흐른 건 아니겠지. 그랬다간 난리 난다. 지금도 살짝 불안한데.

신입: 얼마 안 지났어요! 확실하진 않지만 길어도 30분 정도?

…생각보다 많이 지났네.

허니: 시간 줄이거나 할 순 없어요?

신입: 연결이 된 상태라 힘들어요. 바로 보내 줄까요?

허니: 네.

그래도 30분 정도면 괜찮겠지. 이제 시스템 관련해서 설명해 줄 수도 있고.

채팅창과 자판을 이루고 있던 빛이 다시금 흩어지고 주위의 어둠이 흐릿해져 갔다. 이어 눈앞의 풍경이 뒤바뀌었다.

허허벌판으로.

분명 해변 사이에 숲이 우거져 있었는데, 다 사라졌네. 가려져 있던 바다가 훤히 눈에 들어왔다.

'다… 탄 건가?'

바람결에 재가 흩날리고, 군데군데 잔불이 튀고 있었다. 불길한 직감이 등줄기를 주르륵 훑어 내렸다.

- 크항!

그때 돌연 맹수의 울음소리가 들려왔다. 반사적으로 돌아보자 웬만한 사자보다도 더 큰 덩치의, 적색과 금색 털이 뒤섞인 마수가 내 앞으로 펄쩍 뛰어들었다. 무심코 뒷걸음질 치며 떡잎 스킬을 사용했다.

2급 유니콘아종 - 화염 뿔사자(아성체) 피스

현재 스탯 등급 B

성장 가능 스탯 등급 A~S

최적화 초기 스킬

화염 브레스(S) 성장 후 습득

불길 질주(A) 성장 후 습득

거대화(A) 성장 후 습득

화염 저항(A) 획득

※ 성체의 도움 없이 성장 불가

…피스니?

"아니, 얘가-."

와락, 내 뒤에서 두 팔이 뻗어 나와 나를 강한 힘으로 끌어안았다. 단단하고 너른 가슴이 등에 바싹 눌러 닿고, 몸이 아플 정도로 옥죄어졌다. 아니, 진짜 아픈데?

"아파, 힘 좀 빼!"

보나 마나 동생이겠지. 놀란 건 알겠지만 이건 너무-.

"으, 야!"

내 몸이 가볍게 들리며 유현이 놈 어깨에 둘러메졌다. 나름 반항해 봤지만 씨알도 먹히지 않았다. 당연하게도.

"유현아! 피스야!"

동생 놈은 그렇다 쳐도 피스 쟤도 날 쳐다만 보네. 인상 팍 쓰고서 졸졸 따라오고 있었다. 근데 참 잘생겼다. 아직 덜 컸는데도 네 다리 길게 쭉쭉 뻗고 갈기와 꼬리도 풍성해져서 무척이나 멋있었다. 외뿔도 더 반짝이고 길게 자라난 송곳니도 날카롭고.

정말 흐뭇한 모습이긴 한데.

"좀 내려놔 봐! 걱정 끼친 건 알겠는데 말로 해, 말로!"

"…여기서 무슨 말을 더 해."

화를 꾹꾹 눌러 참는 목소리가 대답했다.

- 크르릉!

거기에 피스가 맞장구를 친다? …내가 없는 사이에 둘이 친해진 건 참 기쁜 일이다만, 피스야, 아빠 지금 강제로 끌려가는 거야. 상대가 친동생이긴 하지만 엄연히 납치다. 그런데 어딜 가는 거지. 해변 쪽인 거 같긴 한데.

"유현아, 내가 다 설명해 줄게. 진정하고 대화 좀 하자."

"입 틀어막기 전에 좀 닥쳐!"

히스테릭한 외침 직후 으드득 이 가는 소리가 들려왔다.

당황스럽다.

내가 갑자기 사라져서 많이 놀랐을 거라는 건 안다. 나였어도 기겁했을 테니까. 그래도 아예 이야기조차 안 들으려고 하다니.

…설마 진짜 입 틀어막지는 않겠지.

"이번 딱 한 번만 들어 봐. 사실 나는-."

"형, 진짜 내가 미치는 꼴 보고 싶어?"

이미 정상은 아닌 것 같다만.

"이걸로 충분해!"

"아니, 뭐가……."

"던전 밖에서의 일은 그렇다고 쳐! 하지만 이건, 대체… 한 번은 우연일지 몰라도 두 번째는 아니야! 왜 형이 던전에 들어가기만 하면 이상한 일이 벌어지는 건데?"

유현이가 보기엔 그렇겠구나. 내가 몰래 던전에 들어간 거 모르니까. 딱 두 번 던전에 발 들였는데 처음엔 등급 외 몬스터가 튀어나오고 그다음엔 갑자기 사라지고.

환장할 만하네.

"설명해 줄-."

"필요 없어."

말 좀 하자.

"내가-."

"마지막이야. 입 다물어."

더 이상 말하면 진짜 입 막을 분위기였다. 일단 얌전히 따라 주다가 진정되면 다시 말 꺼내 볼까.

파도 소리가 코앞까지 가까워지고 유현이가 걸음을 멈추었다.

- 그으우.

억눌린 신음 같은 게 들려왔다. 몬스터인가.

"그냥 내가 좀 참으면 될 거라는 생각도 해 봤어. 형은 알아서 잘 자리 잡아 가고 있었으니까. 이젠 내가 감당할 수 있는 수준도 넘어갔지. 그러니 내가 자제하는 게 맞아."

말은 참 기특하다만 행동이 따로 노는구나.

"맞는데, 역시 안 되겠어."

유현이가 겨우 나를 내려놓아 주었다. 피스가 내 곁으로 다가와 두툼한 목을 허리께에 문지른다.

- 그르릉.

얘가 왜 갑자기 이렇게 커진 거지. 피스를 쓰다듬어 주며 주위를 살피자 네 다리가 잘려 나간 몬스터가 눈에 들어왔다. 이 던전의 보스 몬스터였다. 독수리와 비슷한 머리가 간간이 부리를 벌리며 신음성을 토해 놓는다.

저걸 왜 살려 뒀지.

"그러니까 형은 여기서 죽은 걸로 해 둘게."

"…뭐?"

"살아 있는 형을 내 마음대로 할 순 없으니까. 내 선에서 처리하기에는 엮인 게 너무 많아. D급 던전에서 동행인 하나 못 지켰다고 하면 평판 바닥 치긴 하겠지만."

"…바닥 치는 정도가 아니라 의심도 받을 거다만."

초짜도 아니고 경력 3년짜리 S급 전투 헌터가 D급 던전에서 동료를 잃다니, 말이 되냐. 농담이라고 해도 재미없다.

"게다가 뒷감당은 어쩌려고. 네 말대로 벌여 놓은 게 많은데."

"상관없어."

길드장 놈이 무책임하게 내뱉었다. 과연 다 되다 못해 상까지 차려진 밥

두고 목숨 내다 버린 놈다웠다. 내가 애를 잘못 키웠나.

그나마 진정은 좀 된 거 같으니 살살 달래라도 봐야지.

"상관없다니. 잘못하다간 MKC 대신 해연이 무너질 수도 있어. 납치보다 문제가 더 크잖아."

"형이 신경 쓸 필요 없어. 그래도 의심은 줄여야 하니까 저렇게 준비해 놓았잖아."

저렇게? 뭐… 몬스터?

"확실하게 하려면 팔다리 하나쯤 잘라 두는 게 좋겠지만, 그렇게까진 못하겠어. 그래도 혈흔이나 살점 조각 정도는 있어야 해. 바다 루툼은 사람을 한 번에 삼킬 덩치가 못 되어서 부리로 찢어 먹거든."

유현이가 담담하게 설명했다. 이런 식으로 내 동생이 미친놈이라는 평가에 동의하고 싶진 않았는데. 그래도 팔다리까진 못 자르겠다니까 덜 미친 거 같기도 하고.

피스의 목덜미를 끌어안으며 뒷걸음질 쳤다. 피스도 분위기가 영 심상치 않다는 걸 느꼈는지 살짝 긴장한 채였다.

"내 몸에 손댈 생각 하지 마라."

"미안. 진통제가 있으니까 아프진 않을 거야. 상급 포션으로 바로 회복하면 되고."

"미안하면 하질 마! 아니, 설명을 해 주겠다니까? 그보다 넌 내 몸뚱이만 무사하면 아무래도 좋다는 거냐? 억지 보호받으면 내가 뭐 고맙다고 하겠어? 겨우 사이 좀 좋아지나 싶더니 다시 평생 말도 제대로 안 섞고 데면데면하게 살자고?"

"어차피 형은 날 받아 줄 생각 없잖아."

"…뭐?"

이건 또 무슨 소리야. 동생 녀석의 시선이 아래로 살짝 떨어졌다가, 다시 나를 바라보았다.

"기대한 내가 바보였지. 아니면 염치가 없다고 해야 하나. 형은 그냥 빠르고 안전하게 기반을 마련하고 싶었을 뿐이었는데."

"아니, 나는 네가 무슨 소리 하고 있는지 전혀 모르겠다만."

"모르는 척하지 마. 형은 처음부터 다 감추고 있었잖아. 마수 사육사 스킬, 10레벨 때 얻은 거 맞긴 해? 화염 뿔사자 새끼를 보자마자 선뜻 키우겠다고 한 것부터가 이상해. 먹잇값이 한두 푼도 아니고 나한테는 별 부담 안 된다고 해도 고민도 없이 받아들일 형이 아니잖아."

그… 건 그렇다. 아무리 귀엽고 사랑스러워도 몸값도 아니고 한 끼 밥값 천만 원짜리 애완동물을 내가 덥석 키우려 할 리가 없었다. 심지어 그때의 나는 평범한 소시민으로 살다가 막 각성한 F급 헌터였으니까. 밥값 알게 되자마자 헉, 아냐 못 키우겠어 손사래 쳤어야 맞았다.

아무 말 못 하자 유현이의 눈길이 더욱 싸늘해졌다. 동시에 조금 슬퍼 보이기도 했다.

"나한테 사실대로 솔직하게 말해 준 게 대체 뭐야? 심지어 오늘 사라진 것도 형은 전혀 당황하질 않았잖아. 스킬까지는 그래도 참으려고 했어. 자기 스킬을 어느 정도 감추는 거야 헌터라면 흔히 하는 방식이고 가족이라고 해도 굳이 예외로 둘 필요는 없으니까. 하지만 내가, 손끝 하나 까닥할 수 없는, 이해조차 안 되는 오늘 같은 일은."

유현이가 시선을 옆으로 돌렸다. 나도 반사적으로 같은 곳을 바라보았.

원래의 모습을 짐작조차 할 수 없이 처참하게 파괴된 숲이 우리 눈에 비쳤다.

"…견딜 수 있을 리가, 없잖아."

동생 목소리에 뚜렷한 슬픔이 맺혀 있었다. 분노보다 더욱 강하게.

다 설명해 주겠다는 변명이 혓바닥 위에서 구르기만 했다. 말을, 하기는 해야 하는데. 숨을 크게 들이마시곤 억지로 입을 열었다.

"그거 말고 의심스러운 거, 더 있어?"

"…모르겠어. 형이 나한테 사랑한다고 했던 것부터, 그때부터 계속. 처음에는 그냥 들뜨고 좋았는데. 형이 갑자기 미안하다느니 한 것부터가 이상하잖아. 그래도 그냥, 잘된 거니까 모르는 척하려고 했거든. 예전으로 돌아간 것 같고, 그래서."

"유현아."

"사이 틀어지기 전의 형 같기도 하고, 근데 또 아예 다른 사람 같기도 하고. 나도 모르겠어."

몇 년간 소원했다고 해도 가족은 가족인 모양이었다. 유현이가 저렇게까지 뚜렷한 이질감을 느끼고 있을 줄은 몰랐다. 내가 먼저 미안하다고 하고, 여러 가지로 도움이 되면, 그걸로 충분할 거라고 생각했는데.

잘못 생각한 모양이다.

"내가 감춘 게 많은 건 사실이야. 네 짐작대로 피스를 처음 봤을 때부터 성장시킬 생각이었고. 각성시켜 주는 스킬도 한 달에 한 번은 맞지만 단순한 각성이 아니라 최적화고. 예림이 원래 각성 예상 스탯 등급은 A~S야. A급이 될 확률이 더 높았는데 내가 S급으로 만든 거라고 할 수 있어."

한숨 한번 삼키고 말을 이었다.

"몰래 던전에 들어간 적도 있어. 삐약이는 그 던전에서 데리고 온 거고. A급 은신 스킬도 가지고 있고, 일부 스킬 공유도 가능해. 독과 저주, 공포 저항도 있고."

"…독 저항은 알아."

"안다고?"

"박예림 헌터가 브릭스 D급 헌터의 기억을 읽었으니까. 아무리 뒤져 봐도 해독 아이템이 없는데도 파수꾼의 열매 아이템이 안 통했다고 이상하게 여기는 기억."

"뭐? 예림이한테! 아니, 이건 나중에 이야기하자. 덧붙이자면 L급이야."

"진통제 안 통하겠네."

"스킬 끌 수 있더라."

"…저항 스킬이?"

"응. 패시브류 두 번 연속으로 끄려고 하면 꺼져. 보통은 끌 일 없겠지만."

"술 취했을 때 꺼 봤구나."

귀신같은 놈. 저런 녀석을 앞에 두고 속이려고 한 내가 잘못했지.

"던전 보상 아이템 두 배와 공격 스킬 효과 두 배 스킬도 있어. 나한테는 별 쓸모 없지만. 스탯은 여전히 F고 공격 스킬은 없어."

"…형 상태창 정말 특이하다."

"그러게나 말이다. 솔직하게 말했어도 믿기 힘들었을걸."

절로 헛웃음이 나왔다. 유현이도 미미하게나마 입꼬리를 올린다.

"스킬 공유는 접촉 중일 때만 가능해. 사용 대기 시간 15일이고."

효과를 알면 안 되는 내새끼와 우리애는 빼놓았다. 설명하기 곤란한 마지막 보은과 라우치타스의 천적도. 회귀까지 시원하게 털어놓고 싶은 마음도 있었지만.

[ˆ ﹥﹥∞﹤﹤ = ˙ ☞ ˙ ≠]

입 다물라는 메시지가 떴다. 무한대 기호를 말하지 말라. 회귀를 뜻하는 거겠지. 하긴 그것까지 말하면 시스템 관련 정보가 너무 많이 드러난다.

"그리고 내가 아까 사라진 건 시스템 제작자와 관련 있어."

"시스템 제작자라고?"

유현이가 깜짝 놀란 표정을 지었다. 이제야 좀 얼굴이 펴네.

"어쩌다 보니 내가 시스템 제작자를 도와주게 되었거든. 자세히는 말해 주고 싶어도 못 해. 하면 안 된대. 그래도 너한테는 말해 주고 싶어서 메시지 하나 보내 달라고 부탁해 놨어. 시스템 자응이야. 지금 보내 주세요."

유현이의 시선이 제 앞의 허공을 향한다. 메시지창이 뜬 모양이었다. 크게 당황한 표정이다.

"그… 러니까, 만든 사람 같은 게 진짜로 있었어?"

"있더라고. 갑자기 자연스럽게 생겨난 게 더 이상하긴 하잖냐."

"그건 그렇지만……."

"이건 허락받고 너한테만 알려 주는 거야. 다른 사람에겐 비밀이다. 절대 말하면 안 돼."

잠시간 말이 없었다. 그래도 동생의 안색은 한층 밝아졌다.

"형 스킬도 시스템과 관련이 있는 거야?"

"다는 아니고. 자세히는 말 못 해 준다니까. 그래도 정상적인 스킬 상태가 아니긴 하지."

"…응. 아니, 근데 왜 하필 형이야. 위험한 일 시키는 건 아니고?"

"안 위험해. 이미 하고 있는 거나 마찬가지야."

그냥 S급들 모으는 거니까. 현재로선 네가 제일 위험했단다, 동생아.

문득 상급 각성자들을 조심하라던 물방울의 충고가 떠올랐다. 호의가 폭력이 될 수도 있다라, 딱이네.

"더 궁금한 거 있으면 뭐든 물어봐. 또 속에 담아 두고 있지 말고."

짧은 정적 후 풀이 죽은 목소리가 대답했다.

"…미안해. 형이 날 믿지 못한다고 투덜거렸었는데, 오히려 그 반대였어."

"아냐. 오늘 일이야 나라도 제정신이 아니었을걸. 내가 이것저것 감춘 건 사실이기도 하고. 피스야, 너한테도 미안해. 많이 놀랐지? 그렇게 갑자기 데리고 갈 줄은 몰랐어."

– 가르릉.

목을 울리며 나와 유현이를 번갈아 바라본 피스가 갑자기 작아졌다. 아니, 어려졌다. 크기만 작아진 게 아니라 그냥 어릴 때 모습이었다.

> 2급 유니콘아종 - 화염 뿔사자(유체) 피스
> 현재 스탯 등급 C

상태창도 유체로 표시되고 등급도 다시 C가 되어 버렸다.

"피스 너……."

- 끼앙!

안아 달라고 앞발로 내 다리를 긁는다. 야 인마, 너 설마.

"아성체로 자란 거였는데 일부러 유체로 남아 있었던 거냐?"

- 갸르르르.

뭘 아무것도 모르겠어요, 하는 순진한 표정을 짓냐. 원하는 대로 안아 들어 주니 꼬리를 살랑살랑 흔든다.

"얘 언제 커졌어?"

"형 사라지고 잠시 뒤에."

그럼 몬스터 잡고 성장한 것도 아니었다. 진짜 일부러 안 크고 있었던 건가. 대체 언제부터?

혹시나 싶어 피스의 내새끼 스킬 상태창을 열었다.

> 성체 탈태 소요 시간(71:22)

71시간? 분명 백 시간 넘게 남아 있었는데? 1분 넘게 쳐다보고 있음에도 시간이 줄어들지는 않았다. 그럼 평소에는 그대로였을 거고, 설마 훈련 덕분인가. 스킬 적용이 끝난 뒤에도 피스와 자주 놀아 주기는 했는데.

집에 가서 확인해 봐야겠다.
"무슨 문제라도 있어?"
"아니. 그런데 피스 얘는 왜 여태 안 컸던 걸까. 관련 스킬이라도 얻었나?"
"스킬은 모르겠고 커지면 형한테 못 안기잖아. 안기는 거 좋아한다며."
고작 그거 때문에?
"그래도 피스야, 성체 되면 티는 내 줘라."

- 끼앙.

진짜 훈련 효과가 있는 거라면 내새끼 스킬 대기 시간 끝나기 전에 다 자라 버릴지도 모르겠다. 벌써부터 좀 섭섭하네.
피스를 쓰다듬어 주며 동생을 바라보았다. 눈이 마주치자 겸연쩍어한다. 에휴, 그래. 따지고 보면 내 잘못이지. 내내 불안해했을 거 생각하니 미안해졌다.
"미리 말해 두겠는데 내가 세상에서 제일 믿고 있는 사람은 유현이 너야."
동생이 눈을 동그랗게 떴다.
"…응? 나를?"
"그래. 설사 네가 내 목숨을 위험하게 만들더라도 뭔가 이유가 있지 않을까 생각할 정도로. 그건 앞으로도 영원히 변하지 않을 거다."
누가 나 대신 죽었다가 되살아나거나 회귀하지 않는 한은 변할 일 없다.
"그러니까 고민하고 걱정하지 마. 참견해도 돼. 내 동생이잖아. 물론 너무 과한 건 안 되고. 과하면 화낼 거다. 감금도 마찬가지야. 안 돼."
"…형."
유현이가 다가와 나를 끌어안았다. 우리 사이에 끼인 피스가 답답한지 작게 끼잉거렸다.
"도움이 필요하면 뭐든지 말해. 절대 무리하진 말고. 나한테는, 형이 제일 중요하니까. 다른 무엇보다도."

"걱정 마. 무리할 일 없어."

시스템분들이 시킨 일만 한다면 말이다. 일 더 늘리진 말아야지.

> 걱정 마. 무리할 일 없□.
> 이제 그만 쟤 죽□주고 □가자.
> 좀 □□ 그래?
> 그러□ 레벨은 하□도 못 올렸네.
> □돼! 피스야!
> 넌 또 무슨 □소리를 하는 □□. 아니야.
> 알□어. 몰래 나가더라도 말□ □□마. 어차피 한동안은 나□야 할 일도 없고.

흰자위 없는 붉은 눈동자가 창에 떠오르는 텍스트를 빠르게 읽어 내린다. 그러는 사이사이에 또 다른 알림창이 툭툭 떠올랐다.

> 각성자 나레드 파사무하 10레벨 스킬 조건 만족
> I-25 던전 첫 공략
> I-3 던전 특수 공략 B-2 달성

'신입'은 가닥가닥 나누어진 촉수 끝을 움직여 나레드 파사무하의 적성 정보를 확인함과 동시에 첫 공략과 특수 공략 보상을 처리했다.

보상은 특이 사항이 없기에 수락 즉시 시스템이 알아서 움직였다. 하지만 10레벨 스킬은 적성과 현 상태에 맞는 것 중에 직접 골라 연결해 주어야 했다.

그러는 사이 한유진의 대화창이 사라졌다. 던전을 나간 것이다.

신입은 몇 가지 일을 더 처리한 뒤 길고 넓적한 지느러미를 흔들며 휴게실로 나갔다.

달을 움푹 파낸 듯한 하얀 의자 위, 과거 한 세계의 물의 근원이었던 '물방울'이 부러진 사슴뿔을 매만지고 있었다. 반투명한 크리스털로 이루어진 듯한 뿔이 아련한 빛을 흘려낸다.

"조마조마했어요."

그 앞쪽으로 지느러미를 모아 앉으며 신입이 한숨을 내쉬었다.

"허니의 말만 일부 볼 수 있으니 정확히 무슨 일인지도 모르겠고. 분위기는 영 심상찮고. 이번에는 잘 끝난 거 같아 다행이지만 허니의 동생은 역시 좀 위험하지 않을까요?"

신입의 말에 물방울이 애매모호한 미소를 머금었다.

"완벽한 양육자가 나타난 것은 전례가 없는 일이니 우리로서도 예측하긴 힘들지. 그래도 이미 한 번 허니를 목숨 바쳐 구했어. 잘만 다독이면 가장 든든한 보호자가 되어 줄 거라고 생각해."

물방울의 말에도 신입의 표정은 펴지지 않았다. 되레 더 미간의 주름이 깊어진다.

"역시 전형적인 용사 같은 게 맘 편한 거 같아요. 시스템도 게임보다 신탁 쪽이 더 편하고요. 물론 제일 손 안 가는 건 가상현실까지 발전한 세계지만요."

"가상현실까지 가면 벼랑 끝이잖니."

"그렇죠! 그러니까 마왕 용사 스토리가 제일 좋아요! 신 노릇 하는 것도 재밌잖아요. 전 다음번엔 치킨과 맥주의 신 하고 싶어요. 그쪽 동네는 보통 음식이 심심한 편이잖아요. 후라이드, 양념, 간장, 파닭, 불닭……."

치킨 종류를 줄줄이 외던 신입이 문득 생각났다는 듯 물방울을 바라본다.

"근데 대장장이요. 그 애도 가능성 있지 않아요? 솔직히 허니는 불안하기도 하고 미안하기도 한데 타깃 바꾸면 안 되나요?"

"샬로스 씨 때와는 달라. 그 아저씨는 이미 수백 년간 대장장이 일을 하고 있었지만 유명우는 호미 하나 만든 적 없어. 샬로스 씨의 선물 덕에 빠르게 성장하긴 하겠지만 신화급 장비를 만들어 내려면 최소 30년은 걸릴걸? 시간이 부족하지."

물방울이 들고 있던 사슴뿔을 빙글 돌리며 말을 이었다.

"만에 하나 허니가 실패하게 된다면 대장장이는 다음 세계로 빼돌릴 거야. 그 애한테는 시간만 있으면 되니까."

"허니는요?"

"우리로서야 빼내고 싶지만, 허니가 과연 받아들일까. 그 칭호를 가지고서."

"그… 건, 역시. 거절하겠죠. 억지로 데리고 나온다면, 너무 위험해질 테고……."

신입의 기다랗게 하늘거리는 귀 끝이 축 처졌다. 그때였다.

"이쪽 팀은 시간문제라며? 축하해, 축하해!"

반투명한 유령과 같은 여자가 불쑥 나타났다. 유령은 유쾌하게 웃으며 신입을 향해 목을 쭉 늘렸다.

"그런데 막내는 왜 이렇게 울상이지?"

"꺼림칙하잖아요, 스킬이."

"들었어. 특이하긴 하더라. 하지만 그 애도 차라리 다행이라고 생각할걸?"

"그럴까요."

"물론이지! 가능성이 없는 편보다는 훨씬 낫잖아. 그보다 우리 막내, 이대로라면 머잖아 신입 딱지 떼겠네?"

그 말에 신입이 지느러미를 짝 쳤다.

"맞아요! 그렇죠! 아, 허니 방은 제가 꾸며 줄래요. 어떻게 꾸밀까요. 저 세계 사람들이 제일 좋아하는 게 크리스마스라고 했는데! 커다란 나무, 순록, 빨간색 할아버지!"

"그래, 그래. 우리 처지에 즐겁게 지내야 울상 지으면 쓰나. 미리 축배나 들까!"

유령의 손에 맑은 술이 찰랑이는 잔이 나타났다. 잔을 가볍게 들어 올리며 그녀가 미소 지었다.

"유폐된 패륜아들을 위하여!"

7장 대장장이 데뷔

7장
대장장이 데뷔

"한번 스킬이 적용되면 평소에도 훈련으로 성장 가능하구나."

성체 탈태 소요 시간(71:01)

삼십여 분간 신나게 공 던지기를 한 끝에 이십 분가량 시간이 줄어들었다. 효율은 훨씬 떨어진다. 그래도 하루 두세 시간만 신경 써 줘도 두 달 걸릴 성장을 한 달 안팎으로 끝낼 수 있지 싶었다.

그렇긴 한데.

'일 늘리지 말자. 일 늘리지 말자.'

진짜 급할 때 말곤 몰랐던 셈 치자. 이 사실이 알려졌다간 우리 애한테 더 신경 써 주세요, 하는 청탁과 신경전에 시달리게 될 것이다. 애들 장난감 사이에 촌지 슬쩍 끼워져 있고.

그래도 유현이한테는 말해 줘야 하나. 또 숨긴 거 있다고 눈 돌아가면 안 되니.

"어릴 땐 안 그랬었는데. 역시 헌터 일이 정서에 안 좋은 거 같아. 피스 넌 변하면 안 된다."

- 끼앙!

"그렇다고 아예 안 크진 말고."

이미 아성체로 성장했을 줄은 까맣게 몰랐다. 가만, 그럼 우리도 사실은 소용이 없었던 건가? C급까지 버틸 수 있게 만들어졌기에 B급이면 부수고 나올 수 있었을 것이다. 그런데도 얌전히 갇혀 있어 줬다니.

"우리 피스, 착하기도 하지."

- 갸르릉.

이젠 삐약이 공격할 걱정도 덜 해도 되겠다.

이왕 단련실에 온 김에 피스와 좀 더 놀아 주고 위로 올라갔다. 현관문을 열자 TV 소리가 들려온다. 명우가 웬일로 일찍 돌아온 건가.

하지만 거실에는 아무도 없었다. 삐약이 외에는.

"…삐약아?"

- 삐약!

리모컨을 옆에 두고 소파에 앉아 있던 삐약이가 나를 돌아보았다. 헐, 설마 삐약이가 TV를 켠 건 아니겠지. 소파에는 또 어떻게 올라간 거냐. 주위를 살피자 삐약이를 넣어 두었던 바구니가 뒤집어진 채 소파 밑에 놓여 있는 것이 보였다.

설마 저걸 뒤집어 밀어 계단처럼 사용한 건가. 이럴 수가.

"…우리 애가 사실은 천재였다니."

심지어 저것 봐라, 발로 리모컨도 눌러 조작하고 있다. TV에 내보내야 하는 거 아닐까. 동물은 영재 발굴 프로그램 같은 거 없나.
"우리 삐약이, 혼자서 TV도 다 보고. 뭐 보고 있었어? 재밌어?"

- 삐삐삐! 삐삐!

뭐라고 설명하는 듯했지만 당연히 알아들을 수는 없었다. 몬스터 언어 통역 아이템 같은 거 어디 없나.
"그래, 그래. 똑똑하기도 하지."
피스를 소파에 내려놓고 인벤토리에서 마석을 꺼내었다.
"유현이 삼촌이 잡아 준 D급 던전 보스 마석이다."
D급 상위 던전인 만큼 제법 큼직했다. 이 정도면 C급 일반 마석에 가까울 것이다. 그러니 당연히 좋아할 거라고 생각했는데.

- 삐약.

웬일로 삐약이가 별 반응을 보이지 않았다.
"…삐약아? 혹시 어디 아픈 건 아니지?"
동물이 몸 상태가 안 좋을 때 가장 먼저 나타나는 증상 중 하나가 먹이를 먹지 않는 거라고 했는데. 몬스터도 동물병원에 데려가도 되나.
"진짜 안 먹을-."

- 삐약!

오, 먹는다. 언제 시큰둥했냐는 듯 작은 부리로 맹렬하게 마석 조각을 집어삼킨다.

— 삐삐삐!

그러고는 기분 좋게 파닥거리다가…….

— 삑!

 통, 하고 소파 아래로 미끄러져 떨어지고 말았다. 옆에 바구니를 놓아두고도 바로 소파로 올라오겠다고 폴짝거린다.
 …마석을 먹으면 좀 멍청해지나?

 해연 길드가 구입한 몬스터 새끼 세 마리를 태운 배가 인천항에 다다랐다. 최상급 한 마리에 상급 두 마리였다.
 몬스터들이 배에 실릴 때까지는 단순히 희귀성 높은 애완동물이라는 가치밖에 없었다. 그것도 몸값 대비 밥값이 너무 비싼 펫이다. 심지어 상급 이상은 상급 헌터가 상주하지 않고서야 관리하기도 힘들기에 희귀한 동물을 수집하는 갑부들도 웬만해선 중하급 몬스터 정도만 사들였다.
 하지만 이제는 상황이 완전히 바뀌었다. 특히 최상급 몬스터 새끼는 전 세계 거대 길드들이 노리고 있는 만큼 배가 정박하기도 전부터 부두에 해연의 헌터들이 쫙 깔렸다. 던전 공략 중인 두 팀을 제외하곤 다 나온 듯했다.
 "해연도 헌터 수 더 늘려야 하지 않을까?"
 부둣가에 서서 바다를 바라보며 말했다. 바람에 짠 내가 짙게 섞여 있었다. 던전 내에서가 아닌 밖의 바다는 오랜만에 본다. 올 일이 딱히 없었지. 너무 팍팍하게 살았어.
 "예림이도 머잖아 S급 던전 공략해야 할 텐데. 그럼 S급팀도 새로 꾸려야 하잖아."

 게다가 언제까지 소수 정예로 유지할 수는 없었다. 회귀 전에야 여유가 있었지만 지금은 아니지.

 점차 관리하는 던전 수도 늘어나게 될 텐데, 지금 인원으로는 감당 못 한다. A급은 물론이고 B급에 C급까지 폭넓게 모집해야 할 것이다.

"슬슬 늘리긴 할 거야."

 나와 시선을 같이하고 있던 유현이가 말했다.

"박예림 헌터는 알아서 자기 팀 만들 테고."

"알아서? 길드에서 맞춰 주는 게 아니라?"

"S급팀은 원래 그래. S급 헌터가 직접 자기 팀원을 구해야 하지. 나도 그랬고. 괜히 길드에서 참견하면 제대로 된 팀 만들기 더 힘들어져."

"소속 없는 A급이 흔한 것도 아니고, 다른 팀이나 길드에서 빼내는 것도 당연히 쉽지 않고. 우리 예림이 고생깨나 하게 생겼네."

 A급 찾아내면 예림이한테 먼저 슬쩍 찔러 줘야 하나. 전투 적성 A급이라면 각성센터 개장 기다릴 거 없이 예림이가 직접 던전에 데리고 들어가 각성시켜 주면 된다. 전투 스킬이야 최적화 맞춰 각성하기도 쉽고.

 아니면 MKC가 폭삭 망해서 거기 A급 헌터들을 빼내 오거나. 그것도 괜찮겠는데. 이번에는 좀 빨리 망해라.

"참, 형. 이거 받아."

 유현이가 인벤토리에서 목걸이 하나를 꺼내 내밀었다.

"그게 뭔데?"

 체인 끝에 매달린 작은 금속 장식의 모양과 문양을 보자마자 뭔지 알아챘지만 모르는 척했다. 아직은 극히 희귀한 아이템이었다.

"통역 아이템이야. 곧 사육 시설 개장하면 해외에서도 찾아올 테니 필요할 거야."

"나한테 연락하려는 사람들 막고 있다더니 이런 걸 다 주고……."

감동이네. 애가 변하긴 변했구나. 기특하기도 하지. 진작 대화 좀 잘해 볼걸.

"그건 또 어디서 들었어?"

"전에 협회 갔을 때 대충 주워들었지."

정확하게는 리에트한테 들었지만.

"고맙다. 잘 쓸게."

안 그래도 하나 구해야지 싶었는데.

"형님, 오랜만!"

그때 귀에 익은 목소리가 들려왔다. 돌아보자 브레이커의 길드장 문현아가 긴 다리로 성큼성큼 다가오고 있었다. 활짝 웃고 있는 얼굴이 개구쟁이 소년처럼 활기찼다.

"애들은 잘 도착했어?"

"이제 막 배가 정박했습니다. 별다른 연락이 없는 걸로 봐선 이상 없겠지요."

유현이가 대답했다. 유현이를 힐끗 쳐다본 문현아가 빙그르 몸을 돌려 내 옆으로 붙어 선다.

"그동안 별일 없었고?"

"없었죠."

그냥 몰래 던전 몇 번 들락거리고 새로 칭호 몇 개 얻고 사람 몇 명 죽이고 동생한테 감금당할 뻔한 정도였다. 며칠 사이에 나름 다사다난하긴 했구나. 그래도 다 잘 마무리했으니 괜찮다.

살다 보면 그럴 수도 있지 뭐. 회귀도 하는데.

"한 번에 세 마리나 들여오면 한 마리 정도는 남지 않을까?"

"안 남습니다."

유현이가 딱 잘라 말했다.

"동생한테 안 물었는데."

"형에게 권한 없습니다."

"냉정하기는. 그래도 최상급은 형님에게 갈 거 아닌가. 그러기로 했잖아."

그새 결정된 건가. 문현아가 내 팔을 휘감아 잡으며 더욱 바싹 몸을 붙여 왔다. 날도 더운데 그만 좀 달라붙지.

"어때, 형님. 가끔 빌려주는 게. 최상급 몬스터를 던전 몇 번 안 들여보내기엔 아깝잖아. 경험도 쌓을 겸 나랑 같이 던전 돌게 해 주면 서로 좋지. 안 그래?"

그건 그렇다. 솔직히 내 옆에 붙잡아 두고만 있기엔 아깝지. 레벨 올리려면 던전 공략이 필수이기도 하고.

"맞는 말씀이지만 꼭 브레이커에 보내야 할 필요는 없죠."

"아, 왜? 어차피 한유현도 박예림도 성현제 그놈도 다 속성 가려. 하지만 난 없지. 그냥 빠르고 튼튼하기만 하면 돼."

"기승수를 S급 헌터만 씁니까? S급 공략팀원도 기승수가 있어야 빠르게 공략 가능합니다."

한참 후라면 모를까 지금은 A급에게까지 1인당 한 마리가 돌아가긴 힘들겠지만.

"게다가 기승수가 아닌 S급 헌터 대용으로도 쓸 수 있죠."

내 말에 문현아의 표정이 토라진 듯 부루퉁해졌다.

"까다롭게 굴지 말고 한 번이라도 좀 빌려주라. 최상급 기승수의 돌진력을 더한 공격이 얼마나 차이 나는지 궁금해 몸살 나겠단 말이야. 확인이라도 하게 해 줘!"

상급 전투 헌터들이 자기 능력치 올리는 데 집착하는 거야 흔한 일이지만 여기까지 몸소 와서 매달릴 정도로 궁금한가.

"한두 번 정도라면 빌려드리죠. 대신 공짜는 아닙니다."

"물론이지! 나 그렇게 뻔뻔한 사람 아니야. 무엇보다 우리 형님 상대인데 허투루 할 수 있나. 뭐든 말만 해."

그때 통화 중이던 유현이가 전화를 끊으며 말했다.

"몬스터 우리 방금 하역했대."

"그래?"

드디어 볼 수 있겠군. 어떤 애들일지 궁금하네.

커다란 우리가 천천히 옮겨져 왔다. 도착한 몬스터의 수는 세 마리였지만 우리는 두 개뿐이었다. 우리 속에 웅크리고 있는 새끼 몬스터들이 보였다.

```
3급 유니콘종 - 백색 그림자 유니콘(유체)
현재 스탯 등급 E
성장 가능 스탯 등급 A
최적화 초기 스킬
그림자 달리기(A) 성장 후 습득
강력한 들이받기(A) 성장 후 습득
질주 강화(B) 성장 후 습득
※ 특정 지역에서만 성장 가능
```

한 우리에 두 마리가 서로 몸을 바싹 붙인 몬스터는 다름 아닌 그림자 유니콘이었다. 흑백 한 쌍으로 다니기로 유명한 마수였다. 흑색 그림자 유니콘의 상태창도 백색과 똑같았다.

특정 지역에서만 성장 가능이라. 이 녀석들도 성체 성장 조건이 제법 까다로웠다. 십중팔구 던전 내 지역일 테고 그 장소를 찾는 데도, 성장시키느라 머무는 데도 인력과 시간이 엄청 들겠지.

그래도 피스와 달리 불가능한 건 아니니까 나중에 성장 조건을 밝혀 줄까.

"뭔가 했더니 그림자 유니콘이었구나! 상급치곤 돌진력 정말 좋은 놈들인데! 해연 길드장님, 한 마리만 어떻게 안 될까?"

상급이라도 기승수로 딱 좋은 능력치라며 문현아가 아쉬워했다. 하긴 질주 강화 버프까지 있으니 거창 돌격용으론 어중간한 최상급 몬스터보다 나을지도 모른다. 최상급 몬스터라고 해도 다 속도가 빠른 건 아니니까.

다른 쪽 우리 안에는 작은 중형견 크기의 몬스터가 호기심 어린 눈으로 주위를 두리번거리고 있었다.

2급 그리폰종 - 황금 그리폰(유체)

현재 스탯 등급 C

성장 가능 스탯 등급 A~S

최적화 초기 스킬

바람의 지배자(S) 성장 후 습득

황금 화살(A) 성장 후 습득

바람 저항(A) 획득

날카로운 포효(B) 성장 후 습득

※ 특정 몬스터를 일정 이상 섭취 시 성장

저 특정 몬스터라는 거 아마도 마수마 종류가 아닐까. 예상이 맞다면 최상급 몬스터치고는 성장 조건이 쉬웠다. 일정 이상이 어느 정도냐에 따라, 특정 몬스터의 등급에 따라 달라지겠지만.

이 녀석 정보도 언젠가는 풀어야겠다.

종은 황금 그리폰이었지만 아직 새끼라서인지 부드러운 크림색 털을 지니고 있었다. 작은 독수리 머리와 사자보다는 통통한 고양이 같은 몸뚱이에 몸집에 비해 큼직한 날개가 달렸다. 바람 속성이라. 그쪽 계열 S급 헌터가 있긴 했지. 외국인이지만.

문현아도 스킬 특성상 바람 관련 능력이 있을 듯한데.

"그리폰도 좋긴 한데 급하강보다는 돌진이 더 끌린단 말이야."

그렇게 말하면서도 황금 그리폰을 보는 문현아의 두 눈은 욕심으로 번들거리고 있었다. 그리폰종도 강하고 뛰어난 능력을 지닌 몬스터였다. 특히 공중전에서는 드래곤 외엔 적수가 없을 정도다. 괴조종이 속도야 조금 더 빠르지만 제대로 부딪치면 그리폰의 튼튼함을 이겨 내지 못한다.

"여기 주인의 증표입니다."

몬스터들 사들이고 지키느라 긴 시간 고생했을 해연의 A급 헌터가 인벤토리에서 증표 세 개를 꺼내 들었다.

그것을 받아 든 유현이가 곧장 내게 건네주었다.

"이번에도 잘 부탁해."

"맡겨 둬."

흑백 유니콘이야 초식에 순한 편이니 큰 걱정 없고 그리폰이 문제긴 한데. 그래도 피스가 있으니 괜찮을 것이다. 증표를 손에 쥐자 애들 고개가 동시에 나를 향해 획획 돌려졌다. 유니콘들은 아직 약간 겁먹어 보였지만 그리폰의 시선은 초롱초롱하기 그지없었다. 그 두 눈이 정말 예쁜 파란색이다. 짙고 푸른 보석 같다.

"유니콘은 암수 한 쌍이고 그리폰은 암컷이라더라."

유현이가 말했다. 쟤들은 성별이 명확하구나. 우리 피스는 아직 불명인데. 삐약이도 그렇고. 삐약이는 병아리 감별사한테 한번 데려가 볼까. 아니면 새 전문가라거나.

끼이익.

그리폰 우리의 문이 먼저 열렸다. 겁도 없이 폴짝 밖으로 나온 새끼 그리폰이 몸을 한차례 부르르 턴다.

- 꺄아아!

그러곤 즐거운 듯한 소리를 내었다.

- 꺄우 꺄!

우리 밖으로 나온 게 기분 좋은지 폴짝폴짝 뛰다가 날개를 활짝 펴 기지개를 켠다. 몸에 비해 큼직한 날개가 파닥거렸다. 그러고는 새파란 눈으로 나와 유니콘들을 번갈아 바라보며 고개를 갸웃거렸다. 어느 쪽을 먼저 건드려 볼까 고민하는 듯한 태도였다.

"유니콘들 공격하면 안 돼."

알아들을 리 없지만 일단 말해 두었다. 던전 속 몬스터인 그리폰도 우리 세상의 설화처럼 말을 좋아했다. 먹이로써 말이다. 저 녀석도 그럴 가능성이 크고 등급 차이도 나니 절대 흑백 유니콘과 그리폰을 같이 둬선 안 되겠지.

역시 새끼 몬스터가 늘어날수록 이런 쪽으로 곤란해지는구나.

- 꺄아!

끝이 보송한 사자 꼬리를 홱 흔들며 새끼 그리폰이 내 쪽을 향해 돌아섰다. 파란 눈은 여전히 반짝이고 살짝 벌어진 부리는 마치 미소 짓는 것 같았다. 갑자기 납치되어 바다 건너 먼 길 끌려왔는데도 티 한 점 없이 해맑은 표정이다.

- 꺄! 꺄아!

신이 난 어린애들 환호 같은 톤 높은 소리와 함께 그리폰이 폴짝폴짝 뛰었다. 아직 날진 못하는 건가, 생각하기 무섭게 몸뚱이보다 색 연한, 우윳빛 두 날개가 활짝 펼쳐졌다.

팔락.

가볍게 날아오른 그리폰이 나와 눈높이를 나란히 했다. 그러자 피스 때와 마찬가지로 메시지창이 떴다.

> 칭호 '완벽한 양육자'가 아이템 '주인의 증표'의 효과를 더해 줍니다.
> 길든 대상이 양육자에게 호감을 나타냅니다.

"꼬마 너, 정말 귀엽구나."

생긴 거 자체도 귀엽지만, 장난꾸러기 강아지 같은 표정이 정말로 사랑스러웠다. 주인의 증표를 인벤토리에 넣고 두 팔을 벌렸다.

"이리 온."

- 꺄우?

고개를 갸웃한 그리폰이 공중에서 한 바퀴 빙글 돌더니, 나를 향해 뛰어들었다.

"조심해!"

"윽!"

유현이의 손이 재빨리 그리폰의 날개를 낚아채고, 단단한 부리가 내 가슴을 강하게 스쳤다. 와, 아직 어린데도 엄청 빠르네. 스탯도 C급이니 동생이 잡아 주지 않았더라면 갈비뼈 정도는 부러졌겠는데.

"여기, 마셔."

문현아가 포션을 따 내밀었다.

"중급 포션 먹을 정도는 아닙니다만."

"하급은 안 키워."

아, 네. 이해는 가지만 역시 아깝다. 나도 슬슬 F급 씀씀이에서 벗어날 만한데 잘 안되네. 그래도 공짜니 그냥 마셨다.

"그리폰은 형이 바로 맡으면 안 되겠다."

유현이가 미간을 살짝 좁히며 말했다.

"피스와 달리 힘 조절에 미숙한 듯하니 잘못하다간 크게 다칠 수도 있어."

- 꺄아!

동생의 손에 날개를 붙잡혀 들린 그리폰이 허공에 네 다리를 휘저었다. 그 천진한 모습만 보면 날 다치게 할 생각은 조금도 없었던 듯했다.

"힘 조절을 못 하진 않을걸. 능숙하게 날아올랐잖아. 아마 내가 얼마나 약한지 모르는 거겠지."

제 몸 다루는 게 미숙하다면 조금 전처럼 쉽게 날아다니진 못하겠지. 단순히 나는 것만이 아니라 회전에 정지 비행까지 완벽했다.

"동족들이야 말할 것도 없고 내내 중급 이상 헌터들만 상대했을 테니 내가 자기보다 약하다는 걸 생각 못 할 만도 해."

악의가 있는 것도 아니고 테이밍도 되어 있으니 가르쳐 주기만 하면 될 것이다. 문제는 대화로 알려 주는 건 불가능하다는 점 정도일까.

말이 안 되면 몸으로 해야지, 뭐.

"혹시 상급 포션도 있습니까."

오른쪽 소매를 걷어 올리며 물었다. 중급 정도면 충분하겠지만 혹 모르니까. 내 말에 유현이가 먼저 반응했다.

"잠깐만, 형. 대체 뭘 하려는 거야."

"꼬마 그리폰에게 내가 얼마나 약한지 가르쳐 주려고."

"그 가르쳐 준다는 게-."

"얌전히 애나 붙잡고 있어. 괜히 끼어들면 더 오래 걸린다."

내가 쓸 방법이 뭔지 눈치챘는지 유현이의 안색이 영 좋지 않았다.

"그럴 필요까지는 없잖아. 다른 사람을 시켜도 되고."

"관련도 없는 불쌍한 F급을 왜 끌어들여. 내가 맡아야 할 일이고 몬스터야."

게다가 호감도 없는 사람 상대로는 가르치기도 쉽지 않을 것이다. 나야 칭호 효과가 있으니 금방 끝나겠지.

"형님 말이 맞아."

문현아가 상급 포션을 꺼내 흔들어 보이며 말했다. 역시 S급이니까 귀한 상급 포션도 턱턱 꺼내 놓는구나. 나도 유현이가 준 거 있지만 아까워서 못 쓰지.
 "앞으로도 계속 다양한 몬스터들을 맡아야 할 텐데 벌써부터 남에게 떠넘기고 물러서서야 되나. 그리고 해연 길드장님, 형님 아끼는 건 잘 알겠는데, 형님도 헌터다? 몬스터에게 공격당하는 것쯤 일상다반사인 헌터. 특수한 위치긴 하지만 헌터계에 깊이 발 들인 건 마찬가지니 고작 이런 일로 전전긍긍하면 안 되지. 그러다 아주 꽁꽁 감싸 숨겨 두려 드시겠어."
 실제로 그러려고 했죠, 쟤가. 지금은 많이 나아진 건데.
 찔리기라도 했는지 유현이 녀석이 더 반대하지 않고 입을 다물었다. 표정은 여전히 안 좋은 게 나중에 따로 달래 주든지 해야지, 또 엇나갈라.
 "착하지, 꼬마야."
 두 눈 또랑또랑 뜨고 나를 바라보고 있는 그리폰을 향해 손을 뻗었다. 날개를 잡혀 들려 있는 주제에 금방 활짝 웃는 얼굴을 하며 꼬리를 살랑살랑 흔든다. 성격은 정말 좋아 보이는데.

 ─ 꺄!

 새끼 그리폰이 즐거운 울음소리와 함께 부리를 쫙 벌렸다. 이어 목을 길게 빼더니…….
 콰득!
 "악!"
 대뜸 내 손을 물어뜯어 버렸다. 일부러 크게 소리치며 손을 억지로 빼내 뒤로 물러났다. 그리폰과 눈도 마주치지 않고 외면했다.

 ─ 꺄우.

유현이가 눈살을 크게 찌푸리고 문현아가 살점이 크게 뜯기다 못해 뼈까지 드러난 상처 위로 상급 포션을 뿌렸다. 이 정도면 중급으로도 충분한데. 그래도 효과는 뛰어나 순식간에 상처가 씻은 듯이 아물었다. 역시 비싼 게 좋긴 좋아.

"괜찮아?"

문현아가 포션 마개를 닫으며 물었다. 고개를 끄덕여 주곤 다시 몸을 돌렸다. 그리폰은 당황한 듯 눈을 크게 뜨고 있었다. 반응을 보아하니 금방 상황을 이해할 것 같았다.

"물면 안 돼. 아프잖아."

다독이며 다시 손을 내밀었다. 그리폰의 부리가 반사적으로 벌어졌다가, 도로 다물린다. 대신 두 앞발이 내 손을 꽉 붙잡았다. 드러난 발톱이 살을 파고들었다.

"아파!"

이번에도 크게 외치며 홱 돌아섰다.

- 뀨우.

저번에 비해 확실히 풀 죽은 소리가 들려왔다. 물러나 손을 치료하고 잠시 시간을 두었다. 십 분쯤 외면하다가 그리폰을 돌아보았다. 축 늘어져 있던 녀석이 바싹 고개를 들며 앞다리를 바둥거렸다.

- 꺄아!

나는 미소를 띠며 다시 천천히 다가갔다. 손을 내밀자 이번에는 물지도 발로 잡지도 않는다. 착하다, 하고 머리와 부리 아래를 부드럽게 쓰다듬어 주었다.

― 꺄꺄!

"그래, 그래. 착하지."
 부리 끝을 매만져 주다가, 천천히 열린 사이로 손가락을 넣었다. 조심스럽게 내 손가락을 물다가 약간 과하게 힘이 들어갔다.
"윽!"
 내가 아프다는 티를 내자 그리폰이 얼른 다물었던 부리를 벌렸다.

― 꺄아우.

"잘했어. 그렇게 세게 물면 안 돼. 아프거든."
 다시 부리를 만지자 이번에는 딱 적당할 정도로 살짝살짝 손가락을 잡듯이 문다.
"이제 놓아줘."
 유현이가 잡고 있던 그리폰의 날개를 놓아주었다. 파드득 날아오른 새끼 그리폰이 전처럼 달려드는 대신 머뭇하다가 앞발 하나를 내 가슴에 가만히 대어 왔다. 똑똑하기도 하지.
 팔을 뻗어 그리폰을 안아 들었다.

― 꺄아! 꺄!

"날뛰면 안 돼. 발톱도 집어넣고. 그래. 유현아, 얘 이름은… 없겠지."
 피스를 한 달이나 데리고 있으면서도 이름을 붙여 주지 않은 녀석이었다. 새로 올 몬스터들 이름을 지어 놓았을 리가 없었다.
 얘는 뭐라고 부르지. 내려다보자 꺄꺄거리며 빤하게 마주 바라봐 온다. 새파랗게 예쁜 눈으로.

"블루."

- 꺄우!

 귀여워라. 보송보송하고 따뜻해. 유니콘들은 블랙, 화이트 정도로 하면 되겠지. 짧고 단순하고 알아듣기 쉽고. 그래야 전투 중에 부르기도 편할 테니까.
"앞으로 잘 부탁한다, 블루야."

- 꺄아아!

 부빗거려 오는 노란 부리에 마주 뺨을 대어 주는데…….
찰칵!
 폰 카메라 소리가 들려왔다. 문현아였다. 그녀가 휴대폰을 내 쪽으로 향한 채 웃고 있었다.
"멋대로 사진 찍지 마세요."
"에이, 짜게 굴지 마. 개인적으로 친한 척 좀 하고 싶어서 그래. 같이 한번 찍을까?"
"됐습니다. 사진이나 지우시죠."
"왜 나한테만 그래? 댁 동생은?"
 유현이가 왜. 돌아봤지만 휴대폰의 ㅎ자도 보이지 않았다. 왜 또 애꿎은 남의 동생을 끌어들이고 그래.
"폰 내놔요."
"내 사진이랑 교환할래?"
 필요 없습니다. 사진을 억지로 지우게 한 뒤 이번에는 유니콘 우리 쪽으로 다가갔다. 두 마리 망아지가 쌍둥이처럼 똑같은 고갯짓을 하며 나를 올려다본다. 얘들도 참 귀엽구나. 새끼 동물치고 안 귀여운 애들이 드물긴 하지만.

- 까우! 꺅!

그때 블루가 돌연 내 품에서 벗어나 날아올랐다. 두 날개가 활짝 펼쳐지고 그리폰의 몸이 공중으로 확 솟구쳤다가…….
쾅!
유니콘이 있는 우리에 쾅, 거세게 들이박았다.

- 히힝!
- 푸르르!

큰 소리와 함께 우리가 흔들리고 유니콘들이 겁을 먹고 구석으로 달아났다.
"블루야! 안 돼!"

- 꺄꺄!

블루가 유니콘 우리에 달라붙어 창살을 앞발로 벅벅 긁어 댔다. 자기 힘으로는 우리를 부수지 못하자 도움을 구하듯 나를 돌아보기까지 하였다. 유니콘들이 맛있는 점심 식삿감 정도로 느껴지나 보다.
"네 먹잇감 아니야, 이 녀석아."
억지로 우리에서 떼어 내자 불만스러워하면서도 내게 순순히 안겨 왔다. 이것 참, 얘들 셋은 조심해야겠다.

안전을 위해 유니콘들은 따로 이동하기로 했다. 그 난리 뒤에도 망아지를 노려보는 블루의 눈빛이 심상찮았기 때문이었다. 이후로도 유니콘과 그리폰은 따로 관리하는 편이 나을 듯했다. 성체도 아니고 새끼가 말고기에 환장하는 본능을 억누르기란 쉽지 않을 테니까.

"진짜 집에 데리고 가도 괜찮겠어?"

내 품에 딱 달라붙어 있는 블루를 보며 유현이가 말했다. 조금 전 우리에서 떼어 놓으려고 했더니 아주 꺅꺅 비명을 질러 댔다.

"어차피 계속 따로 둘 순 없으니까. 이참에 피스와 얼굴 익히게 해 주지, 뭐."

둘이 문제없이 잘 지내면 좋겠는데. 오빠 동생 사이로. 아니면 언니 동생?

만약을 대비해 오늘 경비 담당인 헌터에게 도움을 구하려 했는데 유현이 녀석이 시간 남는다고 따라왔다. 별다른 생각 없이 그러라고 대답하고 나서야 명우 일이 떠올랐다.

'지금 시간이면 대장간에 가 있을 텐데.'

갑자기 허공에서 툭 튀어나오는 것도 곤란하지만 집에 없는 걸 들키는 것도 곤란하다. 스탯 S급이 집에 사람 기척 있나 없나 눈치 못 챌 리 만무하고.

이참에 둘이 친해지라고 주선이라도 해 볼까. 명우가 이왕이면 유현이한테 먼저 무기 만들어 주면 좋을 텐데. 특히 SS급 이상을.

"너, 유명우 기억하냐? 내 친구."

"진짜 친구는 아니지 않아? 어릴 때부터 아는 사이라고 했다던데 난 한 번도 들은 적 없는 이름인걸. 확인해 보니 사는 곳도 달랐고."

엘리베이터 버튼을 누르며 유현이가 말했다.

"언제 확인까지 해 봤냐."

"뒷조사도 없이 외부인을 들일 리 없잖아."

그건 그렇다만 보통 어릴 때 살던 곳까지 찾아보진 않지.

"그래도 친구긴 하지. 하루 이틀 같이 지낸 것도 아니고."

명우에게 사실 확인 할 능력 생기기 전에 우리 모르는 사이였다고 털어놓아야 하나. 사람 잘못 봤던 거 같아, 정도로. 내가 뭐 등쳐 먹으려고 한 것도 아니고 오히려 그 반대니 친구 사이 아니었다고 말해도 별문제 없지 않을까.

"아무튼 걔한테 잘해 줘."

"내가 왜?"

"본인 허락 없이 자세히 말하긴 그렇고, 너한테 도움 될 사람이야."

그것도 아주 많이. 잘해 주는 정도가 아니라 떠받들어 줘야 할 수준으로.

"…그 사람이 무슨 스킬을 얻었는데?"

"눈치도 빠르다."

"그거 말곤 딱히 이유가 없잖아. 평범한 사람이었으니. 장비 관리팀에 매일같이 칼 갈러 내려가다가 며칠 전부터 발길 끊었다던데, 그때 얻은 건가 봐. 그럼 특수 스킬일 가능성이 클 거고… 상황상……."

유현이의 미간이 살짝 좁혀졌다.

"…설마?"

"뭘 생각했든 그 이상일 거라고 장담하마."

등급 제한 없는 제작 스킬이라니. 스킬명 알고 있었던 나도 예상 밖이었다.

"그러니 잘해. 명우 특정 길드에 들어가지도 않을 거다. 나랑 같이 갈 예정이거든."

"형이랑?"

"어. 길드 소속이 편할 거라고 말은 했는데 독립하고 싶다더라. 너도 괜히 건드릴 생각 하지 마."

도착한 엘리베이터에 올라타며 못 박아 두었다. 하지만 대답이 돌아오지 않았다. 옆을 돌아보자 골똘히 생각에 잠긴 얼굴이 보였다.

"안 건드릴 거지?"

"정확히 어떤 스킬인데?"

"대답 안 하냐."

"…알았어."

유현이가 어쩔 수 없다는 듯 고개를 끄덕였다. 길드장으로서는 확답 꺼릴 만하지. 내가 대답을 요구하긴 했지만 좀 더 버텨 보지 못하고, 하여간 무르다니까.

 복도를 지나 드디어 집 앞에 도착했다. 내 품에 안겨 있는 블루는 아직까지는 얌전했다.
 "아예 안 싸우는 건 불가능할 거 같고 심하다 싶을 때만 나서 줘."
 삐약이야 스탯 차이가 상대도 안 되니 피스가 일방적으로 봐줘야 했지만 이번에는 달랐다. 성장하면 둘 다 비슷한 능력치를 가지는 만큼 아직 어릴 때 서열 정리를 해 두는 편이 나을 것이다. 피스와 블루는 던전 공략 때 외에는 내 곁에 계속 머물 테니 더더욱 정리가 필요했다. 만약 성체가 된 뒤에 싸우기라도 하면 감당이 안 될 테니까.
 "피스야, 아빠 왔다."
 현관으로 들어가기 무섭게 중문 앞에서 타닥타닥 작은 발소리가 들려왔다. 중문을 열자 그 앞에서 빙글빙글 돌고 있던 피스가 딱 멈추며 나를 올려다보았다. 아니, 내가 아니라 내 품에 안긴 블루를 바라보고 있었다. 평소라면 신나게 흔들리고 있을 붉은색 꼬리가 잠잠했다. 낑낑거리지도 않았다.
 긴장감 도는 침묵이 피스와 블루 사이에 내려앉았다. 이거, 음.
 "갑작스럽겠지만 네 동생이란다."

 - 까우!

 블루가 대답하듯 외치곤 호기심 가득한 눈빛으로 피스를 내려다보았다. 블루는 적대적인 것 같지 않은데. 신발을 벗고 안으로 들어가자 굳은 듯 움직이지 않던 피스가 앞발로 내 다리를 긁었다. 안아 달라는 뜻이었다.
 "잠깐만. 블루야, 넌 내려가자."
 소파에 블루를 내려놓으려고 했다. 하지만 새끼 그리폰은 발톱까지 세워

가며 내 팔을 붙잡고 매달렸다.

- 꺄아! 꺅!

"안 돼. 놓아야지."
블루가 고집 피우는 그때, 소파 위로 피스가 풀쩍 뛰어 올라왔다. 이어 내게 매달려 있는 블루의 날개를 덥석 물곤…….
휙.
뒤로 내던져 버렸다. 전에 비슷한 광경을 본 적 있는 거 같은데.

- 꺄꺅!

던져진 블루가 퍼덕이며 자세를 바로잡는다. 그사이 피스가 내 품에 안겨 들었다.

- 크흥.

복슬한 꼬리를 탁 치고는, 금색 눈이 새끼 그리폰을 내려다보았다. 마치 여긴 자기 자리라는 듯한 표정이었다.

- 꺄우으?
- 크르르.
- 꺄! 꺄아!

소파에 내려선 블루가 머리를 낮추고 치켜든 엉덩이를 실룩실룩 흔들었다. 암만 봐도 힘껏 뛰어들기 직전의 자세인데. 이러다 애꿎은 내 등이 터지는 건 아니겠지. 유현이가 있으니 막아 주겠지만.

- 꺄욱!

힘찬 외침과 함께 블루가 피스를 향해 뛰어오르고…….
퍽!

- 꺅!

피스의 앞발이 노란 부리를 후려쳤다. 공중에서 빙글 돈 새끼 그리폰이 발라당 뒤집어진 채로 소파에 풀썩 떨어졌다.

- 꺄우 뀨.

블루가 제 부리를 감싸며 끙끙댔다. 그리 세게 친 거 같진 않았는데.

- 뀨우뀨.

"블루야, 괜찮아?"

- 꺄우!

내 목소리를 듣자마자 언제 앓았냐는 듯 다시 벌떡 몸을 일으킨다. 씩씩하구나, 우리 블루. 그래도 꽤 아프긴 했는지 피스에게 다시 덤벼들진 못했다.
"피스야, 너보다 어린 동생이니 귀엽게 봐줘라."

- 끼앙?

피스가 무슨 말인지 모르겠다는 듯 고개를 갸웃했다. 천진한 고갯짓이었지만… 아무래도 못 알아듣는 척하는 거 같은데.
"자, 너도 내려가."

- 끄으응.

"가서 동생이랑 인사해."
피스가 불만스러워하며 소파 위로 내려갔다. 둘만 놓아두고 뒤로 물러나 지켜보았다. 약간 긴장한 듯하던 블루가 이내 까불까불 제자리 뜀박질을 했다.

- 꺄꺄! 꺄아아!

방정맞게 폴짝이는 블루를 피스가 지긋이 바라보다가, 한쪽 앞발을 들어 올린다. 동시에 블루가 딱 굳어 섰다.

- 뀨우.
- 크르릉 컁!

짧고 날카로운 짖음에 블루가 엉덩이를 소파에 붙이며 얌전히 앉는다. 둘이서 뭐라고 컁컁쿵쿵하더니 피스가 앞발로 블루의 부리를 꾹 내리눌렀다. 그러곤 고개를 돌려 나를 바라보았다. 마치 이러면 되냐고 확인하는 듯한 시선이었다.
유혈 사태 없이 부드럽게 잘 끝났네. 역시 우리 피스, 믿음직하다.
"잘했어! 착하기도 하지."

- 끼앙!

으쓱해져서 뛰어온 피스를 안아 주었다. 뒤따라온 블루가 내 품에 안긴 피스를 한번 올려다보곤 발치에 풀썩 주저앉는다. 살짝 풀 죽은 게 가엽긴 하지만 피스가 우선이지.

"이대로라면 앞으로도 걱정할 거 없겠어. 우리 피스 똑똑하지 않냐."

흐뭇하게 유현이를 돌아보며 말했다. 이제 삐약이만 무사히 합류하면 되는데 잘될까 모르겠네.

"유진아."

삐약이를 데리러 방으로 가려는 그때, 주방 쪽에서 유명우가 걸어 나왔다. 스탯 등급이 오른 덕분인지 중노동 때문인지 몸도 좋아지고 키도 조금 더 커져서 처음 만났을 때와는 딴사람이 된 것 같았다.

뭣보다 피부색이 선탠이라도 한 듯 변했다. 정령 놈, 계약자한테는 안전하다더니 왜 사람이 점점 구워져 가고 있냐.

"오늘은 일찍 나왔다?"

"새로 몬스터 데리고 온댔잖아. 혹시나 싶어서 나와 봤지."

그렇게 말하며 명우는 블루가 아닌 유현이를 바라보았다. 시스템분들이 상급 각성자들은 스탯 낮고 특수 스킬 높은 사람 좋아한다고 했는데, 살갑게 좀 대해 봐라, 유현아.

"오랜만에 뵙는군요."

동생 놈이 미소를 짓기는 했다. 비즈니스적인 티가 팍팍 나지만.

"그간 딱히 마주칠 이유 없었잖습니까."

명우의 대꾸가 생각보다 더 싸늘했다. 유현이한테 감정 좋은 게 더 이상하긴 하겠지만.

던전 갈 때 없는 사람 취급이었고 나 납치당했을 때도 무작정 집에 가둬만 두었다고 했고.

같이 밥 먹을 때도 분위기가 좀 그랬지. 유현이한테 진작 잘해 주라 할 걸 그랬나.

"쟤가 새로 온 애?"

"응. 황금 그리폰 블루. 나머지 둘은 유니콘이라서 단련실에 두고 왔어. 집의 우리가 좁기도 하지만 그리폰과 말을 같이 두면 안 되거든."

"피스와는 괜찮은 건가?"

"우리 피스가 눌렀지. 둘은 별문제 없는데 삐약이가 걱정이야."

스탯 F에 덩치도 작으니 잘못 툭 치는 걸로도 치명상을 입을 수 있었다. 내 말에 명우가 가죽과 금속으로 된 목걸이와 팔찌를 꺼내었다.

"자, 이걸 써 봐."

내미는 것을 받아 들자 간단한 설명창이 뜬다.

안전한 사육 목걸이 - B급
목걸이 착용자는 팔찌 착용자를 공격 불가.

"스탯 C급 수준 공격까지 막을 수 있어. 원래는 너 쓰라고 만들어 본 건데 팔찌 크기 자동 조절 되니까 삐약이한테 채워도 돼."

"이런 것도 만들 수 있어? 진짜 대단하다, 너."

와, 특수 효과 장비도 만들 수 있구나. 금속이 들어가면 뭐든 제작 가능하다곤 했지만 놀랍다. 너무 만능이잖아. 사기다.

"별거 아냐."

내 감탄에 명우가 흐뭇해하며 말했다. 그런데 왜 날 안 보고 유현이를 쳐다보냐.

"특수 아이템 제작이라니 확실히 대단합니다."

유현이가 말했다. 그래, 잘한다. 더 칭찬해라.

"이제 시작이죠. 단순한 아이템이라면 A급까지도 만들 수 있으니 S급도 머지않았습니다."

"길드장으로서 귀가 솔깃하지 않을 수 없는 이야기로군요."

"그래도 우리 유진이에 비하면 아직 멀었죠."

"저희 형 스킬이 여러 가지로 놀랍기는 하죠."

아니, 왜 거기서 내가 나와. 잘 나가다가 딴 길로 새네. 둘 다 웃고는 있는데 분위기가 좋냐 하면, 음… 삐약이나 데리고 와야지.

― 삐약!
― 꺄아!

발목에 새들이 하는 링처럼 줄어든 팔찌를 찬 삐약이가 뽁뽁뽁 걸어갔다. 그 뒤를 목걸이 찬 블루가 굴러가는 공을 본 강아지처럼 달라붙으며 앞발을 휘두른다.

퐁!

삐약이를 잡으려고 제법 강하게 발을 내리누르지만 비눗방울 같은 막에 막혀 버렸다. 공격은 통하지 않지만 그래도 재밌는지 블루가 연신 삐약이를 퐁퐁 두들겨 댔다.

― 꺄악! 꺄!
― 삐약삐약.

귀여워라. 폰을 꺼내어 동영상을 찍으려다 말고 그냥 사진만 찍었다. 뒤에서 두 놈이 아직 대화 중이기 때문이었다.

"당연히 유진이가 먼저 권했죠. 여기까지 온 것도 유진이 덕분인데."

…블루는 마수마 고기를 구해 줘야 하나. 성장에 도움될 수도 있으니 그게 좋겠지. 마수마종 나오는 던전이 어느 길드 관리하에 있더라.

"형에게 그런 면이 좀 있죠. 얼마 전의 일만 해도, 아, 아직 듣지 못하셨겠군요."

브레이커 길드가 가지고 있으면 편할 텐데. 문현아 씨 분명 협조 잘해 주겠지.

"괜찮습니다. 유진이 일에 관여치 못하고 겉도는 거야 제 능력이 부족한 탓인걸요. 물론 머잖아 그럴 일 없어질 겁니다. 어차피 해연 길드도 같이 나갈 거고요. 유진이가 나가게 되면 조금 섭섭하시겠습니다."

"길드나 헌터 이전에 가족이니 상관없습니다. 잠깐 떨어져 있었지만 형과는 그 누구보다도 오래 함께 지내 왔으니까요. 앞으로도 그럴 겁니다."

쟤들 왜 자꾸 내 등 뒤에서 날 언급해 대냐. 심지어 말에 가시가 슬쩍슬쩍 박힌 게 느껴졌다. 저러다 사이좋아지기는커녕 더 틀어지겠네.

"둘 다 할 일들 많을 텐데 슬슬 가 보지 그러냐."

이럴 거면 가라, 가.

"나야 프리랜서잖아. 유진이 널 위해서라면 얼마든지 시간 낼 수 있어."

"나도 형을 위해서라면 시간 빼는 거야 쉬워. 내가 길드장이니까."

"그래? 잘됐네. 그럼 둘이 같이 저녁이라도 먹지 그러냐. 난 새로 온 애들 돌보느라 바빠서 못 나가니까 사이좋게, 단둘이서."

둘이 동시에 입을 딱 다물었다. 그러곤 다시 열었다.

"저녁에는, 대장간에 가야지."

"나도 일정이 있어."

방금은 시간 낼 수 있다더니만. 두 놈 다 내보낸 뒤 애들 밥을 챙겨 주었다. 다행히 블루도 아무 몬스터 고기나 잘 먹었다. 유니콘들도 밥 먹이고 키워드 말해 줘야 하는데, 한동안 열심히 오르락내리락해야겠구만.

'이제 곧 사육 시설 완공되면 편해지겠지.'

바로 아래층, 그것도 포털이니까 오가기 쉬울 것이다. 그래도 막상 기숙사실을 떠나려니까 아쉬워졌다. 여기도 참 좋았는데.

'여긴 그냥 나 달라고 해 볼까.'

혹시 아냐, 쓸 일 있을지.

'석하얀의 모임 친구들도 곧 입국한다고 했고. 그 사람들 와서 자료 좀 더 정리하고 나면 도깨비 불러다 이번에는 중국 쪽으로 가 달라고 해야지.'

최적화 특수 스킬 B급 이상인 사람도 벌써 열세 명째 찾아 놓았다. 리에트와도 SNS로 연락하고 있고, 사육 시설 개장하면 동생 한번 보내 달라고 말해 두었다.

'슬슬 도하민에게도 연락해 봐야겠군. 그 외엔 없지?'

딱히 없는 거 같은데, 뭔가 잊어먹은 거 같기도 하고. 누가 더 있었던가? 모르겠다. 중요한 거면 나중에라도 생각나겠지.

"블루야! 안 돼!"

아이스크림 통에 머리를 처박고 있는 새끼 그리폰을 번쩍 들어 올렸다. 검고 하얗게 얼룩진 부리가 꺄꺄 신난 소리를 내뱉는다.

"냉장고 문 여는 건 또 언제 배워선!"

- 꺄아아!

"피스와 삐약이는 사람 음식엔 발도 안 대는데 넌 왜 그래! 넌 몬스터야, 탈이라도 나면 어쩌려고!"

- 꺄우 꺄?

젠장, 야단쳐 봤자 내 목만 아프다. 고작 하루 지났는데 블루 이 녀석은 진짜, 정말… 피스가 가구 몇 개 해 먹은 것쯤은 애교인 수준이었다.

첫날 저녁에 씻기다가 세면대와 샤워 호스 박살 내고 수건 서른 장쯤 갈기갈기 찢으며 신난다고 날뛰다가 전등 깨 먹었다. 저녁 식사 할 때 식탁 위를 덮쳐 날개로 싹 쓸어 버린 것에 이어 바닥에 떨어진 밥과 반찬 다 주워 먹으려고 바둥대다가 크림색 털이 각종 반찬 국물로 얼룩져 다시 씻겨야 했다.

물론 얌전히 씻지는 않았다. 피스와 달리 물을 좋아하는데, 좋아해서 더 난리였다.

천만다행인 건 딱 밤 아홉 시가 되자마자 잠든다는 것이었다. 밤에는 평화로웠다. 그리고 딱 아침 아홉 시가 되자마자 깨어나 우리에서 꺼내 달라고 우렁차게 울어 댔다.

어제 일을 까맣게 잊기라도 한 듯 피스에게 덤비다가 또 맞고 삐약이 쫓아다니다가 테이블 부수고 발톱으로 소파 벅벅 긁어 놓고 벽이랑 천장에도 발톱이며 부리 자국 길게 내 놓고…….

잠깐 한눈판 사이에 냉동실을 털었다.

"가만히 있어, 부리 닦게. 자꾸 움직이면 털에 묻잖아."

- 꺄아!

블루가 데구르 굴러 배를 드러내며 꼬리를 살랑였다. 파란색 커다란 눈도 벌어진 부리도 활짝 웃고 있었다. 앞발로 놀자는 듯 내 손을 툭툭 쳐 오는 모습이 여전히 귀엽긴 귀엽다. 에휴, 그래 사실 내가 그간 애들 쉽게 키우긴 했지.

"피스 넌 정말 점잖았어."

옆에 다가와 붙는 피스를 쓰다듬으며 말했다. 가구 좀 부순 거 말고는 별일 없었지. 삐약이는 힘이 약해서 얌전했고. 그리고 우리 유현이야 진짜 착한 애였다.

"블루는 다른 헌터에게 맡겨 놓고 가야겠다."

우리에 혼자 넣어 두었다간 종일 소리 질러 댈까 봐 무서웠다. 기숙사 방음이 잘된다고 해도 한계가 있을 테니까.

대충 치워 놓고 블루만 데리고 밖으로 나갔다. 점심때 각성센터 관련하여 헌터협회 측과 약속이 잡혀 있었다.

"아저씨, 아저씨, 아저씨!"

복도를 돌아서자마자 엘리베이터에서 막 내린 예림이와 마주쳤다. B급 던전 공략 간다더니 벌써 끝낸 모양이었다. 정비실에서 씻고 올라왔는지 가벼운 반팔 반바지 트레이닝복 차림에 머리칼이 촉촉했다.

"걔가 새로 데려온 몬스터군요!"

"응, 황금 그리폰인 블루야."

"귀여워! 안아 봐도 돼요?"

피스는 질색했지만 블루는 괜찮지 않을까. 이미 예림이를 향해 호기심 어린 눈빛을 보내고도 있고.

- 꺄아!

품에 안고 있던 블루를 들어 내밀자 알아서 파드득 예림이에게 다가갔다. 예림이가 두 팔을 활짝 벌려 블루를 끌어안았다.

"진~짜 귀여워! 털도 부드럽고! 아이스크림 냄새가 나네?"

큰 거 한 통 다 퍼먹은 직후란다.

- 꺄우 꺄!

"피스는 금색 젤리였는데 얜 분홍 젤리네요? 발바닥 좀 봐, 콱 깨물고 싶다! 블루야~."

예쁨받는 걸 아는 건지 블루의 꼬리가 휙휙 선풍기처럼 돌아갔다. 독수리 더하기 사자인 주제에 붙임성 좋은 강아지 같은 녀석이구만.

"솔직히 아저씨 네이밍센스 아저씨 같아요."

"…뭐?"

"피스는 그렇다 쳐도 삐약이에 블루가 뭐예요. 유니콘들은 화이트 블랙이라면서요. 시골 개도 아니고 흰둥이 검둥이라니 완전 아저씨."

"지, 직관적이고 짧고 좋잖아."

알아보기 쉽고 편한 게 최고… 같은 게 아저씨 같은 생각인가. 아니, 회귀 전까지 쳐도 서른 살밖에 안 됐는데.

"근데 어디 가시는 길이었어요? 단련실?"

"헌터협회 사람 만나러."

"앗, 그럼 저도 같이 가요! 요새 맨날 길드장님이랑만 나가고! 아저씰 지켜 주기로 한 건 저잖아요."

"너야 던전 도느라 바빴으니까."

그리고 앞으로는 더 바빠지겠지. 자신의 S급팀 만들어야 하니까. 역시 내가 좀 도와주긴 해야겠다.

블루를 오늘 당번인 헌터에게 맡긴 뒤 아래로 내려갔다. 유현이와 얼굴을 마주치자 예림이에 비해 이놈 요즘 통 일을 안 한다 싶어졌다. 제일 중요한 던전 공략을 말이다. 나랑 같이 간 거야 이놈 수준엔 공략이 아니라 나들이 같은 거였고.

"너, 요즘 던전에 통 안 가지 않았어? S급 던전 관리 안 해도 돼?"

공략 정보가 완벽히 갖추어진 하위 S급 던전이라면 A급팀만으로도 공략 가능하지만 그 외엔 S급 헌터가 필요했다. 아직은 해연이 관리하는 S급 던전 수가 적은 편이겠지만 펑펑 놀 정도는 아닐 텐데.

"그러잖아도 열흘 내로 들어가 봐야 해."

유현이가 걱정스러워하는 눈으로 나를 바라보며 말했다.

"S급 던전은 한번 공략 시작하면 못해도 일주일은 자리를 비워야 하니까 최대한 미뤄 뒀어. 내가 형을… 멀리했던 것도 S급 던전 공략 기간 탓이 컸지. 던전에 들어가면 당연히 신경 써 줄 수 없으니까."

S급 던전 공략 기간은 공략 정보가 있는 경우나 최소 일주일이었다. 첫 공략이면 길게는 한 달 이상도 봐야 한다. 상성이 나쁘다면 정보가 충분해도 보름 이상 걸리기도 했다.

그렇게 긴 시간을 정기적으로 떠나 있어야 하는 건 S급 헌터가 길드장으로 있는 길드의 가장 큰 약점 중 하나였다. 길드장만이 아니라 정예 상급 헌터들까지 우르르 자리 비우게 되는 꼴이었으니까. 심지어 연락도 안 되고 도중에 나올 수도 없었다. 나중에야 거대 길드면 S급 헌터가 기본 둘 이상은 있게 되어 그런 약점도 사라졌지만.

"이제는 제가 있으니까 얼른 들어가시죠, 유현이 오빠."

예림이가 내 팔에 답삭 매달리며 말했다.

"아저씨는 제가 잘 돌보고 있을게요. 그간 열심히 던전 돌았으니 열흘쯤 휴가 내고 옆에 딱 붙어 있죠 뭐. 이참에 제 스킬도 봐주시고요, 같이 던전도 갈래요? 아님 방탈출 카페는 어때요? 예전부터 가 보고 싶었는데 비싸서 못 갔거든요."

방탈출 카페라. 나도 가 본 적 없는데.

"유현이 넌 가 봤어?"

"그게 뭔데?"

…세상에, 스무 살짜리가 할 말이냐. 눈물이 다 날 거 같았다. 한창 유행 빠삭하게 놀 때 아니냐고.

"너도 같이 가자."

"앗, 아저씨랑 둘만 가려고 했는데!"

"저 녀석도 못 가 봤다잖아."

"…알았어요. 한 번만 갈 것도 아니니까. 그럼 나가는 김에 오늘 갈까요?"

"별일 없으면 그러자."

가볍게 고개를 끄덕이고 차에 탔다.

한참을 달려 도착한 곳은 헌터협회가 아닌 아직 개장 전의 각성센터였다. 협회 건물과 다르게 서울 외곽에 위치한 이곳은 유사시 협회 기능을 대신 수행하게 되어 있었다.

둥근 반구형 각성센터 옆에 붙어 있는 저 빌딩이 제2 헌터협회인 셈이었다. 정확히는 각성센터가 뒤늦게 끼어든 것이었지만. 대중에겐 아직 신 헌터협회 건물로만 알려져 있었다.

"전 평 좋은 카페 찾아보고 있을게요!"

예림이가 잘 갔다 오라고 팔을 휘저으며 말했다.

햇살 아래 매끄럽게 드러난 새 건물을 바라보자 속이 조금 어수선해졌다. 좋은 기억은 없는 곳이다. 오히려 그 반대지. 몇 번 밟히지 않았을 계단이 반지르르했다. 주위에는 아직 아무것도 없었다. 펄럭이는 현수막도 모여든 기자들도.

조용하다.

"안 오고 뭐 해?"

내가 멈춰 서자 유현이가 의아하게 돌아보았다.

"그냥 구경 좀 했어."

아무렇지 않게 대답하고 걸음을 옮겼다. 두 번 다신 오고 싶지 않았던 곳인데 그리 기분 나쁘진 않았다. 없었던 일 된 덕일 수도 있고 공포 저항 때문일 수도 있고.

"근데 넌 명우에게 잘해 주랬더니 왜 시비를 걸고 앉았었냐?"

계단을 오르며 물었다. 그러다 무기 안 만들어 주면 어쩌려고.

"시비가 아니라 형을 어떻게 생각하고 있는지 확인해 본 거야. 형이 속인 게 있으니까. 만에 하나 그 일로 원망이라도 할 수준이라면, 그냥 내버려둘 수 없잖아."

"건드리지 말란 소리에 대답은 잘하더니."

"스킬이 너무 좋아서 위험해."

"명우 그럴 녀석 아니고 내가 먼저 털어놓긴 할 거야."

"혹시라도 틀어지면 반드시 말해. 숨기지 말고."

"…어."

나와 사이가 소원해질 수는 있어도 적대하지는 않을 거라고 생각하지만. 그래도 만에 하나 완전히 틀어진다면 유현이 말대로 위험한 상대이기는 했다.

괜찮겠지만… 좀 더 잘해 줄 걸 그랬나.

유리문을 열고 안으로 들어갔다. 건물 안도 텅 비어 있었다. 기다란 데스크는 아직 비닐로 덮인 채였다. 이럴 거면 굳이 여기로 부를 필요 있었나. 그냥 가까운 협회 본 건물로 부르지. 저만치 복도로 들어가는 입구 앞에 서 있는 안내인 외엔 아무도 없었, 아니. 문현아도 있네.

"안녕, 형님. 도련님."

문현아가 우리를 향해 반갑게 손을 흔들었다.

"여긴 어쩐 일이세요?"

"어쩐 일이긴, 당연히 우리 형님 보러 왔지. 블루는 어때? 잘 클 거 같아?"

역시 블루가 목적이었구나.

"아주 튼튼하고 활발해요. 아무거나 잘 먹긴 하지만 그리폰이니 마수마 고기가 제일 좋지 싶습니다."

"그래? 해연 관리 던전에는 마수마종 나오는 곳이 없을 텐데."

"브레이커엔 어때요?"

문현이가 씨익 웃으며 내 어깨에 팔을 턱 걸쳤다.

"그 정도 서비스야 당연히 해 드려야지. 신선한 고기로 제공해 드리겠습니다."

"성은이 망극하옵니다."

마수마종 고기 먹을 때와 아닐 때 성장 속도 비교해 봐야겠다.

"이곳이 바로 각성센터의 중추인 각성룸입니다."

긴 복도를 지나 둥그런 로비에 멈춰 선 안내인이 말했다. 들어온 입구를 제외하고 사방으로 다섯 개의 문이 달려 있었다. 회귀 전에 왔을 땐 사람이 많아 좁아 보였는데 텅 빈 지금 보니 꽤 넓구나.

각성룸 안쪽은 아직 미완성이었다. 그렇게 한 바퀴 살펴보고 헌터협회장 및 높으신 분들이 기다리고 있는 곳으로 향했다.

"한유진 헌터가 보내 준 A급, B급 헌터는 무사히 각성하였습니다."

협회장보다 좀 더 젊어 보이는 부회장이 말했다. 내 앞으로 두 헌터의 프로필 자료가 차례로 놓였다.

특수 스킬 소유자 찾다가 덤으로 찾은 A급, B급 전투 적성 비각성자는 협회로 바로 보냈었다.

자료를 보니 A급은 최적화 스킬 셋 중 둘을, B급은 셋 다 얻었다. 역시 전투 적성은 최적화 각성 하기 비교적 쉽구나.

"보시다시피 미리 알려 주신 스킬도 여섯 개 중 다섯 개가 무사히 나왔습니다. 조언해 주신 대로 스킬명으로 능력을 예상해 그에 맞는 상황을 만들어 주었지요. 강동훈 헌터의 B급 스킬 하나는 아쉽긴 하지만 한유진 헌터의 비각성자 상태창 확인 스킬의 능력은 확실히 실감했습니다."

"그럼 이제 확인 작업은 끝난 것이겠군요."

"만약 한유진 헌터가 특수 스킬 각성까지 무사히 해낸다면 우리로선 협조 안 하려야 안 할 수가 없지 않겠나."

이번에는 협회장이 말했다. 뭐야, 실감했다면서. 그런데 왜 특수 스킬 각성까지 하라는 식으로 지껄이는 거야.

"아니, 아예 각성센터 자체를 한유진 헌터와 협력하여 운영하는 것은 어떻겠나. 굳이 따로 만들 것 없이, 비각성자 적성 확인 또한 각성센터에서 함께 맡는 거지. 한유진 헌터로부터 상태창 검증을 받은 후에 각성 시설을 이용하도록 체계를 잡아서 말이야."

"…그건 좀 과하다고 생각합니다만."

날 갈아 넣을 셈이냐. 게다가 저번과는 말이 다르잖아. 난 각성센터에서 일할 생각 없다고.

"우선 제 능력상 많은 숫자를 감당할 수가 없습니다. 스킬 등급은 높지만 스탯 등급은 낮으니까요. 그런 상황에서 제게 먼저 확인을 받아야만 한다고 제한을 걸어 놓으면 제가 제일 욕먹… 설마 그게 목적인 건 아니겠지요."

"허허허, 그럴 리가."

협회장이 손사래를 쳤지만 영 믿음이 가질 않았다. 어디까지나 선택지가 있고 사설이어야 하루 일이백 명만 받아도 욕을 덜 먹지.

"성급하게 잘못 각성해 버릴 사람들이 아까워서 그런 거라네."

"어디까지나 스스로의 선택이니 어쩔 수 없죠. 모든 사람을 일일이 챙겨 줄 수는 없습니다."

이 정도면 할 만큼 했다.

"무엇보다 저는 헌터협회에 들어갈 생각이 없습니다."

단호한 내 말에 협회장이 미간을 살짝 좁혔다.

"젊은 사람이 보다 큰 공공의 이익을-."

"협회장님의 이득이겠죠."

"너무 무례한 것 아닙니까!"

협회의 헌터가 버럭 소리쳤다. 그러자 유현이와 문현아가 동시에 그를 쳐다보았다. A급쯤 되어 보이는 헌터가 움찔 뒷걸음질 친다.

문현아가 긴 다리를 꼬며 손가락 끝으로 테이블을 톡, 두드렸다. 가볍게 건드렸을 뿐인데도 동그란 자국이 움푹 생겨났다.

"과식하면 체합니다. 나이도 있으시니 더더욱 위험하죠. 목에 탁 걸려서 그대로 넘어가실지도 몰라."

"아니, 브레이커 길드장!"

"혹은 한국에서 자연발화 현상 같은 게 일어날지도 모르고. 도련님, 조만간 같이 술 한잔할까? 형님도 끼워서 말이야. 다른 길드장들이랑은 마신 적 없는 걸로 아는데, 내가 최초 한번 해 보자."

"처음 맞습니다. 그러죠."

유현이가 짧게 고개를 끄덕이며 협회장을 바라보았다.

"가급적이면 늦은 시간이 좋겠습니다."

"물론 술은 밤에 마셔야지. 취하지도 않으니 정신 멀쩡하게 도련님과 형님은 새벽까지 나와 함께 있었다~ 말해 줄 수 있겠어."

농담처럼 말하고 있었지만 유현이도 문현아도 눈빛은 서늘했다. 협회장이 마른침을 꿀꺽 삼켰다. 테이블 위의 주름진 손이 무의식중에 꽉 맞잡히며 덜덜 떨렸다.

여기서 S급들이 기세까지 감추지 않으면 기절하실 듯. 자기를 태워 죽이고 알리바이를 만들겠다, 라는 소리 들으며 저만큼 버티는 것만으로도 대단하다 해 줘야겠지만.

"물론 강요하는 것은 아닙니다. 한유진 헌터가 거절한다면, 당연히 없었던 이야기로 하겠습니다."

부협회장이 얼른 말했다. 이쪽이 좀 더 말이 잘 통하네.

결국 예전 협의안 그대로 나는 나대로 알아서 일하며 자료만 협회로 보내 주기로 했다. 현아 씨 협박 잘하시네.

"도와주셔서 감사합니다."

내 말에 문현아가 눈을 찡긋했다.

"뭘, 별것도 아닌데. 내 애 키워 주실 분에게 이 정도도 못 해 주겠냐."

아니, 그 말만큼은 제발 좀……. 문현아는 조만간 마수마종 고기를 보내 주겠다며 먼저 자리를 떴다.

볼일을 마치고 간 방탈출 카페에서는 부수지 말란 소리만 백 번쯤 한 것 같았다. 예림이와 블루가 겹쳐 보이는 것은 눈의 착각일까. 그래도 예림이는 말을 알아듣기는 하지.

"아저씨, 다음에 또 같이 와요! 둘이서!"

웃기지 마라.

해연으로 돌아와 기숙사 층으로 올라가기 전에 단련실의 유니콘들에게 갔다. 예림이도 구경하겠다고 쫄래쫄래 따라왔다.

"하양아, 까망아, 안녕~. 어느 쪽이 여자애예요?"

"까만 쪽."

"얘구나, 예쁘다. 이리 온."

예림이가 까망이, 아니 블랙인데. 아무튼 까만 새끼 유니콘을 향해 손을 내밀었다. 유니콘이 귀를 번쩍 세우더니 내민 손을 꽉 깨문다.

"아하하. 간지러워, 까망아~."

"물지 말라고 해야지. 그러다 버릇 된다. 너한텐 간지러워도 비각성자는 손가락 잘려 나가."

"아차. 안 돼! 까망아!"

- 푸흥!

예림이의 가벼운 꿀밤에 까망이가 화들짝 놀라 물러났다. 주위를 두리번거리다가 내 뒤로 쪼르르 와 숨는다. 하얀 녀석도 따라왔다.

"얘들아! 어딜 숨는 거야. 그 아저씨 내 새끼손가락보다 약해!"

새끼손가락은 너무하잖아. 그 정도로 약하긴 하겠지만.

유니콘들 밥 챙겨 준 뒤 블루도 챙겼다. 녀석을 맡아 준 헌터가 동정 어린 눈빛으로 고생이 많으시네요, 하고 말했다. 그나마 돈 걱정은 없어서 다행이지 가난한 살림이었으면 눈물이 다 났을지도.

"피스야, 삐약아. 잘 있었니."

- 끼앙!
- 삐약!

 피스가 근엄한 자세로 컁 하고 짖자 블루가 파드득 내 품에서 빠져나갔다. 우리 블루, 학습 효과가 아주 없지는 않구나.
 예림이가 부탁한 반찬을 가져다주고 애들 챙기고 저녁 먹을 때까지도 웬일인지 명우가 나타나지 않았다. 블루와 삐약이가 잠들고 피스가 꾸벅꾸벅 졸기 시작할 즈음에도 여전히 소식이 없었다.
 '연락할 수도 없고.'
 황금대장간은 아공간이라서인지 던전에 들어간 것처럼 휴대폰도 안 터진다. 명우가 먼저 나오지 않는 이상 연락할 방법이 없었다.
 대장간에 있는 거 맞긴 맞겠지? 가끔 밤샘할 때도 있었지만 밥 때는 꼬박꼬박 나와서 챙겨 먹었는데. 힘쓰는 일 하려면 제대로 먹어야 하는 거 아니냐고. 왜 안 나오냐.
 걱정에 잠을 설치다가 아침이 되었다. 수탉처럼 때맞추어 울어 대는 블루를 꺼내 주고 아공간에 연락할 방법을 찾아봐야 하나 고민하는 그때, 드디어 명우가 나타났다.
 "야! 넌 이렇게 오래 대장간에 있을 거면 말이라도 한마디 해야지! 안에서 무슨 일 났을까 봐 걱정했잖아!"
 "미안."
 입은 미안하다고 했지만 명우의 얼굴은 활짝 피어 있었다. 밤을 새운 탓인지 눈 밑이 어둡긴 했지만 표정만은 밝았다. 무슨 좋은 일 있구나, 바로 알 수 있을 만큼.
 "도중에 손을 뗄 수가 없었어."
 그렇게 말하며 명우가 인벤토리에서 무언가를 꺼내 들었다. 길이가 2미터쯤 되어 보이는 장창이었다. 날부터 창대까지 푸르스름한 한기가 감도는 것이, 보통 물건은 아니었다.

"그거 혹시."

"자."

명우가 내민 창을 받아 들자 간단한 아이템 설명창이 떴다.

> 파르미니의 얼음나무 창 - S급
> 솜씨 좋은 장인이 오래된 얼음나무 가지로 만들어 낸 창.
> 강력한 한기를 품고 있다.

S급. 그것도 S급 무기였다.

스탯 옵션은 비율 증가라 내 스탯은 얼마 오르지 않았지만 대신 새로운 스킬은 생겼다.

> 빙속성 강화(S)

빙속성 강화. 그것도 S급이었다. 예림이에게 내새끼 스킬 집중으로 썼을 때 뜬 게 A급 빙속성 강화였는데. S급 속성 강화라니.

…우리 예림이 저축 많이 해 놓았을까.

"드디어 S급 무기까지 만들어 냈구나!"

힘껏 감탄 어린 눈빛을 보내 주자 명우가 어깨를 으쓱거렸다.

"다행히 첫 시도에 성공했지. 밤새 개고생했지만. 두 번째부터는 좀 더 쉬워질 거야."

"이렇게 빨리 성장할 줄은 몰랐는데. 이러다 SS급 무기도 금방 만들어 내는 거 아니냐."

"그건 좀 힘들걸. 이스무아르가 보조해 줄 수 있는 건 S급 무기까지라더라고. 그래도 준비하고 있는 게 하나 있긴 하지."

역시 SS급 장비는 힘들구나. 그래도 이게 어디냐. 진짜 대단했다. S급 방어구나 액세서리도 아닌 무기라니.

"이제 더 미룰 거 없겠다. 너도 이름 알려야지."

원래는 A급 무기 만들었을 때 대장장이 헌터로 데뷔하자고 했지만 명우가 거절했었다. S급까지 만든 후에 나서겠노라고.

"그래. 이젠 당당하게 나설 수 있으니까."

명우가 웃으며 고개를 끄덕였다. 나도 마주 미소 짓다가, 미뤄 뒀던 일을 떠올렸다.

너무 늦어지기 전에 자진 납세 해야지.

"명우야, 내가 말 안 한 게 하나 있는데."

"뭔데?"

"사실은 우리가, 원래 알던 사이가 아니야. 내가 착각한 거 같더라."

변명을 덧붙이며 털어놓았다. 가슴이 살짝 뛰었다. 명우가 뭐라고 할까.

"그래?"

명우가 대꾸했다. 그리고 그걸로 끝이었다. 잠시 기다려 보았지만 이어지는 말은 없었다. 아니, 잠깐만. 반응이 왜 이래?

"음, 속이려고 한 건 아닌데. 알고 보니까 헌터협회에서 마주치기 이전엔 만난 적 없더라고. 내가 거짓말한 셈이 되긴 했는데 고의는 아니었고."

창을 만지작거리며 횡설수설 말했다. 착각이라고 하면 적당히 넘어갈 수 있을 거라고 생각은 했지만 이 정도의 무반응은 예상외였다. 약간 놀라기라도 해야 하는 거 아니냐.

나를 가만히 바라보던 명우가 입을 열었다.

"설사 속인 거라고 해도 상관없어."

"…응?"

"유진이 네가 거짓말을 한 거라면, 나는 날 속여 줘서 고맙다고 대답하겠어."

명우가 웃으며 말했다. 아니, 뭐 고마울 거까지야……?

"대체 왜 당황해하는 거야? 자, 나를 봐. SS급 제작 스킬을 가진 유명우."

녀석이 두 팔을 벌려 보이며 말을 이었다.

"한유진, 네가 만들어 냈어. 흔해 빠진 F급 헌터 데려다가 이렇게 바꾸어 놓은 게 바로 너야."

…틀린 말은 아니긴 하지만. 그대로 받아들이기엔 양심이 찔렸다.

"내가 널 도와준 건 사실이긴 한데, SS급 스킬 얻은 건 네 노력이고 재능이야."

"자갈 속에 보석 들었으면 뭐 하냐. 굴러다니다가 진창에 빠지기 직전이었는데."

"그렇긴 해도."

"너무 빼지 마. 섭섭해지려고 그런다. 누가 뭐라 해도 내가 여기 이렇게 있을 수 있는 건 전부 네 덕 맞아. 재능이고 노력이고 여건이 안 되면 소용없어. 내가 그 산 증거 아니냐."

그렇게 말하며 명우가 내 어깨를 툭 쳤다. 그런데 그 힘이 생각 이상으로 강했다.

"윽, 아프잖-."

- 크르르.

비틀거리며 어깨를 붙잡는데, 돌연 싸한 소리가 들려왔다. 황급히 주위를 살펴보자 피스가 이를 드러내고 있었다. 블루도 날개를 반쯤 펼친 채다. 심지어 삐약이까지 포함해, 셋 모두 명우를 빤히 쳐다보고 있었다.

그냥 놓아두면 큰일 나겠다는 직감이 들었다.

"아니야, 안 아파! 장난이야, 장난. 피스야, 송곳니 숨기고 블루도 날개 접고 삐약이 넌 뭘 어쩌려고. 아무튼 다들 진정해."

특히 피스 넌 명우랑 하루 이틀 본 사이도 아닌데 고작 이거 가지고 이를 드러내고 그러냐. 성현제 때야 낯서니까 그럴 만했지만.

"명우는 내 친구야, 친구."

다행히 애들은 이내 다시 평소대로 돌아갔다. 한숨을 쉬고 명우를 돌아보았다.

"미안. 애들이 착각을 했나 봐."

"아냐, 내가 힘 조절을 제대로 못 한 탓인걸."

"종일 쇠만 두드려 대니까 그렇지. 좀 쉬어 가며 해."

"그보단 스탯이 올라서 그래."

"…뭐?"

아니, 스탯이 또 올라? 명우 이놈만 시스템이 다른가, 왜 또 올라? 명우가 턱 끝으로 내가 들고 있는 창을 가리켰다.

"첫 S급 아이템 만든 보상이라면서 오르더라고. A급 때도 올랐는데 그땐 힘 조절 하기 힘들 정도는 아니었거든. 이번엔 꽤 많이 올라서 아직 적응이 덜 된 모양이야."

그런 보상도 있나. 원래 있는 시스템인지 선배님 배려인지 모르겠지만 사기였다.

"스탯 계산 좀 해 보자."

명우가 불러 주는 스탯을 더해 나누어 보았다. 평균이…….

"…C급이네."

A급 아이템 만들었을 땐 D급으로 올랐던 건가. 이대로라면 SS급 만들면 B급 되고 SSS급 만들면 A급 되고 L급 만들면 S급 되나?

역시 명우가 주인공이고 나는 서포터 같은 건가 보다. 자기가 만든 장비로 자기가 다 해 먹고 다니겠네.

'나도 스탯 올라가는 거 뭐 좀 없나.'

남의 목숨과 내 멘탈 갈아서 일주일 강해지는 그런 쥐도 싫은 거 말고.

"너, 이러다가 F급으로 시작해서 S급 되는 거 아니냐?"

"설마 그럴 리가, 싶지만 모르지."

명우가 제 손바닥을 내려다보았다. 처음 만났을 때의 녀석은 시들하게 창백한 편이었다. 손이라고 다를 건 없었을 터다. 기껏해야 펜 굳은살이나 붙은 맥없는 손이었겠지.

하지만 지금은 단단해졌다.

굳은살은 물론이고 눈에 띄게 굵어진 손가락에 미처 치료 못 한 상흔도 보였다. 색도 모양도, 못해도 일 년 이상 쇠를 두드려 온 장인의 그것 같았다.

"내가 이렇게 될 줄은 누가 알았겠냐. 그러니 F급이 S급 될 수도 있지. 모를 일이잖아."

명우 넌 애초에 재능이 있었고, 라고 생각하다가 시스템 관리자의 말이 떠올랐다. 시스템의 제한이 없다면 평범한 사람이 세계 최강으로 성장하는 것도 불가능하지 않다던.

10년 안팎으로 시스템은 사라질 예정이라고 하였다. 그렇게 되면 명우 같은 예외적인 경우가 아니더라도, 별다른 재능 없이도 A급, S급이 되는 사람들이 나올지도 모른다.

"그래, 모를 일이지."

모를 일이 맞다. 나만 해도 회귀해서 이렇게 될 줄 알았나, 뭐.

"이제 다른 사람들에게도 모를 일 한번 보여 주자."

휴대폰을 꺼내 풍성하게 들어찬 연락처를 열었다. 스크롤을 주르륵 내리는 입가에 절로 미소가 그려졌다.

헌터협회장은 내 연락을 받고 믿을 수 없다 하더니 아예 직접 당장에 이쪽으로 오겠노라 어울리지 않는 호들갑을 떨었다. 나 때보다 더한 반응이었다.

그럴 만은 했다. 헌터협회의 주 수입원은 마켓과 포션을 포함한 각종 아이템의 제작 판매였다. 직접 만드는 아이템이라고 해 봐야 저주 관련이니 장비를 주로 만드는 명우와는 관련이 없었다. 포션도 마찬가지고.

하지만 헌터마켓은 다르다.

S급 이상 장비의 경매 수수료도 짭짤하겠지만, 그보다 정기적인 공급이 가능하게 된다는 이점이 가장 컸다. 전 세계에서 상급 헌터들이 방문하고 이름이 알려지는 것만으로도 가치가 크게 뛸 테니까.

물론 협회장이 바라는 대로 잘될지는, 알 수 없지만.

그리고 얼마 지나지 않아 휴대폰에 전화며 문자가 들어오기 시작했다. 그새 어떻게 알아냈는지 명우 폰도 덜덜 떨어 댄다.

"그 번호면 브레이커 길드장이네."

명우가 자꾸 전화 온다며 보여 준 번호를 확인하고 말해 주었다.

"길드장?"

"응. 이번에 만든 무기가 창이라는 것까지 전해 들었나 봐. 거창 쓰는 S급 헌터거든."

얼음나무 창은 돌격용은 아니었다. 이건 역시 예림이한테 딱이지. 마력 스탯 증가 비율도 높고.

"귀찮을 거 같으면 이참에 번호 바꿔. 번호는 안 바꾸더라도 폰은 바꾸고."

못해도 3년쯤은 된 거 같은 폰이니 갈 때도 되었지.

"아직은 협회와 길드들만 연락하지만 방송 타고 나면 사돈의 팔촌까지 폰에 불날걸?"

명우는 아직 잘 실감이 안 나는 표정이었다. 그것도 얼마 안 가겠지만.

"아저씨! 그리고 우리 명우 오빠!"

메이크업실 문을 열자 먼저 관리받고 있던 예림이가 두 팔을 활짝 벌리며 외쳤다. 그 외침에 대답도 못 하고 명우가 사람들 손에 끌려갔다. 원래 입던 옷이 다 작아져 꼴이 말이 아니었기에 머리부터 발끝까지 싹 갈아야 할 판이었다.

한 시간여쯤 예림이와 노닥거리고 있자니 명우가 어색해하며 나타났다.

"오, 완전 다른 사람인데요. 안 그래요?"

"그러게, 완전 처음 보는 사람인데?"

반쯤 농담 삼아 말했지만 첫 만남 때와 비교해 보면 진짜 딴사람이었다. 세련되게 다듬어진 머리칼 아래의 얼굴은 비슷했지만 깃든 표정은 완전히 달라진 데다가 뭣보다 몸이 다르다. 툭 치면 넘어갈 듯 시들푸들하던 모습은 깨끗이 사라졌다. 커진 키도 키지만 딱 맞는 여름 정장 셔츠 너머로 굵어진 팔뚝 선이 뚜렷했다.

등도 쫙 폈고 어깨도 넓어졌고. 뒷모습만 보면 낳아 준 부모도 못 알아보겠다.

부러워라.

"화장까지 해 주던데… 티 나? 이상하지 않냐?"

"아니, 괜찮아. 자연스러워. 잘생겼어."

"맞아요! 최고, 완전 미남!"

통장이 거덜 나게 생긴 예림이가 호들갑을 떨어 댔다. 시세도 없이 경매로 가야 하는 S급 무기라 S급 던전 한번 못 들어가 본 햇병아리 헌터 지갑 사정으론 원래는 절대 구입 불가능했다.

우리 예림이, 돈 잘 번다고 자신만만하던 게 얼마나 되었다고 빚쟁이 되겠구나. 금방 갚긴 하겠지만.

"준비 다 된 모양이로군요."

유현이가 들어와 명우와 가볍게 인사를 나누었다. 그러곤 나를 손짓해 불렀다. 다가가자 나직한 목소리로 물어 왔다.

"말했어?"

"했어. 상관없대. 설사 속인 거라고 해도 괜찮다고."

"다행이네."

유현이가 고개를 끄덕이고 좀 더 부드러워진 표정으로 명우를 바라보았다.

"이젠 진짜 잘해 줘. 친하게 지내라고."

"노력은 해 볼게."

순도 백 퍼센트 진정성 없는 대답이었다.

유명우의 스킬을 공개, 검증할 헌터협회 회견장에는 이미 기자들이 가득 차 있었다. 아직 자세한 내용까지는 알려지지 않았지만 알음알음 말은 퍼지고 있는 모양이었다.

회견장과 이어져 있는 대기실에 먼저 와 있던 낯익은 얼굴들이 보였다.

"오랜만입니다, 한유진 헌터."

한신의 길드장 박민규가 내게 인사하고 이내 명우에게로 시선을 돌렸다. 방어계인 그로서는 내가 키울 기승수보다야 명우의 장비가 더 탐날 것이다. 그래도 먼저 인사는 해 주네.

MKC 길드장은 나올 염치가 없었을 테고, 문현아는 급한 던전 공략 때문에 자리를 비웠다.

"안녕하세요, 한유진 님. 그동안 잘 지내셨어요?"

드래곤 라이더 스킬을 지닌 세성의 A급 헌터 강소영도 내게 인사를 건네 왔다. 그녀의 뒤쪽으로…….

"새로운 S급 몬스터 때문에 고생하고 있다 들었네만."

세성 길드장이 서 있었다. 이번에는 꽃다발 없네. 명우에게도 주지 않을까 싶었는데. 성현제가 내 앞으로 다가와 몸을 살짝 숙였다. 그의 목소리가 나직하게 내 귓가로 와 닿았다.

"어린것들을 돌보는 일은 도와주지 못해도, 늙은 것을 다루는 일은 거들어 줄 수 있어."

각성센터에서의 일을 들었나 보구만. 성현제에게 마주 미소 지어 보였다.

"저는 둘 다 잘한답니다."

"또 어떤 것을 잘하는지 차분히 이야기 나누고 싶어지는군. 한유진 군과 둘이서만 말이야."

"집에 초대라도 해 주시게요?"

"누군가를 초대한 적은 없었는데. 오길 원하나?"

"첫 손님이라면 부담스러우니 사양하겠습니다."

집에 사람 초대한 적이 없다니, 친구 없나 보다. 없을 거 같긴 해.

성현제가 한 발 뒤로 물러나자마자 유현이가 나를 자기 쪽으로 끌어당겼다. 경계 안 해도 세성 안 간다.

성현제는 내게 잠시 시선을 두었다가 명우에게로 돌아섰다.

"유명우 헌터, 우선 축하부터 하겠네."

천하의 세성 길드장이라도 대장장이를 무시하진 못하는구나. 나 다음에 바로 명우에게로 관심 돌리는 거 보니.

심지어 성현제 저 인간 유현이와 예림이는 쳐다도 안 봤다. 뭐 다른 길드 소속 S급 헌터보다야 명우가 훨씬 중요하겠지만.

"저기요오, 한유진 님."

성현제가 멀어지자 강소영이 다시 다가와 내게 말했다.

"새 몬스터들 여럿 들어왔어도 아직 자리 남아 있죠?"

"네, 물론이죠. 암룡은 아직인 모양입니다."

작게 묻자 강소영이 한숨을 내쉬며 걱정스러워하는 표정을 지었다.

"오래 걸리는 거 보니 둥지는 제대로 나온 거 같지만요. 다들 무사히 돌아왔으면 좋겠어요."

"괜찮을 겁니다."

나온 지 꽤 된 공략 정보 완벽한 던전이라고 했으니 별일 없겠지.

강소영과 잠깐 이야기하는 사이, 성현제로부터 풀려난 명우가 순식간에 사람들로 둘러싸였다. 가 볼까 하다가 그냥 내버려두었다. 앞으로도 저 비슷한 일 많을 텐데 홀로서기 하겠다고 결심했으니 익숙해져야지.

'그리 곤란해 보이지도 않고.'

언뜻언뜻 나타나는 얼굴이 생각보다 편하다. 우리 명우, 짧은 시간 만에 겉도 속도 많이 변했구나. SS급 스킬 가질 수 있다는 거 처음부터 알고 있었지만 그래도 저렇게나 달라질 줄은 꿈에도 몰랐는데.

보고 있자니 자꾸 흐뭇하게 입꼬리가 올라갔다.

"넌 저기 안 끼냐?"

내 옆에 있는 유현이에게 말했다. 강소영 헌터도 저리로 갔는데.

"이제 와서 뭘 새삼."

"새삼이라니. 일해라, 길드장."

"어차피 유명우를 꼬드기는 것보다 형한테 부탁하는 편이 더 빠를 거 같던데."

이건 또 무슨 소리냐.

"야, 네 일은 네가 알아서 해야지 왜 엉뚱한 나한테 부탁을 해?"

"안 도와줄 거야?"

…그건 아니지만. 얘가 은근 뻔뻔하게 구네. 그래도 형은 그냥 가만히 있어, 보다는 낫다. 뭐, 형만 믿어라. 내가 네 장비 하나 못 마련해 주겠냐.

잠시 뒤 명우와 협회 사람들이 회견장으로 나갔다. 나는 따라가진 못하고 모니터를 통해 바라보았다. 명우 녀석, 화면빨도 제법 잘 받는구나.

짧은 인사와 소개말이 끝나고 명우가 긴장감 없이 미소 띤 얼굴로 입을 열었다.

[제가 얻은 스킬은 SS급 제작 스킬, 황금대장간의 주인입니다.]

[대장간이라면 금속 아이템만 제작 가능한 겁니까?]
[금속이 들어간 아이템이라면 무엇이든지 만들 수 있습니다.]

대답도 침착하다. 뿌듯하다.

[제작 가능한 아이템의 최고 등급은 얼마입니까. SS급이라면 설마 SS급까지도 만들 수 있습니까?]

기자의 물음에 명우가 대답 대신 파르미니의 얼음나무 창을 꺼내 들었다. 푸르른 한기를 휘감은 심상찮은 창의 등장에 좌중이 잠시 조용해진다. 그사이 협회의 감정사가 마이크를 들었다.

[이 파르미니의 얼음나무 창은 S급 무기로 빙속성 강화 S급 스킬이 담겨 있음을 한국 헌터협회의 이름으로 보증합니다.]

S급 스킬을 가진 S급 무기. 한국의 열여섯 번째 S급 무기의 모습을 담기 위해 플래시가 파바바박 요란하게 터진다. 잠깐 사이를 두었다가, 명우가 다시 입을 열었다.

[아이템의 제작 등급 한계는 없습니다.]

이번에는 침묵이 좀 더 길었다.
"와, 저게 진짜예요?"
대기실에서 같이 모니터를 보고 있던 강소영이 중얼거렸다. 제작 등급의 한계가 없다는 말은 협회 측에도 알리지 않았다. 그냥 S급 무기를 만들었고 SS급 제작 스킬이라는 정도만 말해 주었다.

[그, 그럼. S급을 넘어선, SS급 이상의 아이템도 만들 수 있다는 말씀이십니까?]

[스킬상 한계는 없으니 가능합니다. 다만 SS급 이상 아이템을 만드는 데에는 숙련도가, 좀 더 많은 아이템을 만들어 본 경험이 필요합니다. 이미 짧은 시간 만에 S급 아이템을 만들어 냈으니 SS급 아이템이 나오는 것도 그리 먼 미래는 아닐 겁니다. 언젠가는 정기적인 공급까지도 가능하겠지요.]

누구의 것인지 모를 마른침 삼키는 소리가 들려왔다. 지금 명우의 말을 듣고 있는 모든 헌터의, 특히 상급 헌터의 가슴이 두근거릴 것이다.

설렐 수밖에 없는 이야기였다.

SS급 무기. 어쩌면 그 너머까지도. 스탯 F급인 나도 기대되는데 직접적인 수혜를 받을 상급 헌터야 긴말할 거 있을까.

자잘한 질문이 이어지는 동안에도 대기실은 계속 침묵에 잠겨 있었다. 성현제조차 입을 다문 채 깊은 생각에 빠진 표정이었다.

다들 심각, 진지한 가운데 나 혼자 입꼬리가 자꾸 올라가려니 좀 민망하지만 그래도 좋았다. 명우 스탯이 여전히 F였다면 이렇게 대대적으로 털어놓기 조금 꺼려졌겠지만 이젠 C니까. 스탯 C면 장비 든든히 차면 큰 걱정 없다. S급 장비 직접 만들어서 도배하면 되지. 여차하면 대장간으로 튈 수도 있고.

아, 진짜 걱정이 없네. 정말 잘났다, 우리 명우.

모니터 보고 히죽거리는 사이 예림이가 등장했다. 파르미니의 얼음나무 창의 새로운 주인이었다. 그간 해연 길드의 도움을 받은 바 있는 만큼 첫 S급 무기를 단돈 천억에 넘겨주기로 한 것이었다.

진짜 단돈이다. S급 무기면 스킬 안 붙고 평범한 수준도 경매 시작가가 천억이니.

얼음나무 창을 품에 안은 예림이의 얼굴이 빛나듯 환했다. 예림이가 좋아하는 거 보니 나도 좋네.

[감사합니다, 유명우 헌터님. 그리고 한유진 헌터님도 고마워요!]

…아니, 나는 왜 나와? 게다가 이게 끝이 아니었다.

[제가 SS급 스킬을 얻게 된 데에는 해연 길드의 협조도 있었지만, 가장 큰 조력자는 한유진 헌터입니다. 은인이라는 단순한 단어로는 표현하기 부족한-.]

명우야! 지금 생방송인데! 으아악, 누가 모니터 좀 꺼 줘! 아님 소리라도! 안 돼, 그만 말해.

사방에서 따끔하게 내리꽂히는 시선들이 느껴졌다. 쪽팔려 죽을 것 같다. 성현제도 꽤나 흥미로운 눈길을 던져 왔다.

부모님께 바치는 수상 소감과도 같은 절절한 헌사가 드디어 끝나고, 박수 소리가 들려왔다. 뭔 박수야, 박수는. 그래도 부모님이 들어가야 할 자리를 내 이름이 대신 차지해 버렸다는 점만 빼면 꽤 괜찮았다. 환골탈태한 F급의 진심을 가득 담은 만큼 감동적이기도 했다.

…감동적이지만, 엄청나게 쪽팔려! 아니, 명우 저놈은 진짜, 진짜, 어떻게 아무렇지도 않게 저러냐? 내가 명우 부모님이었다면 감동의 눈물을 글썽였을 거 같은데… 우리 그냥 친구잖아……. 친구도 뭐 한 이십 년 지기 죽마고우도 아니고 안 지 두 달도 채 안 됐다고.

'와 씨… 죄다 둘이 무슨 사이냐는 눈빛으로 쳐다보고 있잖아…….'

여기만이 아니었다. 모니터 너머 회견장에서도 내 이름이 거론되는 질문이 나오고 있었다.

으… 그래, 뭐. 괜찮아. 명우야 좋은 마음으로 저러는 거고. 잠깐 쪽팔리면 될 일이고. 관심 분산에 실패한 건 아쉽지만.

아이템 제작 등급 한계 없는 대장장이가 등장하면 나는 좀 묻히게 될 거라고 기대했는데, 그 반대가 될 판이었다. 명우 넌 그냥 혼자 스포트라이트

받지 뭘 나한테까지 공을 돌리고 그러냐.

 잠시 뒤 담화가 끝나고 명우와 예림이가 대기실로 돌아왔다. 예림이는 얼음나무 창을 인벤토리에 넣지도 않고 꼭 끌어안고 있었고 명우 놈은 나를 똑바로 바라보며 활짝 웃고 있었다.

 아까완 달리 녀석이 내 앞으로 올 때까지 누구 하나 붙잡는 사람이 없었다. 약속이라도 한 듯 다들 쳐다만 보고 있다.

 "나 어땠어?"

 명우가 싱글벙글한 얼굴로 물었다. 어땠긴 뭐.

 "잘했어."

 여기서 초 치겠냐. 웃어야지.

 실제로 말 잘하긴 했다. 빼먹은 것도 없고. 길드 관련해서도 스킬을 얻게 된 지 얼마 지나지 않아 한동안은 수련에 힘쓸 것이라 특정 길드에 소속될 생각은 없다, 대신 지원은 받겠다고 발 걸치는 식으로 잘 무마해 놓았고.

 "다만 나한테 그렇게까지 공을 넘기는 건 좀 과하지 않았냐. 어디까지나 네가 주인공인 자리잖아."

 명우가 주위를 힐끗 쳐다보며 입을 열었다.

 "일부러 그런 건데."

 "…응?"

 "물론 백 퍼센트 진심을 담은 거지만 공개적으로 구구절절 강조한 건 고의야."

 …얘가 보름 전만 해도 참 순하고 착하고 숫기 없기도 하고, 그랬는데. 혹시 스킬 부작용 같은 건가.

 "어… 왜?"

 "너 건드리면 국물도 없다는 거 알려 주려고."

 명우가 주위 사람 다 들으라는 듯 또렷한 목소리로 말했다.

 "그래서 일부러 S급 아이템 만들 때까지 공개 안 하겠다고 한 거야. S급 무기 정도는 내놓아야 효과가 있지."

당당하고도 뿌듯한 얼굴이었다. 솔직히 좀 당혹스럽고 어이없기도 했지만.

"고맙다. 정말로."

그 두 마디가 절로 혀를 넘었다. 고맙지 않을 수가 있을까. 하루라도 더 빨리 인정받고 싶었을 텐데도 참았다. 긴 암흑 끝에 드디어 빛을 보는 그 순간조차 혼자 누리지 않았다.

이렇게 받아도 될까 싶을 정도로 퍼 주는데, 그 앞에서 무슨 말을 더 할까.

"에이 뭐, 이 정도야."

쑥스러워하는 거 보니 내가 아는 명우 맞네.

"너한테 찍힐까 봐 무서워서라도 아무도 나 못 건드리겠다, 야."

농담처럼 말했지만 사실이었다. 기승수와 달리 헌터의 실질적 능력을 높여 줄 수 있는 대장장이 눈 밖에 나고 싶은 헌터가 어디 있을까. 혹시라도 내가 또 납치당한다면 상급부터 하급까지 모든 헌터가 명우에게 잘 보이려고 두 팔 걷고 나설지도 모른다.

친분을 과하게 과시했으니 인질로 써서 귀한 장비를 뜯어낼 수도 있겠지만 쉽진 않겠지. 잘만 하면 초대박이지만 실수하면 쪽박도 못 남기고 깨질 거다.

"진짜 든든하네."

비록 쏟아지는 흑심 담긴 시선들이 따갑긴 하지만.

S급 최상급 무기와 함께 등장한 세계 최초의 장비 제작 헌터!
황금대장간의 주인, 유명우. 제작 아이템의 등급 한계가 없다고 밝혀!
등급 제한 따위 없다, 신의 손 등장!
F급 헌터, 하루아침에 SS급으로!

SS급 스킬 습득의 비결은?

기자회견 영상이 대형 포털 메인에 걸리고 순식간에 명우와 관련된 기사들이 온갖 사이트를 뒤덮었다. 실시간 검색어도 1위부터 주르륵 유명우, 황금대장간의 주인, 얼음나무 창, S급 장비, SS급 장비, 등급 한계 등등이 차지했다. 내 이름도 있지만 없는 셈 치고.

댓글 반응도 엄청났다. 악플도 없지는 않았지만 대부분은 부러워하고 있었다. 처음부터 중급, 상급 헌터가 아닌 F급이 대박 난 셈이니 더더욱 사람들의 관심도가 높았다. 어떻게 해야 F급이 좋은 스킬 얻을 수 있느냐고 묻는 댓글도 많았다.

'이런 분위기라면 각성센터 바로 가는 걸 참고 특수 스킬 먼저 확인해 보려는 사람들이 훨씬 많아지겠군.'

[황금대장간의 주인 유명우. 이 최초의 대장장이 헌터를 향해 국내는 물론 국외에서도 뜨거운 관심이 쏟아지고 있습니다.]

켜놓은 TV에서도 '우리 명우가 이렇게나 대단하다!'를 재탕 삼탕 사탕해 주고 있었다. 더 해라, 더 해.

"와, 예림아 이것 봐라. SS급 스킬 얻는 확실한 방법이란다."

블루와 놀아 주며 1인용 소파를 부수고 있던 예림이가 까르르 웃었다. 예림아, 그거 바로 어제 새로 산 건데.

"방법이 뭐래요? 저 가지고 싶은 스킬 많은데!"

"요즘 SS급 황금대장간의 주인 스킬로 세상이 떠들썩하지요? 이런 높은 등급 스킬을 얻게 되면 인생이 완전히 바뀌게 된답니다. 하지만 보통은 각성도 힘들뿐더러… 뭐가 이렇게 사족이 많아?"

"에이, 그거 낚시예요, 낚시. 어떻게 하면 얻을 수 있을까요 이러쿵저러쿵 날씨가 어쩌고 건강이 어쩌고 아무튼 SS급 스킬 최고 하고 끝날걸요."

예림이가 블루를 천장에 닿을 듯 휙 던지며 말했다.

- 꺄아꺄!

"근데 아저씨는 그런 거 찾아보는 거 안 좋아하는 줄 알았는데. 아저씨 때도 기사 도배하고 실시간 검색어 오르고 그랬잖아요. 그땐 티브이만 조금 보고 말더니."

"내 일이랑 같냐."

그때는 기사 뜨는 거 보고 며칠 인터넷 창 켜지도 않았다. 뭐 하러 보냐, 그걸. 아무리 좋게 난 기사라고 해도 악플 없을 리 만무한데. 선량한 메시아가 강림해 기적과 자비를 베풀어도 짜고 치는 사기 아니냐 개나대네 지가 예수인 줄 아는 듯 재수 없다 댓글 다는 놈들은 절대 사라지지 않을 것이다. 그래서 지금도 나를 조금이라도 언급한 기사는 거르고 있었다.

없던 일 됐다고 해도 이미 충분히 처맞았는데 뭐 하러 또 사서 눈 찌르겠냐. 심지어 내 SNS 댓글도 잘 안 본다고.

"유진아, 너 혹시 필요한 아이템 없어? 가지고 싶은 거라든가."

이제야 부끄러워졌는지 TV를 똑바로 쳐다보지 못하고 곁눈질하고 있던 명우가 문득 물어 왔다. 뭔가 만들어 줄 모양이다. 필요한 거라.

"나야 뭐 스탯 정수 증가 장비밖에 못 써서……. 정수 증가 장비를 일부러 만드는 건 시간과 재료가 아깝지."

"특수 효과 같은 건 어때?"

"특수 효과? 음……."

특수 효과라, 뭐가 있을까. 애들 성장에 도움이 되는 거? 아니면 스킬이나 호칭을 접촉 없이 남에게 전해 주는 것도 가능할까. 그런 것까지 되면 너무 만능인데.

"특수 효과라고 뭐든 다 되는 건 아니지?"

"어. 기본적으로는 재료에 바탕을 두거든. 아이템에 특수 스킬을 넣으려면 그 바탕이 되는 재료가 필요해. 강한 냉기를 지닌 재료로 만든 얼음나무 창처럼."

역시 만능은 아니구나.

"혹시 스킬 전이 가능할 거 같은 재료도 있냐?"

"그런 건 없는 거 같은데."

"그럼 방어 스킬류? 아예 차단되서 아군도 손댈 수 없는 그런 거 말고 신체 자체의 방어력이 높아지는 건 안 되려나. 한두 시간 한정이라도."

덤으로 하나 더 스킬, 상대와 접촉하여 스킬을 공유하려면 일반적인 방어막은 못 쓴다. 만약 신체 자체가 잠시 방어력 A급 이상쯤 된다면 만약의 사태 때 공격 스킬 효과 두 배 칭호를 안전하게 공유할 수 있을 텐데.

"재료 중에 제일 많은 게 방어 관련이야. 한번 만들어 볼게."

"무리하진 말고. 있으면 좋지만 꼭 필요한 건 아니니까."

던전 난이도 높아지는 속도가 빨라진다고 해도 상급 던전 터져 나갈 때까진 1년 이상 남았을 것이다. 그 전에 애들 열심히 키워 놓으면 스킬 공유까진 할 필요 없었다.

스탯 F급짜리 몸뚱이 이끌고 나서야 할 일 안 생기는 게 최고지.

회귀 후 첫 던전 공략 날로부터 벌써 한 달이 지났다. 즉, 애들한테 써 준 내 새끼가 최고 스킬 대기 시간이 끝났다는 뜻이었다. 시간 한번 빠르기도 하지.

예림이에겐 고민할 거 없이 냉기 저항 A 스킬을 선택해 주었다. 얼음나무 창으로 빙속성 강화 스킬까지 생겼기에 저항 스킬이 필수였다. 자속성 저항 스킬은 보통 성장도 빠르니 얼른 얻어 S급으로 키우는 편이 좋았다.

예림이는 이번에도 별다른 조건 없이 레벨도 1만 더 올리면 되었다.

반면에 명우는 고르기 쉽지 않았다.

'어떤 스킬이 좋을지 스킬명만 봐선 영 감이 안 잡힌단 말이야.'

뭔가 특수 스킬로 보이는 것이 많아서 문제다.

미습득 최적화 스킬
망치질의 대가(A)
섬세한 손끝(A)
화염 저항(A)
금속 분류(A)
칼 갈아요(A)

일단 미습득 최적화 스킬은 이 다섯 가지였다. 화염 저항을 제외하면 모두 제작 스킬 관련인 듯했다. 그리고 넷 다 유용해 보였다.

'그냥 차례로 얻게 할까.'

고민해 봤자 스킬 설명창이 떠오르는 것도 아니고. 내새끼 대기 시간도 고작 한 달이니 그냥 다 얻게 해 주면 그만이다.

우선 망치질의 대가부터. 선택하자 조건이 떴다. 황금대장간의 주인과 달리 5레벨 업만 요구한다. 다른 조건은 아마 다 채운 듯했다. 망치질 천 번 하기, 뭐 그런 게 아니었을까.

"명우야, 이왕이면 스탯 등급 더 오르기 전에 레벨업해 둬라. 등급 높아지면 렙업하기 더 힘들어져."

내 말에 갈비 재우고 있던 명우가 고개를 끄덕인다. 맛있겠다. 세계적으로 주목받고 있는 헌터님께서 나 먹이겠다고 저러고 있는 게 양심 찔리긴 하지만.

"그러잖아도 쉽게 올릴 수 있는 구간까지는 올려 두려고."

"예림이가 곧 열흘쯤 쉴 거라니까 그때 같이 갈까?"

"나야 좋지."

명우가 스탯 C급이긴 하지만 레벨 낮고 전투 헌터도 아니니 무난하게 D급 중하위 던전이 좋겠지. 대장간으로 이동하는 거 던전 내에서도 쓸 수 있나?

"대장간에 생활 시설도 갖춰져 있다고 했었지?"

"어. 2층에."

"스탯 더 올라서 상급 던전 들어갈 수 있게 되면 진짜 유용하겠다. 편히 쉴 수 있는 안전한 공간을 가진 셈이니."

무시무시한 몬스터 득시글한 땅을 며칠씩 헤집고 다녀야 하는 게 상급 던전 공략이었다. 안전한 휴식 공간은 튼튼하고 건강한 상급 전투 헌터들에게도 꿀처럼 달콤하게 느껴질 것이다.

진짜 던전에서도 쓸 수 있다면 명우 녀석 완전 팔방미인이네. 유현이랑 같이 던전 공략해 달라고 부탁하고 싶어졌다. 장비 만드느라 바빠서 안 되겠지만.

예림이와 명우 다음으로 내새끼 스킬 대기 시간 끝난 상대는 다름 아닌 피스였다.

성체 탈태 소요 시간(56:15)

그간 틈틈이 놀아 준 덕에 56시간, 이틀하고 한나절 정도밖에 안 남았다. 스킬 적용 시간 동안에는 최대 3배까지 빠르게 시간을 줄일 수 있으니 하루면 끝난다.

체력, 근력 위주 장비도 착용했고 단련실 가득 훈련 도구도 챙겨 놓았고 피로회복제도 준비해 두었다.

"자, 피스야. 빠르게 끝내자."

- 끼앙!

피스가 꼬리를 탁탁 치며 힘차게 대답한다.

그리고 하루가 꼬박 지났다. 반쯤 죽은 거 같았다.

"…피스야, 내 휴대폰 좀 찾아다 줄래?"

간이침대에 길게 늘어진 채 말했다. 훈련하다 깨 먹을까 봐 꺼내 놨었는데 어디 뒀는지 기억이 안 나……. 기억나도 가지러 못 가겠다.

- 꺙.

여전히 유체 모습인 피스가 휴대폰을 물어 내 손 위에 얹어 놓아 주었다. 똑똑하기도 하지. 사람 말을 다 알아듣는 게 아닐까 싶을 정도였다.

"일곱 시 좀 넘었네."

저녁 시간이다. 가서 애들 밥도 챙겨 줘야 하고 나도 저녁 먹어야 하고. 딱 삼십 분만 눈 붙였다가 올라가자.

하고 감았다 뜨니 열한 시였다. 이런 젠장. 어느새 침대로 올라와 내 옆구리에 몸을 딱 대고 있던 피스가 고개를 갸웃한다.

"배 안 고팠냐. 깨우지 그랬어."

- 그르릉.

얼른 명우에게 전화하려다가 하도 전화가 많이 와서 휴대폰 꺼 놓은 걸 뒤늦게 떠올리곤 기숙사 관리실로 연락했다. 관리실에서 집 인터폰으로 연결해 주었다. 다행히 명우는 대장간에서 나와 있었다.

[걱정 마. 내가 밥 챙겨 줬어. 유니콘들도 너 오늘 못 갈 거 같다고 연락해 줬고.]

"진짜? 고맙다!"

[몸 챙겨 가면서 해.]

남 말 하기는. 아무튼 다행이었다. 명우가 스탯 C급이 되니 블루도 챙겨 줄 수 있고, 좋구나.

통화를 끊으며 간이침대에서 내려섰다. 피스도 폴짝 뛰어내린다. 으윽, 허리야.

"피스야, 너 성장 다 하지 않았냐."

- 끼앙?

"확인 좀 해 보게 한 번만 커져 주면 안 될까? 응?"

손짓해 가며 부탁하자 피스가 뒤로 물러선다. 그리고 잠시 뒤, 화악, 뜨겁지 않은 불길 같은 것이 일며 피스의 몸이 커졌다.

아성체일 때보다 더 크다. 그때의 두 배쯤 되었다.

웅장한 붉은 거체에 황금빛 갈기가 화려하게 일렁였다. 덩치는 크지만 둔한 느낌은 없었다. 같은 고양잇과라 해도 사자나 호랑이보다는 표범 같은 날렵한 선을 지녔다. 뾰족한 귀와 풍성한 꼬리 때문에 여우가 연상되는 면도 여전히 남아 있었다.

```
2급 유니콘아종 - 화염 뿔사자 피스
현재 스탯 등급 S
성장 가능 스탯 등급 A~S
최적화 초기 스킬
화염 브레스(S) 획득
불길 질주(A) 획득
거대화(A) 획득
화염 저항(A) 획득
```

"좋아! 스탯 S급에 초기 스킬도 다 습득했어!"

성장을 시킨 거지 최적화 각성을 시킨 건 아니기에 살짝 걱정했었는데 다행이다. 우리 피스, 이젠 진짜 다 컸구나. 손을 뻗자 피스가 머리를 대어 왔다. 이젠 머리만 끌어안아도 두 팔 가득하고도 남는구나.

"우리 피스, 잘생기기도 했지."

- 그르르.

목 울림도 작을 때와는 완전히 다르구나. 며칠 뒤 유현이 S급 던전 공략 갈 때 피스도 데리고 가려나? 너무 이른 거 같지만. 일단 연락해 줘야겠다.

피스의 성장이 끝났다고 연락하고 잠시 뒤, 유현이가 단련실로 내려왔다.

8장 병아리반 선생님

8장
병아리반 선생님

"던전에서 본 화염 뿔사자보다 덩치가 더 큰걸?"

피스를 본 유현이가 말했다. 그간 좀 소홀했어도 막상 성체가 된 걸 보자 제법 들뜬 눈빛이었다.

"그래?"

"응. 개체 능력치에 따라 나오는 수도 달라지는데 이 정도로 큰 녀석은 본 적 없어. 아직 두 번밖에 공략 안 하긴 했지만."

같은 급수에 같은 종의 몬스터라 해도 쌍둥이처럼 똑같은 것은 아니었다. 능력치도 가진 스킬도 조금씩 다르다.

그리고 덩치가 크다는 것은 보통 능력치가 좋다는 뜻과 같았다. 애가 뛰어나다니 절로 기분이 좋아지네.

"최적화 초기 스킬도 다 얻었어. 화염 브레스에 불길 질주, 거대화. 화염 저항은 원래 있었고."

"대단하네. 그걸 다 쓰는 개체도 없었는데."

"우리 피스, 정말 잘 컸다니까."

다시 한번 안으려고 팔을 뻗자 기다렸다는 듯 피스의 몸이 작아졌다. 순식간에 유체로 돌아와 버렸지만 상태창은 전과 달랐다.

```
2급 유니콘아종 - 화염 뿔사자 피스
현재 스탯 등급 A
```

유체 표시도 없고 스탯 등급도 C가 아닌 A였다. 스킬도 전부 지닌 채였다. S급이 아닌 건 아쉽지만 작아져도 든든하구나.

"이리 온."

- 끼앙!

내 품에 답삭 안겨드는 피스를 유현이가 어이없다는 눈으로 쳐다보았다.

"어리광도 적당히 받아 줘. 이젠 다 컸잖아."

"뭐 어때. 안기고 싶다는데."

던전 들어가면 며칠씩 떨어져 있어야 하는데 어리광 좀 부리면 어떠냐. 게다가 다 컸다고 해도 스킬 덕분이고 실제 나이야 얼마 안 될 텐데. 아직 애라고 해도 되지 않나.

"이제 주인의 증표 돌려줘."

유현이가 손을 내밀었다. 테이밍 아이템을 돌려줘야 하는 건 당연한 일이지만, 막상 꺼내려니 망설여졌다.

"너, 우리 피스 잘 대해 줘야 한다."

인벤토리에서 증표를 꺼내 내밀며 말했다.

"경험도 없는 애를 이번 S급 던전에 바로 데리고 갈 건 아니지? 이번에는 그냥 넘기고 A~B 정도에서 호흡 좀 맞춰 보고 가. 레벨도 올려 줘야 하잖

아. 피스용 장비는 내가 명우한테 부탁해서 만들어 달라고 할게. 던전에서도 밥 꼬박꼬박 챙겨 먹이고 혹시나 말 안 들어도 잘 다독여 주고. 얘가 말로 해도 잘 통하거든. 다치면 바로 잘 치료해 주고. 아직 싸우다 상처 같은 거 입어 본 적 없으니까 놀랄지도 몰라."

"…형."

"응?"

"형보다 피스가 훨씬 더 강해. 걱정할 필요 없어."

"그래도 어떻게 걱정을 안 하냐. 난 너도 걱정되거든?"

던전이 맛 가서 라우치타스 같은 거 튀어나올까 봐 걱정된다고. 시스템분들, 관리 잘 좀 해 주세요. 우리 유현이 아직 어려서 지금 1급 용종 같은 놈과 마주쳤다간 도망 못 칠지도 모르는데. 5년의 차이는 크다.

역시 얘도 빨리 성장시켜야겠어. 새 스킬보다는 성장이 먼저다. 내새끼 대기 시간 지났으니 이번 S급 던전 들어가기 전에 써 주면 딱이겠지.

유현이가 주인의 증표를 받아 제 인벤토리에 넣었다. 그때까지도 피스는 얌전히 내 품에 안겨 있었다. 별달리 달라진 점은 느껴지지 않았다.

"이리 와."

유현이의 명령에 피스가 귀 끝을 팍, 떨듯 움직였다. 귀찮다는 기색이 팍팍 풍겨 나왔지만 그래도 일단은 유현이 앞으로 다가간다. 그러곤 바뀐 주인을 띠껍게 한번 쳐다보곤 다시 내게로 돌아왔다.

"네 말을 듣기는 하네."

테이밍은 몬스터를 완벽하게 조종하는 스킬이 아니었다. 내가 리더니 따라라, 정도지. 그래서 걱정했는데 따르긴 하니 다행이었다. 둘이서 같이 던전 하나 작살 낸 유대감 같은 게 생긴 걸까.

그래 봤자 여전히 데면데면하다 못해 썰렁한 수준이지만.

"그러게 내가 진작 피스한테 잘해 주라고 했잖아. 같은 건물에 살면서도 신경도 안 쓰고. 유니콘들은 증표 받아 갈 사람 미리 정해서 돌보게 해."

"알았어. 하지만 피스는 별문제 없을걸. 서로 합의는 대충 된 상태이니."

"웬 합의?"

"누군가가 못 미더우니 능력치를 올리는 걸 도와주겠다는 합의."

…그런 합의는 대체 언제 한 거냐. 역시 그때 던전에서였겠지. 나 없는 30분 동안 둘이 뭐 하고 있었던 건지 궁금해졌다.

자, 그럼 다음번으로는.

"안녕하세요, 김성한 씨."

상급 헌터용 체력 단련실로 들어가며 말했다. 너른 내부에 있는 각종 운동 기구들이 보였다. 겉보기에는 평범하지만 전부 일반적인 기구가 아니었다. 내구도도 내구도지만 무시무시한 하중을 견디기 위해 기구 바닥에 무게 감소 처치도 해 놓았다고 한다.

김성한이 나를 보고 숄더프레스 머신에서 내려섰다. 얇은 셔츠 너머로 잘 짜인 근육이 뚜렷하다. 부럽다. 나도 운동 좀 할까. 물론 평생 운동해 봤자 저 반도 따라잡을 수 없겠지만.

"여기까진 어쩐 일이십니까."

그가 부드러운 미소를 띠며 내게 다가왔다. 김성한의 친절은 여전히 잘 적응이 되질 않았다. 그놈의 키워드 효과가 뭔지. 키워드 적용 전에도 사람 잘못 봤다고 사과하긴 했지만.

"별건 아니고 그간 계속 챙겨 주셔서 감사 인사라도 할까 싶어서요."

진짜 목적은 내새끼 스킬 사용이지만. 저번에는 던전 들어가기 전 성장 버프를 줬지만 이번에는 스킬을 줄 생각이었다. 불굴의 육체나 재생력 중 하나를 선택하면 되겠지.

마주 살랑살랑 미소 지으며 내새끼 스킬을 쓰는데…….

> 대상자 김성한의 성장이 최소 요구치에 달하였습니다.

엉뚱한 메시지창이 떴다. 이건 또 뭐지.

> 내 새끼가 최고 스킬 적용 중 조건을 달성하면 스탯 S급으로 성장 가능합니다.

…엥? S급으로 성장 가능하다고? 벌써?
"왜 그러십니까? 혹시 어디 아픈 곳이라도 있습니까?"
멍하니 서 있는 내게 김성한이 걱정스럽게 물어 왔다.
"아뇨, 잠깐 생각할 게 좀… 있어서요."

> 대상자 김성한의 스탯 성장 조건 이하 중 하나 달성
> A급 던전 보스를 일격에 처치
> S급 몬스터 단독 사냥
> SS급 몬스터 10인 이하 사냥
> ※ 조건을 달성하지 못한다 해도 성장 최대 요구치를 만족할 시 스탯 S급으로 성장하게 됩니다.

약간의 사이를 두고 메시지창이 이어 떠올랐다. 시스템분들, 실시간으로 일하고 있는 중인가 보구나.
'성장치가 최소 요구치일 때 조건 달성으로 바로 등급 상승이 가능하다는 건가. 조건을 달성하지 못하면 그냥 천천히 S급으로 성장하는 거고?'
김성한은 5년 뒤에도 여전히 A급이었다. 성장 버프를 받는다 해도 스탯 S급까지는 삼사 년 이상 걸릴 싶었다. 그러니 당연히 조건 달성을 노려야겠지만.
'A급 던전 보스를 일격에 죽이라니.'

김성한 씨 방어 적성 헌터인데요. 설사 공격 적성이라 해도 A급 헌터가 A급 보스를 일격에 처리하는 건 불가능했다. S급 몬스터 단독 사냥도 당연히 무리고.

그렇다고 SS급 몬스터 공략에 참가하기엔, 일단 SS급 몬스터 자체가 아직은 없었다.

현재까지의 S급 던전 보스는 S급 중간급 정도가 최대인 걸로 기억하고 있다. 급수 대비 능력치 낮은 괴조종도 1급은 안 나왔지, 아마.

'일단 스킬부터 얻게 하고 SS급 몬스터가 나오길 기다려야 하나.'

언제 나올지는 모르겠지만. 원래대로라면 3년은 걸린다. 빨리 나온다고 해도 10인 이하에 내새끼 스킬 적용 중이라는 게 또 걸렸다. 지속 시간이 3일이니 결국 여기도 내가 들어가야 한다는 소리잖아. 3일 만에 보스까지 어떻게 잡아. 아니면 던전 브레이크를 노리거나.

역시 셋 다 쉽지 않은 조건이었다.

"김성한 씨, 혹시 공격 스킬도 가지고 계십니까?"

"네. A급 근접 공격 스킬이 하나 있긴 합니다. 다만 제가 방어 적성이다 보니 등급 대비 그리 강하지는 않습니다."

나를 걱정스럽게 내려다보고 있던 김성한이 대답했다.

공격 스킬은 있다. 그럼 베테랑 F급 칭호의 공격 스킬 효과 두 배를 적용할 수 있긴 한데.

'거기에 유현이한테 S급 장비 있는 대로 달라고 해서 착용시키고 예림이 버프까지 받으면 A급 던전 보스 몬스터 일격사는 될 거 같긴 한데… 내가 A급 던전까지 들어가야 한다는 게 문제지.'

거기다 근접 공격 스킬이면 김성한의 옆에 딱 달라붙어 있어야 한다. 보스야 단숨에 처치하면 내가 공격받는 일은 없겠지만, 김성한의 움직임을 못 버티겠지. 순수 물리 공격이지 싶은데, 반동이 얼마나 클까.

역시 SS급 몬스터가 나오길 기다려야 하나. 하지만 S급 방어 적성 헌터였다. 햇병아리 예림이와 다르게 경험도 풍부하고 유현이와 손도 많이 맞춰 본 김성한이

다. 둘이 같이 던전에 들어가면 걱정할 일이 별로 없겠지. 정말 든든할 거다.

'A급 던전… 어쩐다.'

결국 김성한과 담소만 좀 나누고 내새끼 스킬은 쓰지 못한 채 집으로 돌아왔다.

아예 안 될 거 같으면 그냥 새 스킬이나 얻게 해 줄 텐데 애매하니 문제였다. A급 던전에 들어가는 거 자체는 큰 위험 없이 가능할 거 같은데.

'지금 내가 동원할 수 있는 S급이 다섯쯤 되니까.'

한유현, 박예림, 피스에 더해 리에트에게도 도움을 청할 수 있을 거고 문현아도 그리폰 빌려주는 대가로 부를 수 있을 테다. 리에트의 동생까지 치면 여섯이었다. 어쩌면 성현제도 도와줄지도 모르고.

A급 던전 중에서도 하위로 가면 여섯까지도 필요 없었다. 던전 공략 둘, 날 보호해 줄 둘 정도 해서 넷이면 충분할 것이다.

'보스 사냥 때 날 보호할 수단만 있으면 되는데.'

뭐 없나.

"유진아."

이때쯤 나왔던 아이템 중에 쓸 만한 거 없나 기억을 헤집는데 명우가 불쑥 말을 걸어왔다.

"자, 이거 받아."

"응? 뭔데?"

내미는 것을 보니 투박한 금속 팔찌였다.

이름 없는 팔찌 - 미정
불완전하지만 강한 힘을 품고 있다.

진짜 뭐지. 설명을 바라는 눈으로 쳐다보자 명우가 조금 쑥스러워하며 입을 열었다.

"전에 네가 신체 자체의 방어력이 높아지는 아이템을 원한다고 했잖아. 그게 쉽지가 않더라고."

"너무 신경 쓰지 마."

"그 팔찌는 실험작 중에서 그나마 쓸 만하게 나온 거야. 일회용이고 10분 한정이지만 모든 피해를 무효화할 수 있어."

명우의 말에 속으로 당황하며 상태창을 열어 보았다. 새로 생긴 스킬이 보인다.

| 미완성(미정) |

스킬명도 등급도 미정에 설명창은 뜨지도 않았다.

"이론상 무효 가능 공격의 등급 제한은 없어. 이스무아르의 도움으로 S급 화염 공격까진 확실하게 무효화되는 거 확인했고."

"아니, 너……."

말문이 다 막혔다. 왜 얘 혼자 툭하면 상식 외냐. 모든 피해 무효화에 피해 등급 제한도 없다니. 난 그냥 F급 몸뚱이 좀 더 튼튼해졌으면 한 것뿐인데. 많이도 말고 C급 수준만 되었어도 감지덕지 축포를 터뜨렸을 것이다.

근데 이게 뭐야. 얘 좀 무서워. 공포 저항 없었더라면 헉, 당신은 제가 감당할 수준이 아닌데요, 하고 뒷걸음질 쳤을지도 모른다.

"…일회용이라고 해도 장난이 아니잖아."

"재료빨이야, 재료빨. 그래서 여러 개 만들지도 못해."

"재료가 대체 뭐기에?"

"그건 아직 비밀."

명우가 기대하라면서 웃었다. L급 재료쯤 되나. …설마?

"너무 비싼 재료는 쓰지 마라. 나중에 더 좋은 거 만들어야지."

웃기만 하고 대답이 없었다. 야, 인마… 괜히 불안해지게. 그래도 정도는 지키겠지. 나 스탯 F다, F.

어쨌든 이걸로 김성한에게 공격 스킬 효과 두 배 적용이 가능해졌다. 10분이면 충분하지. 이제 남은 장벽은 하나뿐이었다.

'유현아, S급이야. S급 방어 헌터.'

잘 말하면 이해해 주겠지.

"조건만 충족하면 김성한의 스탯이 S급으로 성장 가능하다고?"

유현이가 믿을 수 없다는 표정을 지었다.

"김성한 씨는 원래 S급 각성까지 가능했었거든. 그래서인지 성장 최소 요구치 채웠다면서 조건이 뜨더라고."

성장 조건을 말해 주자 유현이의 눈빛이 검게 가라앉았다.

"당장 할 수 있는 건 없군. S급 성장 조건답게 까다로워. 그나마 가능성 큰 게 SS급 몬스터 공략인데 국내에는 없고 해외에 수배를-."

"유현아."

"응?"

"나 있잖아, 나."

손가락으로 스스로를 가리키며 말했다. 유현이가 의아해하며 고개를 갸웃 기울였다.

"형이 왜?"

왜긴 왜야.

"공격 스킬 효과 두 배. 그리고 공유도 가능하지. 접촉해야 하긴 하지만. 김성한 씨에게 S급 장비 챙겨 주고 예림이 버프까지 더하면 A급 보스 일격사 충분히 가능할걸."

약간 멍한 표정으로 내 말을 곱씹던 유현이가 인상을 확 찌푸렸다.

"형, 미쳤어?"

"형한테 말이 너무 심하구나."

"전투계 방어계 스킬 전무한 스탯 F급이 A급 던전에 들어가겠다고 하면 형은 뭐라고 할 건데?"

"음, 저놈 완전 미친 새끼네?"

세상 살기 싫어졌나 보네, 빠른 자살은 D급 던전만 되어도 충분할 텐데 돈 아깝다, 들여보내 주긴 하나, 민폐인 듯, 등등.

내 대답에 유현이 놈이 거봐라는 듯 팔짱 끼고 나를 쳐다봐 왔다. 그래도 나는 경우가 다르지.

"난 B급 방어막 스킬 하나 있잖아."

이어링 템빨로.

"그리고 노련한 S급 헌터 둘 정도가 딱 붙어서 보호해 주면 A급 하위 던전 정도에선 별일 없을걸? 문현아 씨에겐 이미 도와줄 수 있다고 대답 들어 놨어."

자세히는 말 안 하고 혹시 사흘쯤 던전 도는 거 도와줄 수 없냐고 물었더니 흔쾌히 수락했다. 던전 공략 막 끝나서 한동안 한가하시단다. 리에트는 아쉽게도 국내에 없었다.

"예림이도 던전 공략 10회 무사고로 마쳤으니 A급 던전 들어갈 수 있고, 피스도 다 컸지. 너랑 김성한 씨에 다른 A급 몇 명 추가하면 충분하다고 생각해."

S급만 넷인, 호화롭다 못해 고작 A급 던전에 들어가기엔 더럽게 비효율적인 팀이었다. 낭비도 이런 낭비가 없지만 새로운 S급을 위해서니까.

"이례적인 일이라 공략 허가를 받아야겠지만, 협회가 설마 거절하겠냐. 저번 일도 있는데."

"…A급 던전은 그렇다 쳐도, 보스는? 김성한의 공격 스킬은 근접 스킬이야. 도움닫기 후 내려찍기 동작이라 스탯 F로는 버틸 수 없어. 스킬 공유는 접촉해야 가능하다고 했으니 일반적인 방어막 스킬도 못 쓸 테고."

"그 문제엔 이게 있지."

팔찌를 내밀며 설명하자 유현이도 할 말이 없다는 얼굴이 되었다. 우리 명우가 여러모로 당혹스러운 존재긴 하지.

그 뒤로도 스킬 죄다 공개할 거냐, 이제 와서 뭘 새삼, 효과가 너무 좋다, 어차피 효용성 낮다, 평생 안 쓸 수도 없잖느냐 등등 한참을 설왕설래해야 했지만 결국 내가 이겼다.

예림이와 명우한테도 미쳤냐는 소리 듣고 김성한이 안 한다고 뻗댔지만 그것도 다 무사히 넘겼다.

…어째 던전 공략보다 들어가는 과정이 더 힘드냐.

해연의 S급 던전 관리 여유 기간이 얼마 남지 않았기에 스케줄상 A급 던전은 바로 다음 날 들어가게 되었다.

어차피 크게 준비할 건 없었다. 공략 시간 3일 이내, 빠르면 이틀로 끝날 예정인 정보 완벽한 하위 던전이니.

A급 하위 던전, 일명 '검은 골렘의 도시' 게이트 관리 건물 앞에 도착했다. 피스를 안아 든 채 차에서 내리기가 무섭게 잘빠진 붉은색 스포츠카가 나타나 자로 잰 듯 각 맞추어 주차한다. 십 년쯤 주차만 한 듯 숙달된 솜씨였다.

스포츠카에서 내려서는 사람은 다름 아닌 브레이커의 길드장 문현아였다. 몸에 딱 붙는 레이싱복에 간단한 소지품을 넣을 수 있는 작업 벨트를 찼다. 한쪽 어깨에 비스듬히 메고 있는 배낭은 그리 크지 않았다.

저 옷도, 벨트와 배낭도 모두 던전 아이템이거나 부산물로 만든 것일 터다. 날씨와 어울리지 않는 긴팔 긴바지 차림이지만 어차피 던전 내부 온도는 다르다.

유현이만 해도 코트 차림이었다. S급 아이템이었던 걸로 기억하는데, 뭐였더라. 그렇게 오래 쓴 건 아니어서.

"여어, 형님!"

탕, 하고 차 문을 발로 걷어차 닫은 문현아가 한쪽 팔을 들어 흔들었다. 비싼 차일 텐데 흠집 날라. 너무 막 다루네.

"유리구슬 들고 던전 돈다고 생각하니까 A급인데도 막 설레는 거 있지. 깨지진 말아."

"들고 도는 거 아닙니다. 얌전히 안전한 곳에 두면 깨질 일 없어요."

"에이, 시시하게. 예림이도 안녕!"

"안녕하세요, 언니!"

둘이 답삭 친근감 있게 끌어안는다. 가 아니라 예림이가 문현아의 팔을 붙잡아 비틀고 문현아가 여유 있게 빠져나오며 예림이에게 헤드록을 걸었다.

"어쭈, 힘 좀 늘었다?"

"악, 악, 항복!"

사이좋네. 예림이가 사랑해요, 언니! 살려 주세요! 라고 외쳤다. 사랑한단 소리 하기 쉬워서 좋겠다. 나도 문현아에게 키워드 말하긴 해야 하는데.

"뭘 그렇게 뚫어져라 봐? 부러워?"

유현이가 헛소리를 했다. 내 목뼈는 연약하단다.

그러는 사이 차 한 대가 더 도착했다. 내려서는 사람은 다름 아닌 세성 길드장 성현제였다. 역시나 계절감 다른 코트를 멋들어지게 걸친 것이 헌터가 아니라 젊은 기업가 같았다.

저 흑적색 코트는 기억하고 있다. S급 던전 '비 내리는 화산' 첫 공략 보상인 SS급 장비 화룡 실레키아의 날개였다. 자세한 옵션이야 여느 고급 장비들처럼 알려지지 않았지만 단 하나, 화염 저항 S급은 유명했다.

'근데 던전 보상 아이템은 어떻게 만들어지는 거지?'

설마 그것도 시스템분들의 수작업인 건가. 갑옷 같은 것도 있긴 하지만 상급 아이템일수록 현대적인 물품이 상당수라 우리 세계에 맞춰서 주는 게 아닐까 싶었다. 그리고 그런 게 같은 능력치라도 더 비쌌다. 망토나 갑옷보다는 역시 코트나 베스트가 낫지.

"내가 제일 늦은 건가."

성현제가 눈가에 미소를 머금은 채 다가왔다. 안 오셔도 괜찮았는데 말입니다.

조건 딱 좋은 A급 던전이 하필 세성 길드 관리하에 있는 거라 연락했더니 공략 허가는 내주었는데 쓸데없는 덤까지 따라와 버렸어.

우리나라 S급들, 참 한가하시네.

"형님, 피스 좀 빌려주라. 저 인간하고 붙어 보게."

문현아가 전의 등등한 눈으로 성현제를 바라보며 말했다.

"경력자들은 경력자들끼리 노세요. 아직 덜 여문 우리 애 끼워 넣을 생각일랑 마시고."

"덜 여물어도 S급이지."

"됐습니다."

던전 공략도 아니고 니들 일은 니들끼리 해결해라. 피스를 더욱 꼭 끌어안는데 성현제가 성큼 내 앞으로 다가붙었다. 내려다보는 시선에 흥미가 가득했다.

"이번에는 또 무슨 일을 꾸미는 걸까, 우리 한유진 군이."

성현제에게는 아직 정확한 목적을 말해 주지 않았다. 그런데도 굳이 끼어들다니, 눈치가 빠른 걸까.

"별일 아니니 돌아가셔도 됩니다만."

"섭섭하군. 이제는 슬슬 내게 마음을 열 때도 되었는데."

뭘 얼마나 봤다고 마음씩이나 열어.

"형이 싫어하지 않습니까."

유현이가 나를 끌어안듯 당기며 나직하게 말했다.

성현제가 눈동자를 굴려 나를 감싸는 유현이를 바라보았다.

"요즘 도련님을 보면 참 놀라워. 어떻게 삼 년씩이나 참았을까. 그 성질에."

"남의 집안 사정에는 신경 끄시죠."

"남의 집안 사정이라기엔 형제가 둘 다 보통이 아니잖은가. 특히 한유진 군이."

하하, 아주 돌아가며 불꽃 튀기네. 다음 차례는 예림이인가. 슬쩍 뒤로 물러나며 짐을 챙겨 들고 있는 김성한을 돌아보았다. 그도 꽤나 곤란한 낯빛이었다.

이래서 S급끼리는 팀을 잘 안 만드는 건가. 던전 난이도 올라가고 나서도 S급은 팀 내 최소 숫자를 유지한 것이 헌터 수 부족 때문만은 아닐지도 모르겠다.

심지어 지금은 타 길드 소속 S급 헌터끼리는 던전 입장이 금지되어 있었다. 던전이 나타난 초기에 만들어진 특별법 중 하나였다.

귀하신 S급 헌터가 던전에 들어갔다가 싸움 붙어서 서로 치명상을 입기라도 하면 곤란하니까. 물론 같은 길드 소속은 상관없지만, 예림이 전까진 길드당 S급 헌터 한 명뿐이니 S급 동반 길드 공략은 사실상 불가능했다.

오늘은 예외적인 허가가 난 거였고. 여러모로 특수한 상황이지. S급 헌터들이 이렇게 우글우글 A급 던전 들어갈 일이 뭐 있겠냐.

"유현아, 슬슬 들어가자. 세성 길드장님께서도 그쯤 하시죠. 자세한 건 들어가서 말씀드리겠습니다."

"편하게 불러도 되네만."

뭐 어쩌라고. 예림이처럼 아저씨라고 불러 줄까.

이번 공략팀에 김성한 외의 A급은 없었다. 이미 A급 하위 던전쯤은 공략하기 충분하고도 남아도는 전력일뿐더러, 애꿎은 A급 헌터를 끌어들이기도 미안했다.

생각해 봐라, 길드장만 세 명이다. 우리 사장님, 옆 동네 사장님, 건너 동네 사장님 모여 있는 사이에 업무 능력까지 딸리는 부하 직원은 눈치 보는 잡일꾼1밖에 더 될까. 조금 전만 해도 문현아가 김성한에게 가방 떠맡기려 들기에 자기 짐은 자기가 챙기라고 쫓아냈다.

평범한 A급은 나처럼 굴 수도 없을 테니 안 오는 편이 훨씬 나았다. 괜히 고래 싸움에 새우 등 터질 수도 있고.

S급들이 먼저 게이트를 통과하고 나는 피스와 김성한과 함께 10분쯤 기다렸다가 던전에 들어갔다.

[ㅇㅏㄴㄴ=ㅣㅇ!!]

아, 네.

밖의 날씨와 달리 약간 서늘한 공기 속에 폐허가 된 도시가 눈에 들어왔다. 현대 도시는 아니다. 무너진 성벽과 뼈대만 남은 집, 저 멀리 안개에 휩싸인 성은 유럽 중세 시대의 그것과 흡사했다. 하나 완전히 똑같은 양식은 과거 어느 시대에서도 찾아볼 수 없다고 들었다.

'…다른 세계의 흔적인 걸까.'

이런 문명의 흔적은 상급 던전에서만 볼 수 있었다. 중급 이하는 보통 자연환경뿐이었다.

'저건 또 뭐야.'

건물의 잔해들 사이로 거대한 포클레인으로 길게 땅을 파낸 듯한 흔적이 보였다. 이삼십 미터쯤 되는 긴 자국이 무려 다섯 개, 부챗살처럼 퍼져 있다. 산처럼 거대한 맹수가 땅을 할퀸 것처럼도 느껴졌다.

그 주위로 몬스터의 잔해가 어지럽게 널려 있었다. 믹서기로 간 것처럼 산산조각이 나, 원래의 형태를 짐작기도 힘들었다.

"형님, 형님!"

저 파괴의 흔적의 주인일 문현아가 상쾌한 표정으로 내게 다가왔다. 한 손에 새하얗고 거대한 창을 들고서. 크기가 무슨 전봇대 뽑아 든 거 같네.

"성현제 놈이랑 붙으려는 거 아니고, 피스 좀 빌려주라!"

"…또 왜요."

"상급 던전에서 기승수 마음껏 써 본 적 한 번도 없단 말이야. 중급 애들은 내 힘을 못 버텨. 블루 크길 기다릴 거 없이 오늘 계산 끝내자. 응?"

나쁠 건 없는 이야기였다. 피스도 A급 던전 온 김에 경험도 쌓고. 하지만.

"피스는 해연 소속입니다. 부탁해야 할 상대는 저니 엉뚱한 사람 붙잡고 귀찮게 구는 건 그쯤 하시죠."

유현이가 서늘한 얼굴로 끼어들며 말했다. 그 말대로 허락받아야 할 사람은 내가 아니지.

방해받은 문현아가 부루퉁하게 애처럼 볼을 부풀린다. 하지만 눈빛은 애가 아니라 전쟁터에서 몇 년 구른 전사였다.

"부탁이란 건 말 통하는 새끼한테나ㅡ."

"이제 그만 출발하죠."

문현아의 말을 뚝 잘라먹으며 둘 사이에서 빠져나갔다. 말 참 곱게도 한다. 우리 예림이 안 그래도 입 힘한데 브레이커 길드장이랑 친하게 지내다가 더 힘해지는 거 아닐까 몰라.

"피스야."

ㅡ 끼앙!

긴말할 거 없이 내 품에서 뛰어내린 피스가 덩치를 키웠다. 완전히 큰 모습은 아니고 성체와 아성체의 중간쯤 되는 몸집이었다. 상태창을 보니 스탯은 S로 올랐다.

너무 크면 표적이 되기 쉬우니 지금 상황으론 저 크기가 적당할 것이다. 우리 피스, 똑똑하네.

피스의 커진 모습에 문현아가 으르렁대던 것을 멈추고 눈을 반짝거렸다. 성현제도 관심을 보이며 다가왔다.

"들은 것보다는 작군. 몸집을 마음대로 조절할 수 있는 건가."

"네. 보시다시피요."

인벤토리에서 기승수용 안장을 꺼내 피스의 등에 걸쳤다. A급 기승수 장비로 무게 감소에 속도 증가 옵션이 붙어 있었다. 던전 아이템답게 크기도 알아서 맞게 조절되었다.

짐을 받아다 안장 뒤쪽에 매달려니 영 입이 썼다. 물론 최상급 전투용 기승수이니만큼 평소에는 짐 실을 일 거의 없겠지만.

"언니! 진짜 제가 마석 다 먹어도 되죠?"

예림이가 훌쩍 날아오며 소리쳤다. 몬스터 몰살당한 잔해 근처에서 뭐 하고 있나 했더니 마석 줍고 있었구나.

"그래, 나오는 거 너 다 가져라."

흔쾌한 허락에 예림이가 환히 웃었다. A급 마석 다 주워다 팔면 빚이 상당히 줄어들겠지. 우리 예림이 파이팅.

10분 사이 주위의 몬스터는 싹 정리되었기에 바로 움직이기 시작했다. 스탯 딸리는 나는 피스의 신세를 져야 했다.

검은 골렘의 도시는 2층짜리 던전으로 골렘과 언데드가 주 등장 몬스터였다. 튼튼하고 질기지만 움직임이 느린 편에 원거리 공격은 바위를 던지는 정도밖에 하지 않아 우리 상황에 딱 걸맞았다.

드물게 하급 리치가 튀어나오기도 했지만 걔는 독 저주 전문이라 역시나 나를 보호하는 데에는 문제없었다.

1층은 도시 주위의 몬스터를 일정 숫자 이상 처리하면 나타나는 언데드 군단을 몰살시키면 공략된다.

"얘네 너무 느려요!"

3미터쯤 되는 골렘 머리 위에 사뿐히 내려선 예림이가 까르르 웃었다. 긴장도 두려움도 조금도 없다. 소풍이라도 나온 듯한 모습이었다.

예림이의 주위로는 새하얀 안개가 떠돌고 있었다. 적을 얼어붙게 하는 안개, 차가운 탄식. 그 스킬이 얼음나무 창의 속성 버프를 받아 수십의 골렘을 꼼짝 못 하게 만들었다.

예림이가 말 그대로 날아다니며 골렘 무리를 묶어 두고…….

콰과과광!

그곳에 문현아의 거창이 작열했다.

창이 스치는 곳마다 대지가 갈리고 모래 폭풍이 휘몰아쳤다. 그 무시무시한 힘에 닿은 골렘들이 바싹 마른 낙엽처럼 산산이 부서진다.

골렘의 단단함을 생각한다면 정말 엄청난 파괴력이었다. 어찌나 쉽게 박살을 내시는지 그녀를 상대하는 몬스터들이 불쌍해질 정도였다.

"문현아 씨 기승수 없어도 장난 아니네."

망원경에서 눈을 떼며 말했다. 저기에 돌진력 좋은 상급 기승수가 더해지면 그 앞을 막을 상대가 없겠다. 지금의 던전 난이도라면 웬만한 S급 보스라도 한 방에 나가떨어지지 않을까.

"창끝에 집중되는 파괴력은 뒤따를 사람이 별로 없을걸."

내 뒤에 타고 있던 유현이가 말했다. 등 뒤가 제일 무방비하다는 거야 나도 잘 알지만 이렇게까지 붙어 있지 않아도 충분할 거 같은데. 하여간 과보호야.

"하지만 경로가 뻔해서 피하긴 비교적 쉬워."

"방금 뭐랬냐!"

문현아가 버럭 소리쳤다. 뭐야, 들린 거야? 이쪽으로 오고 있는 중이었지만 거리가 제법 먼데도?

"그래, 던전까지 들어왔으니 우리도 오랜만에 붙어 봐야지?"

뭐? 잠깐만. 내가 반응하기도 전에 문현아가 폭풍처럼 달려왔다. 벌써부터 휘몰아치는 돌풍에 유현이가 미간을 살짝 찌푸리며 피스의 등에서 뛰어내렸다.

유현이의 손에 검이 들리고, 단숨에 앞으로 튕겨 나간다. 거창과 검이라니, 유현이가 불리한 거 아닌가. 그렇게 생각하는 순간, 푸른 버들잎이 펼쳐졌다.

"우리 사이에 시야 좀 가려진다고-."

문현아의 목소리가 뚝 끊겼다. 거창의 돌풍에 휩쓸리기 직전, 유현이의 몸이 허공으로 치솟은 것이었다. 내 눈으론 따라갈 수 없을 만큼 빠른 속도로 버들잎을 밟으며 공중을 내달린다.

목표를 잃은 문현아가 거창을 그대로 바닥에 내리꽂았다. 콰앙! 요란한 소리와 함께 무시무시하던 돌진이 뚝 잘린 듯 멈추었다.

우와, 저 속도를 저렇게 순식간에 멈춰 버리네. 기동성이, 정말.

카가가각!

직후, 날붙이와 날붙이가 서로 휘감아 긁는 귀 따가운 소리가 울려 퍼졌다. 문현아가 멈추자마자 틈을 파고든 유현이의 검과, 어느새 꺼내 든 문현아의 장검이 강하게 맞부딪친 것이었다.

문현아가 하, 짧게 웃으며 뒤로 물러섰다.

"푸른 버들잎을 그렇게도 쓰네?"

"형의 앞입니다. 자중하시죠."

"자중?"

유현이의 말에 문현아가 어이없다는 표정을 지었다. 저러다 또 싸울라. 피스에게 얼른 둘에게 가자고 손짓했다.

"던전 터질 일 없는 요새 이렇게 싸우기 좋은 판이 깔렸는데 자중이라니. 내가 아는 도련님 맞냐."

"형에게 피해가 갈 수도 있습니다."

"던전 넓어."

"문현아 씨!"

내가 다가가자 문현아가 무기를 거두었다.

"아니, 왜 그렇게 싸우려고 드세요."

"형님은 잘 모르겠지만 상급 헌터들이 원래 이래."

문현아가 뒷머리를 긁적이며 말했다.

"하지만 밖에선 싸울 수 없고 S급 헌터들은 같은 던전에 들어가는 것도 금지되었잖아."

"이래서 금지된 거겠죠."

내 말에 문현아가 씨익 입꼬리를 올렸다.

"가볍게 손만 섞어 보는 거야, 가볍게."

"안 돼요."

"형님 깐깐하네."

"지금은 힐러도 없고 F급 연약한 저도 있으니 부디 참아 주시지요."

S급이 튕긴 돌멩이 하나에도 요단강 건널 수 있습니다. 유현이가 내 말에 동의하며 고개를 끄덕였다. 그 모습을 보고 문현아가 또다시 허허 헛웃음을 흘렸다.

"저거 봤어? 웃기지도 않네, 진짜. 송 실장도 여기 있어야 했는데!"

어느새 다가온 성현제가 문현아의 말에 어깨를 으쓱했다.

"아무래도 오늘은 말 잘 듣는 착한 동생이 되기로 한 모양이로군. 브레이커 길드장님 상대는 내가 해 드려야 하나."

"양심적으로 장비 등급은 맞추고 오시지. 나 SS급 템 하나도 없어!"

문현아가 억울하다는 듯 말했다. 하긴 성현제는 무기에 코트까지 둘이나 되는구나. 더 있을지도 모르고.

세계 최초 SS급 무기에 세계 세 번째 SS급 코트. 진짜 너무하긴 했다. 세성이 최고라 이거지. 괜히 배알 꼴리네.

"그놈의 사슬이야 어쩔 수 없다 해도 그 코트라도 벗고 오라고. 붙어 보겠다면서 그것까지 껴입고 오냐."

"맞아요, 맞아. 그 코트 벗고 오십쇼!"

이왕이면 랭킹전 때도 좀 벗어라. 그리고 이왕 벗은 거 옆에 곱게 개어 두고, 그러면 내가 슬쩍 챙기면, 안 되겠지만. 빼돌리고 싶다.

나와 문현아의 주장에 성현제가 짙은 미소를 머금었다.

"내 아이를-."

"악! 악!"

"께서 원하시니 따르는 수밖에 없지."

그러면서 성현제가 코트의 여밈을 풀었다. 어? 잠깐만.

"지, 진짜 주시게요?"

성현제의 손이 멈추고 문현아가 눈을 동그랗게 떴다.

"형님, 뚫어져라 쳐다보더니!"

"한유진 군은 욕심이 많군."

"아, 아니, 그게!"

무심코 속마음이 튀어나와 버리고 말았다. 문현아가 크게 웃으며 내 어깨를 퍽퍽 내리쳤다. 아픕니다.

"도련님, 형님 코트 한 벌 안 사 주고 뭐 했어!"

"형에게는 별로 쓸모없을 텐데. 혹시 디자인이 마음에 든 거야? 한 벌 맞춰 줄까?"

"뭐예요, 뭐야. 아저씨! 옷이라면 저도 사 드릴 수 있는데!"

"아니, 아니야! 말이 헛나온 거라고!"

게다가 아직 코트 입을 계절도 아니다. 쪽팔림에 목덜미가 다 붉어졌다. 젠장.

"그냥, 서로 싸우지나 말아 주시죠. F급 간 떨어집니다."

"내 코트를 벗겨 내는 간이 말인가."

자기가 벗어 놓고선 뭐래. 도로 입어라. 아무튼 S급 헌터들끼리는 떼어 놓는 게 최선일 듯했다.

"그, 세성 길드장님께서도 슬슬 움직여 주시죠. 서북쪽에 골렘 무리 이동 중입니다."

"편하게 부르라니까. 이렇게 코트도-."

"부탁합니다, 성현제 씨. 제가 던전 오래 돌기엔 체력도 딸리고 집에 애들도 기다리고 있어서 빨리 끝냈으면 싶거든요. 협조 좀 해 주시죠."

진짜 체력 딸리는 건 아니니 울상 짓지 마세요, 김성한 씨.

"우리 한유진 군이 부탁하는데 안 들어줄 수야 없지."

성현제가 사람 좋은 척 미소 지어 보이곤 몸을 돌렸다. 우리는 또 무슨 우리야. 으, 이제 겨우 1층인데 벌써부터 속이 쓰린 기분이었다.

제발 평화롭게 갑시다, 평화롭게.

그 뒤로도 유현이를 제외한 S급들은 서로 날 세워 대기 바빴다. 심지어 상대적으로 딸리는 예림이까지 스탯 차이만큼 페널티 주면 이길 자신 있다고 나댔다.

그 사이에 끼어서 어쩔 도리 있나, 열심히 갈라놓는 수밖에.

"예림아, 동쪽에 언데드 무리 흩어져 있네. 거리가 좀 먼데, 네가 제일 빠르니까 가 줄래?"

"성벽 사이에 골렘들 딱 치기 좋게 모여 있네요. 현아 씨가 가 주면 딱일 듯한데."

"예림이랑 현아 씨는 많이 잡았으니 이번엔 너도 좀 가라, 유현아."

"성현제 씨, 심심해 보이시는데 가볍게 산책이라도 하고 오세요. 저어기 무너진 건물 뒤쪽에 뭐가 움직이는 거 같은데. 아, 네, 현제 씨. 됐죠?"

그렇게 열심히 나불대다 보니 어느새 도시 가운데, 낡은 성을 뒤덮고 있던 안개가 사라졌다.

– 우워어어.

음산한 울음소리와 함께 성문이 활짝 열리고 언데드 군단이 꾸역꾸역 기어 나온다. 여태껏 나온 골렘보다 배쯤 더 커 보이는 검은색 골렘도 군데군데 끼어 있었다.

위압적일 정도로 엄청난 수였지만 긴장은 조금도 들지 않았다. 당연하게도.

이번엔 누굴 보낼까.

"조심해, 형."

유현이가 내 팔을 잡아당기며 말했다. 땅바닥 곳곳에 흔들리는 작은 불꽃이 내 앞으로까지 번져 왔다. 내가 물러나자 피스가 앞발로 팍, 하고 불꽃을 밟아 끈다.

언데드 군단은 유현이의 불길에 녹아내렸다. 역시 언데드 상대로는 불이 최고다. 화염 내성이 있는 검은 골렘은 문현아가 박살 냈다.

몰살시키는 데 한 십 분쯤 걸렸을까. 모여 있으니 더 빨리 끝났다. A급팀이라면 난전을 피하기 위해 군단을 분산시키는 밑 작업이 필요했겠지만 압도적인 화력 앞에선 머릿수 따위 무용지물이었다.

"이건 무슨 조각상이었을까."

받침대만 남아 있는 조각상을 발로 툭 건드렸다. 새겨져 있던 글자도 훼손되어 알아볼 수 없었다.

2층 게이트는 나타났지만 빗쟁이 예림이에겐 마석 주울 시간이 필요했다. 내가 2층으로 가기 전 미리 주위를 안전히 정리해 두기도 해야 했다.

문현아와 성현제가 먼저 올라가고, 나는 남은 셋과 함께 성안으로 들어갔다. 시간 난 김에 제대로 살펴보고 싶었기 때문이었다.

"뭔가 알아볼 수 있는 건 하나도 없네."

그나마 겉은 멀쩡한 성이었지만 속은 텅 비었다. 벽화도 천장 장식도 각종 조각들도 흔적만 옅게 남아 있었다.

"그러니까 볼 거 없다고 말했잖아."

"다른 곳도 다 이래?"

"내가 가 본 곳은 전부."

혹시나 했지만 역시나 싶은 대답이었다. 하긴 무언가 있었다면 회귀 전 5년 사이에 말이 나왔겠지.

'시스템분들 이야기도 그렇고 명우 선배만 봐도 다른 세계가 있는 건 분명해.'

던전 속의, 우리 세계와 관련 없는 부서진 도시. 예전에는 별생각 없었다. 하지만 지금은 불길하게 느껴졌다.

'내 정보를 감춰야 하는, 던전과 관련 있는 누군가.'

설마 그 정체 모를 모 씨를 막지 못하면 우리 세상도 이 꼴 나는 건 아니겠지.

'진짜 S급 50명만 모으면 되는 건가. 시스템분들, 믿어도 되는 겁니까, 진짜.'

물방울과 나무는 그래도 괜찮았는데 다른 사람은, 특히 사슴은 영……. 하지만 지금의 나로선 달리 할 수 있는 일이 없었다. 일단 믿고 따르는 수밖에.

믿고 따라야 하는데, 갑자기 현타가 온다.

…아니, 나는 그냥 회귀해서 편하게 살고 싶었는데. 왜 지금 나는 S급들 드글대는 A급 던전에 들어와 있는 거지. 그냥 유현이가 3년만 갇혀 살아 했을 때 응 그렇게 했으면, 음… 5년 후 세계 멸망 엔딩입니까.

날 대신해 줄 사람은 없나? 그걸 물어볼걸. 지금은 좀 그렇고 피스랑 적당한 F급 던전 들어가서 물어보자. 설마 나밖에 없진 않을 거야.

"형, 왜 그래?"

"혹시 피곤하십니까?"

심하게 훼손된 벽화를 한참 멍하게 쳐다보고 있자 유현이와 김성한이 걱정스레 말을 걸어왔다.

"아뇨, 그냥 조금… 음, 조금 피곤하긴 하네요."

내 인생은 어디로 흘러가고 있는 건지. S급 50명 다 모으고 나면 편해질 수 있을까. 10년 뒤에 시스템 사라지면 특수 스킬 각성 일도 손 뗄 수 있을 거고.

그래, 10년만 참자. 딱 10년만 갈리면 돼.

"안색이 안 좋으신데 걸으실 수 있겠습니까?"

"그만 구경하고 나가서 쉬자. 피스한테 올라타. 아니, 태워 줄까?"

— 그르릉.

뭐라는 거야. 스탯이 F급일 뿐이지 오늘내일하는 병자인 건 아니다.
"괜찮습니다. 괜찮아, 걸어 나갈 수 있어."
까마득하게 높은 천장을 마지막으로 한번 올려다보았다.
달려 있었을 장식은 사라지고, 외로이 남은 녹슨 사슬들이 바람에 간간이 운다. 크고 둥글게 뚫린 저 빈 공간에는 스테인드글라스라도 있었을까. 어쩌면 전혀 상상치 못한 독특한 무언가가 설치되었을지도 모른다.
그리고 언젠가는, 네모반듯한 건물과 훼손된 옥외 광고판을 보며 다른 누군가가 나와 비슷한 생각을 할지도.
…쓸모없는 망상은 이쯤 하자.
"다 주웠어요!"
밖으로 나가자 예림이가 신나게 외쳤다. 손은 물론이고 얼굴에도 검댕이 여기저기 묻어 있다. 빚지고 막노동하는 소녀 가장이 떠올라 짠해졌다. 실제로는 억 단위 부수입 올리고 있는 중이지만.
"손수건 같은 거 없어?"
"그런 걸 왜 챙겨요? 던전 돌다 보면 수건을 박스로 가지고 와도 감당 안 될 때 많은데."
그야 그렇지만. 물티슈라도 가지고 올 걸 그랬나. 지금쯤이면 2층 게이트 근처를 정리하고도 남았을 거라 바로 위로 올라갔다.

콰르르르-!

몰아치는 창끝 앞에 성벽이 줄줄이 무너져 내렸다. 겹겹이 쌓인 바윗덩이들이 도미노처럼 넘어지고 그 아래로 몬스터들이 깔아뭉개진다.

문현아의 발바닥이 쾅, 너른 석판을 밟았다. 자국이 남다 못해 쩌저적 석판이 크게 갈라지고 그녀의 몸이 단숨에 앞으로 튕겨 나간다.

그 앞에 성현제가 서 있었다.

"한가하게 따라나설 분이 아니신데 말이지!"

외침과 함께 문현아가 거창을 그대로 성현제를 향해 내찔렀다. 인간의 몸뚱이 따윈 순식간에 산산조각 내어 놓을 광폭한 기세였다.

휘우웅, 창끝보다 먼저 들이닥친 바람이 성현제의 머리칼을 흐트러뜨렸다. 색조 옅은 눈이 가늘게 휘어지고, 금색 사슬이 길게 뻗어졌다.

콰득! 콱!

양쪽으로 뻗어진 사슬이 각각 성벽과 성벽을 꿰뚫었다. 동시에 문현아의 거창이 팽팽하게 당겨진 사슬과 맞부딪쳤다.

카가가각!

창끝에 꿰인 사슬이 강하게 밀려 나가며 양쪽 성벽을 모래성이라도 되는 양 우르르 파 헤집는다. 귀 아픈 소리가 연신 울린 끝에, 성현제의 얼굴 바로 앞에서 창이 멈추었다.

마치 서로 미리 짜기라도 한 듯 정확하게.

"확실히 한가하진 않지."

장갑 낀 손이 날카로운 창끝을 툭 두드렸다. 끼이익, 끽, 사슬의 고리가 당장이라도 끊어질 듯 쇳소리를 내었다.

창을 단단히 틀어쥔 채로 문현아가 사납게 입꼬리를 올렸다.

"형님 건드리지 마."

"그런 취향이었나. 의외로군."

"헛소리 말고. 최소한 내가 기승수 받을 때까진 참으라고, 망할 놈아."

카가강! 요란한 소리와 함께 사슬이 튕겨 나가고 거창이 거두어졌다.

"세성 길드장님께서 망친 인간이 한둘이어야 말이지. 그 전에 그쪽 취향도 아니지 않나. 나름 당돌하고 귀엽긴 한데, 그래도 F급이잖아."

성현제가 사슬을 거두었다. 금색 사슬 위로 전류가 가볍게 튀어 오른다.

"등급으로 사람 차별하는 편은 아니네만. 그리고."

콰르릉! 천둥이 쳤다. 황금빛 전격이 주위를 어슬렁거리는 몬스터들을 죄다 태우며 파도처럼 밀려들었다.

문현아가 크게 뒤로 뛰었다. 그런 그녀를 향해 금색 사슬이 화살처럼 쏘아졌다. 쐐액, 거친 소리와 함께 공기가 찢어진다.

"의외로 겁이 없더군."

문현아가 공중에서 몸을 비틀었다. 사슬이 문현아의 왼쪽 팔을 스치며 강력한 전류를 내뿜었다.

"그쪽 앞에서도?"

거멓게 타들어 간 옷을 툭툭 털어 내며 문현아가 말을 이었다.

"해연에서 처음 봤을 때부터 그러긴 했지만. 괜히 도련님 형님이 아니라는 걸까."

"잠깐 즐길 정도는 되겠지."

성현제의 말에 문현아가 눈살을 찌푸렸다.

"송 실장한테 신고한다."

"그것도 재미있겠군."

"야 이 미친-."

그때 1층과 통하는 게이트가 흔들렸다. 두 사람은 아무 일 없었다는 듯 동시에 각자의 무기를 거두었다.

게이트를 통과해 2층으로 들어섰다. 어둑어둑해진 하늘 아래 1층의 두 배쯤 되는 크기의 도시가 황량한 대지 가운데 자리 잡고 있다. 1층과 달리 2층은 성벽이나 도시 건물이 비교적 멀쩡한 편이었다. 성벽 밖에는 골렘이, 도시 안으로는 언데드가 득시글해 정석대로 하자면 시가전도 겸하게 되는 곳이지만.

'다 부숴 놨네.'

높고 튼튼한 성벽 한쪽이 모래성처럼 폭삭 무너져 있다. 그 너머로 건물째 몬스터를 밀어 버린 흔적이 보인다.

"수거반 나갑니다!"

예림이가 한쪽 손을 번쩍 들며 퐁퐁 튕기듯 날아갔다.

2층에 먼저 올라갔던 문현아와 성현제가 우리 쪽으로 다가왔다. 둘의 모습이 가까워지자 한숨이 절로 새어 나왔다.

'그새 둘이 한판 했네.'

저 망할 인간들 같으니라고. 문현아의 왼쪽 팔 부분 옷이 까맣게 타들어가 있었다. 성현제의 머리칼도 거칠게 흐트러진 채다.

A급 하위 던전 일반 몬스터 상대론 스치지도 않을 인간들이니 둘이 붙은 게 틀림없었다. 유현이도 그걸 알아챘는지 눈이 가느스름해진다. 제일 어린 길드장도 얌전한데 어른들이 말이야.

"현아 씨, 옷이 탔네요?"

모르는 척 묻자 문현아가 드러난 팔뚝을 매만졌다. S급인 것도 있지만 거창을 다뤄서인지 근육이 무섭도록 단단하게 잡혀 있었다. 마치 강철로 된 조각상 같다.

"실수야, 실수."

실수는 개뿔이.

"브레이커 길드장님 옷을 상하게 할 만한 몬스터는 여기엔 없을 거라고 생각했는데, 아니었나 봅니다. 조심하세요. 제 부탁으로 와 주신 건데 괜히 몸 상하기라도 하시면 면목이 없어집니다."

A급 몬스터에게 당했냐는 말에 문현아의 눈썹이 삐뚜름해졌다.

"형님 너무하네. 고작 A급 쩌리가 내 옷을 태웠겠어? 당연히 저놈이 한 짓이지. 저놈, 저놈."

대뜸 털어놓는 것에 어이없다는 표정을 한껏 지어 보였다.

"던전 들어오기 전부터 시비 거시더니, 결국 진짜 싸우셨어요? 일단은 같은 공략팀으로 온 건데 싸운 게 참도 자랑입니다. 애도 아니고 나이 드실 만큼 드셨으면 기본은 지켜 주셔야죠."

"아니, 형님. 들어 봐. 형님은 스탯이 낮아서 잘 모르겠지만-."

"스탯과는 상관없죠. 힘겨루기를 하고 싶으시다면 따로 자리를 마련하세요. 오늘은 어디까지나 제 부탁으로 모인 게 아닙니까."

아무 트러블 없이 신속하게 끝내고 집에 갑시다, 예?

문현아가 억울하다는 듯 성현제를 노려보았지만 성현제는 시침 뚝 떼고 흐트러진 머리칼을 정리했다.

"형님, 너무 나만 미워하는 거 아냐?"

"그럴 리가요, 착각이겠죠. 제가 현아 씨를 얼마나 좋아하는데요. 사랑합니다, 문현아 씨."

"말은 잘하지! 성현제 놈한테도 한마디 해 줘!"

"아, 네. 사랑합니다, 성현제 씨."

"그거 말고!"

"아저씨, 저도요!"

"그새 마석 다 주웠니. 그래. 너도 사랑한다, 예림아. 우리 유현이도, 성한 씨도. 피스도 당연히 사랑하고."

예림이가 내 팔에 덥석 매달리며 짓궂은 눈빛을 보내왔다.

"그럼 제일 사랑하는 사람은 누구예요?"

이 녀석 봐라.

"사고 안 치고 말 잘 듣는 사람."

"저 오늘 착했던 거 같은데!"

착한 아이는 남한테 시비 걸지 않는단다. 유현이 넌 또 왜 기대하는 눈빛인 건데. 동생 녀석도 얌전하긴 했다만 오늘 제일 사고 안 치고 말 잘 들은 건 역시 피스랑 김성한 씨지.

 해가 저물었다. 아직 너른 도시의 반의반도 공략 못 한 채로.
 물론 A급 던전 공략 속도치고는 무척이나 빨랐다. 내일 중으로 끝날 것 같으니 이틀도 안 걸리는 셈이었다. 만약 여기 있는 S급들에게 전부 기승수가 있었더라면 하루 만에 공략되었지 싶었다.
 화르륵.
 사람 머리통만 한 불꽃이 피어올랐다. 모닥불은 아니다. 그렇다고 가스나 전깃불도 아니었다. 소소한 던전 아이템 중 하나였다. 던전 공략 중에 저렇게 대놓고 밝은 불을 피우는 건 몬스터의 표적이 되기 쉬워 금기지만, 지금 이 멤버로는 대형 스피커 빵빵하게 음악 틀고 스포트라이트에 미러볼 돌리며 폭죽을 터뜨려 대도 문제없을 거다.
 그에 더해 텐트도 꺼내 펼쳐졌다. 던전 부산물로 만들어져 인벤토리에 넣을 수 있는 텐트였다. 그렇지만 헌터들은 잘 쓰지 않았다. 텐트는 감각을 가리고 바로 빠져나오기도 불편해 혹독한 환경이 아니고선 그냥 침낭 정도나 쓰는 게 나았다.
 "피곤할 텐데 들어가서 자."
 유현이가 작아진 피스를 내 품에 안겨 주며 말했다.
 "맞아요, 아저씨는 얼른 주무세요."
 "바깥일은 신경 쓰지 마시고 푹 쉬십시오."
 아니, 안 자도 되는데.
 "하루쯤은 밤새워도 돼. 피스 훈련시킬 때도 밤새웠는데 뭘 새삼 던전에서 누워 자겠냐. 그냥 빨리 끝내고 나가는 편이 낫지."
 "우리는 계속 공략 진행할 거야. 두 명씩 번갈아 가며 사냥하고 돌아오는 식으로 하려고."

 오가는 거리를 생각하면 그냥 내가 따라 움직이는 편이 나을 텐데. 게다가 하필 두 명씩이나. 암만 봐도 순순히 몬스터만 잡고 올 거 같지가 않았다.

 "그래도 내가 같이 가는 게 빠르잖아."

 "어두워서 위험해. 그냥 편히 쉬어, 응?"

 동생 녀석은 얌전한 편이긴 했지만, 이 녀석도 S급은 S급이란 말이지. 옆을 보니 예림이가 눈을 빛내며 얼음나무 창을 만지작거리고 있었다. 문현아는 흠집 난 상의를 어느새 갈아입었고 성현제도 장갑이 바뀌었다.

 작정했네.

 뭐, 솔직히 이만큼이나 내 눈치를 본다는 게 신기한 인간들이지만. 유현이와 예림이는 그렇다 쳐도 나머지 둘은 각성한 이후 누구의 시선도 신경 쓰지 않고 살아왔을 것이다. 그런 독불장군들이 내 눈앞에서라도 얌전한 게 대단하긴 했다. 그렇지만.

 "그래, 자긴 잘게. 하지만 말이야."

 내가 이 방법까지는 안 쓰려고 했는데.

 "딱 몬스터만 잡아. 딴짓하지 말고. 예림이 너도. 다른 두 분도 마찬가지입니다. 만약 팀원들끼리 싸운 흔적이 보인다면."

 한숨 한번 삼키고 말을 이었다.

 "유명우 헌터에게 이를 겁니다. 제가 싸우지 말라고 혀가 닳도록 말했는데도 무시해서 스트레스로 잠도 못 자고 위도 아프고 눈물도 좀 날 거 같고. 덕분에 화병 났다고, 저 인간 때문에 죽겠다고 이마 싸매고 한탄할 겁니다. 그럼 아주 국물도 없을 거예요. 방송 다 보셨죠? 대기실에서의 일도 들었죠?"

 기승수는 이미 계약이 되어 있지만 명우는 다르지. 명우야, 미안하다, 잠깐만 호가호위 좀 하자.

 내 으름장에 예림이가 먼저 안 돼요, 하고 소리쳤다.

 "아니, 아저씨. 전 아직 장비 제대로 갖추지도 못했는데. 창 하나뿐인데!"

"그럼 안 싸우면 돼. 팀원들과 사이좋게 지내렴."

예림이가 시무룩해졌다. 유현이도 아쉬워하는 눈치였다. 역시 동생 녀석도 싸워 볼 생각이 있었구만.

"형님, 깐깐하네."

"칭찬 감사합니다. 아, 그리고 선의의 밀고자에겐 저도 선의를 내어 보이겠습니다. 만족하실 만큼요."

짜고 증거 인멸할 수도 있으니 덧붙여 두고 텐트로 들어갔다.

- 갸르릉.

"그래, 그래. 피스야. 오랜만에 같이 자자."

역시 우리 피스가 제일 착하다.

생각보다 푹 잠들었다가 눈을 뜨자…….

[SS급 스킬, '살벌한 병아리반 선생님' 획득!>□<]

메시지창이 둥둥 떠 있었다. 아니, 이게 뭐야… 근데 이거…….

'사슴새끼구나.'

사슴새끼 칭호 스킬 이름 좀 못 짓게 해 주세요.

- 삐약.

□□□□□□은 작게 울었다. 오랫동안 아빠가 보이지 않았다. 실제로는 고작 이틀째였지만 □□□의 어린 감각으로는 무척이나 길게 느껴졌다.

– 꺄아! 꺄악!

"블루야, 안 돼! 착하지, 이리 와!"
해연의 A급 헌터가 천장 전등갓에 매달린 어린 그리폰을 향해 손을 뻗었다. 한유진으로부터 주인의 증표를 받았지만 아직 어려서인지 아무리 다독여도 얌전히 있질 못했다.
블루를 억지로 붙잡아 천장에서 떼어 낸 헌터가 시무룩 처져 있는 털 뭉치를 돌아보았다.
"삐약아, 왜 그래. 배고파?"

– 삐이.

□□□은 파닥거리며 소파에서 뛰어내렸다. 종종종 느린 걸음으로 향한 곳은 다름 아닌 한유진의 침실이었다.

– 삐약삐약!

"문 열어 줄까?"
열린 문 사이로 들어간 □□□이 작은 머리를 꺾어 침대를 올려다보았다. 파닥파닥 뛰자 헌터가 □□□을 들어 침대 위에 내려놓아 주었다.
"아빤 없어요. 내일쯤 올 거야."

– 삐야.

□□□은 텅 빈 침대 위에 풀썩 주저앉았다. 헌터는 그런 새끼 새를 안쓰럽게 바라보다가 방을 나갔다. 꺅꺅대는 소리가 또다시 시끄럽게 들려온다.

- 삐삐 삐이.

없다.

- 삐약삐!

없다. 불러도 안 온다. □□□은 파닥대며 다시 일어났다. 없으면 찾자.

- 삐약!

아빠! □□□은 힘차게 외쳤다. 그리고 부족한 힘을 끌어내려 애썼다. 만약 한유진이 지금 이곳에서 □□□의 상태창을 확인했다면 놀라운 변화를 볼 수 있었을 것이었다.

'□□□□□ 성장 후 습득'이.

'공간의 지배자(L) 획득'으로 뒤바뀐다.

- 삐익!

그리고…….

- …삐야.

실패했다. 역시 부족하다. 배도 고파졌다. 무척이나.

- 삐약… 삐약삐약삐약!

상태창은 원래대로 돌아가고 □□□은 서럽게 울기 시작했다.

"유명우 헌터가 만든 게 S급 창이라고 해서 엄청 기대했거든. 물론 나한테 S급 거창이 없는 건 아니지만, 여분으로 하나 더 있으면 좋잖아. 주 무기가 유일하면 불안하다고. S급 무기라고 해서 절대 안 부서지는 건 아니니까."

문현아가 건물 잔해를 가볍게 뛰어넘으며 말했다.

이틀째도 던전 공략은 순조롭고 여유로웠다. 유명우 효과 덕분인지 어제와 달리 서로 으르렁대는 것도 훨씬 덜해졌다. 하하호호 화기애애한 수준은 물론 아니었지만 각 잡고 싸우려 들지는 않았다.

"무기 옵션이 다르면 전투 스타일에도 변화를 줄 수 있고. 내가 좀 단순하긴 하거든. 몬스터 상대로야 아직 별문제 없지만 내 정보를 미리 알 수 있는 인간 상대면, 귀찮지."

그러면서 성현제가 간 방향을 힐끗거린다.

"그러니 형님이 유명우 헌터에게 슬쩍 찔러주면 안 될까. 다음번 무기는 S급 거창 어떠냐고."

"언니, 제가 더 급해요!"

내 등에 기대앉아 있던 예림이가 뺙 소리쳤다. 피스 엉덩이께로 두 다리를 쭉 편 게 떨어지지 않을까 불안해 보이는 자세였지만 당사자는 무척이나 여유로웠다.

"언니는 S급 장비 다 갖췄지만 전 창이랑 팔찌밖에 없거든요?"

"거 해연 길드장이 짜네. 아, 동생 욕하는 건 아니야. 아끼면 좋지."

"아끼는 게 아니라 속성이 정반대에 전투 스타일도 달라서 예림이에게 맞는 게 부족했던 걸 겁니다."

 유현이는 넘쳐 나는 화력을 바탕으로 한 근접전 중심이다. 모자란 곳 없이 골고루 뛰어난 스탯과 스킬 특성상 다수보다는 특정 강자와의 일대일 상황에 더 강하다.

 화염 스킬이니 다수에게 더 강하지 않나 싶기도 하겠지만, 문제는 불이란 속성이 컨트롤하기 어렵다는 것이었다. 흑혈염을 얻고 난 뒤엔 불의 형태를 무기로 고정할 만큼 능숙하게 다루었지만 아직은 무리였다.

 반면에 예림이는 마력과 민첩 쪽에 몰려 있다. 스킬도 수많은 적을 빠르게 묶고 쓸어버리는 데 특화되어 있었다.

 속성과 타입이 정반대이니 해연이 보유하고 있는 S급 장비 중에 예림이가 쓸 만한 게 적을 수밖에. 당장 S급 던전 돌 것도 아니니 엉뚱한 옵션의 S급 장비보다는 특성 잘 맞는 A급 장비가 더 낫다.

 "그건 그래요. 해연 진짜, 장비 등급 좀 높다 하면 화염 저항 덕지덕지 붙어 있는 거 아세요? 길드장님이랑 같이 S급 던전 돌리려면 화염 저항 최소 C급은 필요하다나. 근처에 있으려면 B짜리는 있어야 한다잖아요. 아님 방어 특화거나요."

 "예림이 너도 네 팀 만들려면 지금부터 냉기 저항 붙은 장비 모아 둬야 할걸. 남 일이 아니다."

 "으아아, 맞아요! 그렇죠, 젠장!"

 고생길 훤하네, 우리 예림이. 그래도 S급팀만 제대로 갖추면 탄탄대로다. 던전 난이도가 올라가긴 하겠지만 문현아랑 붙여 주면 걱정할 거 없을 텐데. 아직 키워드 적용 안 되었지, 아마.

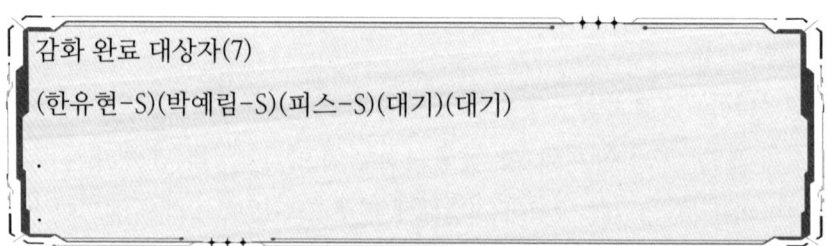

감화 완료 대상자(7)
(한유현-S)(박예림-S)(피스-S)(대기)(대기)

> (유명우-A)(김성한-A)(삐약이-□)(블루-C)

 역시 문현아의 이름은 없다. 피스가 S급 대열로 올라갔고 유명우는 A급으로 바뀌었다. 스킬 SS에 스탯 C면 시스템상으로 A인 모양이다. 명우도 스탯 B나 A쯤 되면 S급으로 올라가겠네.

 블루는 키워드 적용이 생각보다 더 빨랐다. 유니콘들은 떨어져 지내서인지 시간이 꽤 걸릴 듯싶고.

 '문현아는 꽤 가까워졌으니 한두 번만 더 키워드 말하면 될 거 같은데. 성현제는… 뭐 기회 되면.'

 얼렁뚱땅 한번 말하긴 했는데 사랑 타령 하기 쉬운 상대는 아니다. 삐약이 빼고 다 S급 된다 치면 여섯, 문현아 더하면 일곱. 내새끼 스킬 얻은 지 두 달도 채 안 되었으니 괜찮은 속도긴 한데.

 '던전 나가기 전에 문현아까지 키워드 적용시켜야지.'

 그때였다.

> 피해! 공간 간섭ㅇ

 다급한 메시지가 뜨고 기묘한 감각이 전신을 덮쳐 온다. 정확히 내가 있는 곳에, 무언가 뒤틀린다는 느낌이 들었다.

 등골이 오싹해지며…….

> 강력한 존재에 대한 두려움이 사라집니다!

 공포 저항 스킬 메시지가 나타나고, 살짝 굳었던 몸이 풀림과 동시에 소리쳤다.

"여길 벗어나야 해! 피스야, 뛰어!"

- 크릉!

대답하듯 소리친 피스가 순식간에 속도를 높인다. 그 서슬에 꺅, 하고 떨어진 예림이와 문현아, 김성한도 곧장 우리 뒤를 따라왔다.

"무슨 일이에요, 아저씨?"

예림이가 훌쩍 날아와 물었다. 다른 사람들은 못 느낀 건가.

"유현이와, 성현제, 윽, 우리 쪽으로 오라고, 해 줘!"

흔들림 탓에 몇 번 혀를 깨물 뻔하며 말했다. 예림이가 대답과 함께 순식간에 사라진다. 그리고 잠시 후…….

구구구그긍!

등 뒤로 산이 무너지는 것 같은 소리가 들려왔다. 한 번이 아니라 연속으로 몇 번이나.

"미친! 저게 뭐야?"

문현아가 놀라 외쳤다. 젠장, S급이 놀랄 정도면 평범한 사태는 절대 아니겠군. 피스의 등을 두드리자 용케 눈치채고 멈추었다. 한숨 한번 삼키고 뒤를 돌아보았다.

반파된 도시 한가운데, 산이 솟아 있다.

아니, 작은 산과도 같은 초대형 몬스터다. 치켜들고 있는 머리가 까마득하게 높았다. 두꺼운 네발 밑에 부서진 건물들이 마치 장난감 블록 조각처럼 하찮아 보인다.

전신이 바위로 뒤덮인 거대한 두꺼비.

> 1급 거대두꺼비종 – 산을 삼킨 바바르
> 현재 스탯 등급 SS

> 각성 가능 스탯 등급 S~SS
>
> 최적화 초기 스킬
>
> 작은 산(SS) 획득
>
> 끝없는 소화력(SS) 획득
>
> 녹아내리는 독액(S) 획득 실패
>
> 재생력(S) 획득

SS급의 1급 몬스터다.

쿠르릉 쿵!

바바르가 천천히 움직이기 시작했다. 속도는 기어가듯 느리지만 워낙 커다란 탓에 한 걸음 한 걸음마다 수십 채의 건물이 쓸려 나간다. 지진이라도 일어난 듯 땅이 잘게 진동했다.

작은 산이 이동하는 듯한 그 모습이 현실감 없게 느껴졌다.

다행히 방향은 우리와 반대쪽에 거리도 충분히 멀었다. 피스의 등에서 내려서자 김성한과 문현아가 다가왔다. 둘 다 굳은 표정이다.

"와 씨, 저런 건 처음 봐. 예림이랑 김성한 헌터는 본 적 있어?"

"저도 처음 봅니다."

"저도요. 엄청 커요!"

"몬스터 맞긴 맞나? 저런 걸 대체 어떻게 잡아?"

문현아가 질린다는 듯 고개를 저었다. 그래도 바바르는 공략법만 알면 1급 몬스터 중에서는 잡기 쉬운 편이었다. 저놈은 독액도 얻지 못했으니 더욱 만만하다.

5년 후의 S급들에게는 말이다.

"형!"

어느새 나타난 유현이가 내 옆으로 바싹 다가와 붙으며 말했다.

"일단 형은 나가는 게 좋겠어."

"게이트석 사람 수만큼 있냐?"

"…아니. 해연에는 세 개뿐이고 하나만 가지고 왔어."

내 거 포함하면 두 개군.

"나도 내 거 하나뿐이야."

문현아가 말했다. 성현제도 사정은 비슷할 것이다. A급 던전에 S급들 우르르 몰려왔는데 게이트석 쓸 일이 있을 거라고 생각이나 했을까. 게다가 게이트석을 써서 나가도 문제였다. 오류로 튀어나온 몬스터가 얌전히 사라져 줄지 알 수 없으니.

만약 바바르가 나타난 채로 던전이 터지기라도 하면 난리 난다. 이 던전, Y대 바로 옆이었다. Y대 일대가 쓸려 나가는 처참한 사태가 벌어질 수도 있었다.

'공간 간섭은 또 무슨 일인지 모르겠지만, 일단 저걸 처리하는 수밖에.'

방법이 없는 건 아니었다. 그때 성현제도 예림이와 함께 도착했다.

"저번 D급 던전에서 황금부리 마이야가 나타난 것과 같은 현상인 건가."

성현제의 말에 유현이의 시선이 반사적으로 나를 향했다. 이번에도 나와 관련이 있는 일인지는 모르겠다. 정확히 내가 있던 장소에서 이상이 나타났으니 연관이 아예 없는 건 아닌 듯하지만.

"저 몬스터는 1급 거대두꺼비종으로, 산을 삼킨 바바르입니다. 스탯 등급은 SS고요."

"1급? 스탯 SS? A급 던전에 왜 저런 괴물이 나타나? S급 던전에서도 본 적 없는데!"

문현아가 눈살을 찌푸리고 유현이와 김성한의 표정이 딱딱하게 굳는다. 예림이는 아직 사태 체감이 잘 안되는 눈치였다.

"바로 게이트로 가자, 형."

"네, 먼저 나가십시오."

나 나가면 어쩌려고. 나머지 사람들도 게이트석 쓴다 해도 예림이에 김성한, 몬스터도 한 명으로 치면 피스까지 꼼짝없이 갇히게 되는데.

"당장 걱정할 필요는 없어요. 공격하기 전까지는 이쪽을 눈치채지도 못할 테니까요."

대부분의 몬스터는 호전적이라 먼저 덤벼들어 오지만 저놈은 달랐다. 조그만 인간들은 코앞에서 얼쩡거려 봤자 잘 알아채지도 못한다.

둔하고 느리다. 하지만 극도로 단단하다.

중국에 처음 나타난 바바르의 던전은 공략되지 못하고 결국 터져 버렸다. 저 거대한 두꺼비는 천천히 돌아다니기만 했지만, 그것만으로도 어마어마한 피해를 입혔다.

덕분에 방송에 여러 번 출연했기에 공략 방법도 똑똑히 기억하고 있다. 지금 여기에는 바바르의 공략에 필요한 스킬이 모두 있었다. 다행스럽게도.

"바바르의 껍데기는 무척이나 단단합니다. 일반적인 스킬로는 절대 부술 수 없어요."

그건 5년 후의 S급이라도 마찬가지였다. 혼자 힘으로는 상대할 수 없는 게 1급 몬스터종이다.

"그나마 껍데기가 얇은 곳이 움푹 들어가 있는 목덜미 부분입니다. 머리와도 바로 연결되어 있어 유일한 급소라고 할 수 있죠."

"그걸 어떻게 아는 거지? 마수 사육 스킬에 그런 정보까지 다 나오는 건가."

성현제가 물었다. 미래에서 봤습니다, 라고 할 수는 없고.

"대충은요. 지금은 공략에 집중해 주세요. 저놈 못 잡고 나가면 난리 납니다."

얼버무리고 예림이에게로 시선을 돌렸다.

"예림아, 네가 처음이야."

"네? 뭐가요?"

"개중 약한 목덜미라고 해도 껍데기를 약화시키지 않으면 부술 수 없어. 바바르의 껍데기를 약화시키는 데는 급격한 온도 차를 주는 게 가장 효과적이야."

그리고 지금 여기에는 불과 얼음, 둘 다 있다.

"그림자 없는 낮의 스탯 버프는 마력으로, 속성 버프는 전기로. 탄식에 더해 창백한 비를 국소 범위로 집중시켜 얼어붙여. 빙속성 강화 잊지 말고. 그다음은 유현이 너다."

"최대한의 고온으로 녹이라는 거지?"

"잘 아네. 그리고 현아 씨, 피스와 함께 약화된 껍데기를 부수세요! 한 점에 모이는 파괴력은 현아 씨가 최고라고 들었습니다."

"그거야 내 전문이지! 저렇게 굼뜬 놈이라면 더더욱 쉽고."

문현아가 신나 하며 말했다. 히죽거리며 피스를 돌아보기까지 한다.

"문현아로 끝날 거 같진 않고, 마지막은 나인가."

"네, 현제 씨. 현아 씨가 껍데기를 부수면 속살이 드러날 겁니다. 강력한 전류를 퍼부으면 뇌까지 익힐 수 있을 겁니다만, 아마 지금 스탯으로는 모자람이 있겠죠. 하지만 예림이의 스탯 속성 버프에 더해 공격 스킬 효과 두 배까지 받으면 확실히 끝낼 수 있을 겁니다."

내가 가진 공격 스킬 효과 두 배 칭호를 공유 가능하다는 것은 여기 있는 사람들에겐 이미 말해 두었다. 김성한이 보스 잡는 거 보면 눈치챌 수밖에 없는 데다가, 이후로 또 공유하게 된다면 S급들 상대일 가능성이 크기 때문이었다.

"꼭 형까지 나서야 해?"

유현이가 대뜸 인상을 찌푸렸다. 나도 나서고 싶진 않지만 5년 차이를 생각하면 스탯 속성 30, 20% 증가로는 불안하다. 레벨과 스탯, 스킬 숙련도는 물론이고 장비도 차이가 클 텐데.

"팔찌 있잖아. 10분이면 충분해. 아니, 10분을 넘기면 망하는 거지. 바바르의 스킬 중에는 재생력 S급도 있어. 자체 회복력도 틀림없이 높을 텐데 재생력까지 달았으니 공격 연결이 조금이라도 지체되면 순식간에 회복해 버릴걸."

그럼 방법이 없어진다. 다른 사람들이야 재시도 가능하지만 난 1회용이니까. 그러니 팔찌는 최대한 마지막에, 성공할 거 같다 싶을 때 써야 한다.

여러모로 타이밍이 중요한데.

'살벌한 병아리반 선생님, 그걸 써 볼까.'

아침에 갑자기 튀어나온 스킬. 아마도 10레벨 때 얻지 못한 게 조건을 만족하여 습득된 듯했다.

조건이 뭐였는지는 모르겠지만 스킬 등급도 그렇고 상황상 S급들과 관련 있는 거였겠지. 일정 수 이상의 S급 헌터들을 통솔한다거나, 뭐 그런 무시무시한 게 아니었을까.

…진짜면 얻으라고 있는 스킬이 아닌 거 같은데.

상태창을 열어 스킬을 다시금 확인해 보았다.

살벌한 병아리반 선생님(SS) - 제멋대로인 각성자들을 통솔하는 선생님! 애들이 참 말도 안 듣고 제멋대로 굴지요? 하지만 걱정 마시라! 이 스킬을 쓰시면 다수의 대상자를 깊게 연결, 스킬 사용자를 중심으로 긴밀한 협동이 가능함.
대상자 등급 제한 - SS

척 봐도 중간에 설명창 써넣는 사람이 바뀌었다. 물방울 혹은 나무가 사슴새끼 뒤통수 후리고 대신 설명창 작성하는 모습이 눈에 선했다. 얼굴도 모르는 사람들이긴 하지만.

※ 정신력과 마력에 영향을 받음. 대상자들의 능력치가 뛰어날수록 스킬 시전자의 부담이 커질 가능성 큼. 키워드 적용자의 경우 부담이 덜할 것으로 예상. 대상자가 강하게 거부 시 스킬 시전자에게 타격이 올 수도 있음. 기타 효과 있을 수 있음.

대부분 추측이긴 하지만 그래도 자세히 설명해 주었다. 친절도 하지.

'스킬명과 설명을 보면 아마 지휘 계통 특수 스킬인 듯한데.'

긴밀한 협동이 가능하다는 말이 지금 상황에서 특히나 끌린다.

회복력 뛰어난 바바르를 상대하는 데 가장 중요한 것은 다름 아닌 각 스킬의 빠르고 정확한 연계였다. 아군의 스킬에 휘말리지 않으면서도 최대한 빨리 다음 공격을 적중시켜야 한다.

바바르 사냥에 처음 성공한 팀도 손발이 안 맞아 여러 번 시행착오를 거쳐야 했다.

선생님 스킬이 설명 그대로의 효과를 발휘해 준다면, 무척이나 유용할 것이다.

"혹시 정신력 마력 위주 정수 증가 장비 가지신 분 있습니까?"

"비율 증가는 있는데요."

예림이가 말했다. 다른 사람들도 고개를 젓는다. 그래, 당연히 없겠지. 내가 가지고 있는 거라도 주섬주섬 꺼내어 착용했다. 그나마 마력과 정신력 스탯은 같이 붙는 경우가 많아 다행이었다.

"피스야, 이것 봐라! S급 안장이다!"

문현아가 인벤토리에서 흑색과 백색이 섞인 안장을 꺼내 들었다. 헤벌쭉하게 다가오는 흑심 가득한 모습에 피스가 내 쪽으로 뒷걸음질 친다.

— 그릉.

"이번만 참아 줘."

"참다니, 이게 얼마나 좋은 건데! 속도 강화는 기본이고 근체 증가에 방어도 붙고 돌격력 향상에 탑승자 공격력도 올려 준다고!"

"현아 씨, 화염 저항 장비는 있습니까? 유현이 다음이니 대비해야 할 텐데요."

"언제 상대해야 할지 모르는데 당연히 있지. 챙겨 왔어."

정말 싸움 붙을 마음 만만이었구나.

각자 장비를 챙기는 사이로 혼자 동떨어진 김성한이 보였다. 그가 끼어들

부분은 없지만 그렇다고 그냥 내버려둘 수도 없었다.

"원거리 무기 있으신 분?"

"나!"

문현아가 손을 번쩍 든다. 인벤토리에서 꺼내 던져 주는 건 장궁이었다.

"사거리 길어요?"

"엄청. 신호용으로도 써."

활을 들고 김성한에게 다가가 건네주었다.

"한 발 쏴 맞히고 물러나 있으세요."

이 정도 활로는 두꺼비가 간지러움도 못 느끼겠지만, 중요한 건 그게 아니었다. 김성한의 S급 성장 조건 중 하나가 바로 SS급 몬스터 10인 이하 사냥이다. 피스까지 포함해도 일곱 명이니 조건에 맞았다.

"괜찮으시겠습니까. 괜히 저 때문에……."

김성한이 미안해 죽을 것 같은 얼굴을 한다. 두꺼비 나타난 건 솔직히 내 탓인 거 같은데.

"신경 쓰지 마세요. 살다 보면 이런 일 저런 일 다 생기는 거죠 뭐. 정 신세 진 거 같으시면 앞으로 제 동생이나 잘 보조해 주세요. 여태껏 그러셨던 것처럼요."

S급 성장시켜 주는 걸로 계약 기간 이미 늘려 놓긴 했지만 사람 마음이란 게 그렇잖은가. 강제로 발 묶이는 것보단 좋게 부탁 조로 말해 두는 편이 의욕도 더 생길 테고.

"당연히 그럴 겁니다. 걱정 마십시오."

김성한이 활을 꾹 움켜쥐며 말했다.

장비 정비는 다 끝났다. 바바르는 큰 입을 벌려 성을 뜯어먹고 있었다. 콰르르, 콰릉, 벽돌 쏟아지는 소리가 여기까지 요란하게 들려온다.

"목 뒤까지 올라가도 꿈쩍도 안 할 겁니다. 껍데기에는 감각이 거의 없다고 보면 돼요."

어지간한 충격이 아니고선 못 느낀다. 설사 눈치챘다고 해도 상대는 S급들이니, SS급인 자신의 방어력을 믿고 신경도 쓰지 않을 것이었다.

"그럼 일단 올라가야겠군."

문현아의 말에 예림이가 나를 향해 두 팔을 활짝 벌렸다.

"자! 오세요, 아저씨!"

"…응?"

"저거 제법 가파른데 피스 타고 갔다간 몸을 동여매지 않는 이상 뚝 떨어질걸요? 비행 스킬 있는 제가 최고죠. 안전하고 편안하게 모셔다드리겠습니다아~."

맞는 말이긴 한데, 나보다 작고 어린 여자애한테 매달려가기가 좀 쪽팔린다. 등 뒤로 매달려야 하나 고민하며 다가갔는데…….

"악, 잠깐만!"

예림이가 두 팔로 나를 달랑 들어 안아 버렸다. 와 씨, 예림아!

"가만히 좀 있으세요, 아저씨."

"아니, 이럴 거까진 없잖아?"

"이게 제일 편하고 안전한걸요. 아저씨 정도는 엄청 가벼우니까 걱정 말고 몸을 맡겨 주세요."

아니, 무게가 문제가 아니라……. 뒷목이 다 화끈거리네. 으, 쪽팔려.

"던전에서 폰카가 안 된다는 게 아쉬워요."

예림이가 나를 두꺼비 위에 내려놓아 주며 말했다. 폰카는 또 왜. 처음 나타난 SS급 몬스터니 찍어 두고 싶은 건가.

내가 버티지 못할까 봐 천천히 날아온 탓에 다른 넷은 이미 바바르의 등 위에 도착해 있었다. 암석으로 이루어진 너른 등판은 흔들림도 거의 없어 진짜 산 중턱에 올라서기라도 한 것 같았다.

"정말로 아무 반응이 없네?"

문현아가 발끝으로 바닥을 툭툭 치며 말했다.

"날파리가 패딩 위에 앉은 거나 마찬가지니까요. 그렇다고 창으로 대뜸 찌르진 마세요."

내 말에 문현아가 창을 들어 올리려다 말고 내린다. 하여간 방심을 못 해.

"김성한 씨는 어디에 있어?"

두꺼비 등판이 워낙 넓어 아래를 살펴보기 힘들었다. 예림이가 살짝 떠올라 주위를 살피곤 대답한다.

"활 들고 멀어지는 거 보니 이미 쐈나 봐요."

"그래? 그럼……."

좀 부자연스럽더라도 문현아에게 키워드를 적용시켜야 했다.

선생님 스킬은 대상자들의 능력치가 높을수록 부담이 클 수 있다고 했다. 그런데 지금 S급만 다섯이었다. 하니 키워드 적용으로 부담을 줄이는 편이 안전할 터였다.

"현아 씨, 우리 피스 잘 부탁드려요. 기승수로서의 경험도 없고 던전도 이번이 처음이나 마찬가지거든요."

문현아에게 다가가 말을 건넸다. 실제로 걱정되긴 했다. 이렇게 빨리 저보다 강한 몬스터를 상대하게 될 줄은 몰랐는데.

"걱정 말라고, 애 아빠. 피스가 잘 따라와 주기만 하면 문제없어."

"말만으로도 듬직하네요."

일부러 꾸며낸 티가 나는 억지웃음을 짓자 문현아가 예상대로 못마땅한 얼굴을 한다.

"불안하면 불안하다고 대놓고 말해. 하여간 형님은 나만 유독 못 미더워한다니까."

"…그렇게 티가 많이 나나요?"

멋쩍어하며 말을 이었다.

"솔직히 불안하긴 불안합니다. 하지만 현아 씨가 못 미더워서는 절대 아니에요. 오히려 든든하고, 또 고맙죠. 던전 들어오기 전에 걱정도 꽤 들었었거든요. 그렇잖아요, 죄다 저로서는 상대도 안 되는 사람들뿐이니까요."

공포 저항 없는 평범한 스탯 F라면 지금쯤 스트레스로 위경련쯤은 왔을지도.

"해연 길드 쪽이야 평소에도 잘 알고 지내던 사이니 안심할 수 있었지만 다른 두 분은 제 주제에 괜찮을까 싶을 수밖에 없었습니다. 그런데 현아 씨가 생각보다 훨씬 친절하시고 제 의견도 잘 받아 주셔서 금방 마음을 놓을 수 있었어요. 무심코 너무 편히 대해서 혹 불쾌하셨다면 죄송합니다."

"에이, 불쾌할 것까지야 있나. 편하게 대해. 괜찮아."

웃으면서 손을 뻗어 내 머리칼을 흐트러뜨려 놓는다. 회귀 전까지 치면 내가 연상인데.

"정말로 고마우면 그리폰이나 자주 빌려주든가. 내가 최상급 기승수 구하기 전까지 전용으로 해 주는 건 어때?"

"그건 좀 곤란하겠는데요. 대신 제 마음이라도 드리겠습니다. 사랑합니다, 문현아 씨. 앞으로도 잘 부탁드려요."

"마음만이라니 좀 섭섭한데. 그래도 형님이니 봐준다."

그러더니 조금 묘한 표정을 짓는다.

"형님이 나한테 핀잔 던지는 거, 의외로 기분 나쁘진 않았어. 선배님 생각나서 그런가? 좀 비슷한 거 같기도 하고."

선배님 소리가 나오자 상태창 확인할 것도 없이 됐다 싶었다. 선수 활동할 때, 혹은 학교 운동부 때 선배를 말하는 거겠지. 십중팔구 여자 선배님이겠지만 그 정도면 나쁘지 않았다. 어머니가 아닌 게 어디냐.

이름 모를 선배님, 문현아 씨를 잘 돌봐 주셔서 감사합니다.

이번만 문현아와 호흡 잘 맞춰 달라 피스를 다독인 뒤 유현이에게 내새끼 스킬 성장 버프로 써 주었다. SS급 몬스터 잡고 나가면 곧장 S급 던전 돌게 될 테니 지금 써 주는 게 딱일 테다.

"지금부터 스킬 하나를 쓸 겁니다."

 말을 꺼내기가 무섭게 시선이 모인다. 나한테 너무 집중해 줘서 살짝 부담스러울 정도였다.

 "오늘 아침에 얻은 스킬로 일종의 지휘 계통 특수 스킬입니다. 처음 써 보는 것이라 자세한 효과는 아직 알 수 없지만, 설명창에 따르면 스킬 적용자들이 긴밀하게 협동할 수 있도록 보조해 준다고 합니다. 지금 가장 중요한 것은 각 스킬의 정확하고 빠른 연계이니 도움이 될 거라고 생각됩니다."

 "오늘 아침에 스킬이 생겼다고?"

 "응. 아마 20레벨 때 얻지 못한 게 조건을 달성해서 나타났나 봐. S급 헌터들이 여럿 모인 것과 관련 있지 않을까."

 정확히는 10레벨 스킬이지 싶지만 대외적으로 10레벨 스킬은 마수 사육이라고 되어 있으니 20레벨이라고 해 두었다. 어차피 20레벨 스킬도 안 나왔고.

 "아저씨는 전투 관련 적성은 진짜 조금도 없나 봐요."

 예림이가 뼈 찌르는 소리를 했다. 됐어, 어차피 스탯 F급이다. 공격 스킬 좋은 거 붙여 봤자, 효과 두 배 더해 봤자 여기 있는 사람들 눈에는 끽해야 생쥐가 고양이 된 수준이겠지.

 스탯 영향 덜 받는 특수 스킬이 낫다.

 거부하면 안 된다고 주의 사항 말해 주고 가장 먼저 유현이에게 스킬을 썼다. 스킬이 적용됨과 동시에 한유현의 움직임이 '이해'되었다. 그것도 한 발 먼저, 힘의 가감까지 포함하여.

 한유현이 입을 연다. 아니, 열 것이다.

 "아직은 별 느낌 없는데. 형은 어때?"

 대답하는 대신 예림이에게도 스킬을 썼다. 그러자 나를 향한 초롱초롱한 시선이 보지 않고도 느껴진다. 유현이도 나를 보고 있다.

 내 것까지 포함하면 세 개의 시선이 동시에 감지되는 것이다.

 '이래서 정신력 스탯이 필요한 거였나.'

머리가 어지러울 법도 했지만 스킬 보정, 혹은 키워드 보정인지 아직은 괜찮았다. 하지만 수가 더 늘어난다면 감당키 힘들 듯했다.

그리고 내가 느끼고 있는 이 감각을 스킬이 적용된 상대에게 전달할 수 있었다.

일방적으로도, 쌍방향으로도.

"지금부터 두 사람을 연결해 볼게."

이게 그대로 전해진다면 전투 중에 오히려 방해가 될 거 같은데, 어떠려나.

"어? 이거 신기한데요?"

예림이가 눈을 동그랗게 뜨며 말했다. 유현이도 놀란 기색이다.

"상대가 자기 몸이라도 된 것처럼 어떻게 움직일지 느껴지다니. 확실히 손발 맞추는 덴 최고겠어."

"혹시 방해되진 않겠어? 감각이 혼란스러워진다거나."

"아니, 전혀. 안정적으로 분리되어 있어서 섞일 염려는 없겠어."

나와는 다른 모양이었다. 이거 설마 내가 일종의 필터 역할을 하는 건가. 시전자를 갈아서 대상자들의 협동성을 높이는 그런 거?

'…평범한 유치원 선생님이네.'

특히 재롱잔치 시즌에 애기들 율동 맞추게 하느라 갈려 나가는 선생님. 그러고 보니 유현이 유치원 다닐 때 병아리 반이었지.

"나한테도 써 봐!"

원하는 대로 문현아에게, 그리고 피스에게도 스킬을 썼다. 네 명쯤 되자 슬슬 정신적으로 피곤해진다. 약간 어지럽기도 했다. 오래는 못 쓰겠다.

"그럼 어디."

챙!

문현아가 예고도 없이 거창을 휘두르고, 그것을 예림이의 얼음나무 창이 정확하게 맞받았다.

원래라면 예림이가 단숨에 밀려나야겠지만, 굵기도 길이도 주인의 힘처럼 뚜렷하게 차이 나는 두 창은 중간에서 딱 맞붙은 채 멈추었다. 한 치의 흔들림도 없다.

두 사람의 힘 배분이 소름 돋으리만치 정확했다는 뜻이다.

"와, 이게 한 번에 되네."

"그러게요! 아저씨 그냥 던전 같이 다니면 안 돼요?"

누굴 죽이려고.

이제 남은 건 성현제뿐이었다. 키워드 노적용에 능력치도 이 중에서 제일 좋을 인간. 아, 정말 감당 안 될 거 같은데.

'제일 중요한 막타니 안 쓸 수도 없고.'

유현이까지는 별 반응 하지 않을 바바르다. 하지만 문현아가 껍데기를 깨뜨리면 즉시 수복하려 재생력 스킬을 발동할 게 분명하다.

"뭔가 문제라도 있나?"

어느새 등 뒤로 다가온 성현제가 물었다. 자신에겐 왜 스킬을 쓰지 않냐는 뜻이었다.

"포션 좀 마시고요."

아직 마나는 반 이상 남아 있었지만 혹 모르니 채워 둬야지. 진저리 나는 사과 맛 포션을 꺼내 들이켰다. 협회에 포션 주문 제작 문의를 해 봤는데 특별 대우는 불가능하단다. 융통성 없는 인간들 같으니라고.

그리고 스킬을 썼다.

'…버틸 만하네.'

키워드 적용자에 비해 느껴지는 부담감은 확실히 더 크다. 그래도 1.5배 정도? 이 정도면 나쁘지 않…….

"특이하군."

순간 전신이 거칠게 흔들리는 느낌과 함께 눈앞이 아찔해졌다. 다리에 힘이 풀려 쓰러지는 나를, 내 팔을 성현제의 손이 턱 붙잡는다.

시발 성현제 개새끼……. 그가 나를 부축해 일으켜 주었다. 병 주고 약 주냐.

"거부하지 말라고, 했잖습니까."

"가볍게 건드려 본 것일 뿐인데."

뻔뻔한 얼굴로 대꾸한다. 하지 말라면 하지 말라고, 이 인간아. 혹시 키워드 미적용자면 부담이 크다는 게 이런 것도 포함된 건가. 다른 사람들은 문현아까지 다 얌전한데 이 새끼만 지랄이야.

"무슨 일입니까?"

유현이가 성현제를, 내 팔을 잡은 손을 노려보며 다가왔다. 하여간 성현제 망할 새끼가. 나이는 제일 많이 먹어 놓고 분란이나 일으키고.

"아무것도 아니야. 스킬 대상자가 늘어나니 약간 어지러워져서 그래."

"괜찮은 거 맞아?"

"멀쩡해."

내 옆의 삐뚤어진 인간만 얌전히 있어 주면 버틸 만하다. 그때 성현제가 코트를 벗더니 내 어깨에 걸쳐 주었다. 뭐지, 지랄한 보상으로 실레키아를 주겠다는 건가.

"화염 저항 S급이 붙어 있으니 입고 있게. 이 중에서 도련님 스킬이 제일 파장이 클 테니. 방어력도 쓸 만한 편이야."

"팔찌가 있으니 괜찮습니다만."

"내가 자네라면 사냥 성공 확신이 들 때까지 쓰지 않겠지만, 아닌가?"

정확하네. 그래도 유현이 없을 때 말하지. 쟤 봐라, 또 눈꼬리 사나워진다.

"형?"

"아니, 여차하면 방어막 이어링도 있고 한 번밖에 못 쓰니까… 코트 입고 있을게."

주섬주섬 옷소매에 팔을 끼워 넣었다. 헐렁하던 품도 손을 덮던 소매도 내 몸에 맞추어 줄어든다.

웬만한 던전산 장비는 크기 조절 기능도 붙어 있었다. 물론 한계가 없는 건 아니라 첫 착용자 기준으로 두어 치수 정도 자동으로 변했다.

'들고 튀고 싶다.'

이거 없으면 나중에 랭킹전 때 유현이가 덜 고생할 텐데. 미친 척하고 인벤토리에 집어넣으면 안 되겠지.

"팔찌는 타이밍 맞춰서 잘 쓸 테니 걱정하지 마."

동생 놈이 여전히 뚱한 얼굴로 돌아선다. 던전 나가면 어찌 달래 주든가 해야지 저러다 또 터질라.

그때 예림이가 그림자 없는 낮을 펼치는 것이 느껴졌다.

"준비 다 됐어요!"

직후 성현제가 한쪽 팔로 나를 안아 든다. 내 팔 힘으론 전투 중에 매달려 있기란 불가능하니 어쩔 수 없긴 한데 그래도 심란하네.

나는 짐이다. 그냥 짐 A다.

"스킬 공유할 테니까 떼 놓지 마세요."

덤으로 하나 더(S), S급 이하 스킬 칭호를 상대와 접촉함으로 공유하는 스킬을 성현제 대상으로 사용했다. 공유할 스킬은 베테랑 F급(S). 공격 스킬 효과 두 배 칭호다.

성현제가 인벤토리에서 고상한 수색자의 사슬을 꺼내 든다. 손가락 굵기의 금색 사슬이 공중을 헤엄치는 뱀처럼 꿈틀거리며 주위를 맴돌았다. 품고 있는 강한 뇌기가 이따금 타닥 튀어 오르며 반짝인다.

지금 내 시선은 필요 없기에 눈을 감았다. 밀려오는 정보를 하나라도 더 줄이고 싶기도 했다.

깎아지른 절벽과도 같은 바바르의 목덜미를 중심으로, 강력한 마력장이 펼쳐져 있었다.

그림자 없는 낮.

자신이 지배하는 영역 위에 박예림이 떠 있다. 언제나 그렇듯 자신만만하다. 제 힘으론 상처도 제대로 못 낼 상대를 앞에 두고도 즐거워하고 있었다.

얼음나무 창의 빙속성 강화 스킬이 발동된다. 미처 내뱉지 못한 숨결까지 얼려 버릴 강력한 냉기가 흘러넘치기 시작한다.

어제 레벨을 올려 냉기 저항을 얻지 못했다면 시전자에게도 타격이 갈 정도다.

사르르륵.

차가운 탄식이 베일처럼 내리깔린다. 원래는 희던 안개가 최대한도로 끌어올린 마력과 빙속성 강화가 더해져 시퍼런 빛을 띠었다.

그 위로.

쏴아아-!

얼어붙은 비가 쏟아져 내린다.

범위를 최대한 좁혀, 비가 아닌 창날처럼 굵게, 얼음 안개를 휘감아 돌아 내리꽂힌다.

짜악- 쩌어억!

주위의 온도가 급격히 내려가며…….

제가 만들어 낸 결과물을 확인할 겨를도 없이 예림이의 몸이 사라진다.

그와 거의 동시에…….

콰과과과!

뜨거운 불길이 성난 파도처럼 쏟아졌다! 예림이가 있던 자리를 단숨에 삼키며 시뻘겋게 들이닥친 불꽃 아래 얼어붙었던 암벽이 순식간에 녹아내린다. 눈부실 정도로 시뻘겋게 달아오른다. 그 위를 탐욕스럽게 갉아먹는 불꽃의 색이 빠르게 짙어져 갔다.

적자색에서 검보라, 이윽고 완전한 흑염으로.

화염 저항 덕분에 열기는 조금도 느껴지지 않음에도, 전해지는 정보만으로 숨이 턱 막히는 극고온.

"지금이 딱 아니냐?"

감당 못 할 거라는 위험 정보를 보내는데도 문현아는 뛰어들지 못해 안달이었다. 성질하고는.

물론 지금이 제일 말랑해졌겠지만 그걸 깨부숴야 하는 창수가 화상으로 제힘을 못 내어서야 무용지물이다.

문현아가 감당할 수 있을 만큼. 어느 정도의 타격은 감안한다. 충분히 튼튼한 그녀이니 오래 기다릴 필요는 없었다. 아주 잠깐이면 된다.

돌격 속도, 거리, 불길의 잔여 시간, 속이 조금 메슥거린다. 머릿속이야 이미 엉망이다.

그리고, 바로 지금.

까드득-.

피스의 네 다리에 힘이 들어간다. 튀어나온 톱이 바닥을 긁었다.

완벽하게 호흡을 맞춘 기수와 기승수가 강하게 땅을 박차고, 그와 동시에 팔찌의 스킬을 썼다. 문현아의 창끝이 껍데기를 부순 직후 전격을 쏟아부으려면 성현제도 지금 움직여야 한다.

입 밖으로 내뱉을 거 없이 성현제의 발끝이 내디뎌진다.

직후……

콰앙-!

귀를 찢는 폭음이 들려왔다. 파편을 흩뿌리며, 어마어마한 기세 그대로 창끝이 거대한 드릴처럼 바바르의 껍데기를 파고든다.

옷이 타고 손이며 얼굴 일부가 벌겋게 짓무르는데도 문현아는 웃고 있었다. 아주 신났다. 그와 반대로…….

- 구르륵.

거대 두꺼비가 드디어 반응한다. 당황한 듯 산울림 같은 소리를 토해 내며 몸을 움직인다. 그 서슬에 반쯤 부서졌던 성이 완전히 무너져 내렸다. 곧장 재생력을 쓰겠지만 이미 늦었다.

두꺼운 껍데기 아래 감추어져 있던 속살이 훤히 드러났다. 맹렬한 창끝이

굵은 핏줄까지 꿰뚫어, 뿜어져 나온 진녹색 체액으로 뒤덮인 살덩이가.

문현아와 피스가 미련 없이 빠르게 뒤로 빠진다. 정확한 타이밍으로 성현제가 준비를 끝마쳤다.

차라라락.

제 주인의 마력을 게걸스럽게 받아들인 수색자의 사슬이 넓게 퍼지다가.

콱! 콰득!

화살처럼 날아가 바바르의 속살을 파고든다.

그 완벽한 피뢰침 위로.

쿠르르릉!

낙뢰가 쏟아졌다.

창백한 빛이 튀어 오르며, 시야를 새하얗게 물들인다. 고기 타는 냄새. 파편이 또다시 흩날린다.

콰앙! 콰르릉!

어마어마한 파괴력의 전격이 지치지도 않고 연신 폭우처럼 퍼부어졌다. 웬만한 물리력으로는 뚫기 힘들 만큼 두꺼운 살덩이가 타오르고 끓어오르고, 그 주위가 진득이 녹아내린다. 설핏 하얗게 뼈가 드러났다가, 그마저도 검게 타들어 간다.

거대한 몸뚱이를 온통 잡아먹을 듯 단숨에 전류가 퍼져 나갔다.

- 구어어엉!

바바르가 비명과 함께 몸을 뒤틀었다. 무언가 무너지는 소리가, 지면이 울리는 소리가 뒤섞였다. 어마어마한 덩치의 버둥거림에 공기마저 떨려 온다.

하나 그 발버둥은 길지 않았다.

- 구우우웅!

단말마의 굉음과 함께 산이 무너져 내린다. 바바르의 전신에 단단히 붙어 있던 껍데기가 결합력을 잃고 뚝뚝 떨어졌다.

말 그대로 산사태다.

비처럼 쏟아지는 바위 더미 사이로 모두가 무사히 피해 있는 것을 확인한 다음에야 선생님 스킬을 껐다.

순간 눈앞이 깜깜해지는 것에 당황하다가 눈꺼풀을 들어 올렸다. 하지만 얼마 버티지 못하고 다시 감아 버렸다. 보상창이 얼핏 뜬 거 같은데 확인할 기력도 없다.

'죽겠네, 진짜.'

영혼을 뽑아다 착즙기에 넣고 끝까지 쭉 짜낸 것 같은 기분이구만.

"…전 잠깐 눈 좀 붙일 테니까, 싸우지 말고요."

제일 연장자답게 애들 데리고 던전 공략 잘 끝내 줘라, 제발. 불안했지만 기절하듯 잠에 빠져들었다.

"피스야! 최고다! 아이고 이쁜 것! 누나한테 오지 않을래? 응? 응? 언니인가?"

화염 뿔사자의 목에 매달린 문현아가 거나하게 취한 주정꾼처럼 소리쳐 댔다. 피스가 귀찮다는 듯 목을 흔들어 대도 꿈쩍도 하지 않고 껄껄껄 웃는다.

높게 일어난 흙먼지에 공기가 뿌옇다. 거대한 두꺼비의 사체 주위로 돌무더기가 어지럽게 쌓여 있었다.

그 사이에서 한유현과 박예림은 서로를 떨떠름하게 쳐다보았다.

상성이 맞지 않아 본능적으로 상대를 꺼리는 두 사람이다. 하지만 한유진의 스킬이 적용된 순간만큼은 그런 꺼림칙함이 완전히 사라졌다.

빈자리를 대신 채운 것은 옅은 유대감과 친밀감.

거부감이 들 법도 했지만 그 감정을 자연스럽게 받아들인 것은 중간 연결자가 다름 아닌 한유진이기 때문이었다.

일종의 눈속임이다.

한유현도 박예림도 한유진으로부터 긍정적인 감정을 전해 받는 데 충분히 익숙해져 있었다. 그 당연한 흐름이 아주 살짝 비틀려 있다는 것을 눈치채지 못할 정도로.

"…아무 말도 하지 말죠, 우리."

박예림이 눈가를 살짝 찌푸린 채 말했다.

스킬 효과가 사라졌지만 감정의 잔여는 아직 남아 있었다. 상대방이 다시 짜증 나기 시작했지만 서로 손발 맞추었던 기분 좋은 유대감은 그대로다.

특히 박예림은 막강한 적을 만나 제힘을 최대한도로 쏟아붓는 전투를 이번에 처음 겪었다. 신나고 즐겁고 흥분되고. 그 결과를 발밑에 깔고 선 지금도 여전히 가슴이 두근거려, 눈엣가시던 한유현이 예쁘게 보이기까지 했다. 인정하기 싫고 기분도 나빴지만.

정도는 덜했지만 한유현도 비슷한 상황이라 떫게 고개를 끄덕였다.

하나 최상급 기승수와 완벽하게 호흡을 맞춘 문현아, 상극에게 미묘한 감정을 느껴 버린 한유현과 박예림보다 더욱 크게 영향을 받은 자는 다름 아닌 성현제였다.

절명한 거대 두꺼비의 목덜미는 완전히 파헤쳐진 채였다.

상처의 크기가 어마어마했음에도 피에 해당되는 체액은 흐르지 않았다. 상처 부위는 물론이요 그 안쪽까지 끓이듯 익어 버린 탓이었다.

조그만 인간이 아닌, 바바르와 비슷한 크기의 초대형 맹수가 물어뜯은 듯한 자국. 성현제는 그것을 바라보다가 안아 들고 있는 청년에게로 시선을 내렸다.

"어디서 이런 게 튀어나왔을까."

신기하다는 듯 나직이 중얼거린다. 마치 무척이나 흥미로운, 신종 생물이라도 발견한 듯한 투였다.

한유진의 유용성은 익히 알고 있었다. 하지만 기승수를 키우는 것이나 각성 예정 등급을 알아내는 것 모두 직접 손 뻗을 필요는 없는 분야였다.

받아 가야 하는 대상은 한유진이 아닌 그의 수확물이었으니까.

해연이나 또 다른 길드가 독점이라도 하려 들었다면 모를까, 한유진이 중립적으로 움직이는 이상 적당히 좋은 관계를 유지하는 선으로도 충분했다. 알아서 일 잘하는 농부를 굳이 건드릴 이유는 없다. 이미 계약도 체결했겠다, 우수한 수확물을 받아 가기만 하면 되었다.

하나 이제는 상황이 달라졌다.

지휘 계통 특수 스킬. 이번 같은 예외적인 경우가 아니고서는 S급 헌터에게는 아직 크게 필요치 않은 스킬이다.

'하지만 중요해질 날도 머잖았지.'

성현제는 던전의 난이도가 높아지고 있다는 사실을 누구보다도 먼저, 정확히 알고 있었다. 그리 오래지 않아 S급 헌터 간의 협력이 필수적이 될 것이라고도 예상하고 있었다.

그때가 되면 S급 헌터에게까지 영향을 미치는 지휘 스킬은 더없이 중요해질 것이다. 그뿐만 아니라 스킬 시전자의 스탯이 낮다는 사실도 매력적이었다.

자신에게 위협이 될 수 있는 상대가 신체적, 정신적으로 직접적인 간섭을 해 오는 것을 반기는 헌터는 없다. 하지만 한유진은 조금도 거슬리지 않을 정도로 약하다. 스킬 또한 강하게 거부하면 쉽게 파훼할 수 있었다.

예민한 S급 헌터들은 해될 일도 없고 유용하니 관대히 받아 주자, 생각할 수준이다. 일부러 맞추었나 싶을 정도로 적절하다.

그리고 또 하나, 공격 스킬 효과 두 배의 공유.

성현제의 입술이 무심코 미소를 그려 낸다.

'말로만 듣는 것과 체감은 확실히 다르군.'

강력한 힘을 휘두르는 것에 매력을 느끼지 않을 사람은 없을 것이다.

그중에서도 무력은, 결과가 가장 빠르고 확실하게 나타나기에 한번 발 들이면 빠져들 수밖에 없었다.

심지어 헌터에겐 합법적으로 폭력을 휘두를 수 있는 몬스터라는 대상이 존재한다. 커다란 보상도 뒤따랐다.

제가 가진 인외의 힘을 마음껏 휘둘러 적을 부수고 짓밟아 더욱더 강해진다.

완벽하게 컨트롤되는 강력한 육체와 주위를 장악하는 순도 높은 마력, 그것을 바탕으로 자아내는 상식을 벗어난 어마어마한 파괴력의 스킬. 상급 헌터일수록 전투에서 더더욱 강한 해방감과 쾌감을 느끼는 건, 당연한 일이었다.

그런 헌터 중에서도 정상에 서 있는 자에게 공격 스킬 효과가 배가되는 감각은 일종의 마약과도 같았다. 두 배라는 숫자로만 알고 있을 때와는 다르다. 이미 맛본 힘을 버리고 원래대로 돌아가야 한다는 사실에 분노마저 느껴질 정도였다.

왜 이건 인간인 걸까. 던전 아이템이었다면 무슨 수를 써서라도 손에 넣었을 것이다.

"형은 괜찮은 겁니까?"

그때 한유현을 비롯한 넷이 다가왔다.

"부상은 당연히 없고, 잠든 것뿐이라네."

"다행이군요. 이리 주십시오."

한유현이 당연하다는 듯 손을 내밀었다. 성현제는 무심코 미간을 찌푸렸다. 이대로 한유진을 건네주면 다음번은 또 언제가 될지 기약할 수 없다. 눈앞의 어린놈이 제 형을 얼마나 과하게 싸고도는지 잘 알고 있었다. 설사 한유진이 괜찮다고 해도 상급 던전에 순순히 들여보내려 할 리 없었다.

'죽일까.'

한유현은 물론 다른 놈들도.

공격 스킬 효과 두 배 호칭은 아직 공유되고 있었다. 여기서 다른 S급들을 몰살시킨다 하더라도 1급 몬스터의 사체와 그 보상이 있으니 핑계도 증거도 충분하다.

 그리되면 기승수 관련 계약도 MKC와 한신만 남게 된다. MKC야 제대로 나서지 못할 테고 한신 정도는 쉽게 밟을 수 있었다. 대장장이도 아직은 큰 위협이 못 된다.

 "돌려 달라고 했습니다만."

 심상찮은 기색을 느꼈는지 한유현이 표정을 굳혔다. 피스를 두고서 문현아를 놀리고 있던 박예림도 입을 다문다.

 차르르.

 수색자의 사슬이 성현제를 보호하듯 둥글게 감돌았다. 그것을 바라보는 한유현의 눈이 검붉게 가라앉았다.

 "꽤나 무서운 눈빛이로군. 덤빌 텐가, 도련님?"

 대답은 돌아오지 않았다. 대신 두 사람 사이의 공기가 더욱 팽팽하게 당겨졌다. 한유현의 손에 어느새 검이 쥐어져 있었다.

 금방이라도 달려들 기세였지만, 섣불리 움직이지는 않았다. 성현제의 손안에 한유진이 들려 있었다. S급 헌터의 충돌 속에 F급인 한유진의 몸이 무사할 가능성은 거의 없다.

 "형을 내놔."

 한유현이 냉랭하게 말했다. 마지막 경고에 가까운 어조였다.

 "마치 자기 소유물을 돌려 달라는 것처럼 들리는데."

 성현제가 느긋한 미소를 머금으며 말을 이었다.

 "내게 넘겨주는 건 어떻겠나. 제때 먹이고 씻기고 입히고 재우고, 부족함 없이 잘 돌봐 주겠네."

 애완동물 분양이라도 권하는 듯한 소리였다. 한유현의 이가 으득 갈렸다.

 "하여간 저 미친놈이."

문현아가 눈썹 끝을 치켜올렸다. 영 이상하게 돌아가는 분위기에 박예림 또한 눈빛이 싸늘해졌다.

"세성 길드장님 말 진짜 이상하게 하시네요. 아저씨 많이 피곤한 거 같은데 빨리 돌려주세요."

"원래 좀, 아니 많이 이상한 놈이긴 하다만 말이다."

인벤토리에 들어갔던 문현아의 거창이 다시 모습을 드러내며 콰득, 바닥을 파헤치고 내리꽂혔다. 박예림 또한 마나 포션을 꺼내 소모된 마나를 보충한다.

화염 뿔사자가 이를 드러내고 뒤늦게 도착한 김성한 또한 전투태세를 갖추었다.

"친애하는 현제 씨, 유리구슬은 이리 달라고. 막판까지 와서 깨질라."

다 잘 끝났는데 일 그르칠 필요 있겠냐며, 문현아가 한쪽 손을 내밀며 까닥거렸다. 문현아의 말에 성현제의 시선이 한유진을, 정확히는 그의 손목을 향했다. 금이 가 있는 투박한 팔찌가 눈에 들어온다. 10분은 지난 지 오래였다.

'문현아가 문제로군.'

다른 세 사람은, 화염 뿔사자까지도 한유진이 걱정되어서라도 제대로 된 공격은 해 오지 못할 것이다. 하지만 문현아는 다르다. 공격 스킬 효과 두 배가 아직 적용되고 있다는 사실을 깨닫는 순간 한유진부터 노릴 게 분명했다.

'이후로도 제대로 써먹으려면 여러모로 손이 많이 갈 것이고.'

언뜻 보아도 동생을 상당히 아끼는 듯하니 순순히 머리 숙이지는 않겠지. 그것을 길들이는 과정도 나름 즐겁기는 할 터였다. 그러나 그 또한 당사자가 살아 있을 때나 가능한 일이었다.

하니 여기서는 일단 물러나는 것이 옳았다.

"보고 떠들어 댈 눈과 입이 너무 많으니 어쩔 수 없군."

고자질당할 게 귀찮아서 관두겠다는 식으로 말하며, 성현제가 뒤로 물러서며 문현아에게 눈짓했다. 이들 가운데에서 중립적인 위치라 할 수 있는 문현아가 앞으로 나섰다. 그녀에게 한유진을 건네기가 무섭게…….

콰드득!

검붉은 불길을 휘감은 칼날이 성현제가 서 있던 자리를 파헤쳤다. 한발 앞서 공격을 피한 성현제가 과장되게 어깨를 으쓱거렸다.

"얌전히 돌려주었건만."

"퍽이나 얌전하다!"

한유진을 안은 채 거리를 벌리며 문현아가 투덜거렸다. 화르르륵- 불길이 땅의 표면을 녹이며 성현제를 향해 달려들었다. 성현제는 바닥을 박차며 또다시 뒤로 물러났다.

S급 하나로도 충분했기에 실레키아 외의 화염 저항 아이템은 지니질 않았다. 그러니 지금 그로서는 한유현의 불꽃에 섣불리 맞설 수 없었다.

"형이 벗기고 동생이 덮치는 건가. 손발이 아주 잘 맞는 형제로군."

대꾸 대신 푸른 버들잎이 흩날리기 시작했다. 단숨에 거리를 좁혀 오는 한유현에게로 금빛 사슬이 뻗어진다.

파지직!

날카로운 전류를 두른 사슬이 예측하기 힘든 각도로 휘어지며 적을 옭아매려 들었다. 한유현의 다른 쪽 손에 단검이 쥐어지고 그것을 곧장 사슬을 향해 내던진다.

카강! 단검에 맞아 사슬이 주춤하는 사이 한유현이 버들잎을 밟고 높게 치솟았다. 어느새 그의 손에 장검 대신 활이 들려 있었다.

인벤토리를 이용해 순식간에 무기를 교체하고, 불길을 휘감은 화살을 날린다. 성현제의 발이 강하게 바닥을 내리쳤다.

콰과과-.

무른 밀가루 반죽이 밀려나듯 땅이 위로 솟았다. 방패처럼 성현제의 앞을 막아선 흙더미를 불길이 거칠게 두들긴다.

폭발이 일어나며 검붉은 불꽃이 시야를 가리며 훅 치솟았다. 웬만한 헌터라 하더라도 그 열기는 피하려 들 것이다. 하지만 한유현은 거침없이 불꽃을 꿰뚫었다.

상대의 시야가 흐려진 틈을 타 공격을 이어 갔지만 성현제의 모습은 이미 사라지고 없었다. 마치 한유현의 움직임을 한발 앞서 꿰뚫기라도 한 듯 유유히 몸을 피한다.

한유현의 손에 다시 검이 들리고, 그것이 등 뒤로 크게 휘둘러졌다.

카가강!

어느새 접근해 온 금빛 사슬이 검날에 부딪치며 튕겨 나간다. 몸을 크게 한 바퀴 돌리며 한유현이 또다시 땅을 박차려는 그때.

"나도 세성 길드장 짜증 나지만 이쯤 해!"

사아아아- 서늘한 냉기가 두 사람 사이로 밀려들었다. 공중에 뜬 박예림의 주위로 얼음 창들이 생겨났다.

"아저씨부터 데리고 나가야 할 거 아니야!"

그 말에 한유현이 눈썹을 찌푸리면서도 움직임을 멈추었다.

"이런, 여기서 끝인 건가. 생각보다 형님을 아끼진 않는 모양이야."

"뭐예요! 먼저 시비 걸어 놓고는! 잠깐만, 그럼 난 아저씨를 아예 안 아낀다는 소리 아니에요? 얌전히 있었으니까?"

박예림이 버럭 화를 내며 얼음 창 끝을 성현제를 향해 돌렸다. 한유현 또한 검을 다시 겨누어 들었다. 성현제의 입술 끝이 스윽 올라간다.

"나잇값 해라!"

그때 문현아가 한유진으로부터 실레키아 코트를 벗겨 던지며 소리쳤다.

"자식뻘인 애들하고 뭐 하는 짓이냐."

금빛 사슬이 공중에서 펄럭이는 코트를 휘감아 거두었다. 성현제가 억울하다는 표정을 지어 보였다.

"내 편은 하나도 없군. 도련님과 꼬마 아가씨가 먼저 덤빈 것인데 말이야."

"양심 없기는. 도련님, 형님 안 받아 가? 여기 그냥 내려놓는다?"

한유현이 미련 없이 등을 돌리며 문현아에게로 다가갔다. 그러곤 자신의 코트를 벗어 한유진을 조심스럽게 감싸 안았다. 박예림 또한 땅으로 내려섰다.

"…형에게 접근할 생각 하지 마십시오."

"그건 곤란하겠는데. 한유진 군이 무척이나 마음에 들어서 말이야."

잠시 차분해졌던 한유현의 눈매가 다시금 사나워졌다. 문현아가 혀를 쯧쯧 차며 대충 말리듯 손을 내저었다.

"적당히 하랬다. 그리고 도련님, 너무 그렇게 날 세우진 마. 저 인간이 확실하게 마음에 들어 한다면 형님 안전은 보장해 줄 테니까."

"물론이고말고. 안심하고 내게 맡겨도 된다네."

"다른 쪽으로의 믿음은 전혀 안 가지만. 그래도 형님도 만만찮은 듯하니 말이야."

어쨌든 F급이겠거니 했는데 짧은 시간 만에 생각이 꽤 바뀌었다. 최소한 성현제의 수작질에 맥없이 무너질 정도는 아닐 듯했다.

"얼른 마무리 짓고 나가자고!"

분위기를 환기시키듯 크게 소리치며 문현아가 앞서 걸어 나갔다.

"틀림없어요. 한유진을 노린 거였어요."

신입이 안절부절못하며 말했다. 그 옆에서 나무가 G-15번 던전, 검은 골렘의 도시를 수복하고 있었다. 공간의 뒤틀림으로 막아 놓았던 5년 후의 몬스터가 튀어나가 버렸다. 하필 S급 헌터들이 잔뜩 모인 채라 그에 맞게 위험한 놈이 나타난 것이다. 빠르게 복구하지 않으면 다른 던전에서도 비슷한 일이 생겨 버릴 수도 있었다.

"벌써 눈치챈 걸까요? 어쩌죠, 우리 허니?"

"그건 아니니 진정해. 한유진을 데려가려던 거였지 죽이려던 건 아니었잖아. 게다가 위치도 허니 세상 내였어. 누군가가 공간이동 스킬을 썼다는 게 맞겠지."

나무의 말에 신입의 표정이 잠깐 밝아졌다가 다시 어두워졌다.

"그럼 설마 그쪽인가요? 효도하려는 애들?"

"글쎄. 못해도 SSS급 스킬이거나 L급 스킬이었을 가능성이 크니까. 아직 직접적으로 관여하진 못할 텐데 확인은 해 봐야지. 자, 됐다!"

새까맣게 죽어 있던 창 위로 메시지들이 떠오른다.

"앗, 바바르 벌써 잡았네요! 엄청 빨라요!"

"그러게. 지금 전력으로는 애 좀 먹을 줄 알았는데. 허니도 기여도가 높구나. 스탯 F급 포함 팀으로 공략 시간도 빠르고, 업적치 상당하겠는걸."

던전 공략 및 몬스터 사냥의 보상은 업적치에 따라 결정된다. 보통은 시스템이 자동 계산 하지만 예외적인 경우에는 관리자들이 직접 계산, 보상을 정해 주었다.

나무가 손가락을 톡톡톡 움직여 각각 알맞은 보상을 연결해 준다.

"마지막으로 우리 허니는, 일반적인 장비는 쓸모없을 테고."

"정수 증가 상급 장비는 필요한 거 같던데요?"

"대장장이 있잖아. 필요 없어. 그보다는… 이게 좋겠다."

보상치를 다 끌어다 특수 아이템 하나와 연결 짓고는 창을 껐다.

9장 마왕의 물레바퀴

9장
마왕의 물레바퀴

― 삐삐삐 삐야.

조그만 웅얼거림이 귓가를 간지럽힌다. 눈을 뜨자 낯선 천장이 보였다. 일단 던전은 나온 모양이었다.

― 삐약! 삐약!

머리 옆에서 삐약이가 파닥거린다. 그래, 그래. 얼굴 그만 쳐라, 아프다.
"아저씨!"
"유진아!"
예림이와 명우의 목소리가 들려왔다. 삐약이를 집어 들며 몸을 일으켰다. 여기가 어디냐. 꽤나 넓은 방에 창문은 없었다. 그리고 옷이… 환자복 같은데. 병원인가?

옆을 돌아보니 명우가 거의 울먹이고 있었다.

"내가 오래 잤나?"

"이틀이나! 병원에서는 괜찮을 거라고 했지만… 아니, S급 헌터가 넷이나 따라갔는데 왜 사람 하나 제대로 못 지켜?"

명우의 화난 외침에 예림이가 스으윽 시선을 피한다. 피곤하긴 했지만 이틀이나 내리 잘 줄은 몰랐네. 그래도 몸에 별 이상은 없는 듯했다. 머리도 맑고.

그때 문이 열리며 김성한이 들어왔다. 그가 나를 보더니 활짝 웃었다.

"깨어나셨군요!"

그러곤 명우의 째림에 예림이처럼 스윽 고개를 돌린다.

명우가 갑이긴 하지. 특히나 여기 이 햇병아리 S급 둘에겐 더더욱 갑이었다. 예림이는 물론이고 경력 꽤 되는 김성한도 S급 장비는 몇 없을 것이다. 아직 S급 장비가 흔하지 않아 S급 헌터가 우선적으로 가져가게 되니까.

빠르게 장비 다 갖추려면 명우의 힘을 빌리는 게 최선이었다.

"그러지 마. 갑자기 1급 몬스터 나타나기 전까지는 아무 문제 없었으니까. S급 헌터라고 해도 어떻게 그런 비정상적인 일까지 예측해서 막아 주겠냐. 1급 몬스터 사냥도 다들 협조적으로 잘해 주었고."

그 뒤로도 별문제 없이 공략 잘 끝내고 나왔겠지? 설마 그 와중에 또 시비 걸고 싸워 대진 않았을 거다.

"블루는?"

삐약이를 쓰다듬어 주며 물었다.

"걘 너무 까불어 대서 병원엔 못 데리고 왔어요. 아저씨가 계속 안 보이니까 좀 시무룩해지긴 했는데 건강해요. 밥도 잘 먹고."

"삐약이는 이틀째부터 종일 울어 대서 안 되겠더라고. 병원과 협회 허락 받고 데리고 온 거야."

그랬구나, 우리 삐약이, 아빠 보고 싶었어요.

"유현이는 던전 들어갔어?"

"아, 네."

예림이가 약간 떨떠름하게 대답했다. 내 눈을 피하는 게 숨기는 것이 있는 기색이었다. 그러고 보니 김성한은 왜 여기 있는 거지.

"성한 씨도 같이 가기로 한 거 아니었어요?"

"아… 그게."

김성한도 시선을 피한다. 뭐지.

"피스는?"

"피스도 같이 갔는데, 그게요…….."

예림이가 머뭇거리다 말을 이었다.

"길드장님이랑 피스, 둘만 들어가 버렸어요."

"…응?"

순간 이해가 잘 가질 않았다. 그러니까, 둘이, 둘만……. 심장이 덜컥 내려앉고 공포 저항 스킬 메시지창이 뜬다. 미친, 동생 새끼 진짜, 미쳤나.

"…S급 던전?"

"네. 다른 길드원들이 따라 들어갔었는데 전부 쫓겨났어요. 분위기가 진짜 험했다나. 그래도 상성 좋은 던전이라 고생은 해도 무사할 거라고 하던데…….."

그렇다 해도 S급 던전이었다. S급 헌터 필수였으니 최소 중위급이고. 거길 피스만 데리고 들어가? 피스는 또 무슨 죄야. 아니, 억지로 끌려갈 애가 아니긴 한데……. 감당할 만한 곳이라도 S급 던전 공략 기간은 길었다. 둘뿐이면 제대로 쉬지도 못할 텐데.

진짜… 유현이 이 미친 새끼가. 불만이 있으면 말로 해라, 동생 새끼야.

마음 같아서는 당장에 뛰쳐나가고 싶었다. 하지만 혹 모르니 하루만 더 쉬라는 주위의 만류에 퇴원은 내일로 미루었다.

- 삐약 삐.

조그만 부리가 퍼즐 조각을 꽉 물고 종종종 걸어가 알맞은 자리에 내려놓는다. 퍼즐 오른쪽의 토끼 그림이 완성되자 삐약이가 감격이라도 한 듯 제 작품을 바라보았다. 물론 나도 감동했다.

"우리 삐약이 역시 천재인가 봐."

"그림 퍼즐 그거 아무나 맞춰요. 고작 100피스짜린데."

침대 옆 의자에 앉아 있던 예림이가 시큰둥하게 말했다.

"고작이라니! 삐약이 아직 어리거든? 이거 권장 연령 5세 이상이야."

역시 삐약이는 머리가 좋은 거 같았다. …가끔 바보짓도 하지만. 정확히는 좀 오락가락한달까. 어떨 때는 얌전하고 똑똑하고 먹을 것도 안 밝히는데 또 어떨 때는 유리를 못 보고 부딪히고 밥 달라고 빽빽 난리니.

'혹시 이중인격, 아니 조격이 아닐까.'

똑똑한 삐약이와 멍청… 먹보 삐약이.

충분히 가능성 있는 이야기였다. 머리가 둘 이상 달렸고 각각의 성격을 지닌 몬스터도 있으니까. 라우치타스만 해도 머리가 셋에 각기 다른 저주독 스킬을 써 대서 더더욱 까다로웠다.

'새끼 때는 평범하다가 자라면서 머리가 둘이 되는 새 몬스터도 분명 있었지.'

솔직히 못생겼… 아니, 우리 삐약이는 머리 두 개라도 귀엽겠지만. 음.

"삐약아, 꼭 성장해야 할 필요는 없어. 아빠가 너 하나 못 먹여살리겠니."

- 삐약!

안 커도 된다. 꼭 다 커야 할 필요 있냐. 어차피 성장 조건도 모르고 스킬도 안 통하고, 그냥 이대로 살자.

삐약이를 쓰다듬어 주다가 옆에 켜 놓은 상태창을 바라보았다. 정확히는 내새끼 스킬 적용창이었다. (한유현-S), (피스-S). 둘 다 변동 없다.

무사하다는 뜻인데, 한유현 이름 석 자를 보자 또 속에서 울컥 화가 치밀었다.

"한유현 개새끼."

"길드장님이 개새끼면 형인 아저씨도… 아니에요."

예림이가 진정하라는 듯 손부채질을 해 주었다.

"몇 번이나 말했지만 별일 없을 거예요. 게이트석도 두 개 챙겨갔으니 영 못 해 먹겠으면 도로 나오겠죠."

안다. 알고 있지만 역시 열받는다. 젊어서 고생은 사서 하란 말도 있지만 정도가 있지. 시발, 제가 아무리 잘나신 S급 헌터라고 해도 불사신은 아닌 주제에 위험을 자청해? 안전하게 공략 준비 다 끝내 놓은 거 뒤집어엎고 기어들어 가고 지랄, 진짜.

"한유현 이 미친 새끼."

"아저씨, 심호흡을 하세요. 깊게, 흐읍 하- 흐읍 하-."

그럴 정도는 아니라고 생각하면서도 길게 숨을 삼켰다 내뱉었다. 조금 낫네.

"예림이 너, 아까부터 전화 오는데 안 받아도 돼?"

테이블에 던져 놓은 휴대폰이 반짝반짝 빛을 발하는 걸 보며 물었다.

"괜찮아요. 협회예요, 협회."

"받아야 하는 거 아니냐."

"아뇨. 제가 제일 만만하니까 지랄하는 거거든요. 이번엔 A급 던전이 S급으로 뛰어올랐잖아요. 협회야 당연히 뒤집어졌죠. 근데 들려 나온 아저씨랑 전투에 제대로 참여 안 한 성한 아저씨 빼면 제일 만만한 게 저니까 자세히 말해 달라고 귀찮게 구는 거예요. 짜증 나게."

짜증 날 만하다만 말을 조금만 곱게 하자꾸나. 그러고 보니 협회도 골치깨나 아프겠구나. 던전 등급이 갑자기 널을 뛴다는 건 헌터들의 안전을 보장할 수 없다는 뜻이었다.

"아직 관련 발표는 안 했지?"

"아는 사람들 입 꿰매 버리고 싶어 하는 투던데요? 하필 상대가 S급 헌터들이라 못 하는 거지, 중하급 헌터였으면 뒷산에 묻어 버렸을지도 몰라요."

설마 그렇게까지 할까.

"참, 아저씬 보상 뭐 받았어요?"

예림이가 눈을 빛내며 물었다.

"전 SS급 창랑(滄浪)의 인어여왕 귀걸이 나왔어요. 요거요, 요거."

귀에 달려 있는 우아한 푸른 보석 귀걸이가 고갯짓을 따라 찰랑찰랑 흔들린다.

SS급 장비라니, 좋은 거 나왔네. 1급, SS급 몬스터를 잡으면 높은 확률로 SS급 아이템이 나오긴 하지만 백 프로는 아니다. 장비가 아니라 특수나 재료, 소모 아이템이 나올 수도 있고.

"마력, 정신력 스탯에 물속에서 행동 자유 스킬 붙어 있어요. 또 물속에서 수계, 빙계 속성 스킬 효과 30% 증가하고요!"

"대단하네! 수중에선 따라올 헌터가 없겠는걸?"

"그쵸? 수중 전투 해야 하는 던전은 인기 없는 편인데 제가 싹 쓸어버리려고요. 빚 금방 다 갚을걸요!"

좋아 죽겠다고 헤죽헤죽 웃는다. 수중에서 빙계 스킬 효과 30% 증가라면 얼른 냉기 저항 등급 올려야겠구만. 버프에 강화까지 넣으면 S급은 되어야 감당하지 싶다.

예림이에게 주의 사항 말해 주고 물었다.

"다른 사람들은 뭐 얻었는지 들은 거 있어?"

"당연히 쉽게 말 안 해 주죠. 현아 언니 입 찢어지는 게 분명 좋은 거 나온 거 같은데. 세성 길드장이야 영 모르겠고, 우리 길드장님도 이미 열받은 상태라 모르겠고. 성한 아저씨는 게이트석 받았어요. 한 거 없는데 좋은 거 나왔다고 기뻐하더라고요. 피스는 안 나왔겠죠?"

"아마도?"

잘 모르겠다. 스킬이 있으니 시스템 적용은 받는 거 같은데 인벤토리는 없는 거 같고.

"아저씨도 얼른 확인해 봐요!"

재촉 속에 인벤토리 목록을 열었다. 한동안 정리 안 하고 대충 집어넣었더니 목록이 난잡하다. 인벤토리도 한계가 있어 정리해 주긴 해야 하는데.

목록을 죽 내리자 낯선 아이템 이름이 눈에 띈다.

[이름 없는 마왕의 오래된 물레바퀴]

뭐지 이게. 일단 마왕이 붙은 거 보니 등급 높은 아이템인 듯한데. 인벤토리 밖으로 아이템을 꺼내 보았다.

"…뭐예요, 그게?"

"실 잣는 물레의… 바퀴 부분 같은데."

진짜 물레바퀴다. 사람 머리통보다 작은 크기의, 평범한 나무로 만들어진 낡은 바퀴.

"설명창에는… 옛날 어떤 마왕이 사용한 물레의 바퀴, SS급. 이렇게밖에 안 쓰여 있네."

"마왕 주제에 평화로운 취미를 가지고 있었나 봐요."

그러게. 근데 이걸 뭐 어떻게 쓰는 거지. 재료인가? 물레라도 만들라고? 이걸로 물레를 만들면 지푸라기로 황금 실을 자아낼 수 있다거나, 뭐 그런 겁니까.

'공략 보상 두 배 효과도 받았을 텐데 좋은 것 좀 나오지. 기여도가 너무 낮아서인가.'

물레바퀴가 하나뿐인 걸로 보아 두 배 효과가 꼭 아이템 두 개가 나오는 건 아닌 모양이었다. 원래 S급 템 나올 게 SS급 나오는 식으로도 적용되는 듯했다.

나중에 명우에게 보여 주기로 하고 도로 인벤토리에 넣었다.

명우는 여느 때처럼 대장간에 들어갔고 김성한은 해연 길드로 돌아갔다.

길드장이란 놈이 다짜고짜 홀몸이나 다름없이 던전에 뛰어들어 버렸으니 해연도 꽤나 뒤숭숭… 젠장, 심호흡, 심호흡.

그때 예림이가 표정을 딱딱히 굳혔다. 문 쪽을 돌아보며 인상을 찌푸린다.

"미친놈 왔네요."

설마 유현이가 벌써 나온 건 아닐 테고. 이내 노크 소리가 들려왔다. 허락이 떨어지기 전에 문이 열리고 성현제가 들어선다.

그가 예림이를 향해 겉으로만큼은 따스한 눈길을 보냈다.

"감이 좋군."

"얼마나 지났다고 벌써 잊겠어요?"

예림이가 자리에서 일어나며 가볍게 묵례한다. 예의 바른 모습이지만… 아까 미친놈 그거 성현제가 들을 줄 알고도 말한 거 같은데. 예림아, 조금만 입조심하자……. 문현아한테 옮은 건가.

"몸은 괜찮은가."

"네, 멀쩡합니다. 일부러 와 주셔서 감사합니다."

반가운 얼굴은 아니었지만 일단은 웃었다. 어쩌겠어. 성현제 놈도 표정만큼은 참 상냥 다정했다. 내 스킬 거부했을 때도 저 낯짝이었지만.

"한유현의 소식은 들었다네. 스트레스받을 때는 단 게 좋다고 하더군."

그러면서 들고 온 쇼핑백을 내민다. 먹을 건가. 예림이가 대신 받아 테이블에 내려놓았다.

"동일 스킬의 공유는 15일의 대기 시간이 있다고 했던가."

짧은 안부 인사가 끝나기 무섭게 성현제가 스킬 공유부터 입에 올렸다. 공격 스킬 효과 두 배를 직접 겪어 봤으니 그럴 만도 하지만, 쉽게 쓸 수 있는 게 아니라서. 안되셨지만 관심 가져 봤자 소용없네요.

"네. 활용도가 그리 높지는 않죠. 공유 가능한 스킬도 몇 안 되고, 공격 스킬 두 배 효과는 좋긴 해도 아시다시피 제가 물몸이잖습니까. 저번의 팔찌 같은 특별한 아이템이 없는 한 근접전에서 쓰긴 힘들죠. 던전도 S급까지는 무리고요."

저번에야 김성한의 성장이라는 목적이 있었다. 하지만 그런 이유 없이 S급 헌터 드글드글 데리고 던전 공략 하는 비효율적인 짓을 할 필요가 없다.

하니 이후로는 던전 브레이크 때 외엔 쓸 일 없을 터였다.

"그건 그렇지."

성현제도 동감한다는 듯 고개를 끄덕였다. 그런데도 뭔가 기분이 찝찝했다.

"하나 한번 만들어진 아이템이니 두 번이라고 없을까. 비슷한 효과를 가진 던전 아이템이 나올 수도 있고. 그때가 기대되는군."

떡 줄 사람은 생각도 않는데 김칫국부터 마시고 있구만. 흐뭇이 휘어지는 눈매가 재수 없어 무심코 뾰족한 소리가 튀어나왔다.

"세성 길드장님께서 기대하실 필요는 없을 거 같습니다만. 제 주위에 S급 헌터가 없는 것도 아니고요. 바로 옆에도 한 명 있습니다."

유현이도 있고 예림이도 있다. 공격 스킬 빵빵한 애들이 집에 둘이나 있는데 왜 옆 동네 아저씨한테 써 주겠냐.

내 말에 딱딱한 얼굴을 하고 있던 예림이가 씨익 입꼬리를 올렸다. 반면에 성현제는 서운한 티를 대놓고 낸다. 아니, 자기가 뭐라고 서운해해? 어차피 꾸민 표정이겠지만.

"섭섭하군. 나는 우리가 꽤 친해졌다고 생각했는데."

멀쩡한 얼굴로 개소리 한번 일품입니다. 양심 어디다 팔아먹었냐.

"…친해질 이유가 전혀 없잖습니까. 뭘 했다고 친해집니까."

"나름 엮인 건 많지."

"공사 구분은 해 주시죠."

"사적으로 받은 것도 있지 않나?"

이어링 빼서 던질까 하다가 참았다. 그래 봐야 나만 손해고 받은 건 잘 써 줘야지. 대신 웃어 줬다.

"친구 하나 잘 둔 덕에 이젠 S급 아이템 정도로는 눈에 안 차서 말입니다. 그래도 SS급 화룡 실레키아의 날개쯤 되면 사랑한다는 말도 나올 거 같은데요, 성현제 씨. 그 코트 입어 보니 참 좋더라고요."

"값비싼 사랑이군."

"뭘요, 염가죠. 샘플도 드릴까요? 사랑합니다, 성현제 씨."

무려 스탯 A급을 S급으로 성장시킨 키워드다. 완전 저렴하네.

자, 이젠 어쩔 테냐. 진짜 줄 수도 없을 거고. 싱글거리며 올려다보자 어깨를 으쓱한다.

"이상하리만치 실레키아를 탐내는 것이 나도 모르는 특별한 효과라도 있나 싶어질 정도로군."

"소중한 동생의 주요 스킬 속성 저항 장비를 타 길드장이 가지고 있다는 것만으로도 충분히 신경 쓰이는 일이니 말입니다. 제가 동생을 좀 많이 사랑해서."

꼭 랭킹전 때문만이 아니라도 말이다. 길드 간의 분쟁은 언제든지 일어날 수 있으니 위험 요소는 제거해 두는 편이 좋지.

"형제간의 사이가 그렇게까지 좋은 줄은 미처 몰랐는데."

성현제의 시선이 내 속을 캐내기라도 할 듯 날카롭게 찔러 왔다. 그러더니 이내 싱긋 미소 짓는다.

"분명 한유진 군의 주장대로, 별로 비싼 건 아니야. 말만으로 끝나지 않는다면 말이지."

…아니, 잠깐만요. 시발 인벤토리에서 코트 꺼내지 마! 말만으로 끝나지 않으면 뭐, 대체 뭘 요구하려고!

"당연히 농담이죠!"

"맞아요, 농담이죠!"

예림이가 얼른 거들어 소리쳤다. 그러곤 성현제를 한껏 째려보았다.

"환자가 피곤할 테니까 이제 그만 돌아가 주세요, 세성 길드장님."

"나는 진심이었건만."

그러면서 성현제가 흑적색 코트를 들어 보였다. 내 눈동자가 무심코 코트를 따라 움직였다. 탐나긴 하는데, 저거 확 빼돌려 버리면 정말 좋을 텐데.

"…정확히 어떤 대가를-."

"아저씨!"

"아니, 저거 SS급이라고. 예림이 네가 써도 되는데. 그럼 유현이랑 같이 전투해도 안전해지고."

물론 지금은 S급이 같이 던전 공략할 일 없다지만 나중에는 협력도 필요하니까. 생각할수록 좋긴 좋네.

"됐거든요!"

"…일단은 사양하겠습니다. 안녕히 가십시오, 세성 길드장님."

성현제는 우릴 보고 재미있다는 듯 웃음 짓고는 몸조리 잘하라는 말과 함께 순순히 자리를 떠났다.

"아저씨! 고작 아이템에 홀랑 넘어가면 안 되죠!"

문이 닫히자마자 예림이가 빼액 소리쳤다. 그러면서 귀걸이는 왜 빼 드는 건데. 말과 행동이 다르구나, 예림아.

"저도 SS급 장비 있어요!"

귀걸이를 내게 내미는 얼굴이, 두 볼이 잔뜩 부어 있었다. 좋은 아이템 얻었다고 입 찢어졌으면서 그걸 나한테 주냐. 귀여워 죽겠다.

"그런 거 안 줘도 저 아저씨보단 예림이 네가 백 배는 더 좋아."

"진짜죠?"

"당연하지!"

비교도 안 된다. 진심 꽉꽉 눌러 담은 대답에 예림이가 해사하게 웃는다. 물론 귀걸이 다시 귀에 슬쩍 챙겨 끼는 것도 잊지 않았다. 역시 우리 예림이.

'성현제한테 키워드 적용하는 건 관둘까.'

지금도 감당하기 버거운데 키워드 효과까지 나타났다간 어떻게 나올지 살짝 무서워질 정도였다. 성현제가 날 양육자 대하듯 한다니, 정신건강에도 안 좋을 거 같다고.

문현아에게 적용 성공했으니까 저 음흉한 인간은 일단 보류해 두자.

프랑스 루앙 고목의 늪 던전. S급 던전을 감싼 특수 관리 건물의 문이 열리고 공략팀이 모습을 드러냈다.

스물에 가까운 상급 헌터들은 대부분 검은 얼룩으로 뒤덮여 있었다. 고목의 늪에 나타나는 몬스터는 언데드로 S급 던전치고는 약한 편이었지만 대신 어마어마한 수를 자랑했다. 거기에 진득거리는 독을 기본적으로 가지고 있었다.

다행히 시체독은 그리 강하지 않았기에 헌터들은 검은 독액을 뒤집어쓴 채로 몬스터를 사냥했다. 일일이 해독하고 씻어 내는 것보단 상급 헌터의 스탯을 믿고 돌격하는 편이 나았기 때문이었다.

그 속에서 단 한 명, 깨끗한 모습의 남자가 있었다. 스물 안팎쯤의 화사한 백금발의 미청년이었다. 그만 떼어 놓고 바라본다면 마치 던전이 아니라 연회장에라도 온 듯한 착각이 들 정도였다.

"길드장님."

건물 밖에서 기다리고 있던 헌터가 백금발의 남자, 노아 루히르에게 다가갔다. 그러곤 나직이 말했다.

"손님이 왔습니다."

"손님이요?"

"예."

자세한 설명은 없었다. 이곳에서 말하기 곤란한 방문자라는 뜻이었다. 노아는 공략팀의 리더를 돌아보았다.

"먼저 가 보겠습니다, 코르보 길드장."

"네, 수고 많으셨습니다. 덕분에 마지막 보스 몬스터를 쉽게 잡을 수 있었습니다. 평소라면 그놈의 진흙덩이에게 하루 넘게 묶여 있었을 텐데 말입니다."

노아는 다음에도 기회가 된다면 부탁드리고 싶다는 말을 적당히 받아 주곤 대기하고 있던 헬기에 올라탔다. 헬기가 떠오르자마자 노아에게 전화기가 건네졌다.

[오랜만이에요, 아크 길드장.]

전화기 너머로 여성의 목소리가 흘러나왔다.
"무슨 일입니까."

[미스터께서 찾으십니다. 한국으로 가 줘야겠어요.]

노아의 미간이 살짝 좁아졌다. 내키지 않는다는 표정이었다.
"제가 한국에 갈 일은 없을 거라고 생각했습니다만."

[상황이 약간 바뀌었나 보더군요. 저도 곧 들어가게 될 예정입니다. 미스터께서도 새로운 관심거리가 생긴 모양이고요.]

"기승수 사육사입니까."

[네, 맞아요. 우선은 아크 길드장으로서 입국하면 됩니다.]

"…알겠습니다."

[샤를 드 골 공항 힐튼에서 뵙지요.]

통화가 끊어지고 노아의 입술 사이에서 희미한 한숨이 새어 나왔다. 그의 시선이 헬기 밖 하늘을 향하였다.

'…누님.'

미스터, 세성 길드장의 부름 전에 이미 한국으로 오라는 연락이 있었다. 잠깐 한국에 와서 기승수 사육사랑 만나 줘~ 라고 말하던 발랄한 목소리가 노아의 머리를 지끈거리게 만들었다.

누님에 이어 세성 길드장까지. 대체 무슨 일이 벌어지고 있는 건지. 노아는 재차 한숨을 흘리곤 연회색 눈을 감았다.

밤이 제법 깊었다. 삐약이는 베개 하나를 차지한 채 잠들었다. 예림이도 기숙사로 돌아갔다. 남겠다는 명우도 돌려보내고 김성한만 환자 보호자실에 남았다.

습관적으로 상태창의 망할 놈 이름을 확인하고 TV 리모컨을 눌렀다. 딱히 볼 건 없었다. 헌터 관련 프로그램은 여전히 명우 이야기로 떠들썩했다.

이리저리 채널을 돌리고 있는 그때.

"대장 김 서방, 깨어났네!"

도깨비의 발랄한 목소리가 들려왔다. 활짝 웃는 탈이 제법 반가워, 나도 마주 웃어 주었다.

이놈도 슬슬 키워드 적용될 때 되었지.

"무슨 일입니까?"

도깨비의 기척이 들렸는지 벌컥, 보호자실과 연결된 문이 열리며 김성한이 고개를 내밀었다. 그의 시선이 도깨비를 향했다가 다시 내게로 옮겨 온다.

"그냥 친구가 병문안 온 겁니다. 신경 쓰지 마세요."

"괜찮으시겠습니까?"

"네. 도깨비가 중립적이라는 건 유명하잖아요. 괜찮습니다."

공간이동, 그것도 사람을 데리고도 이동 가능한 도깨비다. 나를 보호하는 입장에서는 신경 쓰일 수밖에 없긴 했다.

김성한이 불안해하면서도 문을 닫았다. 그사이 도깨비는 리모컨을 만지작거리고 있었다.

"대장, 뭐 재밌는 방송 있어?"

"아니, 딱히."

도깨비를 따라 시선을 TV로 옮겼다. 해외에서 던전이 터지는 것은 자연스러운 일이라고 주장하는 모임이 헌터협회에 테러를 가했다는 뉴스가 나오고 있었다.

[던전 브레이크로 몬스터가 세상에 풀려나는 것은 신의 섭리라고 외치며 도로를 점거-.]

'저 사람들 벌써 나타났네.'

원래라면 한참 후에나 나왔던 거 같은데. 아니었나? 몇 년 전 일이다 보니 기억이 정확하진 않았다. 본격적으로 사회적 문제가 되기 전부터 간간이 날뛰었을 수도 있고.

아무튼 우리나라에는 큰 영향 못 줬으니 신경 쓸 필요 없겠지만.

"뭐야, 이거? 예쁘다!"

도깨비가 침대 옆 탁상에 놓인 초콜릿 상자에 눈독을 들였다. 성현제가 주고 간 것이었다. 단걸 별로 좋아하진 않는데 입이 심심해서 주워 먹다 보니 반이나 사라졌다. 비싼 건지 맛있기도 했고.

"초콜릿. 먹을래?"

"웅!"

탈을 슬쩍 들어 입에 먼저 집어넣고 고개를 끄덕인다. 진짜 애 같긴 하네.

그래도 이젠 다시 부려 먹힐 시간이다.

내가 던전 들어갔다가 실려 나온 사이 사육 시설은 물론이고 연결된 빌딩까지 내부 수리를 다 끝냈다. 석하얀팀은 이미 빌딩으로 옮겨 갔다고 했다.

먼저 보낸 자료도 정리를 마쳤다니 새로운 자료가 필요한 시점이었다.

"우리 사랑하는 윤윤, 그동안 푹 쉬었지?"

사근사근하게 말하자 초콜릿을 주워 먹던 손길이 뚝 멈추었다. 그러곤 스윽 나를 돌아본다.

"전에도 그랬는데, 진짜 우리 할머니처럼 말하네."

역시 할머니인가. 내새끼 스킬창을 확인하자 (윤윤-B)가 새로 생겨나 있었다. 한유현 미친놈.

"다시 던전 조사하러 가야 하니까 많이 먹어. 다 먹어도 돼. 먹고 싶은 거 있으면 말만 하렴."

뭘들 못 사 주겠냐. 말만 잘 들으면 얼마든지 손주 챙기는 할머니의 마음이 되어 주마.

다시 초콜릿에 집중하는 도깨비를 향해 내새끼 스킬을 썼다. 초장거리 게이트 스킬 얻게 해 줄 생각에 가슴이 다 두근거리는데…….

> 미완성 종족입니다.

엉뚱한 메시지창이 떴다. 응?

> 성장을 위해 해당 미완성 종족의 구성체와 흡사한 아이템이 필요합니다. 아이템의 특성과 등급에 따라 완성 종족과 완성도가 달라집니다.

'…미완성 종족이라니. 따지고 보면 아예 새로운 종족… 이긴 한데.'

자칭 도깨비라고 하기에 그냥 대충 넘겼지만 생각해 보면 인간은 확실히 아

넌 지성체였다. 시스템 관리자들에 명우 대장간의 정령도 있으니 새삼스럽진 않지만. 그래도 이쪽 세상에 유일하게 직접 나와 활동 중인 건 도깨비뿐이었다.

…어쩌면 더 있을지도 모르고.

아무튼 구성체와 흡사한 아이템이라. 아, 혹시.

'이거면 되나?'

인벤토리 목록을 열었다. 이름 없는 마왕의 오래된 물레바퀴가 눈에 들어온다.

'물레방아와 비슷한 바퀴에 오래되고 사용된 물건. 거기에 등급도 높은 SS급.'

아무리 봐도 맞춤형으로 준 거 같은데. 설마 시스템분들 입김이 들어간 건가. 다 차려진 밥상 거절할 이유는 없기에 물레바퀴를 인벤토리에서 꺼내 들었다.

"윤윤."

"응?"

마지막 초콜릿까지 깨끗이 해치운 도깨비가 나를 돌아보았다. 내 손에 들린 물레바퀴를 보더니 고개를 갸웃한다.

"그게 뭐야? 좀 이상한 느낌이 드는데."

"네 성장에 필요한 아이템."

근데 어떻게 쓰는 거지? 주면 되나? 물레바퀴를 도깨비에게 건네주었다. 그것을 들고 도깨비가 또 의아하게 고개를 기울였다.

"이름 없는 마왕의 오래된 물레바퀴? 마왕 물건이야? 마왕이면 엄청 무서운 거 맞지? 커다란 뿔 나고 빨갛고 엄청 크고 쎄고!"

"뭐 대충은 그렇겠지."

"그럼 나 마왕 할래!"

아홉 살짜리 장래 희망도 아니고 그렇게 갑자기 종족을 바꿔도 되냐. 한순간의 잘못된 선택이 미래를-.

우우우웅!

물레바퀴가 돌연 작게 진동하며 검붉은 빛을 흘리기 시작했다. 뭔가 심상치 않다 싶어 자고 있는 삐약이부터 안아 들었다.

"그렇구나. 진짜 마왕의 물레바퀴네."

도깨비가 혼잣말을 중얼거렸다.

"엄청 오래됐어. 나보다 더 오래됐어."

"…윤윤?"

설마 더 오래되었다고 해서 물레바퀴가 본체 되고 그러는 건 아니겠지. 떡잎 스킬로 상태창을 확인하자 아직은 예전 그대로였다.

"그래, 역시 마왕이 제일 무섭지. 맞아. 그렇게!"

스르르-.

물레바퀴가 모래성처럼 무너지며 도깨비의 손바닥으로, 몸으로 스며든다. 그냥 둬도 괜찮은 건가. 막아야 하나? 물론 나는 못 막고 김성한을 부르려는데 윤윤의 상태창이 변화했다.

1급 마족 - 마왕 윤윤
현재 스탯 등급 SS
각성 가능 스탯 등급 SS

각성자 윤윤의 표기가 마치 몬스터처럼 바뀌었다. 스탯도 SS급이다. 그보다 마족이라니, 5년 후까지도 한 번도 나온 적 없는데!

"도깨비!"

"난 마왕이야!"

구우웅!

윤윤의 육체가 부풀듯 커진다. 동시에 음산한 기운이 물밀듯이 터져 나왔다. 집기가 요란한 소리를 내며 부서지고, 넘어지고…….

쩌적-.

헌터 전용 병원 특실의 특수 벽에 실금이 간다. 천장의 등 또한 와장창 깨져 나갔다. 그 힘의 소용돌이 속에서.

'…나한텐 타격이 없네.'

나만큼은, 내 주위만큼은 멀쩡했다. 급한 대로 이어링의 B급 방어막 스킬을 사용했지만 얼마 못 버틸 줄 알았는데. 그런데 휘몰아치는 힘의 단 한 자락도 방어막을 건드리지 않았다.

'인격은 그대로인가.'

이 할머니는 기쁘구나. 그나마 다행이라 생각하며 대화를 위해 방어막을 거두는데…….

쾅!

"무슨 일입니까?"

테이블이 들이받아 뒤틀린 문을 아예 박살 내며 김성한이 뛰어 들어왔다. 그사이 윤윤은 완전히 변화했다.

흔히 떠올리는 마왕의 이미지. 딱 그것이었다.

굽이쳐 솟은 한 쌍의 큰 뿔에 거대한 피막의 날개. 붉은 피부 위로 흔들리는 시커멓게 긴 머리칼, 힘상궂은 얼굴에 툭 튀어나온 송곳니. 인간의 서너 배쯤 되어 보이는 몸뚱이는 울퉁불퉁한 근육질에 꿈틀거리는 검은 안개 같은 옷을 휘감고 있다.

날카로운 손발톱에 파충류의 것과 비슷한 긴 꼬리까지.

애가 상상력이 좀 부족하네. 그보다 최적화 초기 스킬도 다 바뀌었잖아. 스킬명이 척 봐도 죄다 전투계다. 내 초장거리 게이트…….

"한유진 씨! 당장, 윽!"

내게로 뛰어오려던 김성한이 검은 안개 자락에 휘감긴다. 윤윤답지 않은 행동에 순간 당황했지만, 구속만 할 뿐 공격은 가하지 않았다.

김성한이 어떻게든 벗어나려 발버둥 쳤지만 안개 자락은 꿈쩍도 하지 않았다. 등급 차이가 너무 크다. 심지어 마왕이라는 호칭까지 달고 있으니 SS급 중에서도 상위가 아닐까. 각성 가능 등급만 봐도 S~SS가 아닌 딱 SS다. 바바르보다 급이 높다는 뜻이었다.

이대로 놔두면 난리 나겠는데.

"윤윤."

– 그르르르.

속으로 곤란해하며 최대한 태연하게 부르자 마왕이 대답하듯 묵직한 목울림 소리를 냈다. 설마 몬스터에 속하게 돼 말을 못 하게 된 건 아니겠지.

나를 향해 고개를 돌린 마왕이 몸을 들썩거리다가, 크아앙 입을 벌리며 소리친다.

– 무섭지!

"아니."

– …왜? 왜 안 무서워?

마왕의 표정이 시무룩해진다. 잔뜩 주름지는 얼굴이 불독이 떠올라 상황에 맞지 않게 웃음이 조금 새어 나왔다.

다행이다. 속은 그대로구나. 여전히 우리 윤윤이네.

한껏 여유롭게 미소를 지어 보이며 대답했다.

"넌 도깨비 때가 훨씬 더 무서웠어. 처음 만났을 때 기억나? 진짜 간 떨어지게 놀랐었잖아."

– 하지만 마왕인데? 마왕이 도깨비보다 더 무섭잖아?

"날 봐. 무서워하는 거 같아?"

- 아아니.

마왕이 더더욱 침울하게 고개를 젓는다. 그 얼굴에 그 목소리로 귀여운 짓 하지 마라. 귀엽게.

"하지만 도깨비 때는 무서워했지. 기겁했던 거 생각나지?"

- 그 뒤론 안 무서워했잖아!

"원래 익숙해지면 뭐든 안 무서워지는 법이야. 하지만 마왕은 처음 보는데도 놀라지 않았어. 그러니 당연히 도깨비가 더 무섭지! 저 아저씨도 내가 위험할까 봐 놀란 거지 널 무서워하진 않았잖아."

마왕이 김성한을 돌아보았다. 김성한이 눈치 빠르게 고개를 끄덕인다.

"네, 도깨비가 더 무섭습니다."

- …에이, 마왕 시시해.

"시시하지. 너무 흔하기도 하고, 개성도 없고."

SS급 마왕을 무시하는 건 아니었다. 하지만 마왕보다는 도깨비가 더 낫다. 스킬도 스킬이지만 무엇보다도 마왕을 이대로 풀어놓으면 금세 날뛰기 시작할 게 분명했다.

김성한을 단숨에 제압하는 것만 봐도 호전성은 분명 높아졌다. 심지어 밖으로 나가 조금만 활개 치면, 내 말과 달리 사람들이 자신을 얼마나 무서워하는지 쉽게 깨달을 터다.

사람 겁주는 걸 좋아하는 호전적인 마왕이라니. 재앙밖에 더 될까.

- 그럼 나 도깨비 할래. 도깨비왕!

걸걸한 목소리로 쾌활하게 외친 마왕이 다시 형체를 바꾸기 시작한다. 그에 따라 윤윤의 상태창도 다시 변화했다.

각성자 - 도깨비대왕 윤윤

현재 스탯 등급 S

각성 가능 스탯 등급 S

최적화 초기 스킬

도깨비족의 시조(L) 획득

도깨비문(SS) 획득

누구게?(S) 획득

구름 발걸음(B) 획득

스탯 등급은 S로 낮아졌지만 예전에 비해서는 확 뛰었다. 최적화 초기 스킬도 전에 비해 두 개가 더 늘어났다. 도깨비문은 초장거리 게이트 스킬인 듯한데.

'도깨비족의 시조?'

심지어 L급이다. 마왕에게도 L급 스킬은 없었는데.

그사이 마왕, 아니 도깨비대왕의 모습이 완전히 변했다.

"도깨비대왕님 등장이시다!"

전보다 더 높고, 짜랑한 목소리가 즐겁게 웃는다. 사람 마음을 이상하게 간지럽히는 목소리였다.

마왕일 때처럼 길게 흩날리는 머리칼은 순백색으로 바뀌었다. 탈이 와장창 부서지며 감추어져 있던 얼굴도 드러났다.

새파란 눈에 흰 눈썹 끝이 길다. 화려하지만 백자기 같은 단아함도 깃든 외모는 여전히 성별을 분간키 힘들었다. 알록달록한 천을 이어 만든 듯한 펑퍼짐한 옷도 동양풍이라는 것 외엔 정체불명이었다.

"이건 김 서방 가져!"

도깨비왕이 아직 머리에 남아 있던 마왕의 뿔을 뚝뚝 떼어 침대로 던졌다. 잠에서 깨어 칭얼대는 삐약이를 다독이다 말고 뿔 하나 주워 들어 정보창을 확인해 보았다.

> 사라진 마왕의 오른쪽 뿔 - SS급
> 마지막 조각마저 완전히 소멸된 마왕의 남은 뿔이다.

마지막 조각이라니, 보통 물레바퀴가 아니었구만. 이건 분명 재료템이다. 명우 줘야지.

"혹시 새로 생긴 스킬이 뭔지 알 수 있을까?"

"응! 뭐냐면-."

하고 말하려던 윤윤이 김성한을 돌아본다. 도깨비왕으로부터 눈을 떼지 않은 채 분위기를 살피고 있던 김성한이 반사적으로 미간을 좁혔다.

"성한 씨, 잠깐 자리 좀 피해 주실 수 있을까요? 소리가 꽤 컸으니 밖에 상황을 설명할 필요도 있을 거 같은데요."

"안전한 겁니까?"

"네, 괜찮아요. 그냥, 음. 각성 이벤트 같은 거? 지나가는 돌풍 같은 거였죠. 이젠 괜찮습니다."

김성한이 머뭇거리면서도 병실을 빠져나간다. 윤윤이 고개를 끄덕하곤 다시 말을 이었다.

"도깨비족의 시조랑 도깨비문이랑 도깨비탈."

키워드 효과 덕인가 내 앞에서는 순순히 털어놓는다.

"도깨비탈은 이거야!"

짠, 하고 윤윤의 모습이… 내 모습으로 변했다. 얼굴도 키도 체형도 완전히 똑같다. 옷도 환자복이었다. 삐약이가 삑, 하고 놀라 파닥거렸다.

- 삐약삐약!

"아냐, 아냐. 저거 아빠 아니야."

윤윤에게로 가려고 버둥이는 삐약이를 들어 내 얼굴을 보여 주자 두 눈이 똥그래진다.

- 삐… 약?

"원래대로 돌아가. 애 놀라잖아. …혹시 성별도 변하냐?"
"완벽히!"
윤윤이 제 모습으로 돌아가며 말했다.
"스킬이나 스탯까지는 안 되지만."
그것까지 되면 사기지. 하지만 겉보기만큼은 진짜 완벽한 변신이었다.
"그 스킬은 잘 숨겨 둬."
"뭐? 이렇게 재밌는 걸 어떻게 숨겨? 써먹어야지!"
글러 먹었네. 흥분하는 거 보니 달래 봤자 소용없겠다. 뭐 밝혀지면 밝혀지는 대로 쓸 수 있는 종류지만.
"도깨비문은 엄청 먼 곳으로 가는 문을 만들 수 있대. 내가 가 본 곳이어야 하고, 10일에 한 번!"
"부탁인데 그건 평소에는 가능한 한 쓰지 말아 줘. 진짜 급할 때 못 쓰면 안 되잖아."
"노력해 볼게~."
믿음이 안 가는구만. 왕씩이나 됐으면 좀 변해라. 아무튼 가 본 곳이어야 한다면, 던전 조사가 아니더라도 열심히 돌아다니게 만들어야겠군.
"그리고 마지막으은, 내 부하 만드는 스킬!"
"부하?"

"응, 부하~ 아님 백성? 그러니까 대장 김 서방! 나 이제 바빠! 오래되고 오래 썼고 버려진 걸 찾으러 다녀야 해."

"…설마 도깨비를 만들어 낼 수 있다는 건가? 윤윤 네가?"

윤윤이 크게 고개를 끄덕인다. 헐… 그래도 되나. 몬스터와 달리 말은 통하고 호전적이지도 않지만 갑자기 새로운 지성체 집단이 튀어나와 버리는 셈인데.

"지금부터 당장 만들어야 해?"

"응! 나는 왕이니까. 내 책임이고 의무야!"

목소리는 쾌활하지만 눈빛은 사뭇 진지하다. 말린다고 들을 녀석도 아니고. 땅이라도 사서 도깨비 마을 같은 걸 만들어야 하나. 수가 얼마나 될까. 그나마 버려진 것이어야 한다니 박물관 털릴 일은 없겠군.

"부하 잔뜩 만들어 올게~."

바이바이 하고 떠나려는 윤윤을 덥석 붙잡았다.

"찾으려면 역시 인구 많은 동네가 좋잖아. 중국 가라. 가는 김에 던전 조사도 하고. 응?"

일해라, 일. 원래 이 땅에서 태어난 왕은 갈리면서 일해야 하는 법이다.

결국 도깨비왕은 던전 조사도 하겠노라 약속하고 사라져 갔다.

3권에서 계속.

초판 1쇄 인쇄 2024년 12월 02일
초판 1쇄 발행 2024년 12월 26일

지은이 근서
펴낸이 김주형
마케팅 한재혁

펴낸곳 제이플미디어(주) | **이메일** jplusmedia@hanmail.net
출판등록 2017년 5월 25일 제25100-2022-000077호

주소 서울특별시 구로구 디지털로 288, 2층 204호(구로동, 대륭포스트타워 1차)
전화번호 02-322-6076 | **팩스번호** 02-332-6076

ISBN 979-11-396-3516-4 (04810)
ISBN 979-11-396-3514-0 (set)

정가 13,000원

*저자와 협의하여 인지는 붙이지 않습니다.
*이 책은 제이플미디어(주)가 저작권자와의 계약에 따라 발행한 것으로 본사와 저자의 허락 없이 어떠한 형태나 수단으로도 내용을 이용할 수 없습니다.